드
향

사랑, 그 설렘에 취하고 향기에 물들다.

다
향

사랑, 그 설렘에 취하고 향기에 물들다.

범상치 않은 관계

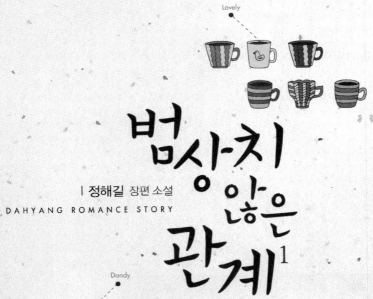

Lovely

범상치
않은
| 정해길 장편 소설
DAHYANG ROMANCE STORY
관계¹

Dandy

Lovely

contents

Dandy

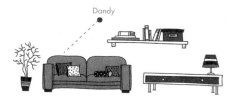

프 롤 로 그

하얀 입김이 시야를 어지럽힌다. 가슴이 터질 것 같았다. 죽을 힘을 다해 전력 질주를 해 본 게 얼마 만인지. 고등학교 졸업하고 처음인 듯했다. 새삼스레 자각한 세월의 흐름에 재철은 허탈한 미소를 지으며 털썩 주저앉았다.

오십 평생을 살며 흔한 조깅조차 하지 않았던 자신이었다. 여기까지 쉬지 않고 달려오다니 기적이나 다름없었다. 위기가 닥치면 알지 못했던 숨겨진 힘이 솟아난다더니 참말인 모양이었다.

"아저씨, 괜찮아요?"

허스키한 음성에 재철은 고개를 들었다. 서너 발자국 떨어진 나무둥치 근처에 엉거주춤하게 앉아 있는 청년이 눈에 들어왔다. 거친 숨을 고르며 사방을 두리번대던 청년은 그와 눈이 마주치자 멋쩍은 얼굴이 되었다.

재철은 잠시 넋을 잃었다. 언뜻 남자인지 여자인지 성별이 모호해 보이는 중성적인 외모는 둘째 치고서라도 너무나 익숙한 얼굴에 또다시 혼란이 찾아왔다. 머리로는 다른 사람이라는 걸 알고 있는데도 막상 얼굴을 보면 하얀 백지가 돼 버린다.

"아저씨?"

청년의 의아한 눈길에 재철의 정신이 퍼뜩 돌아왔다. 얼른 "괜찮아요."라고 말하며 시선을 돌렸다. 바람 소리를 제외하면 사방이 고요했다. 별다른 인기척은 느껴지지 않았다. 둘만 있다는 확신이 들자 아까부터 묻고 싶던 것을 입에 올렸다.

"대체 어떻게 된 거요?"

청년은 귀를 만지작거리며 입을 꾹 다물었다. 대답하기 곤란한 기색이 역력했다. 상대방이 곤란해하는 걸 꼬치꼬치 캐묻는 성격은 아니지만 이번에는 대답을 꼭 들어야 했다. 왜 눈 덮인 산을 전력 질주 해야만 했는지. 청년을 쫓던 사람들은 누군지. 왜 도망 다니고 있는지.

재철은 채근하지 않고 묵묵히 대답을 기다렸다. 무언의 압박을 견디지 못했는지 마침내 청년이 입을 열었다.

"돈을 좀…… 빌렸어요."

어느 정도 예상했던 답이었다. 그러나 선뜻 이해되지 않는 답이기도 했다.

"신분증이랑 차 담보 잡히고 빌렸다고 하지 않았어요?"

강원랜드 근방에서 담보 잡히고 돈을 빌리는 건 흔한 일상이었다. 도망 다닐 이유가 없었다. 담보 잡혔던 걸 훔친 게 아니라면. 재철의 질문에 청년은 답답하다는 듯 한숨짓더니 불퉁하게 대꾸했다.

"여기 와서 빌린 게 아니라 다른 데서 빌렸어요."

"다른 데라니⋯⋯."

멍하게 되뇌던 재철의 뇌리에 번뜩 한 단어가 떠올랐다. 사채. 다른 데서 돈을 빌린 거라면 사채를 쓴 게 틀림없었다. 20대 초반의 청년이 무슨 돈이 필요하다고 사채를 썼단 말인가.

재철은 청년을 유심히 살펴보았다. 브랜드가 뭔지는 몰라도 입고 있는 옷가지와 구두는 고급스러웠고 값비싸 보였다. 만난 지 얼마 되지 않았지만 차림새도 그렇고 말투나 행동을 미루어 보아 돈에 쪼들리는 생활을 해 왔을 것 같진 않았다. 딱 봐도 철없는 부잣집 도련님이었다. 굳이 사채에 손을 댈 필요가 없는 부류였다. 여기 와서 돈을 빌린 게 아니니 도박에 빠진 것도 아니었다. 대체 청년에게 무슨 일이 있었던 걸까.

문득 그럴듯한 가정이 하나 떠올랐다. 혹시 청년의 집안 형편이 나빠진 게 아닐까, 라는. 만약 이 가정이 맞는다면 모든 게 설명이 되었다. 그동안 풍족하게 살아왔다면 청년의 씀씀이는 결코 작지 않을 터였다. 상황이 바뀌어도 습관이란 쉬이 고쳐지지 않는 법이다. 평소 쓰던 대로 돈을 쓰다가 지갑이 텅 비자 사채에 손을 댄 걸 수도 있었다.

"한 방만 터지면 되는데."

청년의 혼잣말에 재철은 쓴웃음을 지었다.

"빌린 돈 갚으려고 여기 온 거요?"

"뭐 그렇죠. 갚을 건 갚고 벌 건 벌고. 겸사겸사."

한 방 터뜨려 빚도 갚고 돈도 벌겠다는 말이었다. 참으로 야무진 꿈이었다. 동시에 허황된 희망사항이기도 했다. 입 안이 썼다.

얼마 전만 하더라도 재철 역시 청년과 같은 꿈을 꾸고 있었다. 거듭된 사업 실패로 모든 걸 잃고 나자 선택의 여지가 없었다. 한 방만이 유일한 길이라 여겨졌었다. 한 방에도 여러 종류가 있는데, 로또 1등에 당첨되길 기다리느니 잭팟이 터지길 기대하는 게 보다 현실적이라고 생각했다.

그것이 현실이 아니라는 걸 깨달은 것은 수중의 돈이 반 토막 난 후였다. 그럼에도 이곳을 떠나지 못한 건 이곳이 아니면 잃은 돈을 만회할 곳이 없기 때문이었다.

2월 말 강원도 산속의 바람은 칼날처럼 사납고 매서웠다. 땀이 식자 등줄기로 오싹한 소름이 돋았다. 어깨를 웅송그리며 몸을 움츠리는데 투덜거리는 혼잣말이 바람에 실려 왔다.

"어우 추워. 징글징글한 놈들. 여기까지 쫓아오다니…… 더럽고 치사해서 원."

"지금까지 계속 도망 다닌 거요?"

재철이 말을 걸자 청년은 억울하다는 투로 하소연을 늘어놓았다.

"순 날강도들이에요, 그 자식들. 얼마 빌리지도 않았는데 이자를 얼마나 받아 처먹는 건지. 고거 몇 달 밀렸다고 스토커처럼 사람 뒤를 졸졸 쫓아다니면서 귀찮게 하잖아요. 누가 안 갚는다고 했나. 쪼잔한 놈들 같으니라고."

대수롭지 않게 말하고 있지만 그동안 사채업자가 보낸 수금원들에게 꽤나 시달린 듯했다. 조심스럽게 사방을 둘러본 청년이 몸을 일으켰다.

"아저씨, 그만 내려가 보세요."

"응?"

"내려가시라고요. 그놈들이 찾는 건 나지 아저씨가 아니잖아요."

재철은 청년과 같이 있다가 얼떨결에 산으로 도망 온 처지였다. 지금 당장 산을 내려간다 해도 별 상관없었다. 하지만 그는 청년을 산속에 혼자 두고 갈 생각 따윈 전혀 하지 않고 있었다. 위험한 걸 뻔히 알면서 혼자만 살겠다고 가 버릴 수는 없었다.

"그래도 여기 혼자 있으면 위험하지……."

"내려가서 사람들 좀 불러오세요. 될 수 있으면 많이요. 경찰에 신고는 하지 마시고."

"사람들은 왜……."

뜻밖의 요구였다. 재철이 말뜻을 알아듣지 못하자 청년은 귀찮다는 기색이 역력한 얼굴로 부연 설명을 곁들였다.

"사람들이 많으면 그놈들이 나랑 헷갈릴 거 아녜요. 그 틈을 타 도망치면 돼요."

제법 일리 있는 생각이었다. 그런데 무슨 수로 사람들을 산으로 불러온단 말인가. 재철의 속내를 들여다본 듯 청년이 덧붙였다.

"산에 돈다발이 묻혀 있다고 해요. 그럼 올라오지 말라고 해도 올라올 거 아녜요."

재철은 고개를 끄덕거렸다. 돈이 있는 곳이라면 지옥도 불사할 인간들이 산 아래 수두룩했다. 그럼에도 쉽사리 발이 떨어지지 않았다. 청년은 재철이 미적거리며 움직일 생각을 하지 않자 짜증스러운 얼굴로 턱을 쳐들었다. 또 뭐가 궁금하냐는 듯.

"조심하게."

마지못해 일어서며 한마디 하자 청년은 고개만 까딱거렸다. 오늘 처음 본 사이라 해도 제 아버지뻘인 어른에게 무례하고 버르장머리 없는 제스처였다. 그럼에도 화가 나지 않았다. 그저 청년을 홀로 산에 두고 내려가야 하는 것만이 안쓰럽고 걱정될 뿐이었다.

어느 정도 내려가다가 뒤돌아보니 청년은 새끼손가락만큼이나 작아져 있었다. 이쪽을 주시하고 있었는지 멈춰 서자마자 얼른 가라는 듯 손을 흔들어 댄다. 재철은 등을 떠밀리듯 서둘러 산을 내려갔다.

"대체 여기가 어디야."

한숨 돌리며 주위를 살펴보았다. 내려온 지 한참 지난 거 같은데 보이는 거라고는 죄다 앙상한 나무뿐이었다. 길다운 길은 어디에도 보이지 않았다. 아깐 쫓기느라 정신이 없어서 몰랐는데 생각보다 높이 올라온 모양이었다. 이마에 솟아난 땀을 훔치고 발길을 옮기려는 순간이었다.

"여러 사람 고생시키는구만. 망할 자식, 왜 하필 산으로 도망

친 거야."

"조용히 입 닥치고 올라가."

"아무도 없는데 뭐 어때요."

"야, 이 돌대가리들아. 아무도 없긴. 우리가 여기 왜 왔는지 까먹은 거냐? 몇 달 동안 개고생해서 겨우 찾아냈는데 네놈들 주둥이 때문에 놓치면 어쩔 거야, 엉?"

한 남자의 일침에 불만을 토로하던 두 명의 남자들은 바로 입을 다물었다. 발소리를 제외하면 사위는 다시 고요해졌다. 간발의 차로 관목 수풀 사이에 몸을 숨긴 재철은 남자들이 시야에서 사라진 후에야 참았던 숨을 내뱉을 수 있었다.

낯이 익은 남자들이었다. 젊은 남자 둘, 말할 때마다 금니가 반짝이는 중년 남자 하나. 청년을 쫓던 남자들이 틀림없었다. 남자들의 정체를 깨닫자마자 심장이 불안하게 요동쳤다. 이렇게 빨리 산에 올라올 줄은 몰랐다. 예상치 못한 상황에 머릿속이 뒤죽박죽이었다.

산을 내려가야 하는지 다시 올라가야 하는지 모르겠다. 이대로 내려가자니 앞으로 얼마나 더 내려가야 하는지 막막했다. 만약 청년이 아까 있던 곳에서 자신을 기다리고 있다면 남자들에게 곧바로 발각될 터였다. 갈팡질팡하다가 겨우 마음을 정한 재철은 서둘러 내려왔던 길을 다시 올라가기 시작했다.

망설이며 지체했던 시간이 아까웠다. 급한 마음과는 달리 다리는 천근만근이었다. 산을 오르락내리락하다 보니 체력의 한계에 다다른 듯했다. 그래도 최선을 다해 재철은 남자들에게 들키지 않도록 조심하며 산을 올라갔다.

"꺼져 버려!"

난데없는 고함 소리에 재철은 제자리에 우뚝 멈춰 섰다. 멀리서 들려왔지만 청년의 목소리가 틀림없었다. 결국 남자들에게 발각된 모양이었다. 재철은 있는 힘을 다해 속도를 냈다. 간신히 아까 있던 곳까지 올라왔으나 청년과 남자들은 보이지 않았다. 외마디 고함 소리만이 간간이 바람에 실려 오고 있었다. 멀리 가진 못했고 근처 어딘가에서 실랑이 중인 듯했다.

사방을 둘러보며 조금 더 위로 올라가자 나무들 사이서 어른거리는 인영이 보였다. 청년은 도망가고 있었고 그 뒤를 남자들이 바싹 뒤쫓고 있었다. 재철은 길게 생각할 것 없이 곧바로 그들을 쫓았다. 그러나 체력이 바닥나기 직전인 오십 대가 팔팔한 한창 때인 그들을 따라가기에는 역부족이었다. 좀처럼 거리가 좁혀지지 않았다. 놓치지 않고 따라가는 것만도 감지덕지였다.

영원히 계속될 것 같았던 추격전은 청년이 멈춰 서면서 종료되었다. 청년의 뒤에는 허공뿐이었다. 그 아래는 깎아지른 절벽이었다. 더는 도망갈 곳이 없었다.

"오지 마, 한 발짝만 와도 니들 다 가만 안 둬!"

"그만 앙탈 부리고 얼른 이리 와라."

"피차 서로 힘든데 이제 그만하지. 도망 다니는 거 힘들지 않아? 숨바꼭질할 나이도 아니잖아."

"꺼져! 꺼지라고!"

바락바락 악을 쓰는 청년이 가소롭다는 듯 남자들이 비웃음을 흘렸다. 먹잇감을 가지고 노는 고양이처럼 청년을 둘러싸고 있는 남자들은 느긋하고 여유로워 보였다. 그들은 아직 재철의 존재를 눈치채지 못하고 있었다. 그들이 방심하고 있는 지금이 절호의 기회였다.

재철은 근처에 널려 있던 제법 굵은 나뭇가지를 주워 들었다. 살금살금 다가가 뒤에서 공격할 작정이었다. 심호흡을 하며 나무를 단단히 틀어쥐고 한 걸음 옮기려던 순간이었다.

"이거 놔!"

세 명의 남자들 중 덩치가 가장 큰 남자가 청년을 향해 손을 뻗었다. 그 손을 뿌리치던 청년의 몸이 중심을 잃고 휘청거렸다.

"어어어어!"

눈 깜짝할 사이였다. 청년이 시야에서 사라져 버린 것은.

정적만이 감돌았다. 숨소리 하나 들리지 않았다. 선뜻 입을 열 수도, 움직일 수도 없었다. 방금 일어난 일이 뭔지 뇌가 인지하는 걸 거부하고 있었다. 도무지 믿어지지가 않았다. 마치 꿈을 꾸고 있는 심정이었다. 한참이 지난 후에야 가장 연장자로 보이는 남자가 소리쳤다.

"내려가 봐!"

마법에서 깨어난 듯 석상처럼 굳어 있던 두 명의 남자가 움직이기 시작했다. 재철은 재빨리 근처 나무 기둥 뒤로 몸을 숨겼다. 남자들이 사라진 후 그는 나무 뒤에서 나와 청년이 서 있었던 절벽 끄트머리로 걸어갔다.

눈앞이 아찔했다. 얼마나 높이 올라온 건지 비로소 가늠할 수 있었다. 청년의 모습은 잘 보이지 않았다. 그저 뱀처럼 구불구불한 계곡만 보일 따름이었다. 멍하니 절벽 아래를 내려다보던 재철은 남자들이 내려간 방향으로 향했다. 아직 청년의 생사를 단정 짓기는 이르다. 눈으로 확인하기 전까지는 어느 것도 섣불리 결정하고 싶지 않았다.

아래로 내려와서 보니 가느다란 물줄기처럼 보였던 계곡은 꽤 널찍한 강이었다. 매서운 바람이 부는 산속과는 달리 강은 얼지 않고 유유히 흐르고 있었다. 재철이 막 도착했을 때 먼저 와 있었던 남자들은 무언가를 강물에 집어 던지고 있었다. 덩치 큰 남자가 손을 탁탁 털고 걱정스런 얼굴로 중얼거렸다.

"괜찮을까?"

"머리 깨진 놈이 물속에서 살 수 있겠냐."

또래로 보이는 남자의 대답에도 덩치 큰 남자는 여전히 울상이었다.

"그래도 재수 없으면 살아날지도……."

"살아날 놈이면 강에 던지지도 않았지. 어차피 그냥 둬도 죽을 놈이야. 시체 가져가서 어쩌려고. 돈은커녕 은팔찌나 차게 될걸."

"그치만……."

"둘 다 입 닥쳐!"

중년의 남자가 나직한 목소리로 다그쳤다. 그러고는 매섭게 눈을 치뜨며 힘주어 또박또박 말했다.

"우린 오늘 이곳에 오지 않았다."

젊은 남자들의 얼굴이 굳어졌다. 중년의 남자가 다짐하듯 다시 한 번 말했다.

"우린 오늘 이곳에 오지 않았다고. 알았어?"

"네, 실장님."

두 명의 남자들에게서 대답을 듣자 그제야 중년의 남자는 만족한 듯 돌아섰다. 그러고는 주위를 한 번 둘러본 후 미련 없이 그 자리를 떠났다.

재철은 눈앞에 펼쳐진 강을 뚫어져라 응시했다. 살아 있는 생명체의 의지가 깃든 움직임은 전혀 찾아볼 수 없었다. 자그마한 물장구조차 보이지 않았다. 그럼에도 재철은 뭐에 이끌리듯 강으로 뛰어들었다.

온몸에 소름이 돋았다. 살갗이 아릴 정도로 차가운 물이었다. 수심도 생각보다 꽤 깊었다. 뼛속까지 시린 차갑고 깊은 물속에서 서툰 수영 실력으로 사람을 찾는 건 한계가 있었다. 결국 얼마 못 가 그는 밖으로 나올 수밖에 없었다.

숨을 돌리고 나니 다리가 후들거리고 이가 딱딱 부딪혔다. 사시나무 떨듯 온몸이 떨려 왔다. 전신을 덮친 오한에 재철은 무너지듯 주저앉고 말았다. 도무지 몸에 힘이 들어가지 않았다. 추위 때문인지 바닥난 체력 때문인지 알 수 없었다. 그러나 한 가지 분명한 게 있었다.

그것은 바로 공포였다. 사채를 쓴 인간의 끔찍한 말로에 대한 새삼스런 공포가 그의 전신을 욱죄고 있었다. 청년의 운명은 곧 자신의 운명이었다. 그 또한 사채라는 달콤한 과실을 따 먹은 죄인이었기에. 청년이 유독 마음 쓰였던 건 딸아이와 닮아서이기도 하지만 동지의식이 밑바탕에 깔려 있기 때문이었다. 일종의 연대감이라 말할 수 있으리라.

실패를 인정하고 싶지 않았다. 반드시 성공해서 남들처럼 떵떵거리며 잘 살고 싶었다. 다시 시작하기 위해 사채를 빌려 여기에 왔다. 하지만 남은 거라곤 반 토막 난 원금과 앞으로 갚아 가야 할 이자뿐이었다.

이곳을 떠나지 못한 건 잃은 돈을 만회할 곳이 없다는 이유 말고도 한 방이라는 요행을 아직도 기대하고 있기 때문이었다. 그것이 얼마나 부질없고 어리석은 생각이었는지 청년을 보고 깨달았다.

계속 여기 있다간 청년과 똑같은 결말을 맞이할 터였다. 당장 이곳을 떠나야 했다. 더 늦기 전에 모든 것을 되돌려야 했다.

재철은 청년을 집어삼킨 강물을 멀거니 응시했다. 그는 청년의 이름을 알지 못했다. 중상을 입은 청년을 강물에 던져 버린 남자들이 누군지도 알지 못했다. 경찰에 신고하고 싶어도 할 수가 없었다. 자신은 청년에 대해 아는 게 너무 없었다. 설령 신고한다 해도 자신의 일부터 해결하는 게 우선이었다.

재철은 비틀거리며 일어섰다. 강가를 향해 고개를 살짝 숙였다.

"미안하네."

강은 아무 일도 없었던 것처럼 고요하게 흐르고 있었다.

1.

홀 체크를 하기 위해 2층으로 올라간 참이었다. 평소와 사뭇
다른 광경에 혜민은 잠시 어리둥절했다. 흡연석은 물론 비흡연석
손님들 모두 약속이라도 한 것처럼 한 방향을 바라보고 있었다.
혜민 역시 자연스럽게 손님들의 시선이 향하고 있는 방향으로 고
개가 돌아갔다.

시선의 중심에 한 남자가 있었다. 기억에 있는 손님이었다. 주
변에서 보기 드문 연예인급으로 잘생긴 외모도 그렇지만 혼자서
아메리카노 다섯 잔을 한꺼번에 주문한 게 특이해서 기억하고 있
었다. 지금 남자는 테이블에 홀로 앉아 있었다. 다섯 개의 머그
컵 중에서 세 잔이 비어 있었다. 남자는 네 번째 잔을 들며 말했
다.

"다음."

남자 앞에 서 있던 앳된 여자가 물러나자 계단에 서 있었던 다른 여자가 다가왔다. 먼저 있던 여자와 비슷한 또래로 보였다. 십 대 후반에서 이십 대 초반. 한창 꽃다운 나이의 예쁘장한 얼굴에 긴장한 기색이 역력했다. 남자는 여자를 힐끔 보더니 커피를 한 모금 마셨다. 그러고는 무심한 어투로 말했다.

"준비해 온 거 해 봐."

남자의 말이 떨어지기 무섭게 여자가 갑자기 깔깔거리며 웃기 시작했다.

"내가 너무 웃겨서 말이야, 걔가 그럴 줄 알았다니까. 얼마나 웃기던지……."

"그만."

말을 자른 남자는 팔짱을 끼고 여자를 응시했다. 냉정하고 서늘한 눈초리였다. 방금 전까지 신나게 웃어 대던 여자의 얼굴에 두려움이 깃들었다. 남자는 딱딱하고 사무적인 말투로 가차 없이 지적했다.

"웃음소리는 지나치게 톤이 높아서 천박해 보이고 발음은 뭉개져서 알아들을 수가 없군. 혀 짧은 게 자랑인가? 서너 살짜리 애도 너보단 발음이 좋을 거다. 발성도 엉망진창이고. 무슨 자신감으로 여기 온 거야?"

"죄, 죄송합니다. 한 번만 더……."

"다음."

여자는 금방이라도 눈물을 떨어뜨릴 것만 같았다. 같은 여자가 봐도 애처롭고 안쓰러웠다. 그러나 남자는 여자에게 눈길조차 주지 않고 평온한 표정으로 머그잔을 기울였다. 여자가 물러나자 또 다른 여자가 남자 앞에 섰다. 남자는 여자를 보자마자 눈살을 찌푸리며 언성을 높였다.

"누가 화장 그딴 식으로 하랬어! 캐릭터 제대로 이해한 거 맞아? 아님 캐릭터고 나발이고 이쁘면 그만이라고 생각한 거야? 머리엔 똥만 들었으면서 화장 떡칠한 얼굴로 이쁜 척하면서 발연기 하는 년들이 제일 꼴불견이야. 다음!"

남자는 가차 없었다. 계단에서 줄지어 기다리던 여자들이 차례대로 와서 한마디 하면 기다렸다는 듯 폭언을 퍼부었다.

"왜 감정이 오락가락해? 생리할 때마다 그딴 식으로 연기할 거야? 다음."

"성형도 적당히 해야지. 얼굴근육이 전혀 안 움직이잖아. 정지화면이랑 다를 게 뭐냐고. 다음."

"초등학교 다시 입학하지 그래? 그럼 국어책 실컷 읽어도 뭐라 할 사람 없을 테니까. 아니 아예 다시 태어나는 게 낫겠군. 다음."

비슷한 상황이 반복된 끝에 결국 우려하던 일이 벌어졌다. 남자의 폭언에 한 여자가 참지 못하고 울음을 터뜨렸다. 가해자인 남자는 눈 하나 깜박하지 않았다. 멀쩡한 여자를 울려 놓고도 죄책감이라고는 티끌만치도 찾아볼 수 없었다. 미안하다는 사과는 커녕 되레 짜증난다는 투로 혀를 찼다.

"뭘 잘했다고 찔찔 짜는 거야? 눈물은 연기할 때나 흘려. 다음."

가만히 보고 있자니 뭐 저런 인간이 다 있나 싶었다. 허우대만 멀쩡하지 개념은 안드로메다에 두고 온 모양이었다. 손님들도 남자를 보며 수군거리고 있었다. 그러나 누구 하나 선뜻 나서지는 않았다. 괜히 남의 일에 끼어들었다가 골치 아픈 일에 말려들까 봐 몸을 사리는 듯했다. 자리에서 일어서는 손님들도 있었다.

더는 두고 볼 수 없었다. 평소 불의를 보면 얼른 눈을 감는 타입이지만 자신은 지금 커피전문점 아르바이트생이라는 신분이었다. 매장 분위기를 해치는 사람을 그냥 두는 건 직원으로서의 소임을 다하는 게 아니었다. 명분도 있고 감투도 있으니 나서지 못할 이유가 없었다. 심호흡을 한 후 혜민이 막 남자에게 다가가려던 순간이었다.

"흥미진진하네."

갑자기 등 뒤에서 들려온 목소리에 깜짝 놀랐다. 돌아보니 수영이 등 뒤에 바짝 붙어 서 있었다. 혜민은 놀란 가슴을 쓸어내렸다.

"언니, 놀랐잖아요. 언제 올라온 거예요?"

"너 올라가고 난 후 바로. 2층에 재미난 구경거리가 있다고 해서 말이야. 근데 저 남자 진짜 잘생겼다. 피부도 좋고 다리도 엄청 길고. 일어서면 비율 죽이겠다."

유독 남자 외모를 밝히는 수영다운 발언이었다. 혜민은 쓸쓸하게 웃으며 대꾸했다.

"최준혁이 최고라면서요."

"당연히 최준혁이 최고지. 영원한 나의 넘버원인데. 근데 지금 내 눈앞엔 없잖아."

수영은 혀를 쏙 내밀며 헤헤거렸다. 요즘 최고로 잘 나가는 배우 최준혁의 광팬인 그녀는 최준혁 외의 남자는 전부 오징어라고 떠들고 다녔다. 그런데도 좀 괜찮다 싶은 남자가 나타나면 어김없이 눈이 하트가 되고 만다. 무늬만 광팬인 게 틀림없었다.

"캬, 조각이구만 조각."

"잘생기면 뭐해요. 인간이 덜 됐는데."

"글쎄, 인간이 덜 된 거 같진 않은데. 가만히 보면 맞는 말만 하고 있거든. 어휘 선택은 좀 그렇지만."

남자를 두둔하는 의견에 혜민은 기가 막히고 어이없었다. 그러나 이어진 그녀의 말에 혜민은 생각을 달리할 수밖에 없었다.

"자기가 뭐가 부족한지 알아야 고칠 거 아냐. 혼자서 저 많은 애들 오디션 보는 것도 쉽지 않을 텐데 한 명 한 명 일일이 부족한 점 지적해 주고 있잖아. 어떻게 보면 엄청 친절한 거지."

"오디션이요? 지금 저게 오디션 보는 거라고요?"

"다들 종이 하나씩 들고 있잖아. 올라올 때 슬쩍 봤는데 무슨 대본 같더라고."

그러고 보니 계단에서 기다리던 여자들은 전부 A4용지를 열심히 들여다보고 있었다. 아까 남자가 연기가 어쩌고 발음이 어쩌고 했었던 기억이 났다. 정말 이게 오디션이란 말인가. 그렇다 해도 쉽사리 납득할 수 없었다. 커피전문점에서 오디션을 본다는 얘긴 듣도 보도 못했다.

"왜 여기서…… 보통 영화사나 방송국 같은 데서 보지 않나요?"

"일종의 담력 테스트 아냐? 불특정 다수 앞에서 연기할 수 있는지 없는지."

"그래도……."

"사기꾼이면 모텔 갔지 여기 오진 않았을걸."

수영의 말에 더는 반박할 수 없었다. 그녀와 얘기하는 사이 마지막 여자가 남자로부터 집중 공격을 당하고 있었다. 이번에도 역시 남자는 채찍 같은 독설로 여자를 후려치고 있었다. 부족한 점을 지적해 준다는 취지는 좋을지 몰라도 혜민은 여전히 남자의 방식이 달갑지 않았다. 좋게 말해도 알아들을 텐데 꼭 저런 노골적인 말로 상처를 줘야 하는 걸까.

마지막 여자가 가 버리자 남자 혼자 남았다. 그는 바로 일어서지 않고 어딘가로 전화를 걸었다.

"다 안 된다고 김 피디한테 전해."

짤막한 통화를 끝낸 그는 커피가 반 정도 남은 머그컵을 집어 들었다. 다섯 잔 가운데 마지막 잔이었다. 수영이 작은 목소리로 감탄한다.

"커피 CF 한 장면 같네. 분위기 죽인다. 저 인물로 연예인이 아니라니. 뭐 그래도 그쪽 종사자 같긴 하다만."

"언니 안 내려가도 돼요? 손님들 새로 왔을 텐데."

수영은 아르바이트생인 혜민과는 달리 정직원인 바리스타였다. 규정상 아르바이트생은 커피베이스만 깔아 줄 뿐이지 바리스타처럼 커피를 직접 만들 수는 없었다. 지금 이 시간대에 바리스타는 수영뿐이었다. 그녀가 아니면 커피 만들 사람이 없었다. 따라서 이렇게 자리를 비운 채 2층에서 노닥거리고 있으면 곤란하다는 뜻이다. 지금쯤이면 주문이 꽤나 밀려 있을 터였다.

"가야지. 아, 저런 대박을 두고 내려가야 하다니. 나도 알바나 할걸."

수영은 미련이 가득한 눈으로 남자를 보다가 마지못해 아래층으로 내려갔다. 혼자가 된 혜민은 아까 하려던 일을 하기 시작했다. 손님들이 테이블 위에 그냥 두고 간 트레이를 수거해 쓰레기를 분리해 버렸다. 서비스테이블의 부족한 냅킨을 채우고 주변을 청소한 후 층층이 쌓아 놓은 트레이를 들고 아래층으로 내려가려 했다.

"잠깐."

누군가가 혜민을 저지했다. 뒤돌아서자 누군가가 그녀가 들고 있던 트레이 위에 새로운 트레이를 얹어 놓는다. 무의식적으로 상대방의 얼굴을 쳐다본 혜민은 그만 들고 있던 트레이를 떨어뜨릴 뻔했다.

그 남자였다. 방금 전까지 커피를 마시고 있던 남자가 어느새 코앞에 다가와 있었다. 가까이서 본 남자는 사뭇 위압적이었다. 키가 클 거라 예상은 했지만 생각보다 훨씬 컸다. 혜민이 여자치곤 키가 상당히 큰 편인데도 고개를 뒤로 한참 젖혀야 했다. 아무리 못해도 185센티미터는 거뜬히 넘을 듯했다. 피부는 잡티는 커녕 모공 하나 보이지 않았다. 말로만 듣던 도자기 피부가 이런 거구나 싶었다.

도무지 사람처럼 보이지 않았다. 수려한 이목구비조차 비현실적으로 여겨졌다. 멍하니 남자를 응시하던 혜민은 서늘한 눈과 마주치자 정신이 번쩍 들었다.

"가지고 가는 거 아닙니까?"

느닷없는 남자의 물음에 말문이 막혔다. 그가 무슨 말을 하고 있는지 이해할 수 없었다. 뭘 가지고 간다는 거지?

남자는 한숨을 내쉬더니 시선을 아래로 내렸다. 시선이 멈춘 곳은 그녀가 들고 있는 트레이였다. 그제야 남자의 말뜻을 이해한 혜민의 얼굴이 붉어졌다. 민망한 마음에 고개를 숙이고 대답했다.

"네, 가지고 가는 거예요."

"띨띨하긴."

입속으로 중얼거린 남자의 혼잣말이 지척에 있던 혜민에게 고스란히 전달되었다. 혜민은 눈을 까막거렸다. 분명히 두 귀로 똑똑히 들었는데도 선뜻 받아들여지지 않았다. 설마 자신에게 하는 말일까 싶었다. 그러나 남자의 주변에는 핑크색 가방이 놓여 있는 테이블과 그녀 외에는 아무것도 없었다. 자신에게 한 말이 틀림없었다.

손끝이 부들부들 떨려 왔다. 그동안 살아오면서 별의별 일을 다 겪었지만 생면부지의 남자에게 대놓고 모욕당한 건 처음이었다. 내가 자기한테 오디션 보는 연기자 지망생인 줄 아나? 아무 말이나 내뱉어도 된다고 여기는.

생각하면 할수록 화가 부글부글 끓어올랐다. 들고 있던 트레이라도 저 잘난 얼굴에 집어 던져야 속이 풀릴 것 같았다. 바로 실행에 옮기려고 남자를 찾았다. 그러나 잠깐 고개를 숙인 사이에 가 버린 건지 남자는 눈을 씻고 찾아봐도 보이지 않았다. 분을 참지 못한 혜민은 이를 부득부득 갈았다.

"이 망할 자식!"

"간만에 맥주 한잔할까?"

수영의 제안에 혜민은 시간을 확인했다. 언제나처럼 밤 11시가 훌쩍 넘어간 늦은 시간이었다. 그래도 오늘은 손님이 별로 없어서 평소보다 일찍 마감한 날이었다.

"어때, 콜?"

수영의 물음에 혜민은 고개를 가로저었다.

"오늘 딱 하루도 안 되는 거야?"

"죄송해요."

"그 싸가지한테 당한 거 잊어버리려면 술이 최곤데."

남자의 외모를 찬양하던 수영은 혜민이 당한 일을 알고는 마치 자신의 일처럼 분노해 주었다. 그것만으로도 이미 마음이 풀려 버린 혜민이었다. 때론 누군가가 자신의 편을 들어 주는 것만으로도 충분히 위로가 되곤 했다.

"이제 괜찮아요."

수영은 서운한 듯 입을 삐죽거렸지만 곧 고개를 끄덕였다.

"하긴, 넌 쉬어야지. 하루에 알바를 두 탕씩이나 뛰니까. 그래도 적당히 해. 몸 상하면 너만 손해야."

"몸 상하는 알바 아니에요."

"아니긴, 아침 일찍부터 편의점 알바하고 오후부터는 여기서 일하잖아. 거의 하루 종일 서 있는 건데 몸이 안 상하고 배기겠냐? 다리 안 아파?"

혜민은 대답 대신 피식 웃었다. 사실 두 개의 아르바이트 외에 인형 눈 붙이는 부업까지 하고 있었지만 수영에겐 말하지 않았다.

"그 정도로는 끄떡없어요. 제가 보기보다 참 튼튼하거든요."

혜민은 힘자랑하는 남자처럼 아령 드는 시늉을 해 보였다. 수영이 깔깔거리며 웃었다.

"야, 너 그거 하지 마. 넌 키가 커서 멀리서 보면 정말 남자인 줄 알 거야."

"그럼 더 좋죠. 이 야밤에 남자로 보이는 게 백번 낫죠."

"웃자고 한 말이야. 머리가 허리까지 내려오는 남자가 어딨어. 어디로 보나 이쁜 여자구만."

과연 그럴까. 중성적인 외모 탓에 가끔 트랜스젠더 취급받은 적이 있었지만 이 역시 수영에겐 말하지 않았다. 웃고 떠드는 사이 수영이 기다리던 버스가 왔다.

"나 먼저 간다. 내일 보자고."

"네, 언니. 안녕히 가세요."

수영이 탄 버스가 떠나고 홀로 남은 혜민은 터벅터벅 걷기 시작했다. 집까지 버스를 타면 10분, 걸어가면 30분이 걸린다. 비가 오나 눈이 오나, 턱밑까지 다크서클이 내려올 정도로 피곤한 날에도 혜민은 매일 걸어 다녔다. 아르바이트와 부업으로 간신히 생계를 꾸리고 등록금도 모으고 있는 와중에 교통비는 가계에 큰 부담이었다. 한 푼이라도 아껴야 했다.

6개월 전만 하더라도 혜민의 생활은 지금과는 달랐다. 그때도 아르바이트를 하고 있었지만 지금과는 달리 오롯이 등록금을 모으기 위해서였다. 생활비는 아버지가 책임지고 있었기에 가능한 일이었다.

작은 트럭에 뻥튀기를 싣고 전국을 돌아다니며 장사했던 아버지는 5개월 전 자취를 감춰 버렸다. 졸음운전으로 장사 밑천이었던 트럭을 가드레일에 들이받아 폐차시킨 직후였다. 지금까지 아버지에게서 전화 한 통 없었지만 혜민은 별로 걱정하지 않았다. 다년간의 경험으로 미루어 조만간 아버지가 돌아올 거라는 걸 알고 있기 때문이었다.

혜민이 고등학교 2학년 때 아버지는 수십 년 동안 일한 회사에서 명예퇴직을 했다. 아버지는 명예퇴직자의 정규코스를 밟듯 곧바로 퇴직금으로 치킨가게를 차렸다. 아무 준비도 없이 무턱대고 차렸던 가게는 적자만 남긴 채 1년 만에 문을 닫았고, 아버지는 한 달 동안 행방불명이 됐었다. 훗날 말하기를, 한 달 동안 산에 들어가 있었다고 했다.

그 뒤 절치부심한 아버지가 선택한 업종은 인터넷 쇼핑몰에서 의류를 판매하는 일이었다. 그러나 만만하게 봤던 그 일 역시 잘 풀리지 않았고, 아버지는 약 3개월간 잠수를 탔다. 이번에는 섬이었다.

그다음에 선택한 건 친구와의 동업이었다. 혼자서는 안 되겠다 싶었는지 아버지는 절친한 친구와 함께 학교 앞에 분식집을 차리기로 했다. 그러나 개업식을 하루 앞두고 친구가 보증금을 들고 야반도주해 버렸다. 결국 분식집은 문을 열어 보지도 못하고 닫아야 했다. 그 후 혜민은 아버지를 4개월 동안 볼 수 없었다. 그땐 전국을 바람처럼 떠돌아다녔다고 했다.

이번에도 아버지는 산이나 섬에 틀어박혀 있거나 여기저기 떠돌아다니고 있을 터였다. 그러다 마음을 추스르면 돌아올 것이다. 아버지는 무슨 일이 있더라도 자신을 버릴 사람이 아니었으니까.

"아가씨, 이제 오는 거야?"

반지하 셋방에 막 들어가려던 참이었다. 위층에 사는 주인집 아줌마가 기다렸다는 듯 튀어나와 혜민을 불러 세웠다.

"밤늦게까지 고생하네."

"안녕하세요."

혜민은 떨떠름하게 인사했다. 주인집 아줌마가 밤늦게까지 자신을 기다릴 일이라면 별로 좋은 일이 아닐 터였다. 아니나 다를까 아줌마가 꺼낸 용건에 가슴이 덜컹 내려앉았다.

"이번 달 월세 말인데…… 조금 앞당길 순 없을까 해서."

월급날은 2주 후였다. 지금 당장 월세를 낼 수 있는 형편이 아니었다.

"왜 갑자기……."

"그게 우리 큰애가 사고를 치는 바람에 갑자기 돈이 필요해서 말이야. 에휴, 망할 기집애. 하루가 멀다 하고 사고를 치니. 아가씨처럼 착실하면 얼마나 좋아. 송 씨는 복 받았다니까. 그러니 마음 놓고 내려가서 돈 벌지."

아줌마는 아버지가 지방에 내려가서 일하고 있는 줄 알고 있었다. 아버지가 몇 달 동안 보이지 않자 지레짐작한 듯했다.

"그럼 부탁할게."

혜민이 아무 말 없자 긍정의 뜻으로 받아들인 아줌마는 냉큼 위층으로 올라갔다. 지금 사는 집은 다른 집보다 보증금이 저렴한 편이었다. 아줌마가 다소 불합리한 요구를 한다 해도 일언반구도 할 수 없는 처지였다. 대한민국에서 세입자만큼 일방적인 약자는 없을 것이다.

한참 동안 집 앞에 서 있다가 안으로 들어갔다. 깜깜한 집 안에 들어서자 가슴이 꽉 막힌 것처럼 갑갑했다. 실내등 스위치를 켜자 금세 환해졌지만 갑갑한 건 그대로였다. 방 한구석에 수북이 쌓여 있는 인형들 때문인지도 몰랐다.

혜민은 씻지도 않고 앉아서 인형 눈을 붙이기 시작했다. 잡생각을 몰아내고 눈 붙이는 데만 온 신경을 집중했다. 조금씩 숨통이 트이면서 머리가 돌아가기 시작했다.

비상금에 식비까지 보태면 적금을 깨지 않아도 얼추 금액이 들어맞았다. 한결 머리가 맑아졌다. 끼니는 유통기한이 지나 폐기해야 하는 편의점 샌드위치나 삼각 김밥 같은 것으로 해결하면 그만이었다. 2주만 버티면 되니 할 만했다. 아주 죽으란 법은 없는 모양이었다. 편의점 아르바이트하길 잘했다는 생각이 들었다.

25살, 남들은 대학 졸업하고 취업 준비에 매진할 나이였지만 혜민은 아직 한 학년을 더 다녀야 했다. 등록금을 마련하기 위해 휴학과 복학을 여러 번 반복한 탓이었다.

아버지 사업이 줄줄이 망하면서 가세는 걷잡을 수 없이 기울었다. 대학에 다니는 것 자체가 큰 부담이 될 지경이었다. 대학을 나와도 취업 여부가 불분명한 세상이다 보니 차라리 공장에 다니는 게 더 나을 수도 있었다. 그러나 혜민은 대학을 그만둘 생각은 하지 않았다. 아니 그만둘 수 없었다.

오래전에 돌아가신 어머니의 염원이었다. 하나뿐인 딸이 대학을 졸업하는 게 당신의 가장 큰 소원이었다. 그래서 그것만큼은 어떡해서든 들어주고 싶었다. 힘들고 괴로워도 반드시 대학 졸업장을 손에 쥐어야 하는 이유였다.

눈이 뻑뻑하고 고개가 뻐근했다. 어깨도 쑤시고 허리도 묵직했다. 화룡점정 찍는 마음으로 인형 눈을 붙이는 데 집중하다 보니 어느덧 2시간이 훌쩍 지나가 있었다. 조금 쉴 겸, 씻을 겸 자리에서 일어났다. 허리를 펴고 욕실로 가려는데 휴대전화 벨소리가 울렸다. 점퍼 주머니에서 휴대전화를 꺼낸 혜민은 액정에 찍힌 발신자 이름에 깜짝 놀랐다.

아버지였다. 감감무소식이었던 아버지가 5개월 만에 연락을 해 왔다. 혜민은 재빨리 현관으로 달려갔다. 그동안의 경험으로 미루어 잠수 탔던 아버지가 느닷없이 연락을 했다는 건 집 근처에 와 있다는 의미였다. 현관문 근처로 가니 역시나 바깥에서 인기척이 들려왔다. 혜민은 입가에 미소를 띠며 전화를 받는 동시에 문을 열었다.

"아빠."

—혜민아, 어서 도망쳐!

다급한 아버지의 목소리를 들으며 혜민은 눈앞에 서 있는 낯선 남자를 바라보았다. 눈이 마주치자 남자의 입꼬리가 위로 올라갔다.

"네가 송혜민이냐?"

남자의 물음에 혜민은 아무 말도 할 수 없었다.

아버지는 착한 사람이었다. 세상 어디에도 없을 정도로. 착한 게 나쁜 건 아니다. 다만 너무 착한 게 때론 흠이 될 수도 있는 세상이 문제였다. 아버지의 경우가 그러했다. 아버지는 너무 착하다는 이유로 세상 사람들이 말하는 낙오자가 되었다.

아버지의 명예퇴직은 어린 후배의 앞날을 배려해 스스로 자처한 것이었다. 사람을 너무 믿은 나머지 손님들에게 외상을 밥 먹듯이 줬고 결국 치킨가게 문을 닫아야 했다. 잘 나가지 않는 옷을 사람들 말만 철석같이 믿고 구매해 재고가 눈덩이처럼 불어났던 일도 있었다. 아무 의심 없이 전 재산이나 다름없는 가게 보증금을 맡겼던 친구는 개업식 전날 야반도주를 했다.

아버지의 실패로 혜민은 많은 것들을 포기해야 했었다. 어머니와의 추억이 가득한 집을 팔아야 했고 돈이 없어서 휴학을 해야 했으며 남들이 인생의 한 번뿐인 청춘을 즐길 때 구슬땀을 흘리며 일해야 했다. 그럼에도 혜민은 아버지를 원망하지 않았다. 밉지도 꼴 보기 싫다고 생각한 적도 없었다. 정직하게 열심히 살려고 누구보다도 노력한 아버지를 알기에 미워할 수가 없었다. 하지만 그게 사실이라면…….

"다 왔다."

남자의 목소리에 혜민은 상념에서 깨어났다. 차에서 내리자 어둠 속에 우뚝 서 있는 건물이 보였다. '나눔기획'이란 간판이 눈에 들어왔다.

앞장선 남자를 따라 계단을 오르면서도 혜민은 여전히 혼란스러웠다. 믿을 수가 없었다. 아까 들었던 말이 사실인지 아닌지. 아니 차라리 거짓말이길 간절히 바랐다. 말도 안 되는 얘기였다. 절대 그럴 리 없다고 되뇌며 불안하고 초조한 마음을 안고 사무실 문을 열고 들어간 순간, 혜민은 그 자리에 멈춰 섰다.

잘못 본 게 아니었다. 여러 번 힘주어 눈을 감았다 떠도 소파에 앉아 있는 남자가 사라지는 일은 없었다. 기억 속 모습보다 핼쑥하고 행색이 초라하기 이를 데 없었지만 분명했다. 5개월 만에 보는 아버지가 틀림없었다.

인기척을 느꼈는지 소파에 앉아 있던 아버지가 고개를 돌렸다. 혜민을 발견한 그의 눈이 화등잔만 하게 커졌다.

"네가 왜 여기 있는 거야!"

"정말 사채 쓴 거야?"

두 사람은 동시에 말하고 동시에 입을 다물었다. 숨 막히는 침묵이 내려앉았다. 혜민은 아버지를 뚫어져라 응시했다. 아버지는 이곳에 있어선 안 되는 사람이었다. 집으로 찾아온 남자에게서 아버지 얘기를 듣고도 반신반의하며 이곳까지 온 참이었다. 도무지 믿을 수가 없었다. 바로 눈앞에 아버지가 있는데도 불구하고.

가늘게 떨리는 아버지의 목소리가 침묵을 깨뜨렸다.

"여긴 왜 온 거야? 도망가라고 했잖아."

"사채 쓴 거 맞아?"

대답해 주기 전엔 절대 물러서지 않을 거라는 혜민의 의지를 읽었는지 아버지는 슬그머니 시선을 피했다. 고개를 푹 숙이고 눈도 마주치려 하지 않는다.

회피하는 아버지의 태도에서 대답을 들은 혜민은 기가 막히고 억장이 무너졌다. 비록 무능력하지만 누구보다도 착하고 성실한 아버지였다. 그런데 난데없이 사채라니. 날벼락도 이런 날벼락이 없었다. 어이없고 기가 막히고 실망스럽고 허탈했다. 동시에 분노가 치밀었다.

"왜 그랬어? 어쩌려고."

"재기하려면 돈이 필요해서……."

작은 속삭임 같은 아버지의 대꾸에 혜민의 가슴이 먹먹해졌다. 뻥튀기를 싣고 다니던 트럭은 가장으로서의 마지막 자존심이었다. 트럭이 폐차되면서 아버지의 자존심도 박살 났을 터였다. 막다른 골목에서 선택할 수 있는 건 어쩌면 사채뿐이었을지도 몰랐다.

이미 엎질러진 물이었다. 돌이킬 수 없는 일을 이제 와 따진다 한들 어쩌랴 싶었다. 혜민은 한숨을 쉬며 다소 누그러진 어투로 물었다.

"돈을 빌렸으면 집으로 오지 그랬어. 지금까지 어디서 뭐하고 있었어?"

혜민의 물음에 아버지는 더욱 고개를 숙였다. 이상했다. 산이
든 섬이든 어디 있었다고 말하지 못할 이유가 없는데 왜 입을 다
물고 있는 걸까.

"아빠?"

아버지는 더더욱 고개를 숙였다. 무릎에 얼굴이 닿을 지경이었
다. 이쯤 되니 없던 의심도 생겨날 수밖에 없었다. 혜민은 불안
한 마음을 누르며 조심스럽게 입을 열었다.

"돈…… 얼마 빌린 거야?"

본드로 입을 붙인 양 아버지는 아무 말도 하지 않았다.

"얼마를 빌렸는데 집으로 오지 않은 거야? 그 돈으로 뭐하려
고 했어?"

거듭된 질문에 대답한 건 아버지가 아닌 제3자였다.

"부녀 상봉은 이쯤에서 그만하고, 돈 얘긴 우리랑 합시다."

혜민은 그제야 이곳에 자신과 아버지만 있는 게 아니라는 사
실을 깨달았다.

타닥타닥. 남자의 손가락이 계산기 위에서 춤을 추었다. 끝나
지 않을 것 같았던 계산기 두들기는 소리가 어느 순간에 멎었다.
맞은편에 앉아 있던 남자, 나눔기획의 대표 김창호가 계산기를
혜민 앞으로 디밀었다.

"원금 이자 합쳐서 1,736만 원이에요."

"네?"

"원금이 천만 원, 상환한 두 달 치 이자 480만 원을 제외한 나머지 이자가 736만 원. 합쳐서 1,736만 원이라고요, 아가씨 아버지가 갚을 돈이. 뭐 이건 이번 달 금액이고, 다음 달엔 이자가 더 붙으니까 또 달라질 거예요."

연달아 얻어맞은 것처럼 정신이 멍했다. 김창호가 한 말이 하나도 이해되지 않았다. 736만 원에 480만 원을 합하면 이자가 1,216만 원이란 말이었다. 어떻게 5개월 만에 이자가 원금을 넘어설 수 있는 걸까. 게다가 다음 달에는 여기다가 이자가 또 붙는다고 했다. 혜민의 상식으로는 도무지 납득이 되지 않는 계산법이었다.

"말도 안 돼. 잘못된 거 아니에요? 당신들 이거 불법이지."

김창호는 대답 대신 종이 한 장을 내밀었다. 계약서였다. 아버지의 사인과 지장이 찍혀 있는.

"여기 사인한 아가씨 아버지 이름이 송재철 맞죠? 보다시피 아가씨 아버지는 우리랑 1년 계약했어요. 이자는 다달이 내고 원금은 일시 상환하는 조건으로요. 근데 5개월 만에 중도 상환하겠다고 우리를 찾아왔단 말이에요. 뭐 거기까진 괜찮아요. 계약 기간을 어긴 건 중도 상환 수수료를 내면 되니까. 근데 수수료는 고사하고 이자랑 원금에도 못 미치는 돈밖에 없다고 하니 문제라 이 말이에요, 알겠어요?"

불법이든 아니든 간에 계약서가 있으니 빼도 박도 못할 터였다. 계약서를 보고나니 그제야 지금 처한 상황이 피부로 와 닿았다. 머릿속이 복잡했다. 대충 헤아려 봐도 현재 수중에 있는 돈은 1,736만 원에 훨씬 못 미쳤다. 남들에겐 적은 돈일지 몰라도 한 푼이 아쉬운 혜민에겐 큰돈이었다. 숨이 턱 막히고 눈앞이 캄캄했다.

"미안하다. 그땐 뭐에 씌었었나 봐. 내가 미쳤었지. 일이 더 커지기 전에 수습하려고 했는데 널 이런 곳에 오게 하다니……."

말끝을 흐린 아버지가 갑자기 벌떡 일어서더니 김창호에게 무릎을 꿇고 애원했다.

"무슨 짓을 해서라도 돈을 갚을 테니 제발 우리 딸만큼은 보내 주시오."

"내가 당신의 뭘 믿고? 계약도 중도 파기한 주제에. 딸이라면 혹시 또 몰라도."

김창호의 눈길이 은밀히 혜민을 향하자 아버지가 기겁을 하며 펄쩍 뛰었다.

"안 됩니다. 그것만은 절대. 내가 신체포기각서라도 쓰면 되겠소?"

가만히 두 사람의 대화를 경청하던 혜민은 아버지의 제안에 경악했다.

"아빠, 지금 무슨 말을 하는 거야?"

"다 내가 자초한 일이다. 내가 책임질 테니 넌 아무 걱정하지 마라."

"그게 아니라……."

비록 대형 사고를 치긴 했지만 세상에 하나뿐인 가족이었다. 아버지마저 잃을 순 없었다. 아버지는 혜민의 손을 꼭 쥐고 타이르듯 말했다.

"이렇게라도 해야 내가 나중에 네 엄마 얼굴 제대로 볼 수 있어."

"그래도 안 돼."

혜민은 고개를 가로저으며 아버지의 손을 뿌리쳤다. 그러고는 맞은편의 김창호를 똑바로 바라보았다.

"천만 원은 당장 갚을게요. 대신 나머지 736만 원은 제가 일하면서 갚게 해 줘요."

방 보증금과 적금을 깨면 얼추 천만 원 정도 될 터였다. 일단 급한 불부터 꺼야 했다.

"일하면서 갚겠다고?"

김창호는 새삼스럽다는 듯 혜민을 위아래로 찬찬히 훑어보았다. 마치 물건을 품평하는 듯한 시선이었다. 김창호가 혀를 차며 고개를 가로저었다.

"여자치곤 키가 멀대같이 큰 데다 이목구비는 눈만 커다래서 귀여운 구석이라곤 없군. 짧은 머리를 하면 남잔지 여잔지 헷갈리겠어. 목소리도 허스키해서 전혀 애교스럽지도 않고. 흥을 돋우기는커녕 파장시킬 분위기로구만."

노골적인 평가에 혜민의 얼굴이 벌게졌다. 좋아해야 하는 건지 기분 나빠 해야 하는 건지 갈피를 잡을 수가 없었다. 김창호는 다시 한 번 혜민을 요리조리 뜯어보더니 얼굴을 찌푸리며 도리질 쳤다.

"안 돼. 아무리 봐도 무리야. 요즘엔 제 발로 업소에 일하러 오는 애들이 많아서 안 그래도 공급과잉인데 뭐가 아쉽다고 저런 걸. 이쁘고 애교 많고 교양 있는 여대생들이 널리고 깔렸는데 안 되지, 암. 시골 다방이나 가면 또 몰라도…… 근데 왜 이렇게 낮이 익지?"

"야, 이놈들아. 감히 누구를. 내 딸한테 손가락 하나만 대 봐. 가만 안 둘 거야."

아버지가 격노하며 혜민을 모욕한 김창호를 향해 달려들었다. 그러나 그에게 닿기도 전에 뒤에 서 있던 김창호의 부하가 아버지를 제지했다. 악을 쓰며 마구 발버둥치는 아버지의 명치에 주먹이 꽂히자 야윈 몸뚱이가 힘없이 축 늘어진다.

"아빠!"

말릴 겨를도 없이 순식간에 벌어진 일이었다. 놀란 혜민이 달려갔지만 아버지는 의식을 잃었는지 꼼짝도 하지 않았다.

"이게 무슨 짓이에요? 어떻게 사람을 이렇게……."

항의하던 혜민은 어느새 코앞까지 다가온 김창호를 보고 기겁했다.

"뭐, 뭐예요?"

김창호는 혜민을 물끄러미 응시하더니 부하를 향해 손을 까딱거렸다.

"너 가서 창식이 좀 내려오라고 해."

창식이라는 이름을 가진 남자는 1분도 되지 않아 사무실에 모습을 드러냈다.

"무슨 일이십니까, 형님."

"이리 와서 얘 좀 봐 봐. 어디서 많이 본 면상 같아서 말이야."

창식이라는 남자는 시큰둥한 얼굴로 혜민을 바라보았다. 그러더니 단춧구멍같이 쭉 찢어진 작은 눈이 별안간 동그래진다. 놀란 기색이 역력했다. 그는 주머니를 뒤져 무언가를 급히 꺼내 들었다. 누군가의 사진이었다. 남자는 사진과 혜민을 번갈아 보며 입을 딱 벌렸다. 그의 반응을 관찰하던 김창호의 입꼬리가 올라간다.

"어때, 많이 닮았지?"

"이건 닮은 정도가 아니라……."

두 남자의 시선이 동시에 그녀에게 향했다. 혜민은 왠지 모를 두려움에 어깨를 움츠렸다.

방금 무슨 말을 들은 걸까. 혜민은 멍하니 앞에 있는 두 형제를 응시했다. 나눔기획은 금융뿐만 아니라 심부름센터도 겸하고 있는 업체였다. 형인 김창호는 금융을, 동생인 김창식은 심부름센터를 맡고 있었다. 그렇다 해도 이상한 일이었다. 김창호는 납득이 가지만 김창식은 자신과 무슨 상관이라고 저렇게 인상을 쓰고 노려보고 있는 걸까.

혜민이 아무 말 없이 가만히 있자 김창식이 화를 버럭 냈다.

"왜 대답이 없어? 알아들었냐고 물었잖아."

"흐음, 아가씨한테 그렇게 윽박지르면 안 되지."

김창호가 동생을 타이르고는 혜민을 부드럽게 굽어본다.

"아가씨한테는 좋은 기회인데…… 어때요? 우리 제안."

제안이라는 말에 정신이 들었다. 방금 전 남자들이 했던 말이 떠올랐다.

그들의 제안은 확실히 좋은 기회였다. 지금 당장이 아니라 천천히, 십 년이 걸리더라도 앞으로의 이자 부담 없이 할부로 1,736만 원만 갚아도 된다니 혹할 만한 제안이 아닐 수 없었다. 물에 빠져 죽기 일보 직전에 구명 튜브가 던져진 기분이었다.

자신에게는 유리하지만 그들에겐 불리한 제안이었다. 문득 그런 제안을 한 이유가 궁금했다. 너무 좋은 조건이 되레 의혹을 불러일으키고 있었다. 자고로 사채업자들은 십 원 한 푼도 손해 보지 않는 족속들이라 했다. 분명히 선행되어야 할 조건이 있을 것이다.

"제가 뭘 하면 되는데요?"

혜민의 단도직입적인 물음에 김창호가 호탕하게 웃었다.

"하하, 아가씨 참 맘에 드네. 말귀를 잘 알아들어서."

김창호는 웃음을 멈추고 옆의 동생에게 눈짓을 했다. 김창식이 얼른 아까의 사진을 테이블 위에 올려놓았다.

"네가 할 일은 이 사진 속 사람이 되는 거야."

무심코 사진을 본 혜민은 깜짝 놀랐다. 사진 속의 사람은 놀라울 정도로 자신과 닮아 있었다. 마치 쌍둥이 같았다. 합성한 게 아닐까 의심될 정도였다. 하지만 사진 속 사람과 자신은 결정적인 차이가 있었다.

"이 사람은 남자잖아요."

혜민이 의아해하자 김창식이 당연하다는 듯 고개를 끄덕였다.

"남자지. 근데 왜?"

"저더러 지금…… 남자 행세를 하란 거예요?"

"그래."

그럼 그렇지. 좋은 제안의 이면에는 이런 말도 안 되는 일이 기다리고 있었다. 예상은 하고 있었지만 막상 확인하고 나니 허탈했다. 구명 튜브인 줄 알았더니 튜브 모양의 돌덩이였다. 결국은 빠져 죽으란 소리였다.

"전 여자예요. 제가 어떻게 남자 행세를 해요? 불가능해요."

"그만하면 키도 비슷하고 허스키한 목소리도 의뢰인이 보내준 전화 통화 녹음한 목소리랑 거의 흡사하니까 됐고. 머리만 짧게 자르면 다른 건 뭐…… 신경 안 써도 될 거 같은데."

김창식의 시선이 노골적으로 혜민의 가슴께를 향하고 있었다. 얼굴로 열이 확 치솟았다. 혜민은 얼른 팔을 들어 가슴을 가렸다. 김창호가 동생의 무례한 행동을 제지하려는 듯 끼어들었다.

"미안해요, 동생을 대신해 내가 사과할게요. 악의는 없으니 이해해 줘요."

김창호는 사진 속의 남자를 가만히 응시하며 말했다.

"사실 아가씨는 선택의 여지가 없어요. 무조건 이 남자 행세를 해야 하거든요."

"왜죠?"

"거절한다면 아가씨 아버지의 장기를 적출할 거니까요."

불시에 따귀를 얻어맞은 기분이었다. 부드러운 목소리로 섬뜩

한 협박을 내뱉은 김창호였다. 그러고 보니 아버지가 보이지 않았다. 그의 부하도 보이지 않았다. 온몸에 소름이 돋았다. 혜민의 안색이 창백해진 걸 확인한 김창호가 작게 웃었다.

"걱정 마요. 아가씨만 잘한다면 그런 일은 일어나지 않을 테니까. 우리가 사진 속 남자를 찾을 때까지만 그 사람 행세를 하면 돼요. 아주 간단한 일이죠."

"만약…… 들키면 어떻게 되는 거죠?"

그녀의 질문에 김창호의 눈빛이 번뜩였다. 이번엔 또 어떤 말을 들을지 두려웠지만 확실히 짚고 넘어가지 않을 수 없었다. 김창호는 한 음절 한 음절 또박또박 대답했다.

"그런 일은 없어야겠지만 만에 하나 그런 일이 생긴다면…… 아가씨 아버지는 사후에 각막과 심장, 피부, 뼈까지 모두 기증하게 될 거예요."

김창호는 웃고 있었다. 그러나 눈은 웃고 있지 않았다.

❀　　❀　　❀

사진 속 남자의 이름은 김지환. 나이는 24세이고 작년 9월에 가출했다고 한다. 가족 관계는 10년 전 어머니의 재혼으로 어머니와 계부, 의붓형 외엔 없으며, 가족 간의 사이는 그다지 썩 좋지 않았다고 한다. 가출한 이유는 유학 건 때문으로 추정하고 있으며 행방불명이 된 지 6개월째에 접어드는 지금까지 감감무소식이라 했다.

계부가 김창식의 심부름센터에 그를 찾는 일을 의뢰한 게 무려 5개월 전이었다. 의뢰인인 계부는 VIP고객이었고, 5개월 동안 아무런 실적이 없었던 김창식은 애가 타는 상황이었다. 하늘로 증발해 버린 건지 땅으로 꺼진 건지, 온갖 수단을 다 동원했는데도 김지환의 소재를 파악할 수 없었다.

나름 이쪽 업계에서 능력자로 인정받고 있었던 김창식은 자존심이 상한 건 물론이고 언젠가 큰 돈줄이 될지도 모를 의뢰인에게 밉보였다는 생각에 괴로워하고 있었다. 그런데 기적처럼 혜민이 나타난 것이다. 그렇게 찾아 헤매던 김지환과 쌍둥이처럼 닮은.

그들은 계획을 하나 세웠다. 일명 '김지환 프로젝트'라고 이름 붙인 계획은 다음과 같았다.

첫째, 혜민을 김지환으로 위장시켜 의뢰인에게 데려다 준다.

둘째, 혜민은 나눔기획이 김지환을 찾을 때까지 그의 행세를 한다.

셋째, 김지환을 찾게 되면 혜민은 즉시 의뢰인의 주변에서 모습을 감춘다.

넷째, 만약 김지환이 제 발로 나타날 경우, 혜민은 가장 먼저 나눔기획에 그 사실을 알리고 모습을 감춘다.

이상이 '김지환 프로젝트'의 내용이었다.

어떤 경우라도 김지환이 나타나면 혜민이 가짜라는 사실이 탄로 나게 되어 있었다. 자연히 혜민을 데려간 나눔기획이 한패로 의심받을 공산이 컸다. 그럴 때를 대비해 나눔기획 측은 자신들과 혜민은 전혀 무관하다고 주장할 것이며 외려 그녀를 사기꾼으로 몰아세워 자신들도 속았다는 식으로 발뺌할 작정이었다.

즉, 나눔기획은 피해자인 척하며 모든 일을 돈을 노린 혜민의 자작극으로 몰고 갈 계획이었다. 모든 죄를 그녀에게만 덮어씌우겠다는 비겁한 계략이었다.

황당하고 위험천만한 일이 아닐 수 없었다. 무엇보다도 여자인 혜민에게 남자 행세를 하게 한다는 자체가 무리수였다. 그럼에도 이 황당한 계획을 강행하는 건, 김창식의 실추된 자존심 회복이란 목적도 있지만 무엇보다도 의뢰인이 보통 VIP가 아니기 때문이었다.

으리으리한 대문 앞에서 혜민은 나눔기획 형제들이 말도 안 되는 계획을 밀어붙인 이유를 어느 정도 이해할 수 있었다. 사람 사는 집이 아니라 마치 박물관이나 미술관에 온 것 같았다. 과연 대한민국 경제를 쥐락펴락한다는 희성그룹 오너의 저택다웠다.

대기업 오너의 은밀한 의뢰였으니 무슨 짓을 해서라도 성공시키고 싶었을 터였다. 이참에 눈도장을 확실하게 찍어서 상류층 인사들의 은밀한 일들을 도맡아 할 속셈도 있는 듯했다.

대문을 지나 공원 같은 정원을 한참 걸어가니 드디어 저택이 눈에 들어왔다. 아까부터 두근거리던 심장의 고동 소리가 속도를 높였다. 지난 일주일 동안 신변을 정리하고 김지환에 대한 모든 걸 공부했다. 만반의 준비를 했지만 그래도 긴장되는 건 어쩔 수 없었다.

이제부터 김지환의 부모 앞에서 그들의 아들인 척 연기해야 했다. 들키지 않고 잘 해낼 수 있을까. 계부는 그렇다 쳐도 친어머니의 눈을 속이는 게 가능한 일일까.

옆에 선 김창식이 어깨를 툭 건드렸다.

"잘못하면 다 골로 가는 수가 있어. 알아서 잘해."

평온한 어조였지만 명백한 협박이었다. 일이 잘못될 경우를 대비해 나눔기획은 혜민과 따로 연락을 주고받지 않기로 했다. 이제부터는 온전히 그녀 혼자만의 싸움인 셈이었다.

"그쪽이나 잘해요."

혜민은 긴장을 숨기고 무뚝뚝하게 대꾸했다. 김창식의 시선이 느껴졌지만 돌아보지 않았다. 이왕 이렇게 된 거 최선을 다해 김지환 행세를 할 작정이었다. 아무것도 모르는 사람들을 속여야 한다는 게 꺼림칙했지만 선택의 여지가 없었다. 아버지가 저들의 수중에 있는 한 내키지 않아도 열심히 할 수밖에 없었다.

혜민은 거대한 저택을 올려다보았다. 이제 저 안으로 들어가면 다시는 돌이킬 수 없게 된다. 그녀에겐 결정권이 없었다. 지금의 이 무모한 게임을 끝내려면 김지환이 나타나는 것 외엔 방법이 없었다. 김창식이든 누구든 좋으니 김지환을 하루라도 빨리 찾기를 진심으로 바랐다. 심호흡을 하며 마음을 다잡은 혜민은 주저하지 않고 저택 안으로 들어갔다.

혜민과 김창식은 고용인으로 보이는 남자에 의해 응접실로 안내되었다. 인테리어 잡지에서 그대로 튀어나온 듯한 응접실에서 중년의 남자와 여자가 기다리고 있었다. 사진으로 봤던 김지환의 계부 민영식과 친어머니인 이미영이었다. 김창식은 상석에 앉아 있는 민영식에게 고개 숙여 인사했다.

"아드님을 모시고 왔습니다."

"수고했어요. 나중에 따로 연락드리지요."

김창식은 다시 공손하게 인사한 후 응접실에서 나갔다. 각오했지만 막상 혼자가 되자 입 안이 바싹 말라 왔다. 민영식과 이미영의 시선이 자신을 향하고 있었다. 어느덧 손안이 식은땀으로 홍건해져 있었다.

"앉거라."

민영식의 말에 혜민은 어색한 동작으로 소파 끝에 걸터앉으려 했다. 그 순간 벼락같은 여자의 호통 소리가 들려왔다.

"너 뭐야?!"

이미영이 매섭게 노려보고 있었다. 심장이 벌렁거리고 다리가 후들거렸다. 역시 친어머니의 눈을 속이는 건 불가능한 일이었던가.

애초부터 무리한 계획이었다. 잠시 아버지가 눈앞에 스쳐 갔지만 들켜 버린 마당에 어쩔 도리가 없었다. 모든 걸 밝히고 용서를 비는 게 그나마 나을지도 몰랐다. 그런데 어떻게 말을 꺼내야 할까.

할 말을 고르느라 잠시 망설인 틈에 이미영이 혜민보다 한발 앞서 입을 열었다.

"버르장머리 없는 녀석. 집 나가더니 아버지한테 인사하는 것도 잊어버렸어? 내가 널 그렇게 가르쳤니?"

혜민은 어리둥절한 얼굴로 이미영을 바라보았다. 방금 그녀가 한 말이 머리로 입력된 건 조금 시간이 지나서였다. 아무래도 아직은 들키지 않은 모양이었다. 자신의 착각으로 하마터면 모든 걸 망쳐 버릴 뻔했다는 걸 깨닫자 소름이 확 끼쳤다.

"이제 겨우 집에 온 애한테 그러지 말아요."

민영식이 씩씩거리는 이미영을 달래며 손짓으로 얼른 앉으라고 한다. 엉거주춤하게 서 있던 혜민은 일단 그에게 목례한 후 소파에 엉덩이를 내렸다. 이미영의 시선이 곧바로 꽂혀 들었다. 혜민을 위아래로 훑어보더니 기가 막힌다는 표정이 되었다.

"옷은 또 그게 뭐야. 시계랑 구두는 어쩌고…… 설마 다 팔아치운 거니?"

혜민은 얼떨결에 고개를 끄덕거렸다. 속상해하는 이미영을 민영식이 작게 나무란다.

"그러게 카드는 중지시키지 말라고 했잖아요."

"돈 없으면 집으로 바로 들어올 줄 알고 그랬죠. 어휴, 미련한 놈 같으니라고."

이미영은 다혈질에 과감하고 솔직한 성격인 듯했다. 그에 비해 민영식은 침착하고 차분해 보였다. 그가 혜민을 다정하게 바라보며 말을 걸었다.

"어쨌든 집에 왔으니 됐다. 밖에서 고생 많았지?"

혜민이 아무 대답도 하지 않자 민영식은 짐작이 간다는 얼굴로 말을 이어 갔다.

"걱정 마라. 네가 원하지 않으면 유학 가라고 하지 않을 테니까. 엄마도 그러기로 했으니까 작년 같은 일은 없을 거야."

유학 보내지 않겠다니 다행이었다. 김지환 프로젝트를 하기로 한 후부터 가장 마음에 걸리던 부분이 바로 유학이었다. 아버지를 이곳에 두고 해외로 나갈 수 없을뿐더러 유학 가 있는 동안 진짜 지환이 나타나면 자신도 나눔기획도 곤란해질 터였다. 만약 유학을 보내겠다고 했다면 계획이고 나발이고 오늘 당장 야반도주를 감행했을 것이다. 혜민은 남몰래 안도의 한숨을 쉬었다.

"저……."

혹시 목소리 때문에 들통 나지 않을까 싶어 조심스럽게 운을 떼고 반응을 살펴봤다. 다행히 두 사람에게서 별다른 반응은 없었다. 외려 어서 말해 보라는 듯한 눈빛을 하고 있을 뿐이었다. 혜민은 용기를 내어 미리 준비해 왔던 말을 꺼냈다.

"저 독립하고 싶어요."

한집에서 김지환의 부모, 정확히 그의 친어머니와 같이 사는 건 위험천만한 일이었다. 지금은 운 좋게 넘어갔다 해도 계속해서 요행에 기댈 순 없는 노릇이었다. 그래서 생각해 낸 묘안이 바로 독립하는 것이었다. 나눔기획 형제들과도 이미 합의한 일이었다.

혜민은 조심스럽게 눈만 움직여 민영식과 이미영의 기색을 살펴봤다. 민영식은 웃고 있었고 이미영은 눈살을 찌푸리고 있었다. 그녀가 원망스럽다는 투로 중얼거렸다.

"넌 어떻게 된 애가 오자마자 독립 얘기를 꺼내니?"

"그것 봐요. 내가 독립 얘기할 거라고 했잖아요. 전부터 독립하겠다고 노래 부르던 녀석이었는데. 자, 어서 줘요."

이미영은 지갑에서 십만 원권 수표를 꺼내 민영식에게 건네주었다. 그가 혜민을 바라보며 기분 좋게 웃는다.

"네 덕에 내가 이겼구나. 고맙다, 아들."

조금 당황스러웠다. 지금과 같은 상황은 전혀 예상치 못했었다. 이제 막 돌아온 아들이 또다시 집을 나가겠다고 하면 집안이 발칵 뒤집어질 거라 생각했었다. 그런데 뒤집어지긴커녕 아들의 독립 여부로 두 분이 내기를 하다니. 희한한 부부였다.

민영식이 담담한 어투로 달래듯 입을 열었다.

"너도 성인이니 원한다면 얼마든지 독립할 수 있지. 말리진 않으마. 대신 우리가 골라 준 곳에서 살았으면 하는데, 어떠냐? 네 생각은."

집을 따로 얻어 주려는 건가 싶었다. 돈이 썩어 날 정도로 많은 재벌이니 그쯤이야 어려운 일도 아닐 것이다. 생각보다 일이 수월하게 풀리는 듯했다. 혜민은 한시름 놓으며 대꾸했다.

"네, 그럴게요."

민영식의 조건을 막 수락하는데, 아까 이곳으로 안내해 준 고용인이 다가왔다.

"큰 도련님 오셨습니다."

큰 도련님이라면 민영식의 친아들이자 김지환의 의붓형이었다. 김창식의 조사에 따르면, 올해 서른인 김지환의 의붓형 민승현은 5년 전 본가에서 독립해 홀로 영화 제작사를 차렸다고 했다. 같이 살 때도 김지환과는 사이가 별로였고 독립한 이후에는 거의 만난 적 없다고 했다. 그러니 그에 대해서는 몰라도 된다며

자료를 아예 주지 않았다.

그런 연유로 혜민은 민승현의 얼굴도 모르고 있었다. 그래서 지금 이 상황이 몹시 당황스러웠다. 절대로 의붓형과는 부딪힐 일 없다고 장담하더니 이게 뭐란 말인가. 업계에서 알아준다는 김창식의 능력이 새삼 의심스러웠다.

"저 왔습니다."

낮지만 깊게 울리는 목소리였다. 심야의 라디오 DJ처럼 근사하고 멋진 목소리였다. 그리고 예전에 어디서 들어 본 것 같은 귀에 익은 목소리였다. 고개를 갸웃거리며 혜민은 목소리가 들려온 방향으로 고개를 돌렸다.

고개를 뒤로 한참 젖혀야 할 정도로 장신이었다. 도자기처럼 하얗고 매끄러운 피부와 수려한 이목구비를 가진 남자였다. 남자의 검은 눈동자와 눈이 마주치자 순간적으로 눈앞이 아찔했다. 이어서 아지랑이가 피어오르는 것처럼 잘 꾸며진 응접실 풍경이 이지러졌다. 민영식도 이미영의 얼굴도 저만치 멀어졌다. 아무것도 들리지 않았고 보이지도 않았다. 순식간에 사방이 캄캄해졌다. 어둠을 뚫고 서늘한 목소리가 들려왔다.

"오랜만이군, 동생."

일주일 전 커피전문점에서 혜민을 모욕하고 사라졌던 그 남자가 눈앞에 있었다.

2.

"그만 일어나겠습니다."

맞은편에서 들려온 목소리에 혜민은 고개를 들었다. 식사를 마친 승현이 의자에서 막 일어나고 있었다.

희성그룹 오너 일가의 점심 식사는 과연 격이 달랐다. 언젠가 텔레비전에서 보았던 유명한 셰프가 눈앞에서 직접 요리를 하고 전문 메이드들이 알아서 척척 서빙 해 주었다. 손가락 하나 까딱할 필요가 없었다. 음식이며 물이며 알아서 전부 치우고 갖다 주었다. 재벌이 현대사회의 귀족이라더니 맞는 말인 듯했다.

난생처음 호사스런 대접을 받으며 셰프가 요리한 음식을 맛보았지만 아쉽게도 맛은 하나도 기억나지 않았다. 식사하는 내내 승현이 자신을 알아보는 게 아닐까 가슴을 졸이며 긴장하는 바람에 밥을 입으로 먹는 건지 코로 먹는 건지 구분이 안 갈 지경이었다. 맛은커녕 체하지 않은 것만도 다행이었다.

아직까지 그는 자신을 알아보지 못하고 있었다. 이대로 계속 알아보지 못하길 혜민은 간절히 빌고 또 빌었다.

"곧 후식 나올 건데. 마저 먹고 가지 그러니."

조심스럽게 승현에게 후식을 권하는 이미영이었다. 아까 자신에게 거리낌 없이 호통치고 화를 냈던 그녀와 동일 인물인지 헷갈렸다. 그녀는 지나칠 정도로 승현의 눈치를 살피고 있었다. 이들의 관계를 모르는 사람이 봐도 두 사람이 친모자지간이 아니라는 걸 알아챌 정도였다. 뜬금없게도 혜민은 재혼가정의 어색함과 어려움이 뭔지 알 것 같다는 생각이 들었다.

"일이 있어서요. 그럼 이만."

이미영에게 고개 숙여 인사한 승현을 민영식이 딱딱한 어조로 불러 세웠다.

"거기 서라."

민영식이 엄한 어조로 말을 이어 갔다.

"네가 하는 일이 얼마나 대단한지 모르겠지만 네가 나만큼 바쁘더냐? 그깟 구멍가게 일이 가족끼리 식사할 시간도 못 낼 정도로 중요한 게냐."

"방금 식사했습니다만."

"식사가 달랑 밥만 먹으면 끝인 게냐? 일 년에 고작 한두 번 얼굴 비추라고 독립 허락한 거 아니다."

"지환이 돌아온 기념으로 함께 식사했으면 된 거 아닙니까. 용건 없으면 가 보겠습니다."

아버지가 뭐라 하건 말건 제 할 말만 내뱉고 냉정하게 뒤돌아선다. 하나를 보면 열을 안다고 했나. 역시 싸가지 없고 재수 없는 놈이었다. 일주일 전 커피전문점에서의 일을 떠올리며 혜민은 속으로 구시렁거렸다.

아들의 버르장머리 없는 태도에도 불구하고 민영식은 그다지 화난 기색이 아니었다. 옆에서 울상인 이미영과는 사뭇 대조적이었다. 그는 승현을 다시 불러 세웠다.

"용건 안 끝났다."

막 식당을 빠져나가려던 승현이 뒤돌아섰다.

"말씀하세요."

"지환이랑 같이 가거라."

순간 숨 막히는 정적이 내려앉았다. 방금 민영식이 한 말이 이해되지 않았다. 승현도 마찬가지인 듯 멍한 얼굴이었다. 한참 만에야 그가 입을 열었다.

"그게 무슨……."

"지환이 데려가라고 했다. 앞으로 둘이서 같이 살거라."

태연한 어조로 폭탄을 터뜨린 민영식이었다. 혜민은 자기도 모르게 벌떡 일어섰다.

"독립시켜 주신댔잖아요."

혜민은 민영식에게 따지는 듯한 어조로 항의했다. 조심해야 한다는 것도 잊어버릴 만큼 충격적이었다. 민영식은 그녀를 바라보며 딱 잘라 말했다.

"아까 우리가 골라 준 곳에서 산다고 했잖니."

"그, 그건 새로 집을 구해 주는 줄 알고……."

"아직 넌 경제적으로 독립하지 못한 상태 아니냐. 그러니 혼자 사는 건 무리야. 형하고 같이 살면서 스스로의 힘으로 살아갈 준비를 하는 게 좋을 거다."

말문이 턱 막혔다. 구구절절 옳은 말이었다. 김지환의 장래를 생각해서 내린 결정이란 것도 알 수 있었다. 하지만 자신은 김지환이 아니었다. 그러므로 절대 민영식의 뜻을 따를 수 없었다.

"전 절대로……."

"못 들은 것으로 하겠습니다."

혜민이 미처 반대 의사를 꺼내기도 전에 승현이 딱 잘라 거절했다. 방금 전까지 꼴도 보기 싫었던 남자가 갑자기 멋져 보였다. 혜민은 마음속으로 승현을 응원했다. 그의 매몰찬 거절을 듣고도 민영식은 그럴 줄 알았다는 듯 무덤덤한 얼굴이었다. 그러더니 돌연 화제를 다른 곳으로 돌려 버렸다.

"요즘 투자처 잡으려고 여기저기 다 쑤셔 보고 있다며. 이번에 기획한 영화는 별론가 보지."

민감한 사안을 건드린 건지 승현의 눈빛이 대번에 매서워졌다. 그는 민영식을 똑바로 응시하며 또박또박 말했다.

"언제부터 제 구멍가게에 그리 관심이 많으셨습니까?"

"기분 상했다면 사과하마. 규모가 커졌으니 구멍가게가 아니라 마트라고 했어야 하는데. 백화점이 되려면 아직 멀었지만."

비아냥거리는 어조에 승현의 얼굴이 딱딱하게 굳어졌다. 민영식은 아랑곳하지 않고 말을 이어 갔다.

"시나리오는 훌륭하더구나. 듣기로 영화는 감독놀음이라던데, 한 교수 아들이 독립 영화로 성공은 했지만 상업 영화는 한 번도 해 보지 않았다지? 시나리오가 아무리 좋아도 검증 안 된 감독을 믿고 투자할 사람은 없을 게다. 돈과 관련된 일이니 신중에 신중을 기할 수밖에. 너도 사업을 하니 잘 알겠지만 투자가들에겐 이익이 최우선 과제이자 목표다. 예술성이니 작품성이니 하는 것들은 그다음 문제고."

"본론이 뭡니까."

민영식은 메이드가 가져다준 차를 한 모금 마시며 혜민과 승현을 번갈아 보았다.

"형제끼리 사이좋게 지내면 부모로선 그보다 더 좋은 일이 없지. 기특하기도 하고. 기특한 자식에게 부모는 뭐라도 해 주고 싶어 하지. 이를 테면 용돈을 준다든가 말이다."

승현의 눈이 반짝 빛났다. 민영식은 입꼬리를 올리며 의미심장한 미소를 지었다. 두 사람을 지켜보던 혜민의 가슴에 불안이 스멀스멀 밀려들었다. 승현과 민영식이 마치 아사 직전의 짐승과 그 앞에서 고깃덩이를 흔드는 사육사처럼 보였다.

차창에 얼비치는 얼굴이 낯익으면서 낯설었다. 귀가 보이도록 짧은 머리를 한 건 난생처음이었다. 그래서인지 자꾸만 손이 간다. 혜민은 어색한 머리를 만지작거리다가 운전석을 힐끔거렸다. 깎아 놓은 듯 수려한 남자가 전방을 바라보며 운전에 집중하고 있었다. 한숨이 흘러나왔다.

비 피하려다 태풍 만난 격이었다. 순풍에 돛 단 줄 알았는데 알고 보니 찢어진 돛이었다. 어찜 일이 꼬여도 이렇게 꼬일 수 있을까. 승현은 민영식이 흔드는 고깃덩이를 주저 없이 덥석 물었다. 그가 기획한 영화에 민영식이 메인스폰서가 되는 조건으로 혜민과의 동거를 수락했다. 그 결과 자신은 지금 승현의 차를 타고 그의 집으로 향하고 있었다.

그는 아직까지 자신을 알아보지 못하고 있었다. 일주일 전, 지금과는 다른 모습의 자신을 딱 한 번 보았으니 기억하지 못할 만도 했다. 게다가 그날 승현은 수십 명의 오디션을 보았었다. 그 많은 사람들을 상대했으니 정신없었을 터. 지척에서 마주쳤다 해도 기억하지 못할 수도 있었다.

어떻게 보면 외려 잘된 일일 수도 있었다. 김지환의 부모는 애초부터 자신을 홀로 독립시키려는 생각이 없었던 듯했다. 만약 끝까지 거부했다면 그냥 본가에 주저앉혔을지도 몰랐다. 친어머니인 이미영과 함께 지내는 것보다 5년 동안 거의 만나지 않은 의붓형과 지내는 편이 더 안전할 수도 있었다. 그가 끝까지 자신을 알아보지 못한다면 말이다.

"안 내리고 뭐해?"

이런저런 생각을 하다 보니 차가 정차한 것도 몰랐다. 혜민은 서둘러 차에서 내렸다. 승현은 뒤도 돌아보지 않고 성큼성큼 앞장서서 걸어갔다. 다리가 길어서인지 몇 발자국 걷지도 않았는데 금세 거리가 벌어졌다. 혜민은 캐리어를 끌고 부리나케 뒤쫓았다.

대궐 같은 본가에 있다 와서 그런지 승현의 아파트는 검소하고 아담해 보였다. 남자 혼자 사는 집치고 평수가 큰 편인데도 불구하고. 그래도 재벌 3세가 사는 집이라고 보기엔 너무 평범했다.

"네가 쓸 방은 여기."

그는 문간방을 혜민에게 내주었다. 이 집에서 방은 전부 네 개였다. 하나는 승현의 침실, 그 옆에 붙은 방은 서재였고 다른 방은 드레스 룸으로 사용하고 있었다. 문간방은 온갖 잡동사니를 넣어 둔 창고 같은 곳이었다. 누울 자리는커녕 발 디딜 틈도 없었다. 어이가 없었다. 어떻게 이런 방을 쓰라고 내준단 말인가. 황당해하며 방 안을 둘러보는데 승현이 툭 던지듯 말한다.

"오늘은 거실 소파에서 자. 내일 사람 불러서 치울 테니까."

최소한의 양심은 있는 듯했다. 여기서 자라고 하지 않는 걸 보면. 창고보단 소파가 훨씬 나았다. 캐리어를 들고 거실로 가려는데 승현의 따가운 눈초리가 느껴졌다. 등줄기가 서늘해졌다. 혹시 날 알아본 건가.

눈만 굴려 조심스레 그를 바라보자 대번에 눈이 마주쳤다. 혜민은 그 자리에서 얼어붙었다. 승현은 그런 그녀를 빤히 응시하다가 입을 열었다.

"혹시나 해서 말하는 건데, 난 아버지처럼 너그럽지 않아. 집 싫다고 뛰쳐나간 놈 곱게 받아들이는 거 내 사전엔 어림없는 일이야. 그러니 얌전히 있다가 가. 성가시게 굴지 말고. 사고 치지도 말고."

정체가 탄로 난 건 아니었지만 듣다 보니 왠지 기분이 나빠졌다. 경고하는 듯한 어투가 마음에 들지 않았다. 하지만 혜민은 속내와는 달리 순순히 고개를 끄덕였다. 고분고분한 그녀를 보며 만족한 건지 승현은 별말 없이 몸을 돌렸다. 그러다가 뭔가 생각났다는 듯 한마디 덧붙였다.

"아니, 아무것도 하지 마. 공기처럼 있어도 없는 듯이 있다가 가는 게 좋겠어."

웬만하면 참으려 했었다. 시끄럽게 해서 좋을 건 없으니까. 하지만 해도 해도 너무한다는 생각이 들었다. 아무리 마음에 들지 않는 의붓동생이라 해도 꼭 저렇게까지 말해야 하는 걸까. 공기처럼 있어도 없는 듯이 있으라고? 아예 투명인간이 되라고 하지.

"받을 거 다 받았으면서 이래라저래라 하면 안 되는 거 아닌가요?"

마음속 불평이 입을 통해 밖으로 나와 버렸다. 말을 내뱉은 후 잠깐 당황했지만 후회하지는 않았다. 자신은 이 집에 식충이로 빌붙어 살러 온 게 아니었다. 민영식이 승현의 영화에 투자해 주는 조건으로 온 것이었다. 즉, 자신이 아니었다면 투자받는 일은 절대 없었을 것이었다. 자신은 전혀 꿀릴 입장이 아니었다.

혜민의 반격에 승현은 다소 놀란 듯 눈썹을 꿈틀거렸지만 별다른 말은 하지 않았다. 그저 그녀를 위아래로 훑어보며 조소를 흘릴 뿐이었다.

"얌전해졌길래 철 좀 들었나 했더니. 여전히 안하무인에 개념 상실이로군. 주제 파악도 못 하고."

"뭐라고요?"

"하긴 제 발로 들어온 게 아니라 잡혀 온 거니 여전할 수밖에 없겠군. 잠깐이나마 기대한 내가 어리석었지."

그의 혼잣말에 말문이 막혔다. 한숨을 내쉬던 승현이 갑자기 상체를 숙이더니 혜민과 일직선으로 눈을 맞춰 왔다. 코앞으로 바짝 다가온 그의 얼굴에 놀라 흠칫거리자 그의 입가에 묘한 미소가 걸렸다.

"잘 들어, 어떤 식으로 오게 됐더라도 내 집에 온 이상 넌 내 책임하에 놓인 거야. 그러니까 내 말에 토 달지 말고 무조건 따르는 게 좋을 거야."

이쯤에서 그만해야 한다는 걸 머리로는 알고 있었다. 그러나 강압적인 그의 태도와 어조에 숨이 막혀 왔다. 나눔기획 형제들의 협박에도 모자라 또다시 자신을 통제하려는 사람을 대하고 보니 견딜 수가 없었다. 혜민은 그를 똑바로 바라보고 반박했다.

"내가 왜 그래야 하는데요? 여기가 군대예요? 공산주의 국가냐고요. 난 내 맘대로 할 거예요. 나한텐 그럴 권리가 있다고요."

"그래? 그럼 어디 맘대로 해 봐."

아쉬울 거 없다는 듯 승현은 홱 돌아섰다. 순순한 그의 반응에 기쁘긴커녕 도리어 불안해졌다. 이대로 얌전히 물러설 사람이 아니었다. 대체 무슨 꿍꿍이인 걸까. 얼마 안 있어 거실에서 통화하는 그의 목소리가 들려왔다.

"네, 어머니. 잘 도착했어요. 근데 지환이 유학에 대해서 말씀드리고 싶은 게 있는데……."

머리가 띵했다. 유학이라니. 생각지도 못한 단어에 멍하게 넋 놓고 있는 사이 그의 전화 통화는 계속되고 있었다. 그의 의도가 손에 잡힐 듯 그려졌다. 정신이 돌아온 혜민은 전속력으로 거실로 달려갔다. 그녀를 슬쩍 쳐다본 승현은 마치 들으란 듯이 태연하게 말했다.

"유학도 다 시기가 있는 거라서 너무 늦으면……."

전화기를 빼앗으려 했지만 승현의 키가 너무 커서 불가능했다. 혜민은 승현의 앞으로 가서 눈을 부릅뜨고 필사적으로 손을 휘둘렀다. 그만, 그만하라고 이 망할 자식아!

그가 눈으로 물어 왔다. 내 말 들을 거야 말 거야?

혜민은 정신없이 고개를 끄덕였다. 들을게, 듣는다고. 공기가 되라면 공기가 될 테니 그만 끊어!

승리를 확인한 그의 입꼬리가 위로 슬쩍 올라갔다.

"곤란하지만 지환이가 원하지 않는 이상 유학은 포기하는 편이 좋을 거 같아서요. 유학은 당사자의 의지가 가장 중요하니까요. 아쉽지만 어쩔 수 없죠. 네. 그럼 안녕히 계세요."

그가 수화기를 내려놓자 그제야 안도의 한숨이 흘러나왔다. 긴장이 풀리면서 다리도 풀려 버렸다. 혜민은 바닥에 주저앉았다. 위에서 내려다보는 시선이 느껴졌지만 고개를 들지 않았다. 지금 저 얄미운 얼굴을 봤다간 무슨 짓을 저지를지 몰랐다.

"아직도 네 맘대로 할 거야?"

혜민은 고개를 가로저었다. 그러다 문득 아까 민영식이 했던 말이 떠올랐다.

'걱정 마라. 네가 원하지 않으면 유학 가라고 하지 않을 테니까. 엄마도 그러기로 했으니까 작년 같은 일은 없을 거야.'

혜민은 고개를 번쩍 치켜들었다.

"아까 아버지가 유학 안 보낸다고 했는데."

"그거야 네가 또 집 나갈까 봐 그냥 한 소리고. 어머니는 절대 네 유학 포기하실 분이 아니야. 너는 친아들이면서 어머니가 어떤 분이신지 아직도 모르냐."

왼뺨을 맞고 난 후 돌아서서 오른뺨을 또 맞은 기분이었다. 바보가 따로 없었다. 달래려고 한 말을 곧이곧대로 믿다니. 안일함을 자책하고 있는데 승현이 집요하게 되물었다.

"어떡할 거야. 계속 네 맘대로 할 거야?"

대답을 들을 때까지 계속 물고 늘어질 기세였다. 집요한 인간 같으니라고. 혜민은 힘없이 대꾸했다.

"조용히 있을게요."

드디어 만족했는지 승현은 회사에 간다는 한마디를 남기고 사라졌다. 혼자가 된 혜민은 그대로 뻗어 버렸다. 허리가 뻣뻣하고 손발에 힘이 들어가지 않았다. 아주 잠깐 승현과 같이 있었던 것뿐인데도 마라톤 코스를 완주한 사람처럼 녹초가 돼 버렸다. 앞으로 그와 얼굴을 맞대고 지낼 생각을 하니 골이 지끈거렸다.

눈이 번쩍 떠졌다. 창밖이 어두워져 있었다. 잠깐 눈을 감은 것뿐인데 그대로 자 버린 모양이었다. 대체 몇 시간이나 잤던 걸까.

거실 실내등 스위치를 올렸다. 갑자기 하얀 불빛이 쏟아져 내리자 눈이 부셨다. 눈살을 찌푸리며 화장실로 가서 볼일부터 봤다. 일반 가정집 화장실과 별다를 게 없었지만 특이하게도 욕조가 있어야 할 자리가 휑하니 비어 있었다. 욕실을 넓게 쓰려고 욕조를 떼어 내는 경우가 있긴 하지만 혼자 사는데 굳이 떼어 낼 필요가 있었을까 싶다.

거실에 나와 찬찬히 주위를 둘러보았다. 아까 승현을 상대하느라 제대로 집 안을 둘러보지 못해서 몰랐었는데 썰렁한 느낌이들 정도로 가구가 거의 없었다. 벽걸이 텔레비전, 소파, 테이블, 바닥에 깔린 러그 외엔 아무것도 없었다. 생활감이란 게 전혀 느껴지지 않았다.

다른 방도 마찬가지였다. 침실엔 침대, 서재엔 책상과 책장, 드레스 룸엔 옷만 있었다. 딱 필요한 것만 있는 느낌이었다. 그리고 온 집 안이 먼지 하나 없을 정도로 깨끗했다. 창고로 쓰인 문간방조차 바닥에 먼지가 없었다. 아무래도 결벽증이 있는 모양이었다.

여기저기 둘러보다 보니 문득 허기가 느껴졌다. 점심을 극도의 긴장 속에서 먹는 둥 마는 둥 해서 그런지 뭘 먹은 것 같지가 않았다. 혼자가 되어 긴장이 풀리자 잠시 구석에 밀쳐 두었던 식욕이 활개를 치고 있었다. 마침 시간도 저녁때이긴 했다. 승현이 없을 때 저녁을 미리 먹어 둬야겠다는 생각이 들었다. 그 얄미운 얼굴을 보면 입맛이 싹 달아날 것 같았다.

주방 역시 먼지 한 톨 보이지 않았다. 가스레인지, 냄비가 번쩍번쩍 광이 날 지경이었다. 찬장을 열어 봤지만 아무것도 없었다. 혼자 사는 남자 집의 필수품이라는 라면이나 즉석식품은 고사하고 그 흔한 음식점 전단지나 중국집 전화번호도 없었다. 있는 거라고는 달걀 다섯 알과 우유, 생수, 커피 원두, 그리고 와인 서너 병이 전부였다.

사람 사는 집이 맞는지 의아스러웠다. 무언가 해 먹은 흔적이 없었다. 이제 보니 가스레인지나 냄비는 잘 닦아 둔 게 아니라 아예 사용하지 않은 새것이라서 깨끗한 듯했다.

편의점에 가서 컵라면이라도 사 먹고 싶었지만 도어록 번호를 알지 못하니 밖에 나갈 수 없었다. 배달을 시킨다 해도 음식점 전화번호를 모르는 데다, 설사 번호를 안다 해도 결정적으로 주소를 알지 못했다. 결국 죽으나 사나 집 안에서 끼니를 해결해야 했다.

이가 없으면 잇몸으로라도 씹는다고 했던가. 하는 수 없이 있는 재료를 최대한 활용하기로 했다. 재료가 워낙 없다 보니 할 수 있는 요리가 한정적이었다. 혜민은 그중에서 가장 손쉬운 걸 택했다. 달걀 다섯 알 중 세 알로 스크램블드에그를 만들었다.

시장이 반찬이라고 간도 하지 않고 그냥 달걀만 익혔을 뿐인데도 맛있었다. 우유까지 싹 비우고 나니 그제야 집주인에게 생각이 미쳤다.

설마 허락도 없이 먹었다고 뭐라고 하는 건 아닐까. 괜한 걱정이라는 생각이 들었지만 공기처럼 있으라고 지껄인 인간이니 기우가 아닐 수도 있었다. 혜민은 만일의 경우를 대비해 남은 두

알의 달걀로 승현 몫의 스크램블드에그를 만들었다. 자기 몫을 만들어 놨으니 뭐라고 하진 않겠지.

설거지를 마치고 샤워를 한 후 텔레비전을 보다가 시계를 보니 어느덧 자정이었다. 승현은 아직까지 귀가하지 않고 있었다.

"왜 안 오는 거지?"

혼잣말을 중얼거린 혜민은 한숨을 쉬며 고개를 가로저었다. 어린애도 아니고 나이 서른인 남자가 밤늦도록 오지 않는다고 걱정하다니. 도어록 번호를 모르는 것도 아니고 어련히 알아서 들어올 텐데 말이다. 그럼에도 자꾸만 시선이 현관으로 향하는 걸 막을 수가 없었다. 있으나 없으나 여러모로 사람 피곤하게 만드는 남자였다.

혜민은 거실 불을 꺼 버렸다. 깜깜해지자 더는 현관으로 시선이 돌아가지 않았다. 소파에 누워 컴컴한 천장을 가만히 응시했다. 하루 종일 가슴을 붕대로 동여매고 있었더니 답답했다. 승현도 없는데 붕대를 풀고 잘까 하는 생각이 잠깐 들었지만 거실에서 자야 하는 오늘은 그냥 있기로 했다.

좀처럼 잠이 오지 않았다. 낮에 자서 그런 건지 아니면 이 시간대에 자 본 적이 없어서인지 눈이 말똥말똥했다. 커피전문점 일을 끝내고 집으로 돌아와 씻고 자리 잡고 앉아 인형 눈을 붙이기 시작하던 시간이 딱 자정이었다. 하루하루가 고단하고 힘든 나날이었지만 마음만큼은 편안했었다. 그러나 지금은 그 반대였다. 몸은 편할지 몰라도 실상은 가시방석에 앉아 있는 것과 다름없었다.

죄책감이라는 가시가 꽁꽁 숨겨 둔 양심을 찾아내 쿡쿡 찌르고 있었다. 다른 사람 행세를 하며 누군가를 속여야 한다는 것도 그렇고 언제 정체가 들통 날지도 모르는 데다 아버지도 걱정되었다.

삶이 지옥이라는 말이 피부로 느껴졌다. 이 지옥을 탈출할 길은 오직 하나뿐이었다. 하루라도 빨리 김지환이 나타나는 것. 대체 김지환은 어디서 뭘 하고 있는 걸까.

❋　　　❋　　　❋

아침 6시였다. 밤새 뒤척이다 한두 시간 겨우 눈을 붙인 탓인지 자고 일어났는데도 피곤했다. 비좁은 소파에서 웅크린 자세로 자서 그런지 어깨도 쑤시고 허리도 찌뿌둥했다. 스트레칭이라도 하려던 참이었다.

욕실 문이 벌컥 열리더니 승현이 나왔다. 머리칼에서 물이 뚝뚝 떨어지는 걸 보니 샤워한 모양이었다. 새벽 2시가 넘도록 귀가하지 않았었는데 대체 언제 들어온 걸까. 외박하고 아침에 들어온 건가. 아니, 지금은 그게 중요한 게 아니었다. 지금 당면한 문제는 눈앞에 서 있는 남자의 몰골이었다.

승현의 몸에 걸린 천 조각이라고는 달랑 허리춤의 수건 한 장이 전부였다. 알몸이나 다름없는 그를 보고 있자니 얼굴이 점점 뜨거워졌다. 눈을 어디다 둬야 할지 모르겠다. 고개를 이리저리 돌렸지만 자꾸만 시야 끄트머리에 그가 들어왔다.

슈트에 감춰져 있던 몸은 퍽 근사했다. 길쭉한 팔다리는 시원시원하게 뻗어 있었고, 전신에 적당히 배치된 근육 덕분에 왜소하지도 우락부락해 보이지도 않았다. 장신인데도 불구하고 싱겁긴커녕 보기 좋게 균형 잡힌 몸매였다. 얼굴도 그렇고 몸도 그렇고 확실히 겉모습만은 신에게 선택받은 소수의 인간인 게 틀림없었다. 알맹이야 어떻든 간에 말이다.

수건으로 머리칼의 물기를 털던 승현이 갑자기 고개를 휙 들었다. 그러고는 미간을 구기더니 혜민을 향해 다가왔다. 심장이 미친 듯이 뛰었다. 왜 이리로 오는 거지? 혹시 훔쳐본 걸 들킨 걸까. 뭘 보고 있었냐고 추궁하면 뭐라고 대답해야 하지?

당황으로 굳어 버린 머리를 필사적으로 닦달해 변명거리를 쥐어짜 내려는데 어느덧 그가 코앞까지 다가와 있었다. 저 성질머리에 자기 몸을 훔쳐봤다는 걸 알면 가만있을 리 없었다. 이젠 끝났다는 생각에 눈을 질끈 감았다.

조용했다. 조용해도 너무나 조용했다. 벼락같은 불호령 대신 그는 혜민의 옆을 쓱 지나쳐 갈 뿐이었다. 그는 그녀가 이곳에 없는 사람인 양 본체만체했다.

그의 무덤덤한 태도에 혜민은 당혹스러웠다. 여자 앞에서 수건 한 장 걸친 주제에 뭐가 저리도 당당하단 말인가. 아무리 자기 몸에 자신이 있다 해도 너무한 거 아닌가. 혹시 노출증이라도 있는 건가 의심할 무렵 정신이 확 들었다.

그랬다. 자신은 지금 송혜민이 아니라 김지환이었다. 김지환은 승현과 같은 성별인 남자였다. 자신을 같은 남자라고 여기고 있으니 승현이 그의 모습을 신경 쓰지 않는 게 당연했다. 게다가 그의 무덤덤한 태도는 자신을 김지환이라고 여기고 있다는 확실한 증거이기도 했다. 놀라고 당황할 게 아니라 외려 안도해야 할 상황이었다.

생각이 정리되자 그제야 마음이 놓였다. 앞으로 그가 어떤 모습이건 간에 그의 앞에서는 의연하게 굴자고 다짐했다. 까딱 잘못하다간 어이없이 정체가 탄로 날 수도 있었다.

다짐에 다짐을 거듭했지만 수건만 걸친 남자의 알몸을 눈앞에 두고 있자니 여전히 민망하고 난감했다. 이대로 가만있기 뭐해서 혜민은 일단 입에서 나오는 대로 말했다.

"언제 들어온 거예요?"

주방으로 가던 승현이 갑자기 멈춰 서더니 뒤를 돌아본다. 그의 반응에 혜민은 움찔했다. 해선 안 될 질문이었나.

"그게, 새벽 2시까지 안 들어와서……."

"집 나가서 식당 허드렛일이라도 했었나?"

"네?"

뜬금없는 질문이었다. 의아해하며 되묻자 승현은 시선을 돌렸다. 그의 시선을 따라가니 어젯밤에 만들어 둔 스크램블드에그가 시야에 들어왔다.

"그게 어제저녁에 먹을 게 없어서 그냥 만든 건데……."

승현은 식탁 위에 놓인 스크램블드에그를 한참 동안 노려보았다. 딱히 화가 난 것 같진 않았다. 마치 희한한 걸 발견한 사람 같다고나 할까.

"이걸 네가 만들었다고."

"네. 그게 왜⋯⋯."

대답하다가 문득 한 가지 가설이 떠올랐다. 혹시 김지환은 요리를 전혀 할 줄 모르는 게 아닐까, 라는. 온몸의 털이 쭈뼛했다.

"누가 만들 때 어깨너머로 봤었는데⋯⋯ 그거 흉내 낸 거예요."

서둘러 말을 지어내자 그제야 승현은 식탁에서 시선을 거두었다. 흥미가 사라진 표정이었다. 순간적으로 간이 콩알만 해졌던 혜민은 그제야 안도했다. 김지환의 모든 걸 알려 줬다고 자부하던 김창식의 얼굴이 떠올랐다. 만약 그가 눈앞에 있었다면 충고를 해 줬을 것이다. 당장 심부름센터 때려치우라고.

방으로 들어간 승현은 금세 슈트로 갈아입고 나왔다. 옷걸이가 좋아서인지 태가 예술이었다. 그는 아침도 먹지 않고 곧바로 현관으로 직행하며 브리핑하듯 말했다.

"오늘 청소업체 사람들 올 거야. 본가에서 이천댁 아줌마도 올 거고. 문 열어 드려."

구두를 신고 나서 문을 열기 직전에 한마디 덧붙인다.

"그리고 난 집에서 밥 안 먹어."

할 말을 마친 그는 뒤도 돌아보지 않고 문을 열고 나갔다. 혼자 남겨진 혜민은 뒤늦게 한 가지 사실을 떠올렸다. 도어록 번호를 물어보지 않았다는 걸.

오늘 하루도 꼼짝없이 집에 갇혀 있어야 하는 신세였다. 창살 없는 감옥이 따로 없었다. 터덜터덜 거실을 배회하다 보니 식탁 위에 덩그러니 놓인 스크램블드에그가 눈에 들어왔다. 아침을 먹지 않았다는 게 생각났다. 혜민은 승현 몫으로 해 놓은 스크램블드에그를 남김없이 몽땅 먹어 치웠다.

이천댁 아줌마가 집으로 찾아온 건 9시경이었다. 그녀는 장을 봐 온 식재료들로 밥과 국을 만들고 미리 만들어 온 밑반찬으로 냉장고를 가득 채워 주었다. 집에 갇혀 쫄쫄 굶어야 하나 고민했던 게 한 방에 해결되었다. 할 일을 마친 그녀가 가자 청소업체 사람들이 들이닥쳤다. 눈 깜짝할 사이에 문간방이 깨끗하게 정리되었다.

사람들이 모두 가고 난 후 홀로 점심을 먹고 있는데 승현에게서 전화가 왔다. 그는 집으로 가구가 배달될 거라고 일방적으로 통보한 후 대답을 듣지도 않고 전화를 바로 끊어 버렸다. 평생 명령만 하고 살아왔는지 제 할 말만 하고 상대방의 의견은 들을 생각도 하지 않는 듯했다. 아주 못된 버릇이었다.

가구가 배달되고, 문간방에 침대와 옷장, 책상이 들어가자 그제야 사람 사는 방 같았다. 혜민은 어제 이미영이 건네준 캐리어를 열었다. 그러자 생각지도 못한 것들이 쏟아져 나왔다. 옷이며 가방, 구두, 시계 등 모든 소지품이 소위 말하는 명품이었다. 재벌 집 아들답게 김지환은 머리부터 발끝까지 명품으로 휘감고 살아온 모양이었다.

값비싼 옷가지를 가만히 보고 있노라니 문득 김지환이 어떤 사람인지 궁금해졌다. 뭐 하나 부족함 없이 잘 살아온 사람이 왜 가출이란 극단적인 선택을 한 걸까. 아무리 유학 가는 게 싫었다

해도 꼭 집을 나가야만 했을까. 그만큼 절실했던 건지 아님 단순히 철이 없는 건지 모르겠다. 직접 만난 적은 없지만 혜민은 왠지 그가 한심하게 여겨졌다.

김지환이 돌아오면 김지환 프로젝트는 자동으로 끝나게 된다. 자신도 아버지도 그땐 자유의 몸이 된다. 하지만 자유를 얻어도 땡전 한 푼 없는 처지라 당장 길거리로 나앉을 판이었다. 혜민은 슬며시 캐리어 안에서 나온 것들을 보았다. 중고로 몇 개만 팔아도 방 하나 얻을 돈은 금세 모을 수 있을 터였다. 거부할 수 없는 유혹이 달콤하게 손짓했다.

잠시 갈등하던 혜민은 유혹을 털어 버리려는 듯 고개를 가로저었다. 아무리 형편이 어려워도 남의 물건에 손댄 적은 없었다. 게다가 자신은 지금 김지환의 가족들을 속이고 있는 입장이었다. 그의 물건까지 멋대로 처분할 순 없었다. 최소한의 양심이 그것만은 허락하지 않았다. 차라리 기회를 봐서 아르바이트를 하는 편이 나을 듯했다. 할 수 있을지는 알 수 없지만.

포기하고 나니 후련했다. 혜민은 재빨리 짐을 정리하고 침대에 누웠다. 불현듯 아버지가 떠올랐다. 지금쯤 뭘 하고 계실지 궁금했다. 아버지는 김지환 프로젝트에 대해 전혀 모르고 있었다. 그저 나눔기획이 알선해 준 일을 하며 빚을 갚아야 한다고만 알고 있었다. 어쩌면 이미 일을 하고 있을지도 몰랐다. 무슨 일을 하고 계실까. 혹시 그놈들이 이상한 일을 시킨다면…….

혜민은 침대에서 벌떡 일어났다. 방 안을 빙글빙글 맴돌다 도로 침대 위로 올라왔다. 안부를 묻고 싶었지만 연락할 방도가 없었다. 지금으로선 다시 만날 때까지 몸 건강히 무사히 계시길 기도할 수밖에 없었다. 가슴이 갑갑했다.

❋　　　❋　　　❋

꿈을 꾸었다. 아주 오랜만이었다. 꿈이라는 걸 자각하고 있는 꿈을 꾸는 건.

한 중년 남자가 누군가에게 쫓기고 있었다. 필사적으로 도망가고 있는 중년 남자는 왜소하고 볼품없는 데다 다리까지 절뚝이고 있었다. 옷은 너덜너덜하게 찢어져 있었고 심한 폭력을 당한 건지 얼굴이 잔뜩 부어올라 이목구비를 가늠하기 어려웠다.

불편한 몸으로도 남자는 죽기 살기로 도망치고 있었다. 그러나 젊고 건장한 남자들을 따돌리는 건 역부족이었다. 얼마 가지 않아 남자는 뒤쫓던 이들에게 사로잡혀 버렸다.

남자가 끌려간 곳은 어둡고 낯선 수상한 방이었다. 사방이 시멘트 벽으로 막혀 있는 방은 손바닥만 한 창문 하나 없었다. 백열등 전구 하나만이 천장에 매달려 외롭게 불을 밝히고 있었다.

방 한가운데에는 철제 침대가 덩그러니 놓여 있었고 그 옆으로는 이름 모를 의료 기구들이 나열돼 있었다. 수술실이라고 하기엔 지나치게 조악했고 아니라고 하기엔 방의 용도를 짐작하기 어려웠다. 서너 명의 덩치들이 중년 남자를 둥글게 에워쌌다. 그 중 한 남자가 중얼거렸다.

"금방 끝날 거요."

말이 끝나기 무섭게 다른 덩치들이 바닥에 널브러져 있는 중
년 남자의 사지를 결박했다. 그러고는 남자의 팔에 정체불명의
주사를 놓았다. 바르작거리며 최후의 반항을 하던 남자가 금세
축 늘어졌다. 덩치들이 남자를 침대 위에 눕히고 나감과 동시에
수술복을 입은 노인과 여자 하나가 들어왔다. 여자가 중년 남자
를 이리저리 살피며 대수롭지 않게 물었다.

"이 사람은 얼마짜리예요?"

"얼마 안 돼."

"근데 왜 여기 온 거예요?"

"이 사람 딸이 실수를 했대."

노인의 대꾸에 여자의 눈이 동그래졌다.

"딸?"

"김 실장이 심혈을 기울인 일이 있었는데 이 사람 딸 때문에
어렵게 됐나 봐."

"무슨 일이었길래……."

여자는 안됐다는 듯 중년 남자를 응시했다. 그때 문이 열리고
두 명의 젊은 남자가 들어왔다. 선글라스를 썼지만 낯이 익은 남
자들이었다. 한 남자는 아이스박스를 들고 있었다.

"끝난 건가요?"

"이제 막 하려던 참입니다."

여자가 나이가 좀 들어 보이는 남자에게 물었다.

"큰 건을 놓쳤나 보죠?"

"앞으로 큰 건이 될 뻔했죠."

"네?"

"재벌한테 줄을 댈 절호의 기회였는데 이 작자 딸이 멍청한 짓을 하는 바람에 힘들게 됐거든요."

꼬박꼬박 경어를 쓰는 예의 바른 말투였지만 왠지 섬뜩했다. 이상하게도 그 말투가 몹시 익숙했다.

"재벌이요? 세상에 진짜 아깝네."

여자가 놀라자 남자는 상심했다는 듯 한숨을 내쉬었다.

"여자 티만 안 냈어도 백 퍼센트 성공했을 텐데……."

"그럼 어떻게 되는 거예요? 이 사람 딸이요."

"어떻게 되긴요. 사기 혐의로 구속당하는 거죠."

"어머, 안됐다. 딸은 구속당하고 아버지는 장기가 적출되고."

"안되긴요. 자업자득인데. 계약대로 한 것뿐입니다."

"당연히 그러셔야죠."

여자의 대답에 만족한 듯 남자가 웃으며 선글라스를 벗었다. 온전히 드러난 남자의 얼굴에 숨이 막혔다. 아는 얼굴이었다. 그러고 보니 남자 옆에서 아이스박스를 들고 있는 남자 역시 아는 얼굴이었다. 그들은 형제였다. 아이스박스 귀퉁이에 '나눔기획'이란 상호가 인쇄된 작은 스티커가 붙어 있었다. 그렇다면 저기 누워 있는 사람은…….

머리털이 곤두서고 다리가 후들거렸다. 소리라도 지르고 싶은데 목구멍이 무언가에 막힌 것처럼 목소리가 나오지 않았다. 수술복을 입고 있는 노인의 손에서 날카로운 섬광이 번쩍였다. 메스였다.

"시작하겠습니다."

차가운 메스가 막 중년 남자의 복부에 닿기 직전이었다.

"안 돼!"

스스로도 깜짝 놀랄 만큼 커다란 목소리였다.

"안 돼요, 안 돼. 절대 안 돼!"

모두의 시선이 이쪽으로 향했다. 다짜고짜 선글라스 남자의 다리를 붙잡고 매달렸다.

"제발 우리 아빠한테 그러지 마요."

"뭐야?"

황당해하는 남자의 목소리가 들려왔다. 남자는 자신을 떼어 버리려는 듯 다리를 마구 흔들었다. 발버둥 치는 남자에게서 떨어지지 않으려고 필사적으로 매달렸다. 손에 깍지를 끼고 진드기처럼 달라붙었다.

"잘하면 되잖아요. 그러니까 우리 아빠한테 손대지 마세요."

"뭘 잘해?"

"아무도 제가 가짜라는 걸 모르게 할게요. 진짜가 돌아올 때까지 절대 들키지 않을게요."

"가짜?"

"가족이라고는 아빠뿐이에요. 제발 부탁드려요."

눈시울이 뜨거워지더니 이내 눈물이 차올랐다. 남자의 다리에 매달린 채 눈물을 뚝뚝 떨어뜨렸다. 자존심이고 나발이고 다 필요 없었다. 아버지만 살릴 수 있다면 그까짓 거 얼마든지 버릴 수 있었다.

얼마나 울었는지 모르겠다. 어머니가 돌아가신 이후로 그렇게 많은 눈물을 흘린 건 처음이었다. 꿈인 걸 알면서도 너무 무섭고 서러워서 눈물을 멈출 수가 없었다.

※　　※　　※

아침 6시였다. 무심결에 눈을 비비던 혜민은 깜짝 놀랐다. 눈가가 너무나 쓰라렸다. 거울을 보니 눈꺼풀이 퉁퉁 부어 있었다. 꿈속에서 펑펑 울었던 기억이 났다. 아마 실제로도 꿈속에서처럼 눈물을 흘린 모양이다.

꿈을 떠올리자 우울해졌다. 단순히 꿈으로 끝날 게 아니라 얼마든지 현실이 될 수도 있기에 더더욱 우울했다. 혜민은 고개를 좌우로 흔들며 우울함을 떨쳐 버렸다. 꿈이 현실이 되지 않도록 앞으로 잘해야 했다.

찬물로 세수라도 해야겠다 싶어서 방을 나가자 마침 욕실 문이 열리며 승현이 나왔다. 어제 아침 일을 떠올린 혜민은 반사적으로 고개를 숙였다. 어제처럼 당황하지 않으려면 마음의 준비가 필요했다. 그러나 승현은 그녀가 준비될 때까지 기다려 주지 않았다.

"이제 일어난 거야?"

수건으로 머리칼의 물기를 털던 승현이 물었다. 엉겁결에 고개를 든 혜민의 눈이 휘둥그레졌다. 그가 퉁명스럽게 물었다.

"뭘 그렇게 쳐다봐?"

"아, 아무것도 아니에요."

다행히 오늘 승현은 어제처럼 수건 한 장만 걸친 모습이 아니었다. 티셔츠와 바지를 제대로 갖춰 입고 있었다. 혜민은 안도의 한숨을 쉬었다. 그러나 마음을 놓은 것도 잠시, 시선이 느껴져 고개를 들자 승현과 눈이 딱 마주쳐 버렸다. 계속 자신을 주시하고 있었던 모양이었다. 서늘한 눈을 보자 긴장이 되었다. 왜 저렇게 빤히 쳐다보는 거지? 태연하려 애쓰며 입을 열었다.

"왜요?"

"개구리 눈 같아서."

얼굴에 열이 올랐다. 알고 있었지만 대놓고 지적당하니 무안했다. 보고도 모른 척해 주는 미덕 같은 건 없는 걸까, 저 남자에겐.

"싱겁게 먹도록 해. 안 그래도 못생겼는데 거기서 더 못생겨지면 어떡하려고."

짜게 먹어서 자신의 눈이 부었다고 생각한 모양이었다. 알아서 오해해 준 덕분에 구차한 변명을 늘어놓을 필요가 없어졌다. 근데 말을 해도 꼭 저렇게 해야 하는 걸까. 자신을 생각해서 해 준 말이라는 걸 알아도 고맙단 생각이 들지 않았다. 재주라면 재주였다. 좋은 말도 기분 나쁘게 들리게 하는 재주. 아마 그에게 오디션을 보았던 연기자 지망생들도 자신의 심정과 마찬가지였으리라.

더는 용건이 없는지 승현은 드레스 룸으로 향했다. 어제처럼 바로 옷을 갈아입고 출근할 작정인 듯했다. 멍하니 그를 바라보던 혜민은 머리를 스친 생각에 얼른 그를 불러 세웠다.

"저기 도어록 비번 좀 가르쳐 줘요."

"왜?"

왜라니. 정말 자신을 집에 가둬 둘 작정이었나. 잠시 당황했지만 혜민은 차분하게 이유를 설명했다.

"비번을 모르면 나갈 수가 없잖아요."

"외출하려고?"

"그럼 매일 집에만 있어야 해요? 잠깐 편의점 같은 데라도 갔다 오려면 비번을 알아야 하잖아요."

"그게 다야?"

"또 뭐가……."

뒤늦게 생각났다. 공기처럼 있어도 없는 듯 있다 가라고 했던 그의 경고. 어쩌면 도어록 번호도 일부러 알려 주지 않은 건지도 몰랐다.

"얌전히 있을게요. 집에 누구 들이지도 않을 거고 다시 가출하지도 않을게요."

"그건 당연한 거 아닌가."

그렇죠. 당연한 거겠죠. 골이 지끈지끈했다. 대체 뭐라고 설득해야 이 남자가 순순히 비번을 가르쳐 줄까. 나중에 아버지와 함께 살 자그마한 방이라도 얻으려면 아르바이트를 해야 했고, 아르바이트를 하려면 반드시 도어록 번호를 알아내야 했다. 머리를 굴리며 말을 고르고 있는데 그의 목소리가 들려왔다.

"멍하니 서 있지 말고 얼른 씻고 옷 갈아입어."

갑작스런 화제 전환에 혜민은 의아했다.

"갑자기 왜……."

"출근해야 하니까."

"네?"

"오늘부터 출근할 거니까 얼른 준비하라고."

머리가 띵했다. 난데없이 출근이라니. 마른하늘에 날벼락도 유분수지, 황당하고 어이없었다.

"출근이라뇨?"

"설마 공짜로 먹고 자고 할 생각이었나? 네 밥값은 네가 벌어야지."

생각지도 못한 공격에 말문이 막혀 버렸다.

"우리 회사에서 일할 거니까 나랑 같이 출퇴근하면 돼. 그러니까 도어록 비번은 알 필요 없어."

순간 잘못 들은 줄 알았다. 우리 회사라니. 설마 승현이 경영한다는 영화 제작사를 말하는 건가. 승현은 이번에도 제 할 말만 내뱉고 드레스 룸으로 쏙 들어가려 했다. 뒤늦게 정신이 든 혜민이 그의 앞을 가로막아 섰다.

"내 밥값 내가 벌 테니까 비번 가르쳐 줘요."

"필요 없다고 했잖아."

"다른 일 찾아서 할 거예요. 그러니까 어서 가르쳐 줘요."

어차피 아르바이트를 하려던 참이었다. 하나 더 늘인다고 해서 달라질 건 없었다. 승현과 같은 회사만 아니라면 하루 종일 일해야 한다고 해도 상관없었다. 승현은 그녀를 뚫어져라 응시했다.

속내를 샅샅이 파헤치기라도 할 것처럼. 한참 동안 바라보고만 있던 그가 마침내 입을 열었다.

"잊어버렸나 본데 넌 지금 내 책임하에 있어. 네게 무슨 일이라도 생기면 전부 내 책임이 되는 거지."

"책임질 일 없게 할게요. 믿어 줘요."

"믿으라고 해 놓고 바로 가출해 버린 게 누군데. 어머니는 몰라도 난 안 속아."

더 이상 듣지 않겠다는 듯 승현은 혜민의 어깨를 밀어내고 방으로 들어가 버렸다. 코앞에서 닫힌 문이 마치 거대하고 견고한 철문처럼 느껴졌다. 무슨 짓을 해도 절대 무너뜨릴 수 없는 그의 마음을 대변하는 것처럼 보였다.

혜민은 망연자실한 얼굴로 소파에 주저앉았다. 아르바이트가 물 건너간 것도 아쉬웠지만, 앞으로 집에서만이 아니라 밖에서까지 승현을 봐야 한다는 생각에 숨이 턱 막혔다. 김지환, 넌 왜 하필 믿으라고 말한 후에 가출해 버린 거냐. 갈 곳을 잃은 원망은 얼굴 한 번 본 적 없는 남자에게 향하고 있었다.

3.

　익숙한 커피 향이 코끝으로 밀려들었다. 커피전문점을 그만두고도 여전히 커피를 따르고 있는 걸 보면 아무래도 커피와 떼려야 뗄 수 없는 팔자인 듯했다. 갓 내린 커피를 머그컵에 따른 혜민은 잠시 주위를 둘러보았다.

　싱크대, 냉장고, 테이블, 의자, 쓰레기통, 정수기, 여러 종류의 차가 담긴 바구니, 컵라면 박스, 창문에 늘어뜨려진 크림색 블라인드까지 전부 눈에 익숙한 풍경이었다. 출근하자마자 가장 먼저 오는 곳이고 하루에도 수십 번은 들락거리는 곳이니 익숙해질 수밖에 없었다. 익숙하다 못해 아주 오래전부터 알고 있었던 느낌마저 들었다. 출근한 지 고작 2주일밖에 되지 않았다는 게 신기할 지경이었다.

　2주째 출퇴근하고 있는 '아이온 엔터테인먼트'는 논현동에 위치해 있었다. 승현이 본가에서 독립한 후 자력으로 세운 회사로, 민영식이 비유했던 대로 구멍가게가 아니라 마트 정도 되는 중견 기업이었다.

5년 전 '아이온 픽처스'로 시작한 회사는, 참신하고 대담한 기획력으로 제작하는 영화가 연달아 흥행에 성공하면서 단숨에 충무로 대표 제작사로 떠올랐다. 탁월한 경영 능력으로 작은 규모의 영화사들을 인수 합병하고 다방면에서 인재를 영입했으며, 매니지먼트 사업까지 영역을 넓혀 작년에 코스닥 상장까지 한 내실 있는 기업이었다. 현재 종합 엔터테인먼트 회사라고 표방하고 있지만 아직까지는 영화 제작이 주력 사업이었다.

사옥은 3층짜리 건물을 통째로 쓰고 있는데, 1층은 매니지먼트 사업 본부, 2층은 영화 사업 본부, 3층은 경영기획과 신규 사업 본부로 나뉘어져 있었다. 대표이사인 승현의 집무실은 3층에 있어서 혜민도 하루의 대부분을 3층에서 보내게 되었다. 정확히는 지금 있는 3층 탕비실에서 가장 많은 시간을 보낸다고 할 수 있었다.

공짜 밥은 없다, 라는 승현의 주장에 그의 회사에서 일하게 되었지만 하는 일이라고는 고작 커피 심부름, 서류 복사, 전화 응대 따위의 잡일이었다. 엔터테인먼트 쪽 일에 문외한이다 보니 딱히 할 수 있는 일은 없었지만 승현의 개인 비서처럼 부려지게 될 줄은 몰랐다. 악착같이 밥값을 받아 내겠다고 작정한 건지, 그는 혜민을 마치 몸종처럼 곁에 두고 알뜰하게 부려 먹었다. 그 중에서 가장 많이 시키는 일이 바로 커피 심부름이었다.

그는 시도 때도 없이 커피를 마셨다. 일할 때도 쉴 때도 늘 커피를 달고 살았다. 그를 처음 보았을 때 아메리카노 다섯 잔을 한꺼번에 주문해서 놀랐었는데, 이제 보니 그게 일상인 남자였다. 심각한 카페인 중독이 의심되었다.

2주 동안 바로 옆에서 지켜본 승현의 업무량은 상상을 초월했다. 가히 살인적인 스케줄이라 할 수 있었다. 헤아릴 수 없이 많은 회의와 미팅에 참석하고 줄줄이 올라오는 계약서와 각종 문건들을 결재해야 하며 관계자들과의 저녁 약속, 접대, 시사회 참석 같은 외부 스케줄까지, 하루 24시간이 모자랄 지경이었다.

모처럼 시간이 나도 산처럼 쌓여 있는 시놉시스와 시나리오를 읽고 좋은 작품을 발굴해야 했다. 당연히 귀가 시간이 늦어질 수밖에 없었다. 그런 빡빡한 스케줄을 군말 없이 완벽하게 소화해내는 승현이었다. 카페인 중독과 더불어 워커홀릭 증상도 의심되었다.

사람들이 떠드는 말로는, 지금 회사는 희성그룹의 장남인 그가 경영을 승계받기 위해 시험 삼아 해 보는 일이라고 했다. 그러나 경영수업의 일환으로 보기에 그는 지나치게 최선을 다하고 있었다. 목숨이라도 걸린 양 그의 모든 역량과 열정을 전부 쏟아붓는 느낌이었다.

대표이사인 그가 일벌레이다 보니 자연히 그의 밑에서 일하는 직원들 역시 농땡이 피우지 않고 열심히 일했다. 직원 대다수가 그들의 보스를 믿고 의지하고 존경하고 있었다. 심지어 자랑스러워하는 이들도 있었다.

아마 승현이 어떤 인간인지 제대로 알 기회가 없었던 것 같았다. 만약 그의 실체를 알게 된다면 지금처럼 그를 우러러보는 일은 없을 텐데. 사람 말은 듣지도 않고 자기 생각대로 밀어붙이는 강압적인 인간이란 걸 알게 되면…….

"여기 있었군."

등 뒤에서 들려온 목소리에 깜짝 놀랐다. 뒤돌아보니 팔짱을 낀 승현이 탕비실 문가에 삐딱하게 기대서 있었다. 문 여는 소리도 못 들었는데 언제부터 저기 있었던 걸까. 하여간에 귀신같은 남자였다.

"여긴 왜 온 거예요? 어련히 알아서 갖다 줄 텐데."

"하도 안 와서 아프리카로 커피 콩 따러 간 줄 알았지."

늦었다는 말을 꼭 저렇게 꼬아서 해야 하나.

"죄송해요."

조금만 커피를 늦게 갖다 주면 승현은 어김없이 짜증을 냈다. 확실히 카페인 중독이 틀림없었다. 머그컵을 건네주자 기다렸다는 듯 입으로 가져간다. 그런데 탕비실에서 나갈 생각을 하지 않았다. 일벌레답게 평소라면 머그컵을 들고 집무실로 쏜살같이 가버렸을 텐데 지금은 발바닥에 본드라도 붙은 양 꼼짝도 하지 않는다. 그는 머그컵을 기울이며 혜민을 빤히 쳐다보고 있었다. 왜 저렇게 쳐다보지? 할 말이라도 있는 건가.

"오늘 저녁 7시에 부모님하고 식사하기로 했어."

역시 할 말이 있어서였군. 2주일 동안 매일 붙어 있다 보니 그의 행동이 뜻하는 바가 뭔지 어느 정도 짐작할 수 있게 되었다.

혜민은 알아들었다는 뜻으로 고개를 끄덕거렸다. 그러나 승현은 여전히 한 발자국도 움직이지 않았다. 또 할 말이 있는 건가.

"오늘이 어머니 생신인 거…… 잊어버리진 않았겠지?"

무의식적으로 고개를 끄덕거리려했던 혜민의 목이 뻣뻣하게 경직되었다. 재빨리 벽에 걸린 달력을 보았다. 4월 6일. 김지환 어머니의 생일이 맞았다. 2주 전까지만 해도 분명히 기억하고 있었다. 그런데 갑자기 출근하게 되면서 신경 쓸 일이 많아지자 까맣게 잊어버리고 말았다. 승현이 말해 주지 않았다면 그냥 넘어 갈 뻔했었다.

시선이 느껴졌다. 서둘러 알고 있었다고 대답하려 했지만 대답할 타이밍이 늦어 버렸다는 걸 깨달았다.

"요즘 정신이 없어서……."

그녀의 변명을 듣는 둥 마는 둥 하며 승현은 어느새 비운 머그 컵에 또 커피를 따랐다. 그러고는 혼잣말하듯 중얼거린다.

"선물은 당연히 준비하지 않았겠군."

선물. 생일을 알았다고 해서 해결된 일이 아니었다. 생일 선물을 준비해야 했다. 그런데 뭘 어떻게 해야 하지? 선물을 구입할 돈은 이미영이 챙겨 준 카드가 있어서 괜찮았다. 문제는 선물 사러 갈 시간이 없다는 거였다. 저녁 식사 하기로 한 시간이 7시인데 퇴근 시간은 6시였다. 한 시간 안으로 선물을 고르는 게 가능할까. 뭘 사야 할까. 재벌 집 안주인의 선물로 적당한 건 뭘까.

"안 나가고 뭐해?"

깜박하고 있었다. 승현이 아직 탕비실에 있었다는 걸.

"오늘 오전 회의 있으니까 얼른 준비해."

네네, 어련하시겠습니까. 탕비실을 나서자마자 승현은 기다렸다는 듯 일거리를 던져 주었다. 인원수대로 프린트를 복사하고 음료까지 준비하다 보니 오전이 후딱 지나갔다. 회사 인근 식당에서 점심을 해결하고 승현이 시킨 자질구레한 일들을 다하고 나니 시곗바늘이 5를 가리키고 있었다.

"외출 준비해."

컴퓨터 전원을 끄면서 승현이 한마디 툭 던졌다. 혜민은 의아한 얼굴로 그를 응시했다. 오늘 오후는 외부 스케줄이 없었다. 부모님과의 저녁 식사는 7시였기에 아직 시간이 많이 남아 있었다. 업무상의 일이 아니라면 절대 회사를 비우지 않는 그였다. 그런데 갑자기 외출이라니. 이제 막 짬이 나서 인터넷으로 선물을 검색해 보려던 참이었기에 지금 외출하는 건 곤란했다. 그래서 그에게 묻지 않을 수 없었다.

"어디 가는데요?"

"평상시엔 어디든 나가고 싶어 안달이더니 오늘은 싫은가."

"그게 아니라……."

"잔말 말고 어서 나와."

또 나왔다. 저 못된 버릇. 승현은 혜민의 의견은 듣지도 않고 먼저 집무실을 나가 버렸다. 주차장에서 차 가지고 올 테니 나와서 기다리고 있으라는 의미였다. 모른 척하고 무시하고 싶었지만 나중에 뒤따를 후환이 두려워 나가지 않을 수 없었다. 선물이고 나발이고 일단 같이 살고 있는 사람의 비위를 맞추는 게 우선이었다.

승현의 목적지는 뜻밖의 곳이었다. 혜민은 어리둥절한 얼굴로 주위를 둘러보았다.

"촌놈처럼 왜 그래? 백화점 처음 와 봐?"

어이없어하는 목소리가 들려왔지만 혜민은 계속 두리번거렸다. 아무리 보고 또 봐도 백화점이 틀림없었다. 너무나 의외였다. 승현이 근무시간에 백화점에 올 거라고는 상상도 못 한 일이었다.

"여긴 왜 온 거예요?"

"어머니 선물 찾으러."

"네?"

선물을 찾으러 왔다는 게 무슨 뜻인지 도통 헤아릴 수가 없었다. 승현은 어딘가로 성큼성큼 걸어가더니 이름을 알 수 없는 매장으로 쑥 들어가 버렸다. 그가 들어간 매장으로 뒤따라가 보니 그는 매니저의 극진한 대우를 받으며 소파에 앉아 있었다. 누가 카페인 중독 아니랄까 봐 그새 커피까지 얻어 마시고 있었다.

"여기서 뭐 하는 거예요?"

"선물 찾으러 왔다고 했잖아."

그의 말이 떨어지기 무섭게 점원이 쇼핑백을 가져왔다.

"예약하신 상품입니다."

승현은 쇼핑백 안에 든 내용물을 확인하고는 곧바로 매장을 나왔다. 점원들이 90도로 허리 숙여 정중하게 인사한다. 덩달아 인사 받게 된 혜민은 어쩔 줄 몰라 하며 승현의 뒤를 바짝 쫓았다. 언제나 일에 파묻혀 있던 인간이 언제 예약을 해 둔 걸까. 도대체 뭘 산 거지?

걸눈질로 힐끔거리며 쇼핑백을 훔쳐보자 그가 불쑥 중얼거렸다.

"특별한 거 아니야. 늘 하던 대로 가방이니까."

선물 리스트에서 가방은 제외되었다. 승현은 주위를 대수롭게 않게 돌아보며 말했다.

"다른 데 가지 말고 여기서 해결하지 그래."

안 그래도 그렇게 할 참이었다. 혜민은 찬찬히 매장을 훑어보았다. 백화점에 와 본 게 몇 년 만인지 모르겠다. 그동안 살기 바빠서 백화점 쇼핑은 엄두도 내지 못할 일이었다. 비록 남의 선물을 사러 온 거긴 하지만 오랜만의 쇼핑이다 보니 설레고 긴장되었다. 근데 뭘 사야 할지 여전히 감이 오지 않았다. 얼마짜리가 적당한 건지도 모르겠다.

좀처럼 매장으로 들어가지 못하고 겉만 훑고 다니자 승현이 답답했는지 한마디 던진다.

"하던 대로 하지 뭘 고민하는 거야, 새삼스럽게."

그가 던진 한마디가 화살처럼 머리에 꽂혀 들었다. 승현이 가방을 선물하듯이 김지환도 늘 하던 선물이 있었던 모양이었다. 갑자기 머리가 복잡해졌다. 다른 선물을 한다면 김지환이 아니라고 의심받을지도 몰랐다.

김지환은 가방을 제외한 나머지 중에서 무엇을 선택했을까. 좀처럼 풀기 어려운 난제와 대면한 기분이 이런 건가 싶었다. 막막하다 못해 모래사장에서 동전 찾는 기분이었다. 애가 탔다. 입안이 바싹바싹 말라 들어갔다. 어떡하지, 어떻게 해야 할까.

"구두 말고 따로 생각해 둔 거라도 있는 거야?"

머리를 쥐어뜯기 직전 의외의 곳에서 정답이 튀어나왔다. 혜민은 정답을 가르쳐 준 당사자를 무심결에 올려다보았다. 승현은 한숨을 내쉬더니 혜민의 팔목을 잡아끌고 근처의 편집 매장으로 들어갔다.

"시간 없으니까 내가 고르지."

진열된 구두를 대충 훑어보던 승현은 그중 하나를 가리키며 점원에게 사이즈 240으로 포장해 달라고 요구했다. 그러고 보니 신발 사이즈도 모르고 있었다. 구두라는 걸 알았어도 난감할 뻔했다. 승현이 나서서 골라 준다고 해서 천만다행이었다.

혜민은 카드를 점원에게 건네주었다. 카드를 받은 이후 처음 사용하는 것이었다. 될 수 있으면 김지환의 개인 물건은 손대지 않으려 하고 있었다. 하지만 오늘은 그의 어머니의 선물을 사는 것이니 양심의 가책이 느껴지지는 않았다. 카드와 영수증을 받아 들고 무심결에 가격을 확인한 혜민의 입이 딱 벌어졌다.

구두 한 켤레 가격이 예전에 아르바이트로 벌었던 한 달 치 월급과 맞먹을 지경이었다. 고작 신발일 뿐인데 뭐가 이렇게 비싼지 모르겠다. 혜민은 점원이 건네주는 쇼핑백을 덜덜 떨리는 손으로 받아 들었다. 어찌 됐든 간에 오늘 하루 종일 그녀를 괴롭혔던 숙제는 이로써 해결되었다.

"더 살 거 없으면 이만 가지."

별로 한 것도 없는데 어느새 6시가 훌쩍 넘어 있었다. 7시까지 예약된 식당으로 가려면 서둘러야 했다. 시간을 확인한 승현은 곧장 엘리베이터로 걸음을 옮겼다. 그를 따라가는데 주변에서 수군거리는 소리가 들려왔다. 그러고 보니 아까부터 매장 점원들과 손님들의 시선이 계속 따라붙고 있었다.

"진짜 멋있다. 다리 긴 것 좀 봐."

"모델이나 연예인 아닐까? 어디서 사인회라도 하는 건가."

"피부 좀 봐. 예술이네. 키도 크고 얼굴도 잘생기고, 저런 사람이 실제로 있구나."

매일 얼굴 맞대고 살다 보니 잠시 잊고 있었다. 그의 외모가 특출하다는 것을.

문득 승현을 처음 봤을 때가 떠올랐다. 그때도 지금의 상황과 별반 다르지 않았었다. 그가 커피전문점으로 들어왔을 때, 사람들의 시선이 자석에 달라붙는 철가루처럼 그에게 향했었다. 성격이야 어떻든 간에 보이는 면은 흠잡을 데 없이 완벽하니 당연한 결과였다. 어디를 가든 주목받는 운명을 타고난 사람이었다.

사람들의 시선을 한 몸에 받는 게 익숙한 듯 승현은 아예 신경조차 쓰지 않고 있었다. 평생 그렇게 살아왔으니 그에겐 일상일 터였다.

"같이 온 남자는 누굴까? 매니저라고 하기엔 너무 어려 보이는데."

"같은 소속사 연습생 아닐까. 남자치고 귀엽게 생겼잖아. 요즘 아이돌 가수처럼."

혜민의 볼이 살짝 달아올랐다. 이번엔 자신의 얘기였다. 예전에 트랜스젠더라는 오해는 받아 봤지만 아이돌 가수 같다는 말은 처음 들어본다. 머리가 짧아서인지 여자로 보이진 않는 모양이었다. 남자가 당연하다는 분위기였다. 참 다행스런 일인데 이상하게도 그다지 기분이 썩 좋진 않았다. 머리를 짧게 자르고 남자 옷을 입은 것뿐인데 정말 남자로 보이는 건가.

엘리베이터 앞에서 무심결에 고개를 든 혜민의 눈이 커다래졌다. 거울처럼 반짝거리는 엘리베이터 문에 승현과 나란히 서 있는 자신의 모습이 비치고 있었다. 집에서 혼자 거울을 볼 땐 몰랐었는데 이렇게 밖에서 승현과 같이 있는 자신을 보니 정말 남자 같다는 생각이 들었다. 여자다운 구석은 눈을 씻고 봐도 찾을 수가 없었다.

갑자기 기분이 가라앉았다. 더는 보고 싶지가 않아 고개를 숙였다. 엘리베이터 문이 열릴 때까지 혜민은 발끝만 쳐다보고 있었다.

"생신 축하드려요."

"어머, 뭘 이런 걸…… 고맙다."

의례적인 선물인데도 이미영의 얼굴에는 웃음꽃이 피었다. 혜민도 그녀를 보며 마주 웃어 주었다. 2주 전 본가에서의 점심 식사와 오늘의 저녁 식사는 분위기가 사뭇 달랐다. 갑작스런 승현의 등장에 패닉에 빠졌었던 전과는 달리 지금은 제법 여유롭게 그들을 대할 수 있었다. 한 번 봤던 얼굴들이라 그런지 전보다는 덜 긴장되고 어색하지도 않았다.

"이것 좀 먹어 봐, 이 집은 떡갈비 만드는 솜씨가 일품이라 아주 맛있거든."

이미영은 조심스럽게 눈치를 보며 승현에게 음식을 권했다. 오늘이 그녀의 생일이라선지 승현은 그녀가 권해 준 대로 순순히 떡갈비를 집어 먹었다. 마냥 어렵기만 한 전처의 아들이 군말 없이 따라 주자 이미영은 정말 기쁜 얼굴이 되었다. 그런 그녀를 지그시 바라보던 민영식은 굴전을 혜민의 밥 위에 얹어 주었다.

"많이 먹거라."

민영식과 이미영은 승현과 혜민이 밥 먹는 모습을 흐뭇하게 지켜보고 있었다. 왠지 가슴 한구석이 간질간질하고 어색했다. 문득 아주 오래전의 추억이 기억 속에서 불쑥 떠올랐다.

15년 전, 어머니의 생일날이었다. 평범한 회사원이었던 아버지는 그날 일찍 퇴근해 어머니가 가장 좋아하는 음식인 파전을 손수 만들어 생일상을 차렸다. 자그마한 케이크와 파전, 양념통닭 뿐인 조촐한 생일상이었지만 그 어떤 산해진미도 부럽지 않았다. 부모님은 막걸리로, 혜민은 사이다로 건배하며 세 식구만의 소박하지만 단란한 시간을 보냈다.

당시 10살이었던 혜민은 몇 달 전부터 용돈을 모아 장만한 붉은색 립스틱과 손 편지를 선물로 준비했다. 아버지는 화사하고 고운 스카프를 어머니의 목에 걸어 주었다. 어머니는 혜민과 아버지의 선물을 받고 너무 기뻐한 나머지 눈물까지 흘렸었다. 그날은 어머니의 마지막 생일이었다.

사는 게 바빠 오랫동안 잊어버리고 있었던 소중한 추억이었다. 지금까지 살아오면서 가장 행복했다고 말할 수 있는 그때를 어이 없게도 남의 가족을 통해 떠올리게 될 줄은 몰랐다. 혜민의 입가에 쓴웃음이 걸렸다. 가족인 척하고 있지만 저들은 내 가족이 아니었다. 절대 내 것이 될 수 없다는 걸 알기에 부럽고 아쉽고 슬펐다. 홀로 있을 진짜 내 가족을 생각하니 가슴이 아팠다.

"무슨 일이라도 있는 게냐?"

느닷없는 민영식의 물음에 혜민은 퍼뜩 상념에서 깨어났다.

"네?"

"표정이 안 좋아 보여서 말이다."

"아, 별일 없어요. 그냥 좀 피곤해서⋯⋯."

서둘러 대충 둘러대자 민영식의 얼굴에 의아함이 깃들었다.

"피곤하다니?"

"요즘 저희 회사에서 일하고 있어요."

무뚝뚝한 승현의 대구에 이미영이 반색한다.

"어머, 그랬어? 혹시 얘가 귀찮게 하거나 사고 친 건 없니?"

"네, 아직은요."

"다행이네. 너 앞으로 형 말 잘 들어. 네 멋대로 뭐 할 생각하지 말고 시키는 대로만 해. 알았지?"

이미영은 승현을 대할 때와 혜민을 대할 때의 표정과 말투가 판이하게 달라졌다. 마치 두 얼굴을 가진 여자 같았다. 두 사람의 대화를 가만히 듣고만 있던 민영식의 표정이 굳어졌다. 그는 맞은편에 앉아 있는 승현에게 시선을 돌리더니 무겁게 입을 열었다.

"지금 하는 일은 이번으로 끝내고 앞으로 진짜 네 일을 하는 게 어떠냐."

승현은 수저를 놓았다. 그리고 민영식을 똑바로 응시하며 분명하게 의사를 밝혔다.

"지금 하는 일이 진짜 제 일입니다."

"희성은 어쩌고!"

곧바로 노성이 튀어나왔다. 좀 전까지만 해도 화기애애했던 분위기가 삽시간에 싸늘해졌다. 민영식과 승현은 눈싸움이라도 하듯 서로를 뚫어져라 노려보았다. 부자간의 보이지 않는 팽팽한 기 싸움에 살갗에 소름이 돋을 지경이었다. 승현이 한발 물러나듯 눈을 내리깔며 사무적인 어투로 말했다.

"전문CEO를 들이시죠. 남한테 맡기는 게 내키지 않으시면 지환이도 있지 않습니까."

가만히 숨죽이고 있던 혜민은 김지환을 들먹이는 승현의 말에 기겁했다. 그건 이미영도 마찬가지인 듯했다. 그녀는 민영식과 승현을 번갈아 보며 조심스럽게 말했다.

"저기 승현아, 그건 좀 아닌 거 같은데. 지환이는 아직 대학도 안 간 데다 경영 쪽은 문외한이라서……."

"이제부터라도 배우면 되죠."

"그게 배워서 될 문제가 아니잖니. 경영도 재능이 필요한 건데. 그리고 희성처럼 큰 회사를 이끌기엔 지환이 역량이 많이 부족해."

이미영은 필사적으로 김지환이 후계자 재목이 아니라는 걸 설명하려 노력했다. 그녀는 그녀의 아들이 희성의 후계자가 되는 걸 탐탁지 않아 하는 듯했다.

상식적으로 친아들이 대기업의 후계자가 되길 바라는 게 인지상정인데 희한한 일이었다. 민영식의 비위를 맞추기 위해 그냥 하는 말인지 아니면 김지환이 모정으로도 용서가 안 되는 구제불능 멍청이라서 그런 건지 알 수가 없었다.

민영식은 물을 마신 후 한숨을 내쉬더니 달래는 어조로 입을 열었다.

"지환이도 준비만 된다면 언제든 경영에 참여시킬 거다. 그전에 네가 먼저 희성에 들어와 자리를 잡으란 거지. 지금 회사를 네가 직접 세우고 꾸려 왔으니 쉽게 정리할 수 없다는 거 나도 모르는 바 아니다. 아예 버리라는 말은 하지 않으마. 희성 계열사로 들어오는 건 어떻겠니?"

"안 그래도 매니지먼트 겸업으로 업계에서 말들이 많은데 대기업인 희성까지 등에 업으면 반발이 거세질 겁니다. 거대자본, 독과점 운운하며 영화판마저 대기업이 독식한다는 말들이 나올 게 뻔해요. 결국 희성 이미지만 나빠질 겁니다. 득 될 게 없어요."

승현의 말에 일리가 있다고 여긴 건지 민영식은 입을 다물어 버렸다. 이미영이 기회는 이때라는 듯 재빨리 끼어들었다.

"여보, 오늘 같은 날 사업 얘긴 이쯤에서 그만해요."

오늘이 그녀의 생일이라는 걸 상기했는지 민영식은 마지못해 고개를 끄덕였다. 그녀는 분위기 전환을 위해 후식을 가져오라고 일렀다. 단아한 개량한복을 입은 직원이 홍시로 만든 후식을 가져왔다. 혜민은 자신의 앞으로 후식을 놓아 주는 직원에게 무의식적으로 고개 숙여 감사를 표했다. 직원이 나가자 이미영이 호들갑스럽게 떠들었다.

"방금 지환이 봤어요? 직원한테 인사한 거. 형이랑 같이 있더니 예의 발라졌네."

어처구니가 없었다. 김지환, 넌 대체 어떤 녀석이었기에 당연한 감사 인사 하나에 이렇게 난리법석인 거냐. 혜민은 고개를 가로저으며 김지환이 모정으로도 용서가 안 되는 구제불능 멍청이라는 데 한 표를 던졌다.

모처럼의 이른 귀가라고 생각하기 무섭게 정 비서로부터 전화가 왔다. 통화를 끝낸 승현은 집으로 향하던 차를 돌렸다. 당연히 회사로 가는 거려니 싶었는데 회사 방향이 아니었다.

"어디 가는 거예요?"

"호텔."

짤막한 승현의 대답에 혜민은 순간 멍해졌다. 정 비서 전화를 받았으니 당연히 일하러 가는 거라고 생각했었다. 그런데 호텔이라니. 혜민은 새삼스러운 눈길로 운전석의 남자를 힐끔거렸다.

여자를 만나러 가는 거겠지 싶었다. 이 오밤중에 호텔 갈 일이 그거 외에 뭐가 있겠는가. 그동안 집, 회사만 오가는 단조로운 일상이었기에 사귀는 여자는 없는 줄 알았더니 이렇게 뒤통수를 칠 줄이야. 아무리 바빠도 뒷구멍으로 할 짓은 다 하고 살았던 모양이었다.

하긴 외모, 집안, 재력, 능력 어디 하나 빠지지 않는 스펙이니 여자가 없다는 게 말이 안 되긴 했다. 성격적인 흠이야 다른 것들이 워낙 훌륭하니 커버가 되고도 남았을 터. 문득 궁금증이 일었다. 승현이 사귀는 여자는 어떤 타입일까.

몹쓸 호기심이 슬금슬금 고개를 들고 있었다. 혜민은 얼른 호기심을 억누르며 입을 열었다.

"근처 버스 정류장이나 전철역에서 세워 줘요."

전방을 주시하던 승현의 시선이 혜민에게 닿았다.

"어디 가려고?"

"집에요."

여자 만나러 호텔 가는 남자를 졸졸 따라갈 생각 따윈 눈곱만큼도 없었다. 어떤 여자인지 궁금하긴 하지만 커플 사이에 낀 눈치 없는 인간이 되고 싶지는 않았다.

"너 혼자 집에 가서 어쩌려고. 문밖에 쭈그려 앉아 있으려고?"

승현의 물음에 말문이 막혔다. 그는 아직도 혜민에게 현관 도어록 번호를 알려 주지 않았다. 그녀 혼자 집에 가 봤자 안으로 들어갈 수 없었다.

"비번 가르쳐 주면 되잖아요."

"오래 안 걸릴 거야."

그럼 자기들 볼일 다 끝날 때까지 나더러 기다리라는 건가. 상상만으로도 불쾌하기 짝이 없었다.

"호텔 로비서 기다리느니 차라리 문밖에 쭈그려 앉아 있을래요."

신호가 걸려 차를 정차시킨 승현은 몸을 틀어 혜민을 바라보며 따져 물었다.

"너 방금 한 말이 무슨 뜻이야?"

"오래 안 걸리니까 호텔 로비에서 기다리라는 말 아녜요. 난 그렇게 하기 싫다구요."

"누가 호텔 로비서 기다리랬어?"

"그럼 방까지 같이 들어가자는 거예요?"

경악하며 되묻자 승현의 표정이 괴상해졌다. 어이없고 기막히다는 얼굴로 그가 되묻는다.

"누가 방에 들어간대?"

"호텔 간다면서요."

"뭔가 착각한 모양인데…… 우린 지금 런칭 파티에 가는 거야. 호텔에서 하는."

"런칭 파티?"

"호텔이 잠만 자는 곳이란 편견은 버리지 그래."

신호가 바뀌자 승현은 다시 차를 출발시켰다. 혜민은 자신이 엄청난 착각을 했다는 걸 깨달았다. 부끄럽고 쪽팔렸다. 벌게진 얼굴로 호텔에 도착할 때까지 고개도 들지 못했다.

D브랜드 런칭 파티는 K호텔의 연회장인 그랜드볼룸에서 행해지고 있었다. 초대장을 받긴 했지만 승현은 원래 이 파티에 오지

않을 생각이었다. 그런데 이번에 제작하는 영화에서 캐스팅 1순위로 거론되고 있는 배우가 오늘 이곳에 참석한다는 정보를 입수하고 생각을 바꿨다. 워낙 잘나가는 인기 스타라서 좀처럼 만나기 힘들었던 터라 아주 좋은 기회였다. 이번 영화에 공을 들이고 있는 승현이 이 기회를 놓칠 리 없었다.

호텔에 온 것도, 런칭 파티에 온 것도 처음인 혜민은 눈앞에 펼쳐진 광경이 신기하기만 했다. 텔레비전에서만 봤던 연예인들과 각계각층의 유명 인사들이 코앞에 서 있는 것도 신기했고, 그들이 포토 존에서 포즈를 취하면 기다렸다는 듯이 셔터를 눌러대는 기자들도 신기했다.

그중에서 가장 신기했던 건 미처 초대장을 가져오지 않은 승현이 얼굴만으로도 입장이 가능했다는 것이었다. 기자들은 물론이고 행사 관계자와 연예인들 모두 승현이 누군지 알고 있는 눈치였다.

아이온 엔터테인먼트 대표이사인 데다 희성그룹 장남이다 보니 이쪽 계통에서 인지도가 상당한 듯했다. 예쁘게 꾸미고 차려입은 연예인들 사이에서도 전혀 꿀리지 않는 외모 또한 그의 인지도에 한몫했을 터였다.

"내가 올 때까지 꼼짝 말고 여기 있어. 다른 데 가지 말고."

승현은 단단히 주의시킨 후 인파 속으로 사라졌다. 아는 사람 하나 없는 곳에서 혼자 남겨졌지만 그다지 심심하지는 않았다. 의류 브랜드 런칭 파티다 보니 볼거리가 제법 쏠쏠했다. 예쁜 옷을 입고 워킹하는 모델들을 보며 혜민은 핑거푸드를 집어 먹었다. 저녁을 먹고 왔지만 그다지 위에 부담이 가지는 않았다. 목이 말라 아무 칵테일이나 막 집어 들려는 순간이었다.

"이거로 해요. 이게 더 맛있거든요."

누군가가 다른 칵테일을 눈앞에 내밀었다. 혜민은 고맙다고 인사한 후 잔을 받아 들었다. 처음 보는 여자였다. 키가 혜민과 맞먹을 정도로 컸지만 전체적으로 호리호리하고 가냘픈 인상이었다. 누가 보더라도 천생 여자라는 생각이 드는 사람이었다. 이목구비도 붓으로 그린 것처럼 너무나 아름다웠다. 청순하고 우아한 여자의 미모와 분위기에 압도당한 혜민이 멍하니 쳐다보자 여자가 생긋 웃었다.

"민승현 대표님과 같이 오신 분 맞죠?"

승현의 이름이 거론되자 정신이 들었다. 의아하게 바라보자 여자가 곧 자기소개를 했다.

"저는 신인 배우 강은채라고 해요."

신인 배우. 심상치 않은 여자의 미모가 그제야 납득이 되었다.

"아, 전 김지환이라고 합니다."

"만나서 반가워요. 그런데 민 대표님은 어디 가시고 혼자 계신 거예요?"

"일 때문에 잠깐……."

"이런 자리엔 잘 오시지 않는 분이라 아까 보고서 깜짝 놀랐었는데…… 역시 일 때문이었군요. 실례되지 않는다면 무슨 일 때문에 오신 건지 물어도 될까요?"

"그게, 이번에 제작할 영화 캐스팅 때문에요."

혜민은 은채의 물음에 순순히 대답해 주었다. 그녀의 눈이 묘하게 생기를 띠며 번뜩였다.

"캐스팅이라면 남자 배우예요 아님 여배우예요?"

"글쎄요. 그것까진 잘 모르겠네요."

"혹시 여배우 캐스팅하기 전이면 저 좀 추천해 주시면 안 되나요?"

느닷없는 은채의 부탁에 혜민은 그제야 뭔가 잘못돼 가고 있다는 걸 깨달았다.

"전 영화 관계자가 아니라 그냥 동생일 뿐이라서 그건 좀……."

곤란하다는 뉘앙스로 말끝을 흐리자 은채는 얼른 한 발 물러섰다. 끈질기게 물고 늘어질 줄 알았는데 의외였다.

"민 대표님 동생이셨군요. 난 그것도 모르고, 미안해요."

"아, 아니에요."

"혹시 괜찮으시다면 여배우는 공개 오디션으로 뽑아 달라고 말이라도 해 주세요. 저같이 돈 없고 빽 없는 신인 배우는 오디션이 아니면 배역 얻는 게 하늘에 별 따기거든요."

대충 알았다고 하고선 혜민은 화장실 핑계로 은채에게서 돌아섰다. 한숨 돌리고 나니 그녀가 안됐다는 생각이 들었다. 오죽했으면 처음 보는 자신을 붙들고 그런 부탁을 했을까 싶었다.

행사장 안은 사람들로 바글바글했다. 목을 길게 빼고 사람들 사이에서 승현을 찾아보았다. 키가 커서 어디서든 눈에 확 띄는 사람인데 아까부터 코빼기도 보이지 않는다. 대체 누구를 만나러

간 걸까. 남자인지 여자인지 한번 물어보기라도 할걸.

화장실 핑계를 대고 빠져나온 벌이라도 받는 건지 정말 화장실이 가고 싶어졌다. 화장실은 금세 찾을 수 있었다. 혜민은 남자 화장실 팻말을 보며 남몰래 한숨을 내쉬었다.

회사로 출근하게 되면서 남자 화장실에 들어가는 게 어느 정도 익숙해지긴 했지만 아직까지는 어색하고 난감한 감정이 앞섰다. 그래서 될 수 있으면 아무도 없을 때 재빨리 화장실에 들어갔다. 하지만 여긴 회사가 아니라 호텔 연회장이었다. 오가는 사람들이 회사와는 비교할 수 없을 정도로 많았다. 사람들이 없을 때까지 기다리다간 방광이 터져 버릴 것 같았다.

마음을 결정한 혜민은 심호흡을 한 후 보무도 당당하게 화장실에 들어갔다. 그러고는 한눈팔지 않고 곧장 좌변기 칸으로 들어갔다. 일단 급했던 볼일부터 해결한 후 바깥의 동태를 살폈다. 인기척이 사라질 때까지 숨죽이고 기다렸다.

좁은 좌변기 칸에 얼마나 갇혀 있었던 건지 모르겠다. 한참 만에 기다리던 정적이 찾아왔다. 혜민은 조심스럽게 문을 열고 나와 세면대의 수도꼭지를 돌렸다. 그때 누군가가 화장실로 불쑥 들어왔다. 혜민은 물을 틀어놓은 그대로 얼어 버렸다.

"아, 이런."

화장실에 들어온 남자는 혜민을 발견하더니 놀란 얼굴이 되었다. 그러고는 곧바로 사과했다.

"미안해요. 제가 잘못 들어온······."

남자의 시선이 벽에 붙은 소변기로 향하면서 점점 말끝이 흐려졌다. 그는 혜민과 소변기를 번갈아 보며 고개를 갸웃거렸다. 갑작스런 남자의 등장에 얼어붙었던 혜민은 차츰 정신이 돌아왔다.

자신은 지금 남자였다. 남자가 남자 화장실에서 손을 씻는 건 하나도 이상한 일이 아니었다. 그녀는 아무렇지도 않다는 듯 태연하게 손을 씻었다. 페이퍼타월로 물기를 닦으며 남자를 곁눈질로 살펴보았다. 어디서 많이 본 듯한 얼굴이었다. 어디서 봤더라.

뭔가가 머리를 휙 스치고 지나갔다. 혜민은 자기도 모르게 숨을 들이켰다.

"최준혁!"

이름이 불리자 남자가 빙그레 웃는다. 미소는 긍정을 뜻했다. 정말 최준혁이란 말인가. 혜민은 그를 뚫어져라 쳐다보았다.

명품배우. 신이 내린 연기자. 백 년에 한 번 나올까 말까 하는 이 시대를 대표하는 배우. 모든 걸 다 갖춘 완벽한 남자. 전부 배우 최준혁의 이름에 따라붙는 화려한 수식어들이다. 또래 배우들과는 비교 불가의 탁월한 연기력과 캐릭터 해석으로 그가 출연했던 드라마와 영화는 언제나 화제의 중심에서 스포트라이트를 받았다.

모델 못지않은 훤칠한 체형과 반듯하고 또렷한 이목구비, 편안하고 다정한 눈웃음이 매력 포인트인 그는 외모와 연기력이라는 두 마리 토끼를 잡은 행운아였다. 이상이 커피전문점에서 같이 일했던 자칭 최준혁의 광팬 수영이 알려 준 것들이었다.

늘 사진이나 동영상으로 보던 최준혁을 실물로 보는 건 처음이라 어안이 벙벙하고 신기했다. 그래서 실수했다는 것도 나중에서야 인지할 수 있었다. 자신은 익숙하다 해도 최준혁의 입장에서 자신은 오늘 처음 본 사람이었다. 초면에 다짜고짜 함부로 이름을 불렀으니 기분이 상했을지도 몰랐다. 혜민은 서둘러 사과했다.

"아, 죄송합니다."

"괜찮아요. 살다 보면 실수할 수도 있으니까요."

최준혁은 관대하고 너그러웠다. 허우대만 멀쩡하지 속 좁고 이기적인 누구와는 천지 차이였다. 이것이 대스타의 위엄이란 말인가. 그러나 이어진 그의 말에 혜민은 고개를 갸우뚱거렸다.

"급하다 보면 잘못 볼 수도 있는 거죠. 부끄러워할 필요 없어요."

"네?"

"창피한 일이 아니라고요."

도통 무슨 뜻인지 알아들을 수가 없었다.

"저기 지금 무슨 말을 하시는 건지……."

"남자도 가끔 헷갈려서 여자 화장실 들어갈 때가 있거든요. 아, 제가 그렇다는 건 아니고요. 어쨌든 여자는 남자 화장실 들어가면 안 된다는 법이 있는 것도 아닌데 뭐 어때요. 청소 아주머니들도 자주 들락거리잖아요."

혜민은 입을 꾹 다물고 눈만 깜박거렸다. 곰곰이 준혁이 했던 말들을 곱씹어 보았다. 두서없는 말들을 하나의 가정하에 놓고 본다면…….

준혁은 혜민이 방금 머릿속으로 떠올린 것을 확인 사살해 주었다.

"지금 아무도 없으니까 빨리 나가면 아가씨가 남자 화장실 들어왔던 거 아무도 모를 거예요. 그래도 걱정되면 제가 망이라도 봐 드릴까요?"

준혁의 얼굴이 멀어지면서 눈앞이 아득해졌다. 역시 그는 자신을 여자로 보고 있었다. 혜민은 천천히 거울 속의 얼굴을 바라보았다. 백화점 엘리베이터 문에 비쳤던 모습 그대로 영락없는 남자의 얼굴이었다. 지금까지 누구도 자신을 여자로 보지 않았었다. 그런데 준혁은 어떻게 자신이 여자라는 걸 안 걸까.

"아가씨?"

"저기……."

"왜요? 그냥 나가시게요?"

"뭔가 착각하신 거 같은데, 여기 제대로 들어온 거예요."

"네?"

"저 남자라고요."

"그럴 리가……."

준혁은 놀란 얼굴로 혜민을 위아래로 샅샅이 훑어보았다. 그의 시선에 곤혹스러웠다. 한시라도 빨리 여기서 나가고 싶었다. 서둘러 "그럼 이만."이라고 하고 화장실에서 나가려 했다. 그러나 한발 빠르게 준혁이 혜민의 손목을 휙 낚아챘다. 갑작스런 그의 돌발 행동에 혜민은 깜짝 놀랐다.

"왜, 왜 그러세요?"

"잠깐 나하고 얘기 좀……."

"얘기는 저랑 하시는 게 어떻겠습니까?"

갑자기 끼어든 목소리에 준혁과 혜민은 동시에 고개를 돌렸다. 언제 온 건지 화장실 입구에 승현이 우뚝 서 있었다. 서늘한 눈과 마주친 혜민은 시선을 내리깔았다. 일이 복잡하게 꼬이는 기분이었다. 아까 찾을 땐 없더니 하필 이럴 때 나타날 건 뭐람. 만약 준혁이 승현에게 자신이 여자라고 나불거리면 큰일이었다.

뚜벅뚜벅. 이쪽으로 다가오는 승현의 구둣발 소리가 화장실에 울려 퍼졌다. 심장이 걷잡을 수 없이 뛰었다. 그가 바로 옆에 멈춰 선 순간 긴장을 이기지 못한 혜민은 눈을 질끈 감았다.

"혹시 제 동생이 실수한 게 있다면 제가 대신 사과드리겠습니다."

승현의 말이 끝나기 무섭게 눈이 번쩍 떠졌다. 그는 준혁에게 잡혀 있는 그녀의 손목을 빼 주었다. 그제야 혜민은 그때까지 자신의 손목이 준혁에게 잡혀 있었다는 걸 깨달았다. 승현은 마치 그녀를 보호하려는 듯 그의 등 뒤에 서게 한 후 준혁을 마주 보았다.

"동생?"

준혁이 되묻자 승현은 정중하게 그에게 고개를 숙였다.

"그럼 이만 가 보겠습니다."

승현은 더 이상 볼일 없다는 듯 냉큼 뒤돌아섰다. 준혁이 다급하게 물어 왔다.

"남동생인가요, 여동생인가요?"

숨이 턱 막히면서 눈앞이 캄캄해졌다. 다급했던 만큼 핵심만 집어낸 질문이었다. 이대로 무사히 넘어가는 줄 알고 안도했던 게 무색해지는 순간이었다. 혜민은 마른침을 삼키며 승현을 조심스럽게 쳐다보았다. 우려와는 달리 그는 별다른 반응이 없었다. 평소처럼 차가운 얼굴로 상체만 살짝 뒤틀더니 약간의 시간 차를 두고 또박또박 힘주어 대답했다.

"여긴 남자 화장실인데요."

짧게 대꾸한 승현은 혜민의 팔꿈치를 잡아당기며 밖으로 향했다. 뒤통수로 따가운 시선이 달라붙었지만 무시했다. 화장실을 거의 다 빠져나가려는 순간이었다.

"민 대표님, 아까 했던 얘기 다시 한 번 나누도록 하죠."

준혁의 제안에 승현은 걸음을 멈췄다. 그러고는 뒤를 돌아보지 않은 채 대꾸했다.

"연락 기다리죠."

4.

 백 마디 말보다 때론 침묵이 더 부담스러울 때가 있다. 차 안을 잠식한 무거운 침묵에 체한 것처럼 속이 거북하고 가슴이 답답했다. 가슴을 동여맨 압박붕대가 불편한 건 아니었다. 혜민은 주먹으로 가슴을 콩콩 두드리며 운전석을 바라보았다.

 승현은 묵묵히 운전에 집중하고 있었다. 겉으로 보기엔 평소와 다를 바 없는 모습이지만 그렇지 않다는 걸 안다. 그는 호텔 화장실에서 나온 후부터 집으로 향하는 지금까지 한마디도 하지 않고 있었다. 심지어 눈조차 마주치지 않았다. 기분이 언짢거나 화가 나면 아예 입을 닫아 버리는 듯했다. 일방적인 무시에 이쪽도 무시로 대응하면 그만이지만 자꾸만 신경이 쓰여 견딜 수가 없었다. 질식할 것 같은 침묵에 숨이 막혀 왔다.

 "잘못했어요."

더는 견디지 못한 혜민이 먼저 백기를 들었다. 짚이는 구석이 있어서 먼저 사과했지만 기다리던 대답은 돌아오지 않았다. 혜민은 심호흡을 한 후 다시 한 번 말했다.

"거기 가만히 있으려고 했는데 갑자기 화장실에 가고 싶어서……."

"왜 최준혁이 네 팔목을 잡고 있었던 거지?"

대답 대신 질문이 돌아왔다. 역시 짐작대로 준혁과의 화장실 사건 때문에 심기가 언짢았던 모양이다. 침묵이 깨진 건 반가웠지만 한편으로는 곤혹스러웠다. 그의 질문은 대답하기 곤란한 것이었다. 준혁이 자신이 여자인 걸 알아봤다고 말할 수는 없는 노릇이니까. 혜민은 모호하게 대답했다.

"난 잘못한 거 없어요."

"잘못한 것도 없는데 왜 잡혀 있었던 거냐고."

"그거야 모르죠. 어쩌면 최준혁 취향이 특이할지도……."

뒷말은 분위기를 전환할 겸 그냥 농담으로 한 것이었다. 그러나 승현은 농담으로 받아들이지 않았다.

"너 최준혁한테 무슨 짓 한 거야?"

갑자기 그의 목소리가 위협적으로 낮아졌다. 화가 난 기색이 역력했다. 꺼지려는 불씨에 부채질한 건가. 혜민은 얼른 정색을 하며 말했다.

"아무 짓도 안 했어요. 그냥 화장실 갔다가 만난 게 다예요. 맹세할 수도 있어요. 그러니까 걱정할 필요 없어요. 나 때문에 캐스팅 물 건너갈 일은 절대 없을 테니까."

승현이 오늘 일정에 없었던 런칭 파티에 참석한 건 바로 준혁 때문이었다. 그는 이번에 제작할 영화의 남자 주인공 캐스팅 1순위로 거론되고 있는 배우였다. 혹시 혜민이 실수라도 해서 준혁의 마음을 상하게 만들었을까 봐 걱정이 이만저만 아닌 듯했다.

승현이 이번 영화에 엄청난 공을 들이고 있다는 걸 옆에서 봐왔기에 잘 알고 있었다. 투자자를 구하지 못해 몇 년이나 묵혀뒀던 영화를 드디어 제작할 수 있게 됐으니 캐스팅 하나에 이리 신경을 곤두세우는 것도 당연지사였다.

"그럴 일은 없을 테지만, 그래도 만에 하나 나 때문에 잘못되면……."

"잘못될 일 없어."

"네?"

"대한민국에 최준혁만 배우인 건 아냐."

2순위 3순위 배우도 염두에 두고 있다는 뉘앙스였다. 듣고 보니 이상했다. 자신 때문에 준혁의 캐스팅이 틀어질까 봐 화가 난 거라고 여겼었다. 그런데 그건 아닌 듯했다. 그럼 승현은 대체 무엇 때문에 화가 났었던 걸까.

"최준혁이 아니어도 괜찮은 거예요?"

"의외로 생각지도 못한 배우가 대박을 터트리는 경우도 있어."

"그래도 최준혁이 하는 게 좋은 거 아닌가요? 지금 제일 잘나가는 배우잖아요. 연기도 잘하고."

그가 고개를 돌려 혜민을 지그시 바라보았다. 그의 시선이 어색하고 불편했다. 혜민은 차창으로 눈을 슬그머니 돌리며 떨떠름하게 물었다.

"왜요?"

"최준혁한테 반하기라도 한 건가."

귀가 번쩍 뜨였다. 하도 어이가 없어서 처음엔 잘못 들은 줄 알았다.

"지금 무슨 말을……."

"최준혁은 여성 팬 못지않게 남성 팬도 많거든."

승현의 입가에 미소가 떠올라 있었다. 웃고 있었지만 절대로 웃는 게 아니었다. 이유는 모르겠지만 심기가 단단히 비틀린 게 틀림없었다.

"절대 아니에요."

말도 안 되는 모함에 혜민이 강하게 부정하자 승현이 얼굴을 굳혔다. 그는 딱딱한 어조로 추궁하듯이 물었다.

"아닌데 왜 계속 최준혁만 고집하는 거야? 다른 배우도 괜찮다는데."

"그건 그러니까……."

혜민은 잠시 입을 다물었다가 작은 목소리로 중얼거렸다.

"내 몸값으로 만드는 영화니까 기왕이면 잘됐으면 해서……."

솔직히 준혁과는 다신 만나고 싶지 않았다. 그는 위험인물이었다. 그럼에도 준혁을 추천한 건 진심으로 이번 영화가 잘되길 바라는 마음에서였다. 이번 영화는 승현이 혜민을 맡는 조건으로 민영식이 메인스폰서가 되어 제작하게 된 영화였다. 그녀가 아니었다면 영화 제작은 불가능했을 것이다.

본의 아니게 자신에 의해 만들어지는 영화인 데다 옆에 영화를 제작하는 승현이 있어서 그런지 관심이 가지 않을 수 없었다. 그녀의 대답에 납득한 건지 날을 세우던 승현의 분위기가 다소 누그러졌다.

"그렇군."

확실히 부드러워졌다. 달라진 분위기에 용기가 생겼다. 혜민은 조심스럽게 아까부터 입 속에서 맴돌던 말을 끄집어냈다.

"여자 주인공 캐스팅은 다 끝난 거예요?"

"아직."

"누구 생각해 둔 배우라도……."

"아니. 신인으로 뽑을 생각이야. 새로운 얼굴로."

새로운 얼굴이라는 말에 불현듯 런칭 파티에서 만났던 은채의 얼굴이 눈앞에 어른거렸다. 동시에 그녀의 부탁이 떠올랐다.

"그럼 공개 오디션으로 뽑는 게 어때요?"

승현의 시선이 혜민의 얼굴에 와 닿았다. 왜 그렇게 관심이 많으냐는 눈빛이었다. 혜민은 머쓱하게 머리를 긁으며 말했다.

"영화가 잘됐으면 해서……."

"안 그래도 그럴 생각이었어."

한숨 섞인 그의 대답에 혜민은 빙그레 웃었다. 언제 화가 났냐는 듯 승현은 어느새 다 풀어져 있었다. 그래서 그가 화가 났던 이유는 끝내 알 수 없었다.

집에 들어섰을 땐 이미 자정에 가까운 시간이었다. 곧장 방으

로 들어가려는데 승현이 들고 있던 종이봉투를 내밀었다. 봉투에
는 D브랜드 로고와 캐릭터가 그려져 있었다. 몇 시간 전, 호텔에
서 보았던 런칭 파티 브랜드였다. 행사 주최측이 승현에게 준 선
물인 듯했다.

"이걸 왜……."

"그쪽에서 실수했나 봐. 나한테 여자 옷을 줬어."

느닷없는 기습에 온몸이 경직되었다. 왜 여자 옷을 자신에게
주려는 걸까. 혹시 눈치라도 챈 건가. 가까스로 흩어지려는 정신
줄을 잡고 태연하게 대꾸했다.

"여자 옷을 왜 나한테……."

"아는 친구한테 주라고. 난 줄 사람 없으니까."

승현은 봉투를 혜민에게 강제로 떠넘긴 후 제 방으로 쏙 들어
가 버렸다. 홀로 남겨진 혜민은 가슴이 들썩이도록 크게 숨을 들
이쉬고 내쉬었다. 다행히 우려했던 일은 일어나지 않았다. 만약
그가 자신의 정체를 눈치챘다면 지금처럼 가만있을 리 없었다.
벌써 사단이 나고도 남았을 터였다.

방으로 들어가자 맥이 탁 풀렸다. 혜민은 침대에 벌렁 드러누
웠다. 피곤한 하루였다. 몸도 마음도 소금에 절인 배추처럼 축
늘어진다.

지금 이 생활에 어느 정도 적응이 됐다 해도 마냥 편안한 건
아니었다. 도둑이 제 발 저리다는 말처럼 정체가 들통 날까 봐
늘 조마조마했다. 별일 아닌 것에도 지나치게 마음 졸이고 경계
하게 된다. 그러다 보니 하루하루 정신적으로 힘이 들었다. 오늘

은 아무 생각 말고 죽은 듯이 자고 싶었다.

재킷이라도 벗고 자려고 상체를 일으키자 침대 끄트머리에 던져 둔 봉투가 눈에 들어왔다. 혜민은 봉투를 열어 보았다. 개나리처럼 화사한 노란색 원피스가 들어 있었다. 런칭 파티에서 워킹하던 모델이 입고 있었던 옷이었다.

"가까이서 보니 더 예쁘네."

유독 눈이 가던 옷이었다. 원피스를 몸에 대고 거울 앞에 선 혜민의 눈이 커다래졌다. 남자 같은 지금의 모습에 여성스런 원피스가 어울릴 거라고는 생각하지 않았다. 그래서 기대하지도 않았는데 거울에 비친 모습은 의외였다.

우스꽝스럽지도 혐오스럽지도 않았다. 짧은 머리를 한 나름 봐 줄 만한 여자가 거울 속에 있었다. 그런 스스로의 모습이 신기했다. 옷 하나로 이렇게 사람이 달라 보이다니. 역시 사람은 꾸미기 나름인 듯했다.

들뜬 마음으로 거울 속의 모습을 뚫어져라 응시하던 혜민은 힘없이 침대 끝에 걸터앉았다. 쓴웃음이 입가에서 비어져 나왔다. 자신이 이런 옷을 입을 날이 과연 올까 싶었다. 김지환 프로젝트는 언제쯤 끝나게 될까.

생각하면 할수록 기가 막혔다. 인생은 한 치 앞도 알 수 없는 거라더니, 아버지가 사채를 쓰고 그로 인해 자신이 남장을 하게 될 줄 누가 알았을까. 사람 좋고 착하고 정 많은 아버지가 설마 사채에 손을 대리라고는 상상도 못 했었다. 그러나 세상은 아버지에게 사채를 쓰지 않을 수 없게 만들었다.

사채는 아버지에게 마지막 수단이자 희망이었을 것이다. 반드시 성공하겠다는 일념으로 비장한 결심을 했을 것이다. 아마 끝장을 보기 전에는 절대 나타나지 않았을 터였다. 그런데 아버지는 왜 갑자기 나타난 걸까.

계약 기간이 끝나지도 않았는데 자진해서 계약을 깼다. 매달 내야 하는 이자에 대한 부담은 처음부터 각오했을 테니 다른 이유가 있었을 것이다. 아버지의 심경에 변화를 줄 만한 다른 이유가. 그게 뭘까. 무슨 일이 있었던 걸까.

새롭게 깨닫게 된 사실에 혜민은 침대에서 벌떡 일어섰다. 휴대전화를 들고 습관적으로 아버지의 번호를 눌렀다. 그러나 수화기 너머에서 들려오는 말이라고는 없는 번호라고 알려 주는 여자의 친절한 목소리뿐이었다.

❋　　❋　　❋

꿈을 꾸었다. 또 꿈이라는 걸 알고 있는 꿈이었다.

사방이 뿌연 안개로 가득했다. 낮인지 밤인지 구분조차 할 수 없을 정도로 지독한 안개였다. 발밑조차 잘 보이지 않아 맹인처럼 손을 앞으로 휘저으며 조금씩 발걸음을 옮겨야 했다. 그렇게 얼마나 걸었는지 모르겠다. 다리가 아파 올 무렵 멀리서 희끄무레한 인영이 보였다. 시야에 뭔가가 들어온 건 처음이었다. 자연스레 인영이 있는 방향으로 걸어갔다.

인영은 정물처럼 제자리에 가만히 있었다. 그러나 가까이 다가

가자 점차 거리가 벌어졌다. 일부러 피하고 있는 게 틀림없었다. 마음이 급해졌다. 인영이 누군지 알 것 같았다.

"아빠."

꿈결처럼 아득한 목소리였다. 좀 더 힘주어 불러 보았다.

"아빠, 잠깐만 기다려 봐."

멀어지던 인영이 멈춰 섰다. 역시 아버지가 맞는 모양이었다. 이렇게 꿈속에서라도 만날 수 있어서 다행이란 생각이 들었다.

"괜찮아? 힘들진 않아?"

아버지는 아무런 대꾸도 하지 않았다. 그런데도 희한하게 말이 술술 흘러나왔다.

"난 지금 생활이 전보다 훨씬 좋아. 회사에 다니긴 하지만 알바 서너 개 하는 거에 비하면 일도 아니거든. 밥하고 빨래하고 청소하는 것도 다른 사람이 대신 해 줘서 엄청 편해. 손 하나 까딱할 필요가 없어. 물 묻힐 일도 없고."

아버지는 그 자리에 서 있을 뿐 가까이 다가오지 않았다. 자신도 다가갈 마음이 생기지 않았다. 서로에게 적당한 거리를 유지하고 있는 지금이 딱 좋았다. 만약 아버지 얼굴을 보게 되면 지금 눈가에 그렁그렁하게 맺힌 눈물이 폭포수처럼 흘러내릴지도 몰랐다. 우는 얼굴을 보여 주고 싶지 않았다.

"나 잘할 거야. 절대 들키지 않을 거니까 아빠 아무 걱정할 필요 없어."

떨리는 목소리를 가다듬으며 말을 이어 갔다.

"그러니까 하나만 말해 줘. 왜 돌아온 건지. 돈 때문이 아니란 거 알아. 무슨 일이 있었던 거야?"

묵묵부답. 간절한 부탁에도 대답은 돌아오지 않았다.

"말하기 힘들어? 아님 말할 수 없는 거야?"

몇 번이나 같은 질문을 반복해도 돌아오는 대답은 없었다. 가슴이 갑갑했다. 뜨거운 무언가가 자꾸만 목구멍을 역류해 올라올 것만 같았다.

"제발…… 나 힘들어. 사실 매일 힘들어. 몸은 편한데 마음은 살얼음판을 걷는 거 같아. 언제 들킬지 모르니까…… 들키면 큰일 나니까 너무 무섭고 불안하고 떨리고 아빠하곤 연락할 수도 없고 나 혼자만……."

기어코 눈물이 볼을 타고 흘러내렸다. 온몸의 힘이 쭉 빠져 그 자리에 주저앉았다. 무릎에 얼굴을 묻고 울음을 삼켰다. 그렇게 얼마나 지났는지, 문득 머리를 쓰다듬는 손길이 느껴졌다. 천천히 아주 조심스럽게 누군가가 머리를 쓰다듬어 주고 있었다. 그 조심스런 손놀림에 격해졌던 감정이 차츰 안정을 되찾아 갔다.

"미안해. 대답할 수 없는 질문을 해서."

위로하듯 격려하듯 따뜻하고 다정한 손길은 한동안 계속되었다.

❀　　❀　　❀

언제나처럼 혜민은 아침 6시에 눈을 떴다. 잠기운은 달아났지만 침대에 그대로 누운 채 간밤의 꿈을 더듬었다. 입꼬리가 서서히 위로 올라갔다. 선명하게 기억나진 않지만 머리를 쓰다듬어 주던 손길만은 생생했다.

혜민은 손을 들어 머리를 쓰다듬어 보았다. 두어 번 쓰다듬다가 고개를 갸우뚱거렸다. 손길의 주인은 당연히 아버지라고 생각했었다. 그런데 곰곰이 생각해 보니 아버지가 아닌 것 같았다.

아버지의 손은 그리 큰 편이 아니었다. 그러나 꿈속의 손은 머리통을 한 손으로 잡는 게 가능할 정도로 컸었다. 주변에 그렇게 손이 큰 사람은 없었다. 누구였을까. 그냥 꿈속에서 만들어 낸 가공의 인물이었나. 누구든 간에 그 따스했던 느낌이 너무 좋아서 좀처럼 잊어버릴 수 없을 것 같았다. 힘든 일이 있을 때마다 그 손길을 떠올리면 적지 않은 위로가 될 것 같았다.

거실에 나오니 난데없는 커피 향이 훅 끼쳐 왔다. 언제 일어난 건지 승현이 느긋하게 소파에 앉아 커피를 마시고 있었다. 혜민은 얼른 시계부터 확인했다. 6시 10분. 한창 출근 준비해야 할 시간이었다. 그런데 출근 준비는커녕 커피나 홀짝이고 있다니 제정신인가 싶었다. 옷차림도 슈트가 아니라 편안한 평상복이었다. 저 일벌레가 출근 준비도 안 하고 뭐 하고 있는 거지.

"출근 안 해요?"

"휴일에도 출근하고 싶어 할 정도로 네가 일하는 걸 좋아하는 줄은 몰랐군."

휴일이란 말에 서둘러 달력을 보니 오늘은 일요일이었다. 휴일인지도 모르고 등교했다는 누군가의 실수담을 듣고 웃곤 했었는데 자신이 그럴 뻔했다고 생각하자 얼굴이 빨개졌다.

일을 끔찍이도 사랑하는 승현이었지만 쉴 때는 확실히 쉬었다. 평일에는 밥 먹듯이 야근을 하지만 휴일만큼은 칼같이 챙기는 게 그의 원칙이었다. 참 다행인 일이었다. 안 그랬다면 직원들 대다수가 과로사 했을 것이다.

"얼른 씻고 나갈 준비해."

"일요일인데요?"

"아침 나가서 먹을 거야."

원래 집에서 밥을 먹지 않던 승현이었지만 자신 때문인지 아침 정도는 집에서 챙겨 먹게 되었다. 밥통에 밥도 많았고 반찬도 냉장고에 가득했다. 게다가 오늘 휴일이라고 전날에 도우미 아줌마가 갈비찜까지 해 놓고 갔다. 음식 솜씨도 좋아서 맛도 웬만한 맛집을 능가할 정도였다. 집에 먹을 게 넘쳐 나는데 나가서 먹겠다니 무슨 바람인지 모르겠다. 게다가 지금 시간은 아침 6시 15분이었다.

"이 시간에 문 연 집도 있어요?"

"준비나 하지 그래."

잔말 말고 시키는 대로 하란 소리였다. 늘 저런 식이라 이젠 새삼스럽지도 않았다. 24시간 해장국집이라도 가려는 건가. 혜민은 속으로 투덜대며 욕실로 들어갔다.

거미줄처럼 복잡하게 얽히고설킨 비좁은 뒷골목이 끝도 없이 이어지고 있었다. 두 사람이 겨우 지나갈 정도로 폭이 좁은 골목

양옆으로 허름하고 남루한 오래된 단층 건물과 셔터가 내려진 영세한 가게들이 다닥다닥 붙어 있었다. 손때 묻은 간판과 색 바랜 차양이 오랜 세월과 역사를 짐작하게 해 주었다.

한눈팔았다간 길 잃어버리기 십상인 미로 같은 골목길에서 승현은 망설임 없이 앞으로 나아갔다. 이곳에 자주 왔었는지 몹시 익숙한 길인 듯했다. 거침없이 걸어가던 그가 이윽고 걸음을 멈췄다. 그를 뒤따르던 혜민은 눈앞에 보이는 허름한 간판을 쳐다보았다. '이모네' 어디서나 볼 수 있는 흔한 백반집이었다.

"아이고, 이게 누구야."

"그동안 안녕하셨어요? 자주 찾아뵙지 못해서 죄송해요."

"죄송은 무슨. 이렇게 잊지 않고 왔으면 된 거지. 어서 앉아."

가게 문을 열고 들어가자마자 앞치마를 두른 중년의 아줌마가 대번에 승현을 알아보고 반가워했다. 승현 역시 아줌마에게 붙임성 있게 대구하며 웃었다. 혜민은 그를 멀뚱히 처다봤다. 눈앞에 있는 남자가 자신이 아는 민승현이 맞는지 헷갈렸다. 가족들에게조차 차갑고 냉정하고 까칠한 남자가 생판 남에게 저리 붙임성 있게 굴다니 믿을 수가 없었다.

"근데 이쪽 분은 누구?"

"동생입니다."

"아이고, 승현 총각 동생은 참 곱게 생겼네. 어떻게 보면 여자라고 해도 믿겠어. 꽃미남이네. 꽃미남."

아줌마의 호들갑에 혜민은 애매하게 웃었다. 조금 당황스러웠지만 일단 남자로 보아 주니 다행이었다. 슬쩍 승현을 살펴보니 별로 신경 쓰지 않는 기색이었다.

"많이 먹어. 모자라면 더 달라고 하고."

아줌마는 주문하지도 않았는데 테이블 위에 김치찌개 2인분을 가져다주었다. 혜민은 김이 모락모락 나는 김치찌개를 내려다보았다. 김치에 돼지고기를 넣어 끓인 어디서나 볼 수 있는 평범한 찌개였다. 고작 이걸 먹으려고 아침 댓바람부터 여기까지 달려오다니. 좀 허탈해진다.

승현의 취향을 도무지 종잡을 수가 없었다. 그는 원두커피가 아닌 다른 커피는 커피로 인정하지 않았다. 명품에 집착하진 않지만 짝퉁은 병적으로 혐오했다. 한 번 입은 옷은 세탁하지 않는 한 절대 다시 입지 않았고 집 안은 먼지 하나 없을 정도로 철저하게 청결을 유지했다. 하루에 반드시 두 번 샤워했고 손톱은 깨끗하고 단정하게 다듬었다. 서재의 책은 가지런히 순서대로 꽂혀 있어야 했고 물건은 그가 정해 둔 자리에 두어야 했다.

결벽증이 의심될 정도로 까다로운 그가 낡고 지저분하고 허름한 가게에 일부러 찾아왔다는 게 신기했다. 그것도 처음이 아니라 그전부터 자주 왔었다는 게 놀라웠다. 아니 이런 가게를 알고 있다는 사실 자체가 믿을 수 없었다. 그와는 너무나 어울리지 않는 곳이었다.

"안 먹고 뭐해?"

"이제 먹을 거예요."

혜민은 서둘러 찌개 한 숟가락을 입으로 가져갔다.

"우와."

절로 탄성이 흘러나왔다. 별다른 기대를 하지 않았던 게 무색할 정도로 환상적인 맛이었다. 머리털 나고 이렇게 맛있는 김치찌개는 처음이었다. 새콤하면서도 구수하고 담백한 맛이 혀에 찰싹 달라붙었다. 승현은 찌개를 마구 퍼먹는 혜민을 보며 거만하게 턱을 올렸다.

"이 집 김치찌개가 대한민국 최고야."

승현의 일방적인 주장에 혜민은 진심으로 고개를 끄덕였다. 정말 맛있었다. 눈 깜짝할 사이에 바닥이 보였다. 아쉬움에 고개를 들자 그와 눈이 딱 마주쳤다. 여태 자신이 밥 먹는 걸 구경하고 있었던 건가. 한두 번 같이 밥 먹는 것도 아닌데 왠지 부끄럽고 머쓱했다. 그래서 입에서 나오는 대로 아무 말이나 던졌다.

"여기 자주 왔었나 봐요."

"회사가 이 근처였으니까."

뜻밖의 사실에 혜민은 놀랐다. 근처에 있는 건물들이라곤 죄다 오래되고 낡은 것들뿐이었다. 이런 곳에 승현의 회사가 있었다니 믿을 수가 없었다. 혜민의 생각을 읽은 듯 그가 부연 설명을 덧붙였다.

"독립했을 때 수중에 있는 돈으로 사무실 얻을 데라곤 여기뿐이었어. 아버지 도움은 일절 받지 않고 돌아가신 어머니가 남긴 얼마 안 되는 주식을 처분해 회사를 차렸거든. 지금 사옥으로 이사 간 건 2년밖에 되지 않았어."

그가 독립한 건 5년 전이었다. 그렇다면 3년 동안 이곳에 있었다는 건가.

"사업이 잘 풀릴 가능성은 50%도 안 돼. 거의 대부분 망한다고 봐야지. 나도 예외는 아니었고. 매일매일이 맨땅에 헤딩하는 기분이었어. 이쪽 바닥에서 잔뼈가 굵은 것도 아니었고 내세울 만한 경력도 없었던 데다 지금도 넉넉하지 않았던 내게 아무도 투자하려 하지 않았지. 그래도 난 포기하지 않았어. 딱 하나만 하면 된다고 생각했거든. 영화 하나만 제대로 만들 수 있다면 다 잘될 거라고. 그렇게 오늘까지 온 거야."

과거를 추억하듯 승현은 아득한 눈을 하고 있었다.

"앞만 보고 달렸지만 때론 숨을 골라야 할 때도 있었지. 그럴 때마다 여기 왔었어. 여기서 밥을 먹고 가면 이상하게 힘이 났거든."

남들이 부러워 마지않는 금수저를 물고 태어난 그였다. 부모 잘 만난 덕에 지금까지 살아오면서 돈에 구애받은 일은 한 번도 없었을 거라고 생각했었다. 그런 그에게 어려운 시절이 있었다는 게 신기하기도 하고 의외이기도 했다.

"남녀노소 지위 고하를 막론하고 누구든 자기만의 휴식처가 있어야 해. 특정한 장소든 사람이든 물건이든. 나는 여기가 휴식처였어. 꽉 차서 터지기 일보 직전 모든 걸 비워 버릴 수 있는 곳이지. 초심으로 돌아가 다시 생각할 수 있게 해 주었고. 너도 그런 거 하나 만들어 두도록 해."

그것으로 할 말은 끝이라는 듯 승현은 묵묵히 식사를 했다. 혜민은 멀거니 맞은편에 있는 남자를 바라보았다. 멍청이가 아닌 이상 알 수 있었다. 그가 자신을 위해서 그의 힘들었던 과거를 말해 주었다는 걸. 일요일 댓바람부터 여기 온 것도 지금 한 말을 들려주기 위해서였다는 걸.

가슴속 깊은 어딘가가 간질거리더니 서서히 얼굴로 열이 올라왔다. 생각지도 못한 호의에 어쩔 줄 모르겠다. 정말이지 속을 알 수 없는 남자였다. 강압적으로 사람을 통제하려 하고 일방적으로 명령만 일삼던 사람의 진심 어린 충고라니. 그것도 독설이 아니라 좋은 말로 해 주다니 정말 의외였다. 생각보다 승현은 김지환에게 좋은 형일지도 모른다는 생각이 들었다.

"먹고 싶으면 더 시켜. 남이 먹는 거 쳐다보지 말고."

혜민의 시선을 오해한 승현이 무뚝뚝하게 말했다. 그도 밥 먹을 때 주시당하는 게 썩 유쾌하지만은 않은 듯했다. 혜민은 고개를 들어 가게 내부를 한 번 빙 둘러보았다. 대여섯 개뿐인 테이블과 낙서로 새까매진 벽, 메뉴가 두 개밖에 되지 않는 차림표를 지나 다시 승현에게 시선이 돌아왔다.

"자금도 별로 없었다면서 왜 영화 제작 일을 한 거예요? 영화는 위험성이 너무 크잖아요."

영화가 잘되면 좋지만 잘되지 않는 경우가 더 많은 게 현실이다. 한마디로 도박이나 마찬가지였다. 돈을 벌려면 차라리 다른 일을 하는 게 나았다. 승현은 고개를 들었다. 그러고는 그녀를 빤히 쳐다보다가 불쑥 입을 열었다.

"좋아하니까."

그의 말이 화살처럼 심장에 박혀 들었다. 혜민은 잠시 숨을 가다듬었다. 그가 말한 대상이 무엇인지 머리로는 잘 알고 있었다. 그런데도 그의 입에서 나온 말은 혜민을 당혹스럽게 만들었다.

"뭘 그렇게 놀래?"

"아니 그러니까 그게 좀 의외라서……."

두근거리는 가슴을 가까스로 누르고 대충 둘러대자 승현은 진지하게 말했다.

"원래는 영화감독이 되고 싶었지만 난 그쪽으로는 영 재능이 없어서 일찌감치 포기하고 대신 제작자가 되기로 결심했지."

어지간히도 영화를 좋아하는 모양이었다. 그동안 옆에서 보아온 영화 제작자로서 그는 완벽 그 자체였다. 원래 꿈이 감독이었다는 게 상상조차 되지 않을 정도로. 그 정도로 그는 지금 하는 일에 열심이었다.

"좋아하니까 하는 거야. 너라면 싫은 일을 죽어라 하고 싶겠어?"

무뚝뚝한 어조로 되묻는 그에게 혜민은 불퉁하게 대꾸했다.

"싫어도 어쩔 수 없이 해야만 하는 일도 있어요. 좋아하는 일만 하면서 사는 사람은 거의 없다구요."

학비와 생활비를 벌고 빚을 갚기 위해 무슨 일이든 닥치는 대로 해야만 했었다. 좋고 싫은 걸 따질 여유 따위 없었다. 그렇기에 좋아하는 일만 한다는 그의 말이 왠지 고깝게 들려왔다. 그녀의 반박에 승현은 잠시 아무 말도 하지 않았다. 그저 입을 다물고 혜민을 물끄러미 응시할 따름이었다.

"왜 그렇게 봐요?"

"가출한 게 헛짓거리는 아니었던 거 같아서."

"네?"

"철들었다고."

아차, 싶었다. 자신은 지금 김지환이었다. 송혜민의 생각을 말하면 안 되는 거였다. 다행히 승현은 자신에게서 이상한 낌새를 느끼지 못한 듯 보였다. 그는 물을 한 잔 따라 마시고 하던 말을 이어 갔다.

"물론 싫은 일을 해야 할 때도 있어. 그래도 기회가 된다면 좋아하는 일을 하는 편이 더 낫다는 거지. 싫은 일은 아무래도 좋아하는 일보다 최선을 다할 수 없으니까."

"좋아하는 일이 뭔지 모를 때는 어떡해요?"

"살다 보면 알게 돼. 지금 모른다고 조급할 필욘 없어."

지금 격려해 주는 건가. 오늘의 승현은 정말정말 이상했다. 뭘 잘못 먹었나 싶을 정도였다. 새삼스레 좋은 형이 되어야겠다고 결심이라도 한 건가.

"그래도 모른다고 마냥 있다간 죽을 때 돼서야 알게 될 수도 있어. 뭐든지 빨리 아는 게 좋은 거야. 더 안 먹을 거면 그만 일어나지."

그가 일어서는 바람에 덩달아 일어났다. 불쑥 눈앞에 티슈가 내밀어졌다. 혜민은 얼떨결에 그에게서 티슈를 받아 들었다.

"입술 왼쪽."

그의 지적에 혜민은 서둘러 티슈로 입가를 문질렀다. 시뻘건 국물이 티슈에 반 이상 묻어 나왔다. 이 정도면 굉장히 눈에 잘 띄었을 터였다. 아까부터 자신의 얼굴을 빤히 바라보던 그가 생각났다. 이것 때문이었구나. 진작 좀 말해 주지.

혜민은 벌게진 얼굴로 투덜거리며 계산하는 승현의 등을 노려보았다. 그러다 문득 깨달았다. 티슈를 건네줬던 승현의 손이 매우 큰 편이었다는 것을.

❀　　　❀　　　❀

보스가 카페인 중독자인 직원의 숙명이랄까. 온몸이 커피 향에 찌들겠다는 생각이 들었다. 오늘도 어김없이 새로운 하루를 탕비실에서 시작하는 혜민이었다. 그녀는 익숙하게 커피를 내리며 기지개를 켰다. 숙면을 한 덕분인지 몸도 마음도 가벼웠다. 그동안 늘 정체가 탄로날까 봐 긴장하고 불안에 떨었는데 이번 주는 거짓말처럼 마음이 평온했다.

"설마 거기 갔다 왔다고 이런 건가."

지난 일요일, 승현이 자신의 휴식처라고 칭한 가게를 다녀온 이후 곤두섰던 신경줄이 많이 누그러진 게 사실이었다. 휴식처든 아니든 간에 그 집의 김치찌개는 정말 일품이었다. 기회가 된다면 다시 한 번 가 보고 싶었다. 하지만 그 미로 같은 길을 혼자 찾아갈 생각을 하자 눈앞이 아득해졌다.

머릿속으로 가게 가는 길을 떠올리고 있는데 별안간 탕비실 문이 벌컥 열렸다. 혜민은 그다지 놀라지 않았다. 누군지 뻔했으니까. 커피가 조금 늦으면 기다리지 못한 승현이 탕비실로 직

접 쳐들어오곤 했었다. 혜민은 머그잔에 커피를 따른 후 뒤돌아
섰다.

"다 됐어⋯⋯."

뒷말이 이어지지 않았다. 탕비실에 들어온 건 승현이 아니었
다. 처음 보는 얼굴이었다.

같은 3층에서 일하는 경영기획, 신규 사업 본부 직원들과는
전부 안면을 트고 지내고 있었다. 2층 영화 사업 본부 직원들도
어느 정도 알고 있었고, 1층 매니지먼트 사업 본부의 직원들 중
에서도 실장급까지는 알고 있었다. 그러나 회사에 잘 들어오지
않는 로드매니저들은 아직까지 누가 누군지 잘 알지 못했다. 따
라서 지금 눈앞에 있는 낯선 얼굴은 로드매니저일 공산이 컸다.
그런데 뭔가 좀 이상했다.

혜민은 남자를 찬찬히 훑어보았다. 아직 4월이라 낮엔 따뜻해
도 아침저녁으로는 꽤 쌀쌀한 날씨였다. 그런데 남자는 한여름에
나 입을 법한 반팔에 반바지 차림이었다. 덥수룩한 수염은 얼굴
의 반을 덮고 있었고 목까지 내려오는 긴 머리는 노란 고무줄로
아무렇게나 묶은 상태였다. 우스꽝스런 뿔테 안경이 둥근 코끝에
위태롭게 걸려 있었고 반소매 아래로 드러난 피부는 검게 그을어
있었다. 해질 대로 해진 더러운 운동화는 발가락이 당장이라도
튀어나올 것처럼 낡아 빠졌다.

도저히 정상인이라고 볼 수 없는 차림새였다. 로드매니저가 아
니라 노숙자가 더 어울리는 거지꼴이었다.

아무나 함부로 회사에 들어올 수 없었다. 더군다나 여긴 3층

이었다. 경비실을 뚫고 직원들이 돌아다니는 1, 2층을 통과해 여기까지 오는 건 불가능한 일이었다. 그 불가능한 일을 눈앞의 남자가 해냈다. 보통 사람이 아닌 게 틀림없었다. 혜민은 남자를 경계하며 무기가 될 만한 것을 찾았다. 급한 대로 근처에 있던 신문을 말아 쥐었다.

"누······."

"아니, 네가 여긴 웬일이냐. 진짜 오랜만이다, 김지환."

혜민보다 한발 앞서 남자가 반갑게 알은척했다. 그녀의 가슴이 철렁 내려앉았다. 하마터면 큰일 날 뻔했다. 남자는 김지환을 아는 사람이었다. 그러나 나눔기획 형제들이 제공해 줬던 김지환의 지인들 사진에서 남자를 본 기억이 없었다. 도대체 이 남자는 누구지?

남자는 얼어붙어 있는 그녀에게 다가오더니 히죽 웃었다.

"자식, 여전히 까칠하네. 하긴 그게 네 매력이긴 하다만."

혜민은 아무 말도 할 수 없었다. 등줄기로 식은땀이 흘렀다. 남자와 김지환이 어떤 사이인지 파악되지 않은 지금 섣불리 말을 섞을 수가 없었다. 친구라기엔 남자의 나이가 너무 많아 보였다. 그냥 아는 사이라면 어떤 사이인지 알아야 했다. 어떻게 해야 하지?

혼자 떠들던 남자가 갑자기 긴 한숨을 내쉬었다.

"여전하구나. 나이 들어서 좀 변한 줄 알았더니만. 나는 괜찮지만 승현이한텐 그러지 마라. 꼭 피를 나눠야만 형제인 건 아니니까. 어찌 됐든 승현이는 네 형이야. 동네 형인 나하곤 급이 다르다고.”

귀가 번쩍 뜨였다. 남자는 스스로를 ‘동네 형’이라고 칭했다. 김지환과 같은 동네에 사는 사람인가. 그런 것치곤 차림새가 영 형편없었다. 게다가 ‘동네 형’이 승현의 회사엔 무슨 일로 온 걸까.

“형이 왜 여기 있어?”

언제 온 건지 승현이 문가에 서 있었다. 남자는 승현을 발견하더니 능글맞게 웃으며 다가갔다. 그는 승현의 곁에 찰싹 달라붙더니 혀 짧은 소리로 중얼거렸다.

“왜긴, 자기 커피 챙기러 왔지. 자긴 커피 없음 일 못 하니까. 자기 나 안 보고 싶었어? 난 자기 무지하게 보고 싶어서 죽는 줄 알았는데.”

코맹맹이 소리를 내며 승현의 팔을 에로틱하게 쓰다듬는 남자의 작태에 혜민의 입이 딱 벌어졌다. 분명히 눈으로 보고 있는데도 믿을 수가 없었다. 남자의 정체가 뭐든 간에 승현에게 거리낌 없이 들이대는 걸 보아 보통 사이가 아닌 게 틀림없었다. 즐거워하는 남자에 비해 승현의 표정은 폐지처럼 구겨져 있었다. 그는 남자의 손을 쳐 내며 짜증스럽게 말했다.

“비어 버린 영혼 채운답시고 인도로 날아가더니 카레로만 채우고 왔나 보지. 헛소리 하려거든 당장 꺼져 버려.”

승현의 가차 없는 일갈에 남자가 김샜다는 듯 투덜거렸다.

“재미없는 놈 같으니라고. 사람이 뭘 좀 하면 받아 줄 줄 알아야지.”

"인도행 비행기 티켓 편도로 끊어 주지."

단호한 승현의 응수에 남자는 그와 혜민을 번갈아 보며 입을 쭉 내밀었다.

"하여간 누가 형제 아니랄까 봐. 너네 둘은 웃음의 미학을 너무 모른다니까. 삭막한 것들 같으니라고. 쌍으로 재수 없어."

난데없는 비난에 기가 막혔다. 승현은 남자의 비난은 들은 척도 하지 않으며 화제를 돌렸다.

"일주일만 갔다 온다던 사람이 한 달이 다 되도록 뭐 한 거야? 꼴은 또 그게 뭐고."

"인도 한번 가 봐. 시간도 날짜도 다 무의미해진다. 한 번뿐인 인생 시간에 쫓기며 사는 건 부질없는……."

"쓸데없는 말 집어치우고 집무실로 와."

승현은 자기 몫의 커피를 가지고 탕비실을 나가 버렸다. 남자는 어깨를 추어올린 후 승현의 뒤를 터덜터덜 따라가다가 혜민을 돌아보았다.

"난 녹차."

남자는 기가 막혀 하는 혜민에게 느끼한 미소를 남긴 후 사라졌다.

난데없이 나타나 녹차 심부름까지 시킨 남자의 정체는 금세 밝혀졌다. 놀랍게도 정체불명의 노숙자 같았던 남자는 이번에 제작할 영화의 감독인 한진호였다.

올해 36세인 한진호는 승현과 어릴 때부터 같은 동네서 자란 이웃이었다. 대대로 교육자를 배출해 낸 학자 집안의 막내 아들인 그는 영화를 하겠다고 집을 뛰쳐나간 돌연변이였다. 데이비드 린치, 테렌스 맬릭 등이 나온 A.F.I(미국영화연구소) 출신의 그는 독립 영화 '눈보라' 로 감독상과 최우수 아시아 영화상 등 8개의 해외 영화제에서 무려 12개의 상을 받은 실력파 감독이었다.

그러나 상업 장편영화에 대한 경력이 전무한 데다 그가 직접 집필한 시나리오가 여타의 작품들과 비교해 밋밋하다는 평가에 투자가 제대로 이뤄지지 않아 그의 차기작은 좀처럼 제작할 기회를 얻지 못했었다. 그런데 이번에 드디어 기회가 주어지게 된 것이었다.

"고맙다, 이 은혜는 내가 정말 죽을 때까지 잊지 못할 거야."

진호는 감격에 겨워한 나머지 눈물까지 글썽거렸다. 승현에게서 이번 영화의 투자를 어떻게 얻게 되었는지 전부 다 들은 그는 혜민이 집무실에 들어오자 환호성을 질러 댔다. 극도로 흥분한 그는 급기야 그녀와 승현에게 절까지 하려고 일어섰다. 다행히 승현의 강력한 거부로 우려했던 불상사는 일어나지 않았다.

"아, 내 인생에 이런 날이 오다니. 난 이대로 영영 못 만들 줄 알았어. 나중에 아주 나중에 사비라도 털어서 만들어야 하나 생각하고 있었는데. 지금 당장 제작할 수 있다니 꿈만 같다."

진호는 온몸으로 기뻐하고 있었다. 희로애락이 얼굴에 전부 드러나는 감수성이 풍부한 사람이었다. 한참 기뻐하던 그가 불현듯 눈썹을 찌푸리더니 고개를 갸우뚱거렸다.

"근데 너네 아버지 말이야. 아무리 지환이 때문이라지만 선뜻 투자해 주신 게 이상하네. 너 영화일 하는 거 싫어하시잖아."

"내가 누군지 잊었어? 형 영화만 투자가 안 들어와서 힘들었지 다른 영화는 금방 만들 수 있어. 아버지 입장에서는 그게 그거지. 그럴 바에야 차라리 투자 명목으로 나하고 지환이를 한군데 묶어 두고 지켜보는 게 더 낫지."

"크, 그런 건가. 하긴 네 아버지라면 돈을 써서라도 너네 둘 붙여 놓았을 거 같긴 하다. 10년이나 지났는데도 여전히 서먹한 형제라니. 너네 부모님 입장에선 속이 타겠지."

두 사람의 대화를 가만히 경청해 보니 집안끼리도 잘 아는 사이 같았다. 한진호는 단순한 '동네 형'이 아닌 듯했다. 제작자와 감독인 두 사람 사이에는 영화라는 공통의 관심사가 있었다. 아마 먼 옛날부터 영화가 두 사람을 끈끈하게 이어 주었을 것이다.

"근데 진짜 꼴이 그게 뭐야? 인도에서 노숙이라도 한 거야?"

승현은 눈살을 찌푸리며 땟국이 흐르는 진호의 몰골을 위아래로 훑었다. 진호는 며칠 감지 않은 듯한 떡진 머리를 긁적이며 대수롭지 않게 대꾸했다.

"네 메일 확인하자마자 바로 정리하고 귀국하느라 씻을 시간이 없었어. 공항에서 여기로 바로 달려왔다구."

"좀 씻고 면도도 하고 옷도 갈아입고 이발도 해. 오후에 관계자들이랑 미팅 잡혀 있으니까."

"안 그래도 씻으려고 했다. 이참에 다 같이 사우나 가는 게 어때? 단합 대회도 할 겸⋯⋯."

신나게 떠들던 진호는 승현의 얼굴이 굳어지자 입을 꾹 다물었다. 그러고는 손바닥으로 이마를 찰싹 때렸다.

"내 정신 좀 봐. 시차 적응이 덜 됐나 봐. 너 대중탕 못 간다는 걸 깜빡하다니. 쏘리."

쿨 하게 사과한 진호는 승현에게 입을 옷이 없으니 쇼핑하는 걸 도와 달라고 부탁했다. 승현은 흔쾌히 고개를 끄덕거렸다. 진호는 소파에서 일어서며 혜민에게 말했다.

"자, 그럼 사우나는 우리 지환이랑 같이 갈까?"

느닷없는 제안에 멀거니 그들을 보고 있던 혜민은 기겁했다. 사우나라니. 마른하늘에 날벼락이었다.

"아니 전 그다지⋯⋯."

"같은 남자끼리 뭐 어때, 인마. 이제 우리도 좀 친해져 보자."

진호는 다짜고짜 혜민의 팔을 잡고 억지로 일으켜 세우려 했다. 혜민은 소파 팔걸이를 잡고 필사적으로 버텼다.

"전 할 일이 있어서 사우나 가는 건 좀⋯⋯."

"할 일이라니. 너 여기서 무슨 일 하는데?"

그의 질문에 말문이 막혔다. 일을 하긴 하지만 그다지 중요한 일은 아니었다. 자신이 없어도 회사는 별 탈 없이 돌아갈 터였다. 이마 위로 식은땀이 솟아났다. 명확한 이유도 없이 자꾸 거절하면 괜한 의심을 살지도 몰랐다.

하지만 이대로 사우나에 갈 순 없었다. 차라리 순순히 따라가는 척하다가 도망가 버릴까. 별의별 생각들이 머릿속에서 어지럽게 요동쳤다. 그녀가 대답을 못 하자 진호는 승리의 미소를 지었다.

"고집부리지 말고 그냥 가자. 너 땡땡이쳐도 뭐라 할 사람 없어. 내가 초코우유 사 줄게."

있는 힘을 다해 버렸지만 남자 힘을 당해 내는 건 역부족이었다. 억지로 반쯤 엉거주춤 일어섰을 때였다. 커피를 홀짝이며 진호와 혜민의 실랑이를 관전하던 승현이 나지막하게 말했다.

"지환이 할 일 있으니까 그냥 내버려 둬."

그의 대수롭지 않은 한마디가 구명줄이 되었다. 꽉 막혔던 숨통이 트인 기분이었다. 승리를 확신하고 있었던 진호는 의아하다는 듯 되물었다.

"엥? 할 일이라니."

"전화받아야 해."

"그건 정 비서더러……."

"정 비서 외근 중이야. 점심 먹고 바로 미팅할 수도 있으니까 서둘러야해. 여기서 노닥거릴 시간 없어."

칼같이 단호하게 말한 승현은 자리에서 벌떡 일어났다. 더 이상 왈가왈부할 수 없는 분위기였다. 오늘만큼은 자신의 의사를 일방적으로 통보하는 승현의 습관이 너무나 고마웠다. 반박할 거리가 없었는지 진호는 꽉 잡고 있던 혜민의 팔을 순순히 놓아주었다. 그러고는 능글맞은 표정으로 승현의 어깨를 툭 쳤다.

"자식, 견제하긴. 지환이가 나랑 먼저 친해질까 봐 겁나냐? 아님 날 뺏길까 봐?"

"헛소리 그만하고 얼른 가."

승현은 서둘러 집무실을 나가 버렸다. 진호는 재미있다는 듯
히죽거리더니 혜민을 보며 중얼거렸다.

"너네 형 질투하나 봐. 크크큭, 귀여운 것."

진호가 나올 생각을 하지 않자 승현이 문밖에서 소리쳤다.

"빨리 안 오고 뭐해?"

"알았어. 간다 가."

진호는 혜민에게 윙크를 날린 후 잽싸게 집무실에서 나갔다.
방금 전까지 시끌벅적했던 집무실이 거짓말처럼 조용해졌다. 혜
민은 가슴에 손은 얹고 안도의 한숨을 내쉬었다. 마음이 안정을
되찾자 승현이 했던 말이 떠올랐다.

아까는 깊게 생각할 정신이 없었지만 지금 곰곰이 되돌아보니
승현이 한 말은 퍽 이상했다. 정 비서가 외근을 나간 건 사실이
었다. 그러나 전화는 직원들 중 아무나 받아도 상관없었다. 자신
이 꼭 받아야만 하는 전화는 없었다. 설마 일부러 핑계를 만들어
준 건가. 진호 말대로 정말 질투라도 하는 건가.

진호는 승현과 상당히 친한 사이처럼 보였다. 나이 차이는 있
지만 친구라 해도 과언이 아니었다. 친구가 의붓동생과 친해지는
게 승현의 입장에서는 탐탁지 않을 수도 있었다. 그거 외엔 그가
일부러 핑계를 만들었을 다른 이유는 생각나지 않았다. 그가 자
신의 정체를 알고 있다면 또 몰라도.

무료하게 있기가 그래서 두 사람이 마시던 잔을 치우고 테이

블을 정리했다. 내친김에 승현의 의자와 책상도 닦아 주었다. 워낙 깔끔해서 닦을 것도 없었지만. 흐트러진 서류들을 정리하는데 문득 눈에 들어오는 게 있었다. 혜민은 두툼한 종이 뭉치를 집어 들었다.

'여우별'. 이번에 제작하는 영화 제목이었다. 진호가 직접 집필했다는 문제의 시나리오였다. 혜민은 별생각 없이 시나리오를 읽기 시작했다. 그냥 몇 줄만 읽으려 했는데 어느 순간부터 정신 없이 빠져들었다.

혜민은 기가 막힌 심정으로 마지막 장을 덮었다. 머리가 멍했다. 가볍고 다소 경박해 보이던 진호가 썼다는 게 믿어지지가 않을 정도로 섬세하고 감성적인 이야기였다. 누구나 가지고 있는 첫사랑에 대한 추억과 감성을 자극적이지 않게 담담하게 풀어낸 것이 인상적이었다. 때론 코믹스럽기도 하고 때론 먹먹하기도 한 가슴 아리는 아련함이 활자만으로도 충분히 전해졌다.

사람에 따라선 밋밋하다고 볼 수도 있지만 혜민은 너무나 마음에 들었다. 아마 영화로 만들어지면 훨씬 좋을 거란 생각이 들었다. 승현이 왜 이 영화를 기를 쓰고 만들려고 한 건지 이해할 수 있을 것 같았다.

이야기의 여운은 오래갔다. 혜민은 시나리오의 내용을 곱씹으며 화장실이 빌 때까지 기다렸다가 들어갔다. 볼일을 보고 손을 씻을 때까지 이야기가 머릿속에서 떠나지 않았다. 멍하니 수도꼭지를 잠그고 멍하니 페이퍼타월을 뽑으려고 손을 뻗은 순간이었다.

"또 만났네요."

낮익은 목소리와 더불어 페이퍼타월이 눈앞에 디밀어졌다. 혜민은 천천히 시선을 위로 올렸다. 최준혁이 조용히 미소 짓고 있었다.

5.

"고마워요."

준혁은 부드러운 미소를 지으며 혜민이 가져다준 커피를 한 모금 마셨다. 혜민은 잠시 망설였다. 원래 커피만 갖다 주고 바로 나가려고 했었다. 그런데 주인 없는 집무실에 준혁 혼자 덩그러니 있는 걸 보니 마음에 걸렸다.

그는 현재 캐스팅 1순위 배우였다. 진호의 시나리오를 읽고 난 지금 왜 그가 캐스팅 1순위 배우가 된 건지 알 수 있었다. 단지 인기가 많은 유명 배우이기 때문이 아니었다. 캐릭터와 준혁의 이미지가 맞춤옷처럼 딱 맞아떨어졌다. 그를 염두에 두고 시나리오를 쓴 게 아닐까 생각될 만큼.

어떻게 할까 갈등하고 있는데 그만 그와 눈이 마주치고 말았다. 얼어붙은 혜민과는 달리 준혁은 조건반사적으로 생긋 웃었다. 수많은 여자들이 좋아하는 반달 같은 눈웃음이 눈가에 걸렸다. 그는 손으로 옆자리를 툭툭 쳤다.

"여기 앉아요."

"아, 아니에요. 나가 봐야 해서……."

"나 혼자 있으라고요? 심심한데 말상대라도 해 줘요."

혜민의 마음을 들여다본 듯 그가 정곡을 찔러 왔다. 그녀는 머뭇거리다가 결국 그의 맞은편에 가서 앉았다.

다른 직원들이 승현을 대신해 그를 상대해 주길 바랐지만 아무도 나서려 하지 않았다. 혹시 실수라도 해서 준혁의 비위를 건드려 일이 틀어질까 두려운 나머지 몸을 사리고 있었다. 결국 잘려도 먹고사는 데 아무런 지장이 없는 보스의 동생이 나서는 수밖에 없었다. 타이밍이 참 기가 막혔다. 하필 승현이 자리를 비웠을 때 찾아올 건 뭐람.

"그날 실례가 많았습니다."

굳이 설명하지 않아도 그날이 언제인지는 빤했다. 준혁과 K호텔 남자 화장실에서 처음 만났던, D브랜드 런칭 파티가 열렸던 날은 지난주 토요일이었다. 그날 그는 승현에게 다시 한 번 얘기하자고 말했었다. 그날 승현의 분위기로 봐서 준혁은 캐스팅 제안을 거절했던 것 같았다. 그래서 그냥 예의상 했던 말이거니 여기고 있었는데 일주일 뒤에 이렇게 직접 회사로 찾아올 줄은 몰랐다.

"민 대표님 동생인지도 모르고 저번에 인사도 제대로 못했네요. 제대로 인사드리죠. 전 최준혁입니다."

"아, 전 김지환입니다."

혜민의 소개에 준혁의 눈이 의아한 빛을 띠었다. 짐작했던 반응이라 혜민은 재빨리 덧붙였다.

"제 어머니가 형의 아버지와 재혼하셨어요. 그래서 형하고는 성이 다릅니다."

"아하, 그렇군요. 어쩐지 너무 닮지 않아서…… 이런, 죄송합니다."

"아니에요. 닮지 않은 게 당연하죠."

아무렇지도 않은 척하고 있지만 혜민은 준혁과 단둘이 있는 지금이 몹시 불편했다. 준혁은 그녀가 여자라는 걸 유일하게 알아본 사람이었다. 될 수 있으면 부딪히고 싶지 않은 게 솔직한 심정이었다. 하지만 이번 영화를 생각하면 그를 무작정 피할 수는 없었다. 만약 계약이 성사된다면 더 자주 부딪힐 수도 있었다.

피할 수 없으면 즐기라고 했던가. 혜민은 태연해지기로 마음먹었다. 미리부터 몸 사릴 이유는 없었다. 꺼림칙하고 불편하긴 해도 그에겐 자신이 여자라는 증거가 없었다. 심증만 가지고는 아무것도 할 수 없을 터였다.

준혁은 벽에 걸린 시계를 힐끗 쳐다보았다.

"시간이 좀 이르긴 하지만 제가 아직 점심 전이라서 그런데 같이 식사라도 할래요?"

"전 지금 근무시간이라서 자리를 비울 수 없어요."

"그래요. 그럼 이번 영화에 대해 얘기나 하죠."

준혁은 가지고 온 가방에서 시나리오를 꺼내며 말했다.

"시나리오가 참 좋더라고요. 솔직히 감동받았습니다."

긍정적인 그의 반응에 혜민의 가슴이 뛰었다. 그러나 이어진 말에 마음이 무거워졌다.

"이야기 구조도 탄탄하고 캐릭터도 매력적이고 다 좋은데, 감독님이 좀 걸리더라고요. 제 쪽에서 알아보니 상업 장편영화는 한 번도 해 보지 않으신 분이더라고요. 검증되지 않은 분과 함께하는 건 너무 큰 모험인 게 아니냐고 제 주위에서 그러더군요."

혜민은 마른침을 삼켰다. 준혁은 이번 영화가 오랫동안 투자받지 못했던 이유 가운데 가장 큰 이유를 들먹이고 있었다. 역시 거절하려는 건가.

"솔직히 말씀드리자면, 제 매니저도 소속사 사장님도 꺼려하고 계세요. 근데 전 시나리오가 정말 마음에 들었거든요. 계약 조건도 좋은 편이고 해서 오늘 계약하려고 했는데…… 자꾸만 감독님이 마음에 걸려서 망설여지게 되네요. 좋은 작품에 출연하는 것도 좋지만 대중성도 생각하지 않을 수 없으니까……."

"흥행할 거예요."

혜민은 준혁의 말을 자르고 단호하게 말했다. 자신만만해하는 그녀의 주장에 준혁이 솔깃한 표정을 지었다.

"시나리오가 마음에 든다고 했죠? 이 시나리오 감독님이 직접 쓰신 거예요. 유명한 감독님들 한 트럭으로 갖다 줘도 우리 감독님만큼 시나리오를 잘 이해하고 있는 분은 없을 거예요. 그리고 우리 감독님 해외에서 상도 많이 타셨어요. 실력 있는 분이라고요."

오늘 처음 본 진호를 아주 잘 아는 것처럼 말하고 말았다. 준혁을 상대로 사기를 친 셈이지만 혜민은 전혀 양심의 가책을 느끼지 못했다. 이런 시나리오를 쓴 사람이라면 영화도 분명히 잘 만들 거란 확신이 들었다. 혜민을 응시하던 준혁은 소파에 등을 기대며 미소 지었다.

"허기가 져서 그런지 머리가 잘 안 돌아가네요. 같이 밥 먹으면서 감독님에 대해 얘기하면 안 될까요?"

"지금은 근무시간이라고⋯⋯."

"전 배가 고프면 까칠해지거든요. 민 대표님 만나기 전에 배가 든든하면 여러모로 좋을 텐데."

혜민은 소파에 늘어져 있는 준혁을 가만히 응시했다. 방금 그가 한 말은 같이 점심 먹지 않으면 계약하지 않겠다는 협박이나 다름없었다. 승현이 단도직입적으로 자신의 의사를 표현하고 일방적으로 밀어붙이는 타입이라면 준혁은 그와 정반대였다. 직접적이지는 않지만 은근히 돌려서 자기 의도대로 사람을 부리는 타입이었다.

일방통행인 승현의 방식이 늘 싫다고 생각했었다. 그런데 예의 바르고 배려하는 척하면서 사람을 옴짝달싹 못하게 하는 준혁의 방식이 더 기분 나쁘다는 사실을 오늘 깨달았다. 혜민은 사박스레 눈을 치켜뜨고 준혁을 노려보았다.

"그렇게 확신이 없으면 계약하지 마세요."

소파에 늘어져 있던 준혁이 몸을 바로 세운다.

"방금 뭐라고……."

"작품에 대한 확신 없이 기분에 따라 결정하는 배우는 오래 못 갈 게 뻔하거든요. 지금까진 운이 좋았을지 몰라도 운이란 게 평생 있는 건 아니잖아요."

"그거 지금 나한테 하는 말?"

침묵으로 긍정하자 그의 얼굴이 삽시간에 굳어졌다.

"나랑 계약하고 싶어 하지 않았어?"

화가 나서인지 아님 본색이 드러난 건지 그의 말투가 별안간 짧아졌다. 혜민은 개의치 않았다.

"계약하고 싶죠."

준혁은 어이없다는 표정이 되었다. 뭐 이런 게 다 있냐는 듯한 눈빛으로 혜민을 노려보았다.

"나랑 계약하길 바라면서 지금 그딴 말을 지껄인 거야?"

"회사랑 계약하는 거지 나랑 계약하는 건 아니니까요. 사실 영화가 어떻게 되든 난 상관없어요. 임시직이거든요."

사실 혜민은 누구보다도 이번 영화가 잘되길 바라고 있었다. 그런데도 마음에 없는 말을 한 건 준혁에게 휘둘리고 싶지 않아서였다. 절대로 그의 뜻대로 해 주고 싶지 않았다. 오기라 해도 좋았다.

"그렇다는군요."

준혁은 혜민의 어깨너머를 바라보며 말했다. 혜민은 황급히 뒤를 돌아보았다. 언제 온 건지 승현이 집무실 문가에 동상처럼 우뚝 서 있었다. 삽시간에 핏기가 온몸에서 빠져나갔다. 설마 방금 한 말을 다 들은 건 아니겠지.

"약속 시간은 오후 아니었던가요?"

"스케줄 하나가 펑크 나는 바람에 일찍 왔어요."

준혁은 턱짓으로 창백해진 혜민을 가리켰다.

"들으셨던 대로 동생분이 제게 이상한 말을 하더군요."

재수가 없는 놈은 뒤로 넘어져도 코가 깨진다더니. 혜민은 고개를 푹 숙였다. 하필이면 그때 승현이 돌아오다니 정말 재수가 없었다. 자신 때문에 준혁의 캐스팅이 불발되면 그 책임을 어떻게 져야 할지 막막했다.

지난번 승현은 다른 배우도 괜찮다는 식으로 말했었다. 그래서 그냥 그런 줄로만 알았었다. 그러나 시나리오를 읽어 본 지금은 준혁 외의 다른 배우는 생각할 수 없었다. 이번 영화는 준혁이 적임자였다. 반드시 그가 해야 했다. 잠시 정신이 나갔던 게 틀림없었다. 조금만 참을걸. 후회가 파도처럼 밀려들었다.

승현은 뚜벅뚜벅 걸어와 혜민의 옆자리에 몸을 내렸다. 그의 시선이 따갑게 느껴졌다. 그러나 그의 말은 부드러웠다.

"동생이 한 말은 선택에 신중을 기하라는 뜻일 겁니다. 말재주가 없어서 자기 생각을 잘 표현하지 못하거든요. 기분 나쁘셨더라도 양해해 주시기 바랍니다."

혜민은 승현을 힐끔 쳐다보았다. 예상 밖의 반응에 멍해졌다. 당연히 이쪽이 머리를 숙이고 용서를 빌 거라 생각했었다. 모든 비난의 화살이 자신에게 꽂힐 거라 예상했었다. 그런데 그는 혜민의 편을 들어 주었다.

"듣자 하니 뭔가 마음에 차지 않는 것 같던데 그런 거라면 거절하셔도 저희는 상관없습니다."

점입가경이었다. 제발 계약해 달라고 두 손이 발이 되도록 빌어도 모자란 판국에 무슨 배짱인가 싶었다. 준혁 역시 어이가 없었는지 입을 벌린 채 아무 말도 하지 못하고 있었다. 승현은 그 어느 때보다도 당당하고 거리낌 없었다.

"그런 게 아니라면 감독님과 식사라도 같이 하면서 작품에 대해 얘기해 보시는 게 어떻겠습니까?"

싸늘한 적막이 집무실에 내려앉았다. 승현과 준혁은 힘겨루기라도 하듯 서로를 뚫어져라 응시했다. 얼핏 보면 두 사람 모두 무표정해 보였지만 자세히 살펴보면 미묘하게 다른 부분이 엿보였다. 승현의 검은 눈동자는 언제나처럼 느긋한 여유가 배어 있었다. 반면 준혁의 갈색 눈동자는 미세하게 흔들리고 있었다. 승패는 이미 결정 나 있었다.

"같이 가자니까 왜 혼자…… 어?"

슈트를 빼입고 면도와 이발까지 싹 마친 진호가 문을 열고 들어오다가 멈칫했다.

"아니, 이게 누구야. 최준혁 씨 아닌가요?"

어색한 분위기를 감지하지 못한 건지 화색이 만연한 얼굴로 냉큼 준혁에게 달려간 진호는 서둘러 자기소개를 했다.

"이야, 반가워요. 실물로 보니 더 잘생겼네. 난 한진호라고 해요. 이번 영화감독을 맡은."

감독이란 말에 준혁의 시선이 진호에게 향했다.

"감독님도 오셨으니 점심 식사하러 나가시죠."

승현의 제안에 모두의 시선이 준혁에게 몰려들었다. 그는 잠시 머뭇대더니 마지못해하며 소파에서 일어섰다. 그러고는 혜민에게 부드러운 눈길을 던졌다.

"지환 씨라고 했죠? 같이 식사하러 가시죠."

무섭다 못해 소름이 끼쳤다. 천부적인 연기자란 수식어답게 언제 화가 났었냐는 듯 그의 입가에는 매력적인 미소가 떠올라 있었다. 사정을 모르는 진호는 준혁의 제안에 적극 동의해 왔다. 난감했다. 지금 준혁과 같은 밥상머리에 앉았다간 체할 게 불을 보듯 뻔했다. 어떻게 거절해야 하나 머리를 굴리는데 승현이 불쑥 끼어들었다.

"말씀은 감사하지만 동생은 해야 할 일이 있어서 자리를 비울 수 없습니다."

"그래요? 지환 씨한테 이번 영화에 대해 묻고 싶었는데."

"동생은 이번 영화에 대해 잘 모릅니다. 입사한 지 한 달도 안 된 임시직이라 이쪽 일에는 문외한이거든요. 그러니 일 얘기는 저나 감독님과 하시죠."

오늘의 승현은 구세주였다. 위기가 닥칠 때마다 그는 혜민을 절묘하게 구해 주었다. 물론 혜민이 준혁에게 또 헛소리를 할까 봐 미연에 방지하려 한 거겠지만. 의도야 어떻든 간에 결과적으로 그녀를 곤경에서 구해 준 건 사실이었다.

더는 핑계거리가 없었는지 준혁은 입을 조개처럼 다물었다. 뭔가 생각에 빠진 얼굴이었다. 승현이 그런 그를 재촉하듯 앞장섰다. 막 문을 열고 나가려는데 준혁이 입을 열었다.

"계약하죠."

느닷없는 선언에 진호가 얼빠진 표정으로 되물었다.

"네?"

"계약하겠다고요."

진호의 입이 순식간에 귀에 걸렸다. 혜민은 이 상황이 얼떨떨하기만 했다. 계약을 핑계로 사람을 이리저리 휘두르려던 준혁이었다. 무슨 심경의 변화로 갑자기 결정을 내린 건지 모르겠다. 기뻐해야 마땅한데도 기쁘지가 않았다. 왠지 찝찝했다. 승현도 그녀와 같은 생각인지, 그는 무표정한 얼굴로 준혁을 주의 깊게 바라보고만 있었다.

도로는 주차장처럼 정체되어 있었다. 퇴근 시간이긴 했지만 오늘은 토요일이었다. 주 5일제란 말이 유명무실해진 순간이었다. 예정보다 이른 퇴근이었지만 길바닥에서 꽤 많은 시간을 허비한 바람에 의미가 없었다. 혜민은 등받이에 등을 기대며 한숨을 내쉬었다.

원래대로라면 지금 이 시간에 직원들과 술잔을 기울이고 있어야 했다. 감독인 진호가 한국으로 돌아온 데다 준혁이 계약서에 사인까지 했으니 경사가 겹친 날이었다. 회식은 당연했다. 배우와 제작자, 감독이 한배를 탄 기념으로 친목 도모를 위해 회식은 반드시 필요한 절차였다. 그러나 오후 늦게 갑자기 준혁의 스케줄이 잡히는 바람에 친목 도모는 나중으로 미뤄지게 되었다.

오늘의 계약으로 앞으로의 일은 탄탄대로일 것이다. 톱스타인 준혁의 유명세 덕분에 다른 곳에서 투자받는 일도 어렵지 않을 테고 나머지 조연 배우 캐스팅도 수월할 터였다. 이제는 여배우를 뽑는 공개 오디션만 잘하면 되는 일이었다. 혜민은 양질의 시나리오가 아닌 스타에 의해 영화 제작이 좌지우지되는 현실이 씁쓸했다.

"최준혁 의외로 시원시원한 성격인가 봐요. 바로 계약서에 사인할 줄은 몰랐어요."

가만있기 무료해서 별생각 없이 꺼낸 말이었다. 그러나 승현의 반응은 사뭇 까칠했다.

"앞으로 최준혁 나타나면 나한테 바로 연락해."

겉으론 태연해 보였어도 준혁에게 오기를 부렸던 혜민 때문에 어지간히 속이 탔던 모양이었다. 지은 죄가 있기에 혜민은 고개를 끄덕였다.

"오늘 같은 일 앞으로 절대 없을 거예요. 근데 이젠 별 상관없잖아요. 계약했으니까."

"계약했어도 수틀리면 언제든 뒤엎을 수 있어. 최준혁 정도면 위약금은 문제가 안 되니까."

"계약을 파기하는 경우도 있어요?"

"거의 없지만 만일의 경우가 있으니까. 어쨌든 네가 상대할 사람 아니야. 내가 없을 땐 다른 직원들한테 맡겨."

다른 직원들이라. 혜민은 대답 대신 나지막하게 한숨을 내쉬었다. 아무래도 승현은 사내에서 도는 소문을 전혀 모르고 있는 듯했다.

혜민이 회사에 나온 지 일주일쯤 지났을 때였다. 보스의 동생이란 이유로 살갑게 굴던 직원들이 갑자기 그녀를 멀리하기 시작했다. 보고도 못 본 척하기 일쑤였고, 같은 자리에 앉아서 점심을 먹어도 눈조차 마주치려 하지 않았다. 그들이 돌변한 이유를 혜민은 화장실에 갔다가 우연히 알게 되었다. 화장실에만 오면 다들 무장해제가 되는 건지 꽁꽁 싸매고 있던 비밀을 마음껏 풀어헤쳤다.

그들은 승현과 지환이 의붓형제라는 사실을 알고 난 후 다음과 같은 소설을 썼다. 지환이 현재 희성그룹 후계자 자리를 놓고 승현과 경쟁 중이며 그로 인해 둘의 사이가 좋지 않은 거라고 했다. 그런 두 사람을 화해시키기 위해 민영식 회장이 지환을 승현의 회사에 넣어 주고 대신 이번 영화의 메인스폰서가 돼 준 거라고 철석같이 믿고 있었다.

반은 맞고 반은 틀린 소문이었다. 드라마 왕국에서 나고 자란 사람들다운 오해였다. 직원들은 그들의 보스와 경쟁 관계인 지환과 그다지 친분을 쌓고 싶어 하지 않았다. 그래서 혜민을 봐도 데면데면하게 굴거나 말을 걸어도 은근히 무시하기 일쑤였다. 그런 그들에게 준혁의 상대를 부탁해 봤자 씨알도 먹히지 않을 게 뻔했다.

"최준혁 오면 바로 전화할게요."

혜민은 건성으로 대꾸한 후 차창으로 고개를 돌렸다.

아파트 지하 주차장에 차를 정차시키고 내리자 갑자기 눈앞이 대낮처럼 환해졌다. 자동차 헤드라이트가 핀 조명처럼 혜민을 비추고 있었다.

"어이, 김지환."

하얀 빛 속에서 누군가의 목소리가 들려왔다. 눈꺼풀을 두어 번 껌벅거리자 차츰 시야가 돌아오면서 자동차에서 내리는 남자의 모습이 보였다. 삐쩍 마른 체형에 다소 가벼운 인상의 남자였다. 전에 만난 적은 없지만 낯이 익었다. 사진으로 보았던 김지환의 지인 가운데 하나였다.

"자식, 멀쩡히 살아 있었네. 돌아왔다더니, 아니 잡혀 온 건가. 하여튼 왔으면 우리한테 생존 신고를 해야……."

친근하게 말을 걸어오던 남자는 혜민의 옆에 서 있는 승현을 발견하곤 갑자기 입을 다물었다. 당황한 기색이 역력했다.

"아, 안녕하세요, 형님."

"네가 여긴 왜 온 거야?"

서늘한 승현의 추궁에 남자가 눈에 띄게 움찔거렸다. 그는 쭈뼛거리며 승현의 눈치를 보더니 조심스럽게 대답했다.

"그게 지환이가 형님 댁에 있다고 해서…… 핸폰 번호가 바뀌었는지 연락도 안 되고 해서."

"무슨 용건으로 온 거지?"

"오늘이 민수라는 친구 생일이라서요. 다들 모여서 생일 파티하려고요."

"지환이 지금 근신 중이야. 너희들하고 전처럼 놀러 다닐 처지 아니야."

딱 잘라 말하는 승현에게 주눅이 든 건지 남자는 아무런 대꾸도 하지 못했다. 그러다 무슨 용기가 솟아난 건지 고개를 쳐들더니 승현을 똑바로 바라보며 또박또박 말했다.

"지환이 본 지 너무 오래돼서 다들 보고 싶어 해요. 이 자식이 가출했을 때 저희들한테까지 연락하지 않았거든요. 오늘은 민수 생일이기도 하니까 잠깐 얼굴만 보여 주면……."

"너무 늦었어. 다음에 보도록 해."

계속된 거절에 남자의 표정이 서서히 일그러졌다. 조심스러워하던 모습은 온데간데없이 인상을 쓰며 따지는 투로 승현에게 대들었다.

"늦긴요. 9시면 초저녁인데. 아무리 지환이가 잘못했다 해도 미성년자도 아닌데 너무 통제하는 거 아녜요? 나쁜 짓 하러 가는 것도 아니고 생일 축하하러 가는 건데. 야, 김지환. 넌 왜 암말도 안 하냐?"

별안간 화살이 혜민을 향했다. 언젠가 한 번은 김지환의 친구들을 만날 거라 예상은 했었다. 김지환을 아주 잘 알고 있을 그들을 만나는 건 극히 위험했다. 될 수 있으면 피하는 게 상책이었다. 그래서 승현이 알아서 거절해 주길 바라며 가만히 있었는데, 느닷없이 날벼락 맞은 기분이었다. 당황한 혜민은 곤란하다는 듯 말끝을 흐렸다.

"오늘은 좀……."

거절의 뉘앙스를 풍기기 무섭게 남자가 다그쳤다.

"너답지 않게 왜 빼고 그래. 눈치 보지 말고 네 생각대로 말해. 마음에도 없는 말 하지 말고."

"그게 그러니까……."

남자가 눈살을 찌푸리며 말끝을 흐리는 혜민을 바라보았다. 눈에 의혹이 가득 고여 있었다.

"너 왜 그래? 천하의 김지환이 왜 말을 못 하고 쩔쩔매냐고. 뭔 일 있었어?"

"이, 일은 무슨……."

막다른 코너에 몰린 기분이었다. 남자에게 의심을 받고 있다는 게 피부로 느껴졌다. 이대로 있다간 김지환이 아닌 걸 들켜 버릴 것만 같았다. 혜민은 결국 승현을 올려다보며 허락을 구했다.

"얼굴만 보고 올게요."

승현은 아무 말 없이 물끄러미 혜민을 응시했다. 복잡한 표정이 그의 얼굴을 스쳐 가는 듯하더니 이내 짙은 한숨을 내뱉는다.

"어디로 가는 건데?"

승현의 질문에 남자가 잽싸게 대꾸했다.

"청담동 헤븐이요."

아는 곳인지 그는 가만히 고개를 끄덕거렸다. 그러고는 혜민과 남자를 차례로 보며 경고하듯 덧붙였다.

"적당히 놀다 와. 외박은 절대 안 돼."

막상 허락이 떨어지자 머리가 띵했다. 이게 잘한 짓인지 판단이 서질 않았다. 호랑이 피하려다 되레 호랑이 굴로 들어가는 기분이었다. 그러나 후회해 봤자 이미 주사위는 던져진 후였다.

청담동 헤븐은 인근에서 유명한 클럽이었다. 김지환의 친구들은 헤븐에서 가장 좋은 룸을 잡아 놓고 기다리고 있었다. 그들은 소위 있는 집 자식들이었다. 문을 열고 들어서자마자 환호성과 욕설이 반반씩 섞여 들려왔다. 혜민은 분위기에 휩쓸려 얼떨결에 처음 보는 사람들과 하이파이브를 하고 생일 축하 노래까지 불러 줬다.

"새꺄, 넌 어떻게 된 새끼가 전화 한 통 없냐? 집 나가니까 좋던?"

"나간다 나간다 하더니 진짜 나갈 줄이야. 하여간 난놈이란 말이지. 꼬리 잡힐까 봐 우리한텐 연락도 안 하고. 독한 놈."

"원래 한다면 하는 놈이잖아. 자, 돌아온 우리의 탕아를 위해 건배!"

김지환의 친구들이 술잔을 높이 쳐들었다. 혜민도 장단을 맞춰 줄 요량으로 잔을 들었다. 공중에서 6개의 잔이 부딪혔다. 다들 주저 없이 술잔을 입 안에 털어 넣었다. 그들은 폭탄주와 독한 양주를 원샷으로 들이부었다. 술을 마시는 건지 술에 먹히는 건지 헷갈릴 지경이었다.

혜민은 마시는 척하며 술을 바닥에 쏟아 버렸다. 저들처럼 마셔 댔다간 인사불성이 될 게 불을 보듯 뻔했다. 적당히 어울리다가 다들 취해서 널브러지면 중간에 빠져나갈 작정이었다.

"어, 뭐냐? 왜 아까운 술을 버리는 거냐."

누군가가 혜민에게 손가락질하며 혀 꼬인 소리로 중얼거렸다.

그녀가 몰래 술을 버리는 걸 본 모양이었다.

"뭐? 술을 버려? 누가, 지환이가?"

"말도 안 돼. 술이라면 자다가도 벌떡 일어나는 놈이 술을 버리다니. 잘못 본 거 아냐?"

다들 믿을 수 없다는 듯 도리질 치며 부정했다. 저들의 말을 미루어 보아 김지환은 술을 사랑해 마지않는 애주가인 모양이었다. 따가운 시선을 한 몸에 받게 된 혜민은 난감함에 어찌할 바를 몰랐다. 그때 그녀를 이곳으로 데려온 남자, 성규가 좌중을 둘러보며 말했다.

"야, 얘 이러는 거, 다 이유가 있어."

"뭔데? 뭔 이윤데 술을 버려? 피 같은 술을."

"지금 지환이 어딨는지 알지?"

"알지. 그 재수 없는 형님 댁에 있다며. 그거랑 술 버린 거랑 뭔 상관이라고……."

"설마 그 형님 때문에 술을 버렸다는 거야?"

성규는 인상을 찌푸리며 고개를 끄덕였다. 다들 어이없는 얼굴이 되자 성규는 이를 갈며 중얼거렸다.

"말도 마. 내가 지환이 데리러 갔을 때 그 재수 없는 인간이 별 희한한 핑계를 대면서 못 가게 하려고 했다니까. 나중엔 자기도 할 말이 없는지 마지못해서 허락했는데 그때 뭐라고 한 줄 아냐? 적당히 놀다가 오래. 외박하면 죽일 거라면서. 아우, 내가 진짜 열 받아서…… 지환이 친형인 것도 아니면서 어찌나 깐깐하게 굴던지. 언제부터 그렇게 챙겼다고. 성질 같아선 한판 뜨고 싶었는데 얘 얼굴 봐서 간신히 참았다."

과장이 섞인 성규의 하소연이 끝나자마자 저마다 기다렸다는 듯이 제각기 떠들기 시작했다.

"내 그럴 줄 알았다. 지환이 거기 있다는 말 듣고 밤에 잠이 안 오더라니까."

"너네 부모님도 참 그렇다. 아무리 화가 나도 그렇지 하필이면 널 눈엣가시로 여기는 그 인간한테 보낼 게 뭐야. 안 그래도 밖에서 고생했을 애한테."

"잘난 척하면서 대놓고 우릴 깔보던 인간이니 얘를 얼마나 못 살게 굴지 안 봐도 훤하다. 너 괜찮냐? 나 같음 스트레스 받아서 벌써 뛰쳐나왔을 텐데."

"밥은 제대로 주냐? 구박하고 때리진 않아? 힘들면 힘들다고 말해. 너 전에 그 인간 면상만 봐도 숨 막힌다고 했잖아. 요즘 아주 죽을 맛이겠네. 불쌍한 자식."

그들은 혜민을 걱정해 주면서 또다시 술을 마셨다. 기쁠 때도 슬플 때도 그들은 늘 술과 함께했다. 그들 중 누군가가 의아하다는 듯 중얼거렸다.

"근데 그 형님은 왜 지환이를 그렇게 싫어한대냐? 어쨌든 한 가족이잖아."

"뻔하잖아. 희성그룹 후계 문제 때문이지."

"엥? 희성그룹 후계라니. 따로 나와서 회사 차리지 않았어?"

"그게 다 연막이라니까. 관심 없는 척하면서 은근히 후계 문제에 열라 신경 쓴다고 하더라고. 민영식 회장 재혼한다고 했을 때

장난 아니었다던데. 회사 차린 것도 민영식 회장한테 시위하기 위해서란 말도 있어. 재혼만 하지 않았더라도 당연히 후계자는 자기였을 텐데 갑자기 지환이가 나타났으니 얼마나 꼴 보기 싫겠냐."

가만히 저들이 주고받는 말을 경청하고 있던 혜민은 고개를 갸웃거렸다. 지난번 이미영의 생일날 다 같이 모인 자리에서 승현은 회사로 들어오라는 민영식의 제안을 일언지하에 거절했었다.

그는 희성그룹 후계 문제에 별다른 관심이 없어 보였다. 지금 하는 일도 좋아하니까 하는 거라고 얼마 전에 말했었다. 아버지에게 시위하는 용도라고 보기엔 지금 하는 일에 그는 지나치게 최선을 다하고 있었다.

김지환의 친구들이 말하는 승현은 세상에 둘도 없는 극악무도한 나쁜 놈이었다. 하지만 승현을 옆에서 보아 온 혜민은 그들과는 생각이 좀 달랐다.

그들이 생각하는 것만큼 승현은 악질적이지 않았다. 김지환과 사이가 그다지 좋지는 않아도 원수처럼 여기거나 일부러 괴롭히고 무시하는 일은 없었다. 물론 남의 의견은 듣지도 않고 일방적으로 명령하고 알뜰살뜰하게 자신을 부려 먹고 있지만 그게 미워서 일부러 괴롭히고 구박하는 게 아니라는 건 안다.

승현이 저들의 생각만큼 최악이 아닌 건 확실했다. 그럼에도 저들이 승현에게 치를 떠는 건, 별것 아닌 작은 문제도 그에 대한 반감으로 확대해석 해 오해한 걸지도 몰랐다. 후계 문제도 같은 맥락이 아닐까 싶었다.

"아주 나쁘진 않은데⋯⋯."

작게 중얼거린 혜민의 말에 승현을 욕하던 김지환의 친구들은 경악한 얼굴이 되었다. 성규는 어이없다는 듯 성난 목소리로 따져 물었다.

"너 정말⋯⋯ 아까도 그러더니 그새 그 인간한테 세뇌라도 당한 거냐?"

"야, 혹시 도청 장치 있는 거 아냐? 그런 게 아니라면 맨날 욕하던 사람 편들 리 없잖아."

김지환의 친구들은 도청 장치를 찾는답시고 소파와 테이블, 벽면을 살펴보며 난리법석을 피웠다. 그들의 한심한 작태를 보고 있노라니 한숨이 절로 나왔다.

오늘 처음 보았지만 김지환의 친구들은 착실하고 성실한 것과는 백만 광년이나 떨어져 있었다. 부모 잘 만난 덕에 돈 걱정 없이 흥청망청 노는 데 인생을 허비하는 한심한 부류였다.

끼리끼리 논다는 말이 맞는다면 김지환도 저들과 크게 다를 바 없을 터였다. 그렇다면 김지환은 구제불능 멍청이인 걸로도 모자라 지독한 개망나니인 게 틀림없었다. 알면 알수록 김지환이란 인간에게 정나미가 떨어지는 건 물론 환멸까지 느껴졌다.

"야, 이 기쁜 날 그 재수 없는 인간 얘긴 그만하고 이제부터 제대로 놀자구!"

오늘 생일을 맞은 민수가 벌떡 일어나 소리치더니 어딘가로 전화를 걸었다. 그러자 얼마 안 있어 20대 초반으로 보이는 여자들이 룸으로 우르르 들어왔다. 여자들은 전부 핫팬츠나 미니스커트, 가슴이 깊게 파인 옷에 화려하고 진한 화장을 하고 있었다. 여자들 가운데 단발머리 여자가 민수에게 다짜고짜 화를 냈다.

"김민수! 너 왜 이렇게 늦게 전화한 거야? 한참 기다렸잖아."

"미안 미안. 기다리느라 힘들었지? 자, 어서 이리 와서 앉아."

"생일만 아니었음 넌 오늘 죽었어."

단발머리는 샐쭉한 얼굴로 민수 옆자리에 가서 앉았다. 민수는 단발머리의 어깨를 끌어안으며 호기롭게 말했다.

"오늘 전부 내가 쏘는 거니까 맘껏 즐기라구."

단발머리가 함께 온 여자들에게 눈짓하자 여자들은 기다렸다는 듯 남자들 사이에 들어가 자리 잡았다. 오늘 처음 보는 사이면서도 여자들은 남자들과 허물없이 어울리며 술을 마셨다.

이미 술이 어느 정도 들어가 있던 남자들은 여자들을 짓궂게 희롱했다. 여자들은 처음에 거부하는 듯하더니 차츰 적당한 선에서 남자들의 행위를 받아 주었다. 이런 일이 처음이 아닌 듯 아주 능숙해 보였다.

혜민은 눈앞의 광경이 몹시 어색하고 불편했다. 술만 마시다가 그냥 헤어질 줄 알았는데 여자들이 합석할 줄은 상상도 못 했었다. 눈앞에서 적나라하게 벌어지는 낯 뜨거운 광경에 눈 둘 곳을 찾을 수가 없어 고개를 숙였다. 그러자 옆에 있던 여자가 소리쳤다.

"어머, 이 오빠 너무 귀엽다."

"아까부터 고개 숙이고 있길래 많이 취한 줄 알았는데…… 세상에, 피부 좀 봐. 수염 자국 하나 없어."

"어디, 정말이네. 오빠, 고개 들어 봐요. 얼굴 좀 자세히 보게."

도미노처럼 여자들의 호기심 어린 시선들이 혜민에게 몰려들었다. 난감한 상황이었다. 당황한 혜민은 얼굴이 보이지 않도록 상체마저 구부렸다. 불만스런 소리가 터져 나오자 웃음이 깃든 성규의 목소리가 들려왔다.

"야, 그 자식 그거 털 없는 거 콤플렉스니까 건들지 마라."

"털이 없다뇨. 혹시 무모증?"

"그건 아니고 남자치곤 체모가 적은 편이라고 해야 하나. 그래도 거기는 무성할걸."

"본인도 아닌데 오빠가 그걸 어떻게 알아요? 설마 둘이 그렇고 그런 사이?"

"미쳤냐, 그냥 그럴 거라는 추측이지. 나도 잘 모르니까 네가 호텔 가서 직접 확인해 보고 얘기해 주든가."

"그럼 뭐 해 줄 건데요?"

"글쎄, 뭐가 좋을까. 가방? 구두? 아님 나?"

성규와 여자들은 키득거리며 저급한 말을 태연하게 주고받았다. 얼굴로 열이 확 올라왔다. 더워서 견딜 수가 없었다. 주위를 두리번거리며 물을 찾자 옆에 있던 여자가 잔을 건네준다. 투명한 액체가 담긴 잔이었다. 혜민이 머뭇거리며 주저하자 그녀가 잔을 흔들어 댔다.

"마셔요. 술 아니니까."

일단 여자에게서 잔을 받아 들었다. 냄새를 맡아 보니 정말 술이 아니었다. 혜민은 안심하고 잔을 입에 가져갔다. 차가운 물이 단숨에 목구멍 안으로 넘어갔다. 잔을 내려놓고 고개를 들자 모두의 시선이 그녀를 향하고 있었다.

"뭐야?"

그녀의 물음에 성규가 대답했다.

"민수가 너 돌아왔다고 해서 특별히 준비한 거야. 몸에 나쁘지 않은 거니까 걱정 말고 즐겨. 이제 너도 총각 딱지 떼야지. 야, 오늘 우리 지환이 잘 챙겨 줘라."

성규가 혜민의 옆에 앉아 있는 여자에게 말하자 그녀는 흔쾌히 고개를 주억거렸다.

"지금 무슨……."

자리에서 일어나려고 몸을 일으키자 눈앞이 핑 돌았다. 혜민은 갑자기 덮친 어지럼증에 도로 주저앉고 말았다. 손으로 이마를 짚은 채 눈을 감았다 떴지만 여전히 눈앞이 어질어질했다. 숨결도 뜨거웠다. 좀 전과는 비교도 안 되게 몸이 달아오르고 있었다. 여자의 목소리가 아득하게 들려왔다.

"어머, 벌써 효과가 나타나나 봐요."

"야, 빨랑 호텔에 던져 줘라."

누군가가 팔을 잡았다. 혜민은 반사적으로 흠칫거렸다. 잡힌 부위가 활활 타오르듯 뜨거웠다. 혜민은 기겁을 하며 팔을 뿌리치고 일어났다. 그러고는 비틀거리며 룸 밖으로 뛰쳐나갔다.

눈앞이 빙빙 돌고 어지러워 똑바로 걸을 수가 없었다. 온몸이 산 채로 불타오르는 것처럼 뜨거웠다. 무언가가 살짝 스치기만 해도 살갗이 홀랑 벗겨질 것만 같았다. 맥박이 비정상적으로 불끈대고 있었다.

아무래도 저들이 물에 뭔가를 섞은 모양이었다. 그렇지 않고서는 과음하지도 않았는데 이렇게 될 리 없었다. 혜민은 화장실을 찾았다. 한시라도 빨리 배 속을 비워 내고 싶었다. 여기서 이대로 쓰러질 순 없었다.

한없이 길게 이어진 복도 끄트머리에 화장실이 있었다. 다리까지 풀려 몸을 제대로 가누기가 어려워 손으로 벽을 짚으며 걸음을 뗐다. 목적지에 거의 다다랐을 무렵이었다. 막 화장실에서 나오던 누군가와 어깨가 부딪혔다. 혜민은 상대방을 보지도 않고 건성으로 사과했다.

"죄송……합니다."

코너를 돌아 드디어 화장실 안으로 들어가려 한 순간이었다. 등 뒤에서 어떤 여자의 목소리가 들려왔다.

"거긴 여자 화장실인데요."

여자의 말은 오로지 한 가지 생각에 사로잡혀 있는 머리에 입력되지 않았다. 화장실엔 아무도 없었다. 혜민은 곧장 좌변기 칸으로 들어가 변기 뚜껑을 열고 속에 있던 것들을 모조리 게워 냈다. 누군가가 등을 두드려 주는 것 같았지만 돌아볼 여력이 없었다. 혜민은 노란 위액이 나올 때까지 변기를 붙잡고 있었다.

속이 텅 비도록 게워 냈지만 머리는 여전히 몽롱하고 몸은 뜨거웠다. 기력이 전부 빠져나간 것처럼 팔다리에 힘이 들어가지 않았다. 누군가가 입 안을 헹구라며 생수를 건네주었다. 간신히 입을 헹구고 나니 그야말로 손가락 하나 까딱할 수조차 없게 되었다. 결국 혜민은 화장실 바닥에 널브러졌다. 가물거리는 시야에 여자의 실루엣이 잡혔지만 누군지 알아볼 수가 없었다.

"이봐요, 정신 차려요. 이렇게 만나려고 한 건 아닌데."

여자의 혼잣말이 메아리처럼 화장실에 울려 퍼졌다. 잠시 후 몸이 공중에 붕 떠올랐다. 누군가의 등에 업혀서 어딘가로 가고 있었다. 눈에 익은 복도가 스쳐 가고 곧 푹신한 곳에 눕혀졌다.

"일단 여기…… 연락처 알아내면…… 셔츠 단추가 끝까지 잠겨…… 풀어……."

여자의 말이 두서없이 띄엄띄엄 들려왔다. 분명 한국어인데 외국어처럼 뜻을 알아들을 수가 없었다. 추가 매달린 것처럼 눈꺼풀이 무거웠다. 무게를 이기지 못한 혜민은 눈꺼풀을 닫았다. 의식마저 닫히기 직전 어렴풋이 여자의 목소리가 들려왔다.

"가슴에 웬 붕대가……."

더 이상 아무것도 들리지 않았다.

6.

　희미한 신음 소리를 흘리며 혜민은 눈을 떴다. 온몸이 땅속으로 꺼져 버릴 것처럼 나른하고 무거웠다. 피곤한 건 아니었다. 단지 몸에 힘이 들어가지 않을 뿐이었다. 한동안 가만히 누워 있다가 조심스레 몸을 움직여 보았다. 특별한 통증이나 어지럼증은 없었지만 이상하게 팔다리가 뻣뻣한 느낌이었다. 문득 어젯밤 일이 주마등처럼 눈앞을 스쳐 지나갔다. 눈살이 찌푸려졌다. 오랜만에 만난 친구한테 이상한 거나 먹이다니.

　"나쁜 자식들."

　무거운 몸을 일으킨 혜민은 잠시 어리둥절했다. 잠에서 덜 깬 건가 싶어 두어 번 눈을 깜박거려 봤지만 변하는 건 없었다. 난생처음 보는 낯선 방이었다. 벽지도 가구도 침대도 이불도 전부 오늘 처음 보는 것들이었다. 심장이 쿵쾅거리며 불안하게 요동쳤다. 삽시간에 두려움이 밀려들었다. 여기가 어디지? 왜 내가 여기 있는 거지? 아니 그보다 먼저……

혜민은 다급히 이불을 들치고 자신의 모습을 살펴보았다. 다행히 어제 입고 있었던 옷차림새 그대로였다. 가슴을 동여맨 붕대도 무사했고 지갑도 휴대전화도 주머니 속에 그대로 있었다. 안도의 한숨이 흘러나왔다. 십년감수한 기분이었다. 그나저나 여긴 대체 어딜까.

찬찬히 방을 둘러본 혜민은 이곳이 여자가 쓰는 방이라는 걸 깨달았다. 화사한 핑크색 침구와 화장품이 가득한 화장대와 가방이 전부 여자가 쓸 법한 물건들이었다. 어제 룸으로 우르르 몰려들어 왔던 여자들이 생각났다. 여자 하나가 김지환의 친구와 호텔 운운하며 낯 뜨거운 얘기를 주고받았던 기억도 떠올랐다. 설마 그 여자 집인 건가.

조심스럽게 침대에서 내려온 혜민은 문밖에서 들려오는 두런대는 소리에 숨을 죽였다. 살금살금 걸어가 작게 열린 문틈으로 바깥을 내다보았다.

몹시 낯익은 뒷모습이 보였다. 모델처럼 늘씬한 팔다리와 넓은 어깨. 균형 잡힌 허리와 작은 머리. 평상시와 달리 슈트가 아닌 캐주얼한 차림새였지만 그가 누군지 금세 알아볼 수 있었다. 가슴이 두근거렸다. 승현이 왜 여기 있는 거지?

그는 누군가와 대화 중이었다. 심각한 얘기인 듯 소파에 앉지도 않고 서서 이야기하고 있었다. 소파에 앉아 있는 대화 상대는 승현에게 가려져 잘 보이지 않았다. 보지 않아도 알 수 있었다.

십중팔구 자신을 이곳으로 데려온 집주인일 터였다.

두 사람이 무슨 얘기를 하고 있는 건지 궁금했다. 아니 그 전에 먼저 짚어 볼 게 있었다. 승현이 여기 있다는 건 집주인이 그를 불렀다는 뜻이었다. 집주인은 어떻게 승현의 연락처를 알아냈을까. 김지환의 친구들이 가르쳐 준 걸까. 아니면 설마 내가?

어제 화장실에서 속을 전부 게워 냈던 게 마지막 기억이었다. 도대체 김지환의 친구들이 뭘 먹인 건지 그 뒤의 일들은 하나도 기억나지 않았다. 블랙아웃이었다. 완전히 필름이 끊긴 상황에서 자신이 어떤 말과 행동을 했을지 두려웠다. 만약 해선 안 될 말이나 행동을 했다면……. 등골이 섬뜩해졌다.

치매 환자의 심정이 이럴까 싶었다. 기억하지 못한다는 게 이토록 두려운 일인 줄은 몰랐다. 혜민은 문을 조금 더 열고 귀를 내밀었다. 두 사람의 대화를 듣다 보면 어제 무슨 일이 있었는지 알 수 있을지도 몰랐다.

문득 혜민의 시선이 거실 소파 위로 향했다. 처음에는 그림이 걸려 있는 줄 알았다. 그런데 자세히 보니 그림이 아니라 사진이었다. 어떤 여자의 얼굴을 클로즈업한 흑백사진이었다. 사진 속 이목구비가 왠지 낯익었다. 어디선가 본 적이 있는 얼굴이었다. 그때 승현에게 가려져 있던 집주인이 소파에서 일어났다.

호리호리하고 가냘픈 인상의 여자였다. 특히 붓으로 그린 것처럼 아름다운 이목구비가 일품이었다. 그녀의 얼굴을 본 혜민의 눈이 동그래졌다. 딱 한 번 봤지만 절대 잊을 수 없는 얼굴이었다. D브랜드 런칭 파티에서 만났던 은채가 틀림없었다.

전혀 생각지 못했던 뜻밖의 사람이 등장한 탓일까. 머릿속이 뒤죽박죽이었다. 어제 은채를 만났던 기억은 없었다. 이게 어떻게 된 일이지?

무슨 얘기를 하는지 은채는 승현을 바라보며 웃고 있었다. 둘다 키도 크고 늘씬한 미남미녀라서일까. 같이 서 있는 두 사람을 보고 있노라니 무척 잘 어울린다는 생각이 들었다. 마치 아름다운 영화의 한 장면 같았다.

혜민은 무의식적으로 가슴을 움켜쥐었다. 갑자기 가슴이 옥죄어지듯 아파 와 숨 쉬기가 거북했다. 더는 보고 있기가 힘들어 고개를 돌리려는 순간이었다.

"아……."

은채와 눈이 정통으로 마주치고 말았다. 혜민은 뭔가를 훔치다 들킨 아이처럼 그 자리에서 얼어붙었다. 은채 역시 놀랐는지 눈이 커다래졌다. 그러나 이내 평정을 되찾은 그녀는 경직된 혜민을 바라보며 방긋 미소 지었다.

그녀가 승현에게 뭐라고 했는지 그가 뒤돌아보았다. 검은 눈동자가 차가운 빛을 내뿜으며 단번에 혜민에게 박혀 들었다. 무표정한 얼굴이었지만 심사가 단단히 뒤틀려 있다는 걸 알 수 있었다. 외박은 절대 안 된다던 그의 경고가 떠올랐다.

"깼으면 어서 나와."

나직하지만 얼음이 뚝뚝 떨어질 것 같은 차가운 음성이었다. 차마 발길이 떨어지지 않았지만 혜민은 방문 밖으로 나갔다. 그녀가 나오자 승현은 찬바람을 일으키며 휙 돌아서더니 현관으로 곧장 걸어갔다. 잠시 머뭇거리던 혜민도 그의 뒤를 따랐다.

"잘 가요, 지환 씨."

현관에서 신발을 꿰어 신는 혜민에게 은채가 인사했다. 물어볼 게 많았지만 혜민은 간단히 목례만 했다. 막 현관문을 열고 나가려는데 그녀가 충고하듯 덧붙였다.

"그런 데선 누가 주는 거 함부로 받아 마시면 안 돼요. 그럼 또 봐요."

일요일 이른 아침이라 도로를 오가는 차량은 그다지 많지 않았다. 막힘없이 내달리는 자동차와는 달리 차 안의 공기는 무겁게 정체돼 있었다. 승현은 은채의 집에서 나온 후 일절 말이 없었다. 그저 앞만 보며 묵묵히 운전에 집중하고 있었다.

혜민은 소리 없는 한숨만 연거푸 내쉬었다. 섣불리 그에게 말을 걸 수가 없었다. 절대 사고 치지 않겠다고 장담하고선 대형 사고를 쳐 버렸으니 그가 화를 내는 것도 당연했다. 입이 열 개라도 할 말이 없었다.

혜민은 우울한 얼굴로 차창을 내다보았다. 아무리 기억을 더듬어 봐도 어제 은채를 만났던 기억은 없었다. 아무래도 정신을 잃은 후에 그녀와 만난 게 틀림없었다. 왜 하필이면 그곳에서 그녀를 만난 걸까. 딱 한 번 본 사람을 생각지도 못한 장소에서 만날 확률은 얼마나 되는 걸까. 우연치고는 너무 기가 막혔다.

미세한 진동이 생각을 방해했다. 주머니 속에서 휴대전화를 꺼내 확인해 보자 언제 번호를 따 간 건지 김지환의 친구인 성규가 문자를 보내왔다.

　[친구, 뜨거운 밤 잘 보냈냐? 우리 몰래 언제 그런 쭉빵을 꼬신 거냐? 그냥 봐도 죽이던데. A4 한 장 꾹꾹 눌러서 감상문 보내라ㅋㅋㅋ]

　'쭉빵'은 아무래도 은채를 가리키는 말인 듯했다. 무슨 오해를 한 건지 김지환의 친구들은 그녀와 함께 있는 자신을 보고도 그냥 내버려 둔 모양이었다. 문자 덕분에 그들이 룸으로 돌아오지 않은 자신을 찾지 않았던 이유를 알게 되었다.

　어젯밤 일은 여전히 기억에 없지만 무슨 일이 있었는지 대충 가닥이 잡히는 듯했다. 그러나 도저히 알 수 없는 게 하나 있었다. 은채는 승현을 왜 그녀의 집으로 불러들인 걸까. 자신은 미성년자가 아니므로 얼마든지 혼자서 집에 갈 수 있었다. 굳이 승현을 부를 이유는 없었다. 그런데 그를 불러들인 걸 보면 혹시 자신의 정체를 그녀가 알아 버린 건가.

　혜민은 고개를 가로저었다. 은채가 자신의 정체를 알았다면 승현이 지금처럼 가만있을 리 없었다. 시간이 흐를수록 궁금증은 더해 갔다. 은채는 어째서 승현을 부른 걸까. 혜민은 운전석을 계속 힐끔거리다 조심스럽게 운을 뗐다.

　"어떻게 된 거예요?"

　"그걸 왜 나한테 묻는 거지? 어젯밤 일은 나보다 네가 더 잘 알 거 아냐."

　싸늘한 어조에 기가 질렸지만 혜민은 입을 다물지 않았다.

　"아니 그게 아니라 은채 씨가 왜 형한테 연락을 했는지……."

"둘이 아는 사이였나?"

대답 대신 돌아온 질문에 혜민은 고개를 끄덕였다.

"저번 런칭 파티에서 잠깐 만났었어요."

런칭 파티란 말에 그의 눈썹이 꿈틀거렸다. 그는 눈동자만 굴려 혜민을 바라보았다. 눈빛이 예리하게 벼려진 칼날처럼 날카로웠다. 마치 범죄자를 심문하는 형사의 그것과 같았다.

"내 동생이라고 말했어?"

심상치 않은 분위기에 조심스럽게 고개를 끄덕거리자 허탈한 한숨 소리가 들려왔다.

"하, 그래서 제집으로 데려간 거로군. 내 동생이라는 걸 알고."

승현은 기가 차다는 듯 중얼거렸다. 괘씸하고 못마땅한 데다 기가 막히고 어이없다는 감정이 그의 잘생긴 얼굴을 휙휙 스쳐 지나갔다. 혜민은 그의 눈치를 보며 고개를 숙였다. 그의 동생이라는 말을 하면 안 되는 거였나 보다. 지난 과오를 후회하고 있는데 승현이 불쑥 화제를 돌렸다.

"이번 영화 여주인공 어쩌면 강은채, 그 여자가 될 수도 있어."

아닌 밤중에 홍두깨가 따로 없었다. 그의 느닷없는 선언에 깜짝 놀란 혜민은 고개를 번쩍 쳐들었다.

"오디션 보기로 한 거 아니었어요?"

"어차피 새로운 얼굴 뽑으려고 했던 거라 상관없어. 카메라 테스트해 보고 연기도 어느 정도 괜찮으면 바로 계약할 거야."

납득이 가지 않았다. 그답지 않게 너무 갑작스럽고 성급한 결정이었다. 불과 며칠 전까지만 해도 회사는 공개 오디션 준비로 분주했었다. 그런데 어째서 갑자기 생각이 바뀐 걸까.

"감독님이 그러자고 했어요?"

"아니."

"그러면⋯⋯."

순간 머리를 스쳐 가는 기억에 혜민은 입을 다물었다. 원래 공개 오디션은 은채가 혜민에게 부탁한 것이었다. 그러나 그 전에 먼저 부탁한 것이 있었다. 그녀는 이번 영화의 여주인공으로 자신을 추천해 달라고 말했었다. 설마 승현을 집으로 부른 게⋯⋯.

"혹시⋯⋯ 나 때문이에요?"

승현은 아무런 대꾸도 하지 않았다. 침묵은 긍정과 매한가지였다. 혜민은 아랫입술을 깨물었다. 은채가 승현에게 뭐라고 했는지 모르겠지만 이건 아니었다. 자신 때문에 승현이 공들여 준비한 영화를 망칠 순 없었다.

"나 때문이라면 그럴 필요 없⋯⋯."

"설마 지금 너 때문에 내가 강은채를 캐스팅하려는 거라고 말하려는 건 아니겠지."

생각을 읽기라도 한 듯, 막 꺼내려는 말을 그가 고스란히 읊어 대는 바람에 혜민은 입을 다물어야 했다. 그의 말로 미루어 보아 다른 이유가 있는 듯했다.

"그럼 뭣 때문에⋯⋯."

"널 데리러 갔다가 강은채를 만났으니 너 때문이라고 한 거다,

이 멍청아. 내가 미쳤다고 외박한 동생 놈 때문에 캐스팅을 결정하겠냐."

정말 은채를 보고 마음이 바뀌었다는 건가. 이상하게 그의 말에 신뢰가 가지 않았다. 아무리 제작자라 해도 감독의 의사도 물어보지 않고 저렇게 독단적으로 결정해도 되는 건지 의아스러웠다. 그런 혜민의 생각이 고스란히 얼굴에 드러난 건지 승현은 귀찮다는 듯 부연 설명을 했다.

"수백, 수천 명이 있어도 우리가 찾는 얼굴은 없을 수도 있어. 하지만 길을 지나가다가 우연히 찾아낼 수도 있지. 오디션만이 능사는 아니라는 거야. 마침 괜찮은 배우가 있으면 그거로 된 거야. 시간 낭비할 필요 없으니 우리 입장에선 더 잘된 셈이지."

혜민은 곰곰이 은채를 떠올려 보았다. 해맑은 얼굴에 가녀린 분위기가 이번 영화의 여주인공 이미지와 딱 맞아떨어졌다. 그녀를 보고 캐스팅하려는 마음이 생길 수도 있을 법했다. 머리로는 이해했지만 가슴으로는 여전히 그의 갑작스런 결정이 받아들여지지 않았다.

문득 아까 승현을 보며 웃고 있었던 은채가 생각났다. 예쁜 사람이 웃기까지 하니 훨씬 더 아름다워 보였었다. 여자인 자신의 눈에도 그랬는데 남자인 그는 오죽했을까 싶었다. 어쩌면 정말 그녀를 보고 마음이 바뀌었을지도.

갑자기 가슴 깊숙한 곳이 바늘로 찌르는 것처럼 따끔거렸다. 눈을 감고 깊게 숨을 내쉬자 옆에서 그의 무뚝뚝한 목소리가 들려왔다.

"왜 그래?"

"아무것도 아니에요."

"도대체 어제 뭘 먹은 거야?"

그의 추궁에 혜민의 목소리가 모기 소리처럼 작아졌다.

"그냥 물을 마셨는데 거기에 뭔가 섞여 있었던 거 같아요."

민수라는 친구가 무언가를 구해 왔다고 했었다. 그것 때문에 몸이 이상해졌었다. 온몸이 불타오르는 것 같았던 생소한 감각이 떠오르자 반사적으로 몸이 부르르 떨린다. 다시는 경험하고 싶지 않은 느낌이었다.

"망할 놈들 같으니라고."

잇새로 김지환의 친구들을 욕하며 승현은 어느 식당의 주차장에다 차를 세웠다. 24시간 해장국집이었다. 그도 자신도 집에 가서 아침을 차려 먹을 기분이 아니었다.

그는 혜민의 의사도 묻지 않고 멋대로 콩나물국밥을 시켰다. 딱히 먹고 싶은 게 없기도 했지만 일방적인 그에게 익숙해진 건지 이젠 기분 나쁘지도 않았다. 외려 알아서 해 주니 편하다는 생각도 들었다.

김이 모락모락 올라오는 국밥이 금방 나왔다. 국밥 냄새가 코끝에 스치자 어제 게워 내 텅 비어 있던 위장이 요동치면서 허기가 느껴졌다. 혜민은 급히 수저를 들었다. 막 한술 뜨려던 순간 그가 나직하게 읊조렸다.

"앞으로 혼자선 외출 금지다."

"네?"

뜻밖의 말에 놀라서 반문하자 승현은 밥을 국에 말다가 그녀를 빤히 응시했다.

"또 외박하겠다는 거야?"

"그건 아니지만……."

지은 죄가 있어서 반박할 수가 없었다. 하지만 자신의 잘못으로 외박한 것도 아닌데 너무한다 싶었다. 따지고 보면 자신도 피해자였다. 승현은 억울해하는 혜민의 눈을 피하며 단호하게 말했다.

"밥이나 먹어."

더는 듣지 않겠다는 듯 그는 수저를 들었다. 혜민은 멍하니 그를 바라보았다. 늘 생각했던 거지만 그의 식사 예절은 우아함의 극치였다. 국밥집에 와 있는 게 아니라 프랑스 레스토랑에 와 있다는 착각이 들 정도로. 평소엔 종종 잊어버리지만 사소한 부분에서 그가 재벌 3세라는 걸 깨닫곤 했다. 바로 지금처럼.

"남이 먹는 거 본다고 배부르진 않아."

그가 지나가듯 무심하게 말했다. 대번에 혜민의 얼굴이 빨개졌다. 그를 훔쳐보고 있었다는 걸 들키자 창피해 견딜 수가 없었다. 혜민은 고개를 숙이고 국밥을 입 안 가득 집어넣었다. 가끔 시선이 느껴졌지만 그릇을 비울 때까지 절대 고개를 들지 않았다.

❀　　　❀　　　❀

"어? 다 떨어졌네."

원두를 담아 놓은 통이 텅 비어 있었다. 여느 날처럼 회사 탕비실에서 커피를 내리려던 혜민은 난감한 얼굴로 선반을 살펴보았다. 녹차, 홍차, 허브 차, 인스턴트 커피믹스는 잔뜩 있는데 승현이 마시는 원두는 없었다.

정 비서 말로는 커피를 달고 사는 승현 때문에 원두만큼은 절대 떨어지지 않도록 충분히 준비해 놓는다고 했었다. 그러나 아무리 찾아봐도 원두는 보이지 않았다. 매사 공평해 보이던 정 비서마저 다른 직원들처럼 자신을 따돌리는 건가 싶어 은근히 서운했다.

"이번 한 번만 믹스로 먹으라고 할까."

진지하게 고민하던 혜민의 눈이 위로 향한 순간이었다.

"어? 저기 있었네."

눈에 익은 마크가 새겨진 봉지 수십 개가 차곡차곡 쟁여져 있었다. 천장과 맞닿은 선반 맨 위에. 저렇게 눈에 잘 띄는 곳에 있었는데 어째서 여태껏 보지 못했던 걸까. 바로 눈앞에 두고도 못 찾다니 바보가 된 기분이었다. 정 비서에 대한 의혹은 말끔히 사라졌다.

여자치고 키가 큰 편인 혜민이었지만 선반 꼭대기까지는 손이 닿지 않았다. 까치발을 해도 손가락이 닿을락 말락 했다. 승현이 탕비실로 행차하기 전에 원두를 분쇄하고 커피를 내리려면 서둘러야 했다. 혜민은 주위를 둘러보다가 의자 하나를 끌고 왔다. 바퀴 달린 의자였지만 선택의 여지가 없었다.

신발을 벗고 의자 위에 올라서자 대번에 중심이 흔들렸다. 엉거주춤한 자세로 균형을 잡은 혜민은 조심스럽게 허리를 펴고 팔을 뻗었다. 수월하게 원두가 손에 들어왔다. 일단 하나만 꺼내려고 했는데 막상 한 봉지를 손에 넣고 나니 생각이 달라졌다.

이왕 올라선 김에 서너 봉지 정도 꺼내 아래쪽 선반에 두어야겠다는 생각이 들었다. 그래서 나머지 팔도 과감하게 위로 뻗었다. 그 순간 균형이 흐트러지면서 몸이 이리저리 휘청거렸다. 설상가상으로 의자마저 제멋대로 움직여 휘청거리던 몸이 아예 뒤로 넘어가려 했다.

"어, 어, 엄마!"

비명이 터져 나왔다. 허공에 손을 휘저으며 저항했지만 소용없었다. 중력을 이기지 못한 몸은 이미 반 이상 뒤로 넘어가 있었다. 이대로 추락하는 건가. 곧 다가올 충격을 예상하며 혜민은 눈을 질끈 감았다.

기절한 건가 싶었다. 그런 게 아니라면 이렇게 아무렇지 않을 리 없을 테니까. 희한할 정도로 하나도 아프지 않았다. 머리통이 깨지거나 뒤통수에 거대한 혹이 생기지 않을까 예상했던 혜민으로선 지금의 상황이 어리둥절할 뿐이었다. 그러고 보니 바닥이 딱딱하지 않고 푹신했다. 어째서 탕비실 바닥이 푹신하지? 의아한 것도 잠시, 혜민은 아래에서 들려온 목소리에 경악했다.

"괜찮으면 좀 비키지."

푹신한 바닥의 정체는 다름 아닌 승현이었다. 넘어질 때 그가 자신을 받아 준 모양이었다. 밑에 깔려 있는 그를 발견하고 당황한 혜민은 얼른 몸을 일으켰다.

"대체 무슨 정신으로 사는 거야? 네가 슈퍼맨이야? 커피 가져오랬더니 의자 위에서 나는 연습이나 하고 있고."

승현은 다짜고짜 성난 음성으로 호통쳤다. 도와준 건 고맙지만 사정을 알지도 못하고 화부터 내는 그가 조금 야속했다.

"그게 아니라 원두가 위에 있어서 그거 꺼내려고 한 거예요."

억울하고 속상했지만 혜민은 차분하게 설명했다. 떨어질 때 놓친 원두 봉지 하나가 터져 바닥에 뒹굴고 있었다. 승현도 바닥에 흩어져 있는 원두를 발견했는지 입을 다물었다. 그는 조용히 몸을 일으켰다. 손으로 바닥을 짚고 일어서려는 순간 그의 입술에서 자그마한 신음이 새어 나왔다. 혜민은 얼른 다가가 그를 부축했다.

"어디 안 좋아요? 다친 거예요?"

승현은 대답 대신 가만히 오른팔을 움직여 보았다. 팔을 올렸다 내리는 그의 미간이 미세하게 구겨졌다. 그는 왼손으로 오른팔을 잡아 고정한 후 나직하게 말했다.

"당장 정 비서 불러와."

한 시간 뒤, 정 비서와 함께 나타난 승현은 붕대를 감은 오른팔을 지지대에 걸고 있었다. 직원들 모두 갑작스런 승현의 부상에 걱정하고 있었다. 시선을 느꼈는지 정 비서가 입을 열려고 하자 승현이 얼른 왼손을 들어 그를 막았다.

"별거 아니니까 신경 쓸 거 없어요."

승현은 미소까지 지어 보이며 그의 집무실로 들어갔다. 혜민은 급히 그를 뒤따라 들어갔다. 붕대를 감고 지지대를 걸 정도면 가벼운 부상이 아닐 터였다. 여자치곤 키도 크고 덩치도 있는 편이라 절대 가볍지 않았을 것이다. 설령 큰 부상이 아니라 해도 자신으로 인해 그가 뜻하지 않은 부상을 입은 건 사실이었다. 그녀는 걱정스런 눈으로 승현을 면밀히 살피며 조심스럽게 운을 뗐다.

"괜찮아요?"

의자에 막 앉으려던 그는 혜민을 한 번 흘끗 보더니 대수롭지 않게 말했다.

"보기엔 안 그런데 숨겨진 살들이 많은가 봐."

"네?"

"떨어지는 널 받은 것뿐인데 팔에 금이 갈 정도면 말이야."

역시. 혜민은 고개를 숙이고 두 눈을 질끈 감았다. 팔에 금이 갈 정도면 결코 경미한 부상이라고 할 수 없었다. 죄책감이 물밀듯이 밀려들었다.

"죄송해요."

사과하는 혜민을 곁눈질로 보던 승현이 뭐라고 입을 열려는 순간이었다. 집무실 문이 열리고 정 비서가 들어왔다.

"강은채 씨 오셨습니다."

강은채란 이름에 가슴이 크게 두근거렸다. 혜민은 저도 모르게 승현에게 고개를 돌렸다.

"결국 계약하기로 한 거예요?"

그는 말없이 서랍에서 계약서로 보이는 종이를 꺼내 들고 소파에 앉았다. 준비 중이던 공개 오디션을 돌연 취소시키고 은채가 단역으로 출연했던 드라마와 영화를 모니터하더니 마침내 결정을 내린 모양이었다.

이 모든 게 단 일주일 만에 벌어진 일이었다. 혜민이 외박한 날 그가 은채를 염두에 두고 있다는 의견을 내비치긴 했지만 이렇게 빨리 계약까지 할 줄은 몰랐다. 배역 하나가 아쉬운 신인인 그녀가 어디 도망가는 것도 아니고 튕길 리도 없는데 너무 서두르는 게 아닌가 싶었다. 왠지 마음이 무거워졌다.

정 비서가 나가자 원피스 위에 스웨터를 받쳐 입은 은채가 해맑게 웃으며 안으로 들어왔다.

"안녕하세요, 대표님. 어머, 지환 씨도 계셨네요."

그녀의 뒤를 따라 진호도 들어왔다.

"나도 왔다. 요 앞에서 은채 씨랑 만나는 바람에 우린 먼저 인사했어."

두 사람은 사이좋게 소파에 나란히 앉았다. 진호는 은채가 꽤 마음에 들었는지 싱글벙글 얼굴에서 웃음이 떠나지 않았다. 그러다 승현의 팔에 감긴 붕대를 발견하고는 뿔테 안경 속의 눈이 휘둥그레졌다.

"너 팔이 왜 그래? 다쳤어?"

"별거 아니야."

"별거 아닌 게 아닌 거 같은데. 지환아, 너네 형 왜 다친 거냐?"

승현에게서 답을 들을 수 없다는 걸 알았는지 진호는 대번에 타깃을 혜민으로 바꿨다. 그의 단도직입적인 질문에 혜민은 마지못해하며 입을 열었다.

"그게 저 때문에······."

"너 때문에? 뭔 일이 있었는데?"

호기심 많은 아이처럼 진호가 꼬치꼬치 캐물었다. 난감한 상황이었다. 안 그래도 승현에게 미안해 죽겠는데 일일이 그걸 설명하라니 차마 입이 떨어지지 않았다. 무엇보다 은채 앞에서 주절주절 자신의 잘못을 늘어놓고 싶지 않았다. 하지만 저렇게 계속 질문 공세를 퍼부으니 가만히 있을 수도 없는 노릇이었다.

"그러니까 그게······."

가슴이 답답했다. 어떻게 설명해야 하나 망설이고 있는데 뜻밖에도 승현이 동아줄을 던져 주었다.

"손님 모셔 놓고 무슨 결례야. 지환이 넌 나가서 마실 거라도 가져와."

혜민은 승현의 명령이 떨어지기 무섭게 그의 집무실에서 빠져나갔다. 최대한 늦게 커피와 녹차, 허브 차를 준비했다. 차를 가지고 집무실 문을 열자 은채가 막 계약서에 사인을 마친 참이었다. 진호와 은채가 손을 마주 잡으며 악수를 나눴다.

"이제 한배를 탔으니 잘해 봅시다."

"저야말로 잘 부탁드려요. 저 감독님 영화 다 봤거든요. '눈보라' 보고 언젠가 꼭 감독님 영화에 출연해야겠다고 결심했었는데 이렇게 빨리 기회가 와서 얼마나 기쁜지 몰라요."

애교 섞인 그녀의 아부에 진호의 입이 귀에까지 걸렸다.

"아니, 이거 오히려 제가 영광이죠. 아까 은채 씨 봤을 때 제가 얼마나 놀랐다고요. 시나리오 속에서 미영이가 실제로 튀어나온 줄 알았다니까요."

하하 호호 웃음이 끊이지 않았다. 진호와 은채는 꽤 죽이 잘 맞아 보였다. 그에 비해 승현은 다소 가라앉은 얼굴이었다. 원하던 대로 캐스팅했으니 기분이 좋아 보여야 하는데 그렇지 않았다. 다친 오른팔 때문인가. 그의 사소한 표정 하나하나가 은근히 신경이 쓰였다.

혜민은 조심스럽게 세 사람 앞에 차를 내려놓았다. 승현은 기다렸다는 듯 커피를 마시며 사무적인 말투로 입을 열었다.

"강은채 씨 매니저는 같이 안 오셨습니까?"

"지금은 매니저 없어요. 곧 생길 예정인데…… 무슨 문제라도 있나요?"

"아닙니다. 앞으로 촬영할 때 문제가 생기지 않는다면 매니저는 없어도 상관없습니다."

"걱정 마세요. 지각하거나 펑크 내는 그런 일 절대 없을 테니까. 제가 약속은 칼같이 지키거든요. 시간 약속이든 그 밖의 다른 약속이든."

그녀는 의미심장한 미소를 지으며 혜민에게 눈길을 돌렸다.

"그런데 지환 씨는 여기서 일하나 봐요."

"네. 잠시 동안만."

"안 그래 보이는데 대표님이 동생분을 끔찍이 여기나 봐요. 늘 옆에 끼고 있는 걸 보면."

그녀의 한마디에 승현의 표정이 딱딱하게 굳어졌다. 진호가 끼어들어 얼른 화제를 돌렸다.

"우리 지환이를 아세요?"

"네, 저번에 만난 적이 있어서요."

"그래요? 이거 보통 인연이 아닌가 보네."

"저도 그런 거 같아요. 지환 씨가 제 행운의 천사가 될 줄 누가 알았겠어요?"

"행운의 천사요?"

"지환 씨 덕분에 제가 민 대표님을 만날 수 있었거든요."

은채는 혜민이 외박했던 날에 대해 진호에게 간략하게 설명해 주었다. 진호는 기가 막힌다는 듯 무릎을 치며 맞장구쳤다.

"진짜 지환이가 은채 씨 행운의 천사였네요. 지환이 아니었으면 이 계약도 없었을 뻔했으니까."

자신이 은채의 행운의 천사라면 은채는 자신의 무엇일까. 그녀의 집에서 깨어났던 그날을 떠올리자 무거운 한숨이 흘러나왔다. 만약 정신을 잃지 않았다면 은채와 이렇게 엮일 일은 없었을 것이다. 아니 아예 처음부터 김지환의 친구들과 어울리지 않았더라면, 헤븐에 따라가지 않았다면……. 그날 이후 수없이 후회를 되풀이했지만 달라지는 건 아무것도 없었다.

은채가 딱히 싫은 건 아니었다. 외려 처음에는 돈도 빽도 없다는 그녀를 도와주고 싶었다. 같은 여자가 봐도 너무나 아름다운 그녀가 호감으로 다가왔었다. 그런데 지금은 왜 이렇게 그녀가 불편하고 거북한지 모르겠다. 혜민은 우울한 얼굴로 자리에서 조용히 일어섰다. 뒤통수로 승현의 것으로 여겨지는 시선이 느껴졌지만 돌아보지 않았다.

아무래도 탕비실을 제2의 고향이라고 불러야 할 듯싶었다. 조금 언짢거나 불편할 때 이곳에만 오면 마음이 금세 편안하게 풀어지니 말이다. 혜민은 제 방보다 익숙해진 탕비실을 하릴없이 거닐다가 쓰레기통 속에 담긴 원두를 발견하고 걸음을 멈췄다.

아까 선반에서 꺼내다가 떨어뜨려 봉지가 터지는 바람에 곧장 쓰레기통으로 직행한 것들이었다. 꽤 고가의 원두였기에 아깝다는 생각이 들었다. 그나마 1/3 정도는 쏟아지지 않고 봉지 속에 고스란히 들어 있어서 전부 다 버릴 필요는 없었다. 덕분에 현재 원두를 담아 두는 통이 텅 비어 있지는 않지만 커피를 달고 사는 남자를 생각하면 결코 안심할 수 없는 양이었다. 시간 있을 때 원두를 더 꺼내 통에 담아 놔야 했다.

막 원두를 가져오려고 하는데 허리 즈음에서 진동이 느껴졌다. 주머니에서 휴대전화를 꺼내자 낯선 번호가 액정에 떠 있었다. 낯설지만 낯설지 않은 번호였다. 며칠 전부터 줄기차게 걸려오는 전화였다. 지금 가지고 있는 휴대전화는 김지환의 어머니가 직접 개통해 준 것이었다. 그래서 번호를 알고 있는 이들이 극히 적었다. 아버지도 나눔기획에서도 번호를 알지 못했다.

혹시 심부름센터를 겸하고 있는 나눔기획이라면 번호를 알고 있을지도 몰랐다. 그러나 그쪽에서 전화할 일은 없었다. 자신에게 전화를 했다간 기록이 남아 나중에 꼬리가 잡힐 수도 있으니까. 바보가 아닌 이상 먼저 연락할 리 없었다. 무슨 일이 생기면 직접 사람을 보낼 인간들이었다.

스팸전화로 치부한 혜민은 수신거부를 하고 선반 꼭대기에 쌓여 있는 원두를 바라보았다. 또다시 바퀴 달린 의자를 밟고 올라가서 꺼내려니 엄두가 나지 않았다. 차라리 밖에서 바퀴가 달리지 않는 의자를 가져오는 게 나을 거 같았다. 뒤돌아서려는데 등 뒤에서 익숙한 음성이 들려왔다.

"또 나는 연습 하려고?"

혼자 있는 줄 알고 있었던 혜민은 소스라치게 놀랐다. 언제 들어온 건지 뒤에 승현이 서 있었다. 그는 눈짓으로 선반 위의 원두를 가리키며 무덤덤하게 물었다.

"얼마나 필요해?"

"……많이요."

얼떨결에 대답하자 승현이 그녀의 뒤로 바짝 다가와 섰다. 그가 가까이 다가오자 익숙한 커피 향과 어우러진 그의 체취가 훅 풍겨 왔다. 은은하면서도 시원한 향이었다. 심장이 쿵쾅거리며 뛰기 시작했다.

그는 멀쩡한 왼팔을 위로 뻗어 선반 위에 있는 원두를 내려 주었다. 워낙 장신이라 까치발을 하지 않아도 너끈히 선반 꼭대기에 손이 닿았다. 직접 몸이 닿지는 않았지만 등으로 그의 움직임과 따스한 체온이 어렴풋이 느껴졌다. 혜민은 잔뜩 긴장한 채 숨을 죽였다. 그가 원두 대여섯 봉지를 내려놓을 때까지 손가락 하나 까딱할 수 없었다.

"다음부터 이런 건 다른 사람한테 부탁해."

그가 뒤로 물러나며 멀어지자 그제야 긴장이 풀어지면서 숨을 내쉴 수 있었다. 내가 왜 이러지? 고개를 갸웃거리는데 빈 머그잔에 커피를 따르며 승현이 말을 이어 갔다.

"어려울 땐 남들한테 도와 달라고 하는 게 좋아. 괜히 혼자서 사고 치지 말고."

익숙지 않은 왼손으로 조심스럽게 커피를 따른 그는 테이블 끝에 걸터앉았다. 곧바로 탕비실을 나갈 줄 알았는데 의외였다. 그의 시선이 왠지 부담스러웠다. 혜민은 원두를 정리하며 대수롭지 않게 물었다.

"손님 계신데 안 가도 돼요?"

"손님이 강은채라면 상관없어. 갔으니까."

"벌써요?"

"계약하러 와서 계약했으니 남아 있을 이유가 없지."

맞는 말이었지만 한편으로는 이해되지 않았다. 한눈에 여주인공으로 낙점할 정도로 맘에 든 배우를 이렇게 그냥 보내다니 납득이 가지 않았다. 은채가 바쁘지 않은 이상 식사나 술자리를 함께 할 거라 생각했었다. 친목도모 차원에서라도 그냥 보낼 리 없었다. 그런데 그냥 보냈다고 하니 이상할 정도로 기분이 좋아졌다. 혜민은 그런 스스로가 당혹스러웠다.

어느덧 승현의 머그잔이 바닥을 보였다. 그의 몸속을 흐르는 피의 반은 커피일지도 모른다는 생각이 들었다. 그가 왼손으로 또 커피를 따르기 전에 혜민이 얼른 그의 잔을 채워 주었다.

"앞으로 그렇게 해."

뜬금없는 말에 혜민은 그를 의아하게 쳐다보았다. 승현은 따뜻한 커피가 가득 찬 머그잔을 들며 말했다.

"난 혼자서 사고 치지 않아. 그러니까 이제부터 네가 내 오른팔이야."

"네?"

무슨 말인지 선뜻 입력이 되지 않았다. 혜민이 반문하자 승현은 천천히 붕대에 감긴 그의 오른팔로 시선을 내렸다.

"책임져야지. 그게 도리 아냐?"

말문이 턱 막혔다. 방금 그가 한 말은 다친 그의 오른팔을 혜민이 대신하라는 뜻이었다. 느닷없는 그의 요구가 당황스럽지 않은 건 아니었지만 혜민은 흔쾌히 고개를 끄덕였다. 자신으로 인해 다쳤으니 책임져야 하는 게 당연했다. 승현의 입가에 만족스런 미소가 떠올랐다.

"자, 한 잔 더."

그가 앞으로 머그잔을 내밀었다. 어느새 말끔히 비워져 있었다.

❋　　　❋　　　❋

도리. 사람이 마땅히 해야 할 바른 길이라는 뜻이다. 혜민은 자신 때문에 다친 승현을 위해 뭐든지 해 줘야 하는 게 도리라고 생각했다. 그렇게 하는 게 인간으로서 마땅히 해야 할 바른 길이라고 여겼다. 하지만 2주일이 지난 지금은 조금 생각이 달라졌다.

"신문 가져와. 올 때 물 한 잔도 가져오고."

막 아침상을 치우던 혜민은 그의 요구에 얼른 신문과 물을 챙겨서 가져다주었다. 거실 소파에 앉아 혜민이 가져다준 물을 마신 그는 여유롭게 신문을 펼쳐 들었다. 그녀가 옆에 서 있자 그가 귀찮다는 듯 손을 휘휘 내젓는다.

"가서 설거지해."

주방으로 가면서 혜민은 고개를 가로저었다. 아무리 생각해도 이건 아니었다. 다친 그의 오른팔이 하는 일을 대신해 주면 된다고 생각했었다. 오른팔이 아니어도 할 수 있는 일까지 해 줄 생각은 추호도 없었다. 그런데 어쩌다 보니 요즘 그가 시키는 일은 뭐든 다 해 주고 있었다.

식사를 챙기고 뒷정리하는 건 기본이고 휴대전화, 손톱깎이, 리모컨 따위를 가져다준다거나 드라이어로 젖은 머리를 말려 주는 등 사소하고 자질구레한 일들까지 전부 자신의 몫이 돼 있었다.

회사에서뿐만 아니라 집에서도 그의 몸종이 된 기분이었다. 이쯤 되자 그의 수에 말려들었다는 느낌이 들었다. 다친 오른팔을 핑계로 집에서도 자신을 실컷 부려 먹으려고 작정한 게 틀림없었다.

항의라도 하고 싶었지만 여전히 붕대를 감고 있는 그의 팔을 보면 차마 입이 떨어지지 않았다. 자신 때문에 다친 게 분명한 데다 괜히 불만을 표했다가 쪼잔하고 치사한 인간으로 찍힐까 봐 염려스럽기도 했다. 여태껏 해 온 것도 있고 어차피 오른팔이 되기로 한 거니 그냥 다 나을 때까지만 참자고 스스로를 다독였다.

설거지를 마치고 거실로 나가자 어느덧 승현은 슈트를 쫙 빼입고 있었다. 평소보다 더 신경 쓴 듯한 차림새였다. 오늘은 중요한 날이었다. 그가 준비하던 영화가 드디어 크랭크인 하는 날이자 고사를 지내는 날이기도 했다.

보통 영화는 사전 준비, 촬영, 후반 작업 이렇게 세 단계를 거치면서 만들어진다. 이번에 제작하는 영화 '여우별' 의 사전 준비는 남녀주인공 캐스팅이 끝나자 일사천리로 진행되었다.

오래전부터 차근차근 준비해 왔던 영화였기에 투자 문제와 배우 캐스팅 문제만 해결되면 바로 크랭크인을 해도 될 정도였다. 스태프들도 사전에 모두 약속을 해 놓았고 콘티도 다 나와 있던 데다 로케이션 헌팅도 미리 해 둔 덕분에 가능한 일이었다. 장비나 세트 예약도 마찬가지였다. 이 모든 게 승현의 치밀하고 뛰어난 기획력과 과감한 결단력, 행동력이 맞물려 이뤄 낸 눈부신 성과였다.

"어느 게 나은 거 같아?"

그는 빨간색과 파란색 넥타이를 혜민 앞에 디밀었다. 두 개 다 그에게 잘 어울렸지만 혜민은 파란색을 골랐다. 순수한 사랑 이야기인 이번 영화는 농염하고 열정적인 빨간색보다 깨끗하고 맑은 느낌의 파란색이 더 어울릴 듯했다. 승현은 빨간색 넥타이를 소파 위에 아무렇게나 던진 후 파란색을 혜민에게 건네주었다.

"넥타이 맬 줄 알지?"

넥타이를 받아 든 혜민은 잠시 주저하다가 조심스럽게 입을 열었다.

"지금 이걸 나한테 매 달라는 거예요?"

"한 손으로 맬 순 없잖아."

승현은 붕대에 감긴 오른팔을 들어 보이며 당연한 거 아니냐는 얼굴을 했다. 그의 말이 틀린 건 아니었다. 오른팔이 불편하니 혼자서 넥타이를 매는 건 무리였다.

혜민은 들고 있던 파란색 넥타이를 그의 목에 둘렀다. 까치발을 하자 친절히 상체를 굽혀 주었다. 그러자 그의 얼굴과 정면으로 마주 보게 되었다. 속을 알 수 없는 검은 눈동자와 마주치자 갑자기 숨이 턱 막혔다. 혜민이 멈칫하자 승현이 의아하다는 듯 물었다.

"더 숙여 줘?"

"아, 아니 괜찮아요."

혜민은 서둘러 넥타이를 맸다. 그러나 자꾸 헛손질하는 바람에 매듭이 잘 만들어지지 않았다. 가까이 있어서인지 그의 숨결이 고스란히 느껴졌다. 긴장으로 손이 축축해져 있었다. 혜민은 심호흡을 하며 시선을 위로 올렸다. 그러자 셔츠 사이에 있는 그의 목이 눈에 들어왔다.

남자치고는 길고 가는 목이었다. 조각처럼 잘 다듬어진 턱은 깔끔하게 면도를 해서 그 모양이 고스란히 드러나 있었고 입술은 마치 틴트라도 바른 것처럼 붉고 매끈했다. 얄미운 말만 내뱉는 입술치곤 따스하고 부드러워 보였다. 좀처럼 눈을 뗄 수가 없었다. 온몸의 신경이 죄다 그의 입술에 집중되었다. 넥타이를 만지작거리던 손이 멈췄다는 것도 모를 정도였다.

"할 줄 모르면 솔직하게 모른다고 하지 그래."

그의 입술이 움직이는 바람에 정신이 번쩍 들었다. 혜민은 얼른 시선을 돌렸다.

"할 줄 알아요."

서둘러 매듭을 짓고 마무리했다. 승현은 완벽하게 자리 잡은 넥타이를 보며 제법이라는 듯 엷게 웃었다.

"잘 매는데."

"아빠 넥타이는 제 담당이었거든요."

당연하다는 듯 대꾸한 혜민의 얼굴이 곧바로 창백해졌다. 아차, 싶은 게 눈앞이 캄캄해졌다. 방금 한 대답은 김지환이 아닌 송혜민으로서 한 것이었다. 순간적으로 자신도 모르게 튀어나와 버렸다.

김지환은 그의 가족들과 사이가 그다지 좋지 않았다. 그의 계부가 아침마다 넥타이를 부탁할 정도로 친한 사이는 아니었을 터였다. 어떡하지? 만약 승현이 자신이 김지환이 아니라는 걸 눈치라도 챈다면······.

"친아버지하곤 사이가 좋았나 보지?"

방금 무슨 말을 들은 거지? 친아버지라니.

승현은 어리둥절해하는 혜민을 물끄러미 바라보며 심상하게 말했다.

"넥타이 담당이었다며. 친아버지 넥타이를 매일 매 줬다는 얘기 아냐?"

친아버지가 김지환의 친아버지를 뜻한다는 걸 뒤늦게 깨달은 혜민은 얼른 긍정했다.

"네, 맞아요."

승현은 대답을 듣는 둥 마는 둥 하며 소파에 내팽개친 빨간 넥타이를 집어 들고 드레스 룸으로 유유히 들어가 버렸다. 거실에 홀로 남겨진 혜민은 긴장이 풀리자 소파에 털썩 주저앉았다.

십년감수한 기분이었다. 혜민은 가슴이 들썩일 정도로 크게 숨을 들이쉬고 내쉬었다. 정신 차려야 했다. 이번엔 운이 좋아 그냥 넘어갔지만 다음번에도 운이 좋으리란 법은 없었다. 실수는 이번 한 번으로 끝내야 했다. 마음을 다잡으며 양 볼을 손바닥으로 두드리고 있는데 드레스 룸에서 승현의 목소리가 날아왔다.

"미적거리지 말고 얼른 준비해."

준비? 설마 고사장에 동행하자는 건가. 혜민은 드레스 룸을 향해 소리쳤다.

"나도 가는 거예요?"

"주인이 가는데 오른팔도 당연히 가야지."

오른팔이란 말에 혜민은 말문이 막히고 말았다. 모처럼 집에서 혼자 쉬려고 했더니 부질없는 희망사항이었던 모양이다. 그녀는 하는 수 없이 몸을 일으키고 외출 준비를 시작했다.

고사는 세트촬영장 한쪽에 마련된 곳에서 지냈다. 다들 한마음

한뜻으로 영화가 잘되길 기원했다. 혜민도 절을 하고 웃고 있는 돼지에게 배춧잎 서너 장을 먹여 주었다. 고사가 끝나자 잠시 중단했던 촬영이 이어졌다.

난생처음 영화 촬영장을 구경하게 된 혜민은 모든 것이 신기하기만 했다. 실제처럼 만들어진 세트장도 그렇고 수많은 스태프와 이름 모를 장비, 그리고 카메라가 없는 것처럼 자연스럽게 연기하는 배우까지 전부 흥미로웠다.

첫 촬영이었지만 오늘 찍는 신은 #10이었다. 여기 와서 처음 알게 된 것들 중에서 가장 흥미로운 건, 영화는 이야기 순서대로 찍는 게 아니라는 것이었다. #10을 찍고 다음에 #4를 찍고 그 다음엔 #20을 찍을 수도 있었다. 심지어 두 명이 대화하는 장면을 서로 다른 날에 찍는 경우도 있다고 했다. 배우들 스케줄이나 스태프 스케줄, 현장 상황에 따라 촬영 일정은 유동적이라 했다.

촬영이 끝나고 전체 회식 겸 단합 대회 명목으로 전 스태프와 배우들이 저녁 식사를 함께했다. 다들 삼겹살에 소주를 마시며 서로 인사를 나누고 얼굴을 익혔다. 대다수의 스태프들은 1차를 끝으로 돌아갔고 남은 사람들은 2차를 갔다. 승현은 제작사 대표이사란 직함 때문인지 돌아가지 않고 2차도 참석했다. 주인이 가니 오른팔인 혜민도 어쩔 수 없이 따라가야 했다.

2차 장소는 단란주점이었다. 감독, 조감독, 촬영감독, 조명감독, 미술감독, 제작부와 연출부 직원들, 주연 배우들이 모두 한자리에 모여 있었다. 뒤늦게 들어가자 은채가 나와서 노래를 부르며 흥을 돋우고 있었다.

새침하고 여리한 분위기와는 달리 그녀는 분위기 메이커 역할을 톡톡히 하고 있었다. 여배우 특유의 도도함과 까칠함은 전혀 찾아볼 수 없었다. 싹싹하고 붙임성 있는 그녀에게 다들 열광하고 있었다. 특히 진호는 거의 광팬이 돼 버린 듯했다.

"은채 씨, 노래 너무 잘한다. 아무래도 노래하는 씬 하나 넣어야겠는데."

"어머, 그럼 저야 영광이죠."

"아니, 아예 OST를 은채 씨가 부르는 게 어때?"

흥분한 진호의 제안에 그녀는 싫지는 않지만 선뜻 나서는 건 눈치가 보이는지 한발 뒤로 뺐다.

"글쎄요. 그건 나중에 생각해 보는 게 좋을 거 같은데요."

"그런가? 하긴 일단 연기가 우선이니까."

은채가 자리로 돌아와 앉자 진호는 그녀의 옆자리에 가서 진지하게 이번 영화에 대해 이야기하기 시작했다. 승현은 조감독과 안면이 있는지 꽤 친근하게 대화 중이었다. 혜민은 팔이 불편한 승현을 위해 안주와 술시중을 들어 주었다.

옆에서 들려오는 그들의 대화 주제는 요즘 영화판 돌아가는 이야기나 다른 감독들의 근황, 배우들의 출연작과 스케줄 문제 따위였다. 이쪽 세계에 문외한인 혜민으로선 전혀 끼어들 여지가 없었다. 그렇다고 서운하다는 생각은 들지 않았다. 아예 처음부터 끼어들 생각조차 없었으니까. 그들과 자신은 어차피 다른 세상 사람이었다. 김지환 프로젝트가 끝나면 두 번 다시 볼일 없는 사람들이었다.

"지환 씨."

누군가가 혜민을 불렀다. 고개를 돌리자 그때까지 조용히 있었던 준혁이 손을 흔들고 있었다. 지난번 일로 껄끄러워 될 수 있으면 그와 말을 섞지 않으려고 일부러 모른 척하고 있었는데 낭패였다. 눈이 마주치자 그는 미소를 지으며 말했다.

"여기까지 왔는데 노래 한 곡 불러 봐요. 지환 씨 노래 잘할 거 같은데."

"노래는 별로……."

"뭐? 지환이가 노랠 부른다고?"

은채와 이야기 삼매경에 빠져 있던 진호가 별안간 크게 소리쳤다. 그 바람에 거절하려던 혜민의 말은 묻혀 버리고 말았다. 진호는 급기야 자리에서 벌떡 일어나 사람들을 선동하기 시작했다.

"우리 민 대표 동생인 지환이가 노랠 부른다네요. 다들 박수!"

환호와 박수 소리가 삽시간에 룸을 뒤덮었다. 순식간에 분위기가 혜민이 노래하는 쪽으로 흘러갔다. 곤혹스러운 상황이었다. 이렇게 된 거 까짓것 그냥 노래해 버리면 그만이었지만 말할 때 목소리와 노래할 때 목소리가 판이하게 다른 그녀였다. 만약 이 자리서 노래를 부른다면 여자라는 게 들통 날 터였다. 혜민은 급하게 손사래 치며 거절했다.

"죄송하지만 저 노래 못해서 안 돼요."

"에이, 너무 식상한 핑계네. 저런 사람이 꼭 마이크 잡으면 돌변하더라."

누군가의 말에 사람들이 고개까지 끄덕이며 동조했다. 사람들은 혜민이 노래 부르는 게 기정사실이 된 것처럼 굴고 있었다. 궁지에 몰린 혜민은 울상이 되었다. 이 모든 사단의 원흉인 준혁은 그런 그녀를 유심히 바라보고만 있었다. 그때 홀연 승현이 자리에서 벌떡 일어섰다.

"죄송하지만 제 동생은 진짜 지독한 음치입니다. 소음 공해 수준이라 정신 건강을 생각해 듣지 않는 게 좋을 겁니다."

"에이, 자기 동생이라고 감싸는 거야 뭐야."

누군가의 장난스런 빈정거림에 승현은 정색하며 차갑게 대구했다.

"제가 동생이라고 봐줄 사람으로 보입니까."

흥겨웠던 분위기가 찬물을 끼얹은 것처럼 조용해졌다. 혜민은 순식간에 싸늘해진 주위를 둘러보며 안절부절못했다. 승현이 나서 준 건 고마웠지만 결코 이런 상황을 원했던 건 아니었다. 쥐 죽은 듯 조용한 가운데 진호가 조용히 앞으로 걸어 나갔다. 그는 마이크를 승현에게 불쑥 내밀었다.

"그럼 대표님께서 한 곡 뽑으시죠."

승현은 진호가 내밀고 있는 마이크를 내려다보았다.

"여러분, 우리 민 대표 노래 들어본 적 없죠? 저도 소싯적에 딱 한 번 들어봤는데 웬만한 가수들은 저리 가라 할 정도로 끝내줬었거든요. 오늘 우리 모두 민 대표 노래 들어 보자구요."

"좋아요! 대표님 노래 듣고 싶어요."

은채가 박수를 치며 진호에게 동조했다. 그러자 다른 사람들도 하나둘 박수를 치더니 분위기는 다시 이전처럼 흥겨워졌다. 진호가 마이크를 까딱거렸다.

"안 받을 거냐? 지환이 노래 소음 공해라며. 형인 네가 책임져야지."

승현은 한숨을 내쉬더니 마지못해 마이크를 받아 들었다. 그가 마이크를 손에 쥐자 환호성과 휘파람 소리가 터져 나왔다. 진호가 노래방 책자를 들고 물었다.

"노래 제목 말해. 내가 찾아 줄 테니까."

승현은 대답 대신 리모컨을 들어 번호를 눌렀다. 진호의 입가가 느슨하게 풀어졌다.

"자식, 번호까지 외우고 있고. 18번이 있다 이거지."

탬버린을 집어 들려던 진호는 모니터에 뜬 제목과 느릿한 전주를 듣더니 그냥 자리로 돌아가 앉았다. 시끄럽게 떠들던 사람들도 조용히 입을 다물었다. 승현이 고른 노래는 패닉의 '달팽이'였다. 좋은 노래였지만 지금의 분위기와는 어울리지 않았다. 말은 안 해도 다들 따분한 표정이 역력했다. 간신히 되살려 놓은 분위기가 도로 축 처졌다.

이런 자리에선 신나고 흥겨운 음악을 고를 것이지 하필 골라도 저런 곡을 고를 건 뭐람. 눈치 없는 승현의 선곡에 혜민은 안타까운 한숨을 내쉬었다. 그러나 그가 입을 열자마자 분위기는 반전되었다.

"집에 오는 길은 때론 너무 길어 나는 더욱더 지치곤 해……."

승현이 노래를 잘한다던 진호의 말은 허풍이 아니었다. 그의 노래를 듣자마자 혜민은 넋을 잃었다. 그래서 노래가 언제 끝났는지 알지도 못했다. 정신이 들었을 땐 다른 사람들처럼 열렬히 박수를 치고 있었다.

정말 가수 못지않은 대단한 실력이었다. 노래 하나로 사람의 마음을 움직일 수 있다더니 거짓이 아니었다. 흥분한 사람들이 마구 떠들어 대기 시작했다.

"이야, 민 대표가 이렇게 노래 잘하는 줄은 몰랐네. 왜 그동안 실력을 숨기고 있었던 거야?"

"음반 내도 되겠는데. 내가 아는 뮤지션이 있는데 소개해 줄까?"

"저음이 기가 막히던데. 다른 노래도 한번 불러 보지 그래."

승현은 정중하게 사양하며 자리로 돌아왔다. 진호가 엄지를 치켜들며 씨익 웃었다.

"간만에 들었는데도 여전하네. 죽어도 사람들 앞에서 노래 안 부르는 녀석이 지환이 때문에 부르다니. 대단한 형제애다, 정말."

"그러게요. 동생이라도 절대 봐주지 않겠다더니 순 뻥이었네. 아님 다른 이유라도 있나?"

진호에게 맞장구치며 은채는 승현을 곁눈질로 돌아보았다. 승현의 표정이 딱딱하게 굳어졌다. 그녀는 승현과 혜민을 번갈아 보며 묘하게 웃었다.

"대표님께서 동생을 많이 아끼시나 보네요."

왠지 쑥스럽고 부끄러운 기분에 혜민은 승현을 똑바로 바라볼 수가 없었다. 자꾸만 가슴이 두근거려서 이젠 아플 지경이었다.

결국 혜민은 사람들의 시선을 피해 슬그머니 자리에서 일어나 룸을 빠져나왔다.

  찬물로 세수를 했는데도 여전했다. 혜민은 거울에 비친 젖은 얼굴을 보며 긴 한숨을 내쉬었다. 방금 들었던 승현의 노래가 여전히 귓가에서 맴돌고 있었다. 귀뿐만 아니라 머리와 가슴속에서 생생하게 살아 꿈틀대고 있었다. 온몸의 세포가 그의 노래에 단단히 취해 있었다. 감동의 여운은 지독했다.

  한 번 더 세수를 하고 고개를 들자 눈앞에 손수건이 불쑥 튀어나왔다. 방금 전까지만 해도 아무도 없었던 거울 속에 준혁이 있었다.

  "아무래도 우린 화장실에서 만날 인연인가 보네요."

  혜민은 준혁이 내민 손수건은 못 본 척 페이퍼타월을 뽑아 얼굴을 닦았다. 준혁은 어깨를 으쓱하더니 손수건을 도로 재킷 주머니에 넣으며 혼잣말로 중얼거렸다.

  "비싼 거 아니라서 막 써도 되는데. 코 풀어도 괜찮은 건데."

  "볼일 보세요."

  혜민은 그에게 최소한의 예의를 갖춰 인사한 후 지나가려 했다.

  "왜 날 피해?"

  준혁의 단도직입적인 물음이 밖으로 나가려던 혜민의 발목을 붙들었다. 그녀가 뒤돌아보자 준혁은 팔짱을 낀 채 타일 벽에 기댄 자세로 그녀를 바라보고 있었다.

"나이 많은 거로 유세 떨 생각은 없지만, 내가 연장자니까 말 놓을게. 괜찮지?"

이미 지난번에 말을 놓았으면서 이제 와 새삼 허락을 구하는 그가 우스웠다. 아무리 껄끄럽고 내키지 않아도 이번 영화의 남주인공이었다. 그녀는 최대한 그의 기분을 거스르지 않으려 노력했다.

"그러세요. 근데 뭔가 잘못 아신 거 같은데 전 그쪽 피한 적 없어요."

"피한 적 없는데 지금 이건 뭐야?"

"제 볼일 다 끝나서 나가는 건데요."

또박또박 한마디도 지지 않고 대꾸하자 준혁은 입꼬리를 묘하게 끌어 올렸다. 기분이 나쁜 건지 좋은 건지 모호한 표정이었다.

"그래? 그럼 내 전화는 왜 씹는 거지?"

전화? 그녀가 입을 다물자 준혁은 기다렸다는 듯 빙그레 웃었다. 혜민은 눈살을 찌푸렸다. 아무리 생각해도 그에게서 전화가온 적은 없었다. 무엇보다 그는 자신의 전화번호를 알지 못했다.

"전화 온 적 없는……."

무심코 대답하던 혜민은 뇌리를 스치는 생각에 말끝을 흐렸다. 얼마 전 모르는 번호로 계속 전화가 왔었던 일이 떠올랐다. 스팸전화로 치부하고 수신거부를 해 놨는데 설마 그게 준혁의 전화였던 건가.

"제 번호는 어떻게 알았어요?"

"내 매니저가 소위 말하는 능력자거든."

혜민의 휴대전화 번호를 알고 있는 사람은 부모님과 승현, 진호, 정 비서와 인사과 직원뿐이었다. 아무래도 진호나 회사 직원을 구워삶아 알아낸 모양이었다.

"자, 이제 설명해 봐. 왜 내 전화 씹은 건지."

"전 원래 모르는 번호는 안 받거든요."

일부러 그의 전화를 받지 않은 게 아니라고 어필하자 준혁은 고개를 끄덕였다. 일단 그녀의 말에 수긍하는 듯했다. 그러더니 돌연 화제를 바꿔 질문을 던졌다.

"너 민 대표 동생 맞아?"

기습적인 질문에 혜민은 살짝 당황했다. 다 아는 사실을 새삼 왜 묻는 건지 이해할 수 없었다. 의도를 알 수 없기에 혜민은 경계를 늦추지 않고 신중하게 대답했다.

"네."

"내가 알아보니까 민 대표한텐 남동생뿐이던데."

"맞아요, 저뿐이에요. 비록 피는 섞이지 않았지만."

준혁은 고개를 갸우뚱거리며 천천히 혜민에게 다가왔다.

"내가 촉이 좀 좋은 편이거든."

불길한 예감이 들었다.

"그런데요?"

"내 촉이 자꾸만 네가 이상하다고 하네."

가슴이 불안하게 요동쳤다. 목소리가 떨릴까 봐 혜민은 이를 악물고 태연하게 대답하려 노력했다.

"뭐가 이상하단 거예요?"

바로 옆으로 다가온 준혁은 허리를 굽혀 그녀의 귓가에 작게 속삭였다.

"너한테서 그게 안 나더라고."

"그게 뭔데요?"

"남자 냄새."

온몸의 털들이 쭈뼛 곤두섰다. 심장이 오그라드는 기분이었다. 그녀의 반응을 주의 깊게 살피는 눈길이 느껴졌다. 혜민은 있는 힘껏 옆에 다가와 있는 준혁을 밀쳐 내며 화를 냈다.

"취했어요? 못 들은 거로 할 테니까 헛소리 그만하고 가세요."

혜민은 재빨리 화장실 밖으로 뛰어나갔다. 그러나 뒤따라온 준혁에게 금세 잡혀 버리고 말았다.

"이거 놔요."

"나랑 얘기 좀 하자."

"취한 사람이랑 할 얘기 없어요."

"난 할 얘기 있거든. 그리고 나 하나도 안 취했어."

준혁은 막무가내로 혜민을 끌고 갔다. 있는 힘껏 그에게 저항했지만 작정하고 힘을 쓰는 남자를 당해 낼 재간이 없었다.

7.

20분. 지환이 룸을 나간 지 20분이 지나 있었다. 승현은 시간을 확인한 후 낮은 한숨을 내쉬었다. 화장실에 갔거나 바깥에서 바람을 쐬고 있을 테지만 눈앞에 보이지 않으니 적지 않게 신경이 쓰인다. 승현은 찬찬히 좌중을 둘러보았다.

원래부터 다들 알고 지낸 사이라 분위기는 대체로 흥겨웠다. 돌아가며 노래를 부르고 부어라 마셔라 하고 있지만 술에 약한 몇 명은 벌써 소파 위에 축 늘어져 있었다.

진호는 머리 꼭대기까지 술이 오른 상태였지만 본능적으로 술잔을 들고 이리저리 옮겨 다니며 마시고 있었다. 의외인 건 은채였다. 그녀는 겉으로 보기에 전혀 흐트러짐이 없었다. 술이 센건지 취했어도 티가 나지 않는 타입인지 알 수 없었다.

승현은 그녀에게서 눈을 돌린 후 아까부터 비어 있는 자리를 응시했다. 지환이 나가고 나서 얼마 안 있어 준혁도 룸을 나갔다. 그러고는 지금까지 돌아오지 않고 있었다. 그의 매니저가 여전히 자리를 지키고 있는 걸 보면 돌아간 건 아닌 듯했다. 만약 밖에 두 사람이 함께 있는 거라면…….

아무래도 나가 봐야 할 것 같았다. 승현이 막 자리에서 일어나려 한 순간이었다.

"대표님, 저랑 한잔해요."

은채가 술잔을 들고 승현의 옆에 다가와 있었다. 가까이에서 보니 말투도 눈빛도 취한 기색은 전혀 찾아볼 수가 없었다. 그녀는 승현의 머릿속 말을 고스란히 입 밖으로 꺼냈다.

"아까부터 꽤 마시던데 하나도 안 취하셨네요. 혹시 저처럼 밑 빠진 독?"

"그쪽이야말로."

"호호, 이거 간만에 제대로 된 적수를 만났네. 우리 누구 독이 더 깊은지 확인해 볼래요?"

"확인하려면 몇 날 며칠이 걸릴 텐데요."

"까짓것 뭐 어때요. 자, 일단 대표님부터…….."

은채는 다짜고짜 술을 따라 주었다. 승현은 하얀 맥주 거품이 아슬아슬하게 걸려 있는 잔을 물끄러미 내려다보았다.

"미안하지만 난 몇 날 며칠 시간 낼 정도로 한가하지 않아서요."

적당하게 거절하고 일어서려는데 은채가 비아냥거리듯 중얼거렸다.

"동생한테 간섭이 너무 심한 거 아녜요?"

승현의 눈빛이 차가워졌지만 그녀는 아랑곳하지 않고 말을 이어 갔다.

"볼 때마다 옆에 끼고 있던데 성인인 동생을 꼭 그렇게 데리고 있어야 해요? 자꾸 그러면 없던 의심도 생길 거 같던데."

"내 동생을 내가 어쩌건 말건 그쪽이 상관할 문제는 아닌 거 같은데요."

"알아요. 나도 내가 주제넘은 말 했다는 거. 그치만 걱정이 되니까요."

"기우라고 해 두죠."

더 이상 그녀와 상대하고 싶지 않아 승현은 적당히 말을 끊고 일어섰다. 그러나 은채는 끈질겼다.

"기우가 아니라면요?"

승현은 눈살을 찌푸리며 은채를 노려보았다. 말꼬리를 잡고 늘어지는 그녀에게 슬슬 짜증이 치밀었다. 인내심이 바닥을 보이고 있었다.

은채는 머리가 나쁘지도 않고 눈치가 없는 것도 아니었다. 일부러 이러는 게 틀림없었다. 영악할 정도로 비상하게 머리가 잘 돌아가는 여자였다. 그녀의 영악함은 험난한 연예계에서 살아남는 데 분명히 도움이 될 터였다. 하지만 그것이 자신을 향한 건 마음에 들지 않았다.

"어라, 여기 분위기는 또 왜 이러냐. 은채 씨, 이 녀석 이해해 줘야 해요. 이 녀석이 지금 우리 지환이 보호자라서 그렇거든요.

지환이가 요즘엔 많이 나아졌지만 얼마 전만 하더라도 사고를 종종 쳤었거든요. 뭐 그 덕분에 우리 영화를 만들게 되었지만. 그런 동생이니 옆에 끼고 챙겨야 하는 게 당연해요. 이상할 거 하나 없어요."

눈이 풀린 진호가 술 냄새를 풀풀 풍기며 은채와 승현 사이에 끼어들어 열심히 설명했다. 은채는 금시초문이라는 듯 눈을 동그랗게 뜨고 반문했다.

"지환 씨 때문에 영화를 제작하게 됐다고요?"

"그래요. 지환이 때문에 얘네 아버지가 투자해 줬으니까…… 하여간에 지환이는 우리한테 복덩어리예요. 복덩어리. 자, 그런 의미에서 건배."

"복덩어리…… 정말 그러네요. 우리 모두에게."

의미심장한 미소를 지으며 은채는 곁눈질로 승현을 힐끗 보고는 진호와 건배했다. 승현은 은채를 진호에게 맡기고 냉큼 밖으로 나갔다. 잔을 비운 진호는 승현이 나간 문을 바라보며 혼잣말처럼 중얼거렸다.

"자식, 진짜 열심히 챙기네."

"복덩어리라면서요."

은채가 슬쩍 운을 떼자 진호가 줄줄이 늘어놓았다.

"복덩어리긴 한데 그래도 저 녀석이 저렇게까지 지환일 챙길 줄은 몰랐거든요. 의외랄까 좀 놀랍기도 하고. 워낙에 차갑고 냉정한 녀석이라서 그냥 형식적으로 데리고 있을 줄 알았는데…… 그새 정이라도 든 건가."

고개를 갸우뚱하는 진호에게 은채가 웃으며 대수롭지 않게 말했다.

"이뻐서 그런가 보죠."

"크크큭, 정말 그런가. 하긴 우리 지환이가 좀 이쁘긴 하지. 중성적인 매력이랄까. 여자애였음 한번 대시해 봤을 텐데."

"해 보지 그래요."

은채의 대구에 진호는 손사래 치며 펄쩍 뛰었다.

"에이, 말이 그렇다는 거죠."

그녀가 아무 말 없이 웃기만 하자 지레 당황한 진호는 필사적으로 부정했다.

"나 게이 아니에요!"

"누가 뭐랬어요?"

"아니라고요!"

"네네, 술이나 마시죠."

은채는 울상이 된 진호를 바라보며 잔을 들어 올렸다.

"이거 놔요!"

혜민은 준혁의 손을 뿌리치며 소리쳤다. 그가 그녀를 끌고 간 곳은 일행들이 있는 룸과 같은 복도에 있는 또 다른 룸이었다. 그녀가 도로 밖으로 나가려 하자 준혁이 문을 가로막았다.

"잠깐 얘기 좀 하자니까."

"얘기를 왜 하필 여기서 하자는 건데요?"

사방이 막혀 있는 룸에 준혁과 단둘이 있자니 어색하고 불편했다.

"나도 다른 데 가고 싶은데 알다시피 난 얼굴이 알려져 있어서 막 돌아다닐 수 없거든. 좀 봐주라. 응?"

사정하는 투로 애원하는 준혁을 노려보며 혜민은 실랑이로 격해진 숨을 가다듬었다. 적개심을 고스란히 드러내고 있는 그녀의 모습에 준혁은 나직한 음성으로 타이르듯 말했다.

"아깐 미안해. 그냥 해 본 말이니까 신경 쓰지 마."

'너한테서 그게 안 나더라고.'

'그게 뭔데요?'

'남자 냄새.'

그가 귓가에 속삭였던 말이 다시금 떠오르자 목덜미로 소름이 끼쳤다. 혜민은 그 말을 몰아내려는 듯 얼른 화제를 돌렸다.

"할 말이 뭔데요?"

대화할 의향을 내비치자 준혁의 표정이 밝아지더니 곧바로 문에서 떨어졌다.

"일단 앉아서 얘기하자."

준혁은 소파에 편안하게 앉은 후 다리를 꼬았다. 혜민은 마지못해 그의 맞은편 자리로 가서 앉았다. 침묵이 내려앉았다. 금방이라도 말할 것처럼 굴더니 막상 기회가 주어지자 말없이 그녀를 바라보기만 한다. 왜 저렇게 가만히 보고만 있는 걸까. 자신이 여자라는 걸 알아보았던 그였다. 혹시 이번에도 그런 게 아닐까.

불안이 스멀거리며 고개를 쳐들었다. 태연하려 했지만 입이 바짝 말랐다. 그의 시선이 부담스럽게 여겨졌다. 견딜 수 없는 기분에 그만 일어나려는데 입을 다물고 있던 그가 결심했다는 듯 말을 꺼냈다.

"앞으로 우리 친하게 지내자."

혜민은 자신의 귀를 의심했다. 사람을 강제로 끌고 와서 하고 싶은 말이라는 게 고작 친하게 지내자라니. 어이가 없었다. 혹시 자신의 정체를 알아채고 협박이라도 하려나 가슴을 졸였던 게 우스웠다.

"할 말이 그게 전부라면 이제 가도 되죠?"

그녀가 일어나려 하자 그가 재빨리 말을 이어 갔다.

"너 회사서 왕따라며."

"누가 그래요?"

"민 대표랑 희성그룹 후계자 자리 놓고 경쟁 중이라며. 그래서 직원들이 널 따돌린다며."

아무래도 휴대전화 번호를 따내면서 사내에 떠도는 소문을 들은 모양이었다. 혜민은 허탈하게 웃으며 말했다.

"헛소문이에요. 그리고 그건 준혁 씨가 신경 쓸 일 아니에요."

"헛소문이든 아니든 왕따 당하는 건 사실이잖아. 내 말 맞지?"

말문이 막혔다. 직원들과 살갑게 말을 주고받은 게 언제인지 이젠 기억도 나지 않았다. 하지만 자신이 왕따를 당한다고 생각한 적은 단 한 번도 없었다. 직원들이 은근히 무시해도 딱히 불편하지도 않았고 신경 쓰이지도 않았다.

"상관없어요."

혜민의 대답이 의외였는지 준혁은 놀란 얼굴이 되었다. 그러나 곧 측은한 눈빛으로 그녀를 바라보았다.

"괜찮은 척할 필요 없어."

"네?"

"힘들면 힘들다고 말해. 말하는 것만으로도 기분이 훨씬 나아지니까."

이거 설마 지금 동정받고 있는 건가. 불쾌하기보단 기가 막혔다. 내가 괜찮다는데 왜 넘겨짚어서 오버하는 건지 모르겠다. 준혁은 한술 더 떠서 이렇게 말했다.

"원한다면 대나무 숲이 돼 줄 수도 있어."

더는 참을 수가 없었다. 혜민은 자리에서 벌떡 일어났다.

"대체 나한테 왜 이러는 거예요?"

"친해지고 싶으니까."

그는 마치 당연한 일인 것처럼 천진하게 대꾸했다.

"다른 사람 알아보세요."

"내가 친해지고 싶은 건 너야."

"왜 하필 전데요?"

갑작스런 질문에 준혁은 눈을 이리저리 굴리며 뜸을 들이다가 말했다.

"그게 그러니까, 넌 민 대표 동생이잖아. 민 대표랑 난 이제 한배를 탄 사이고. 그러니까 잘 지내자는 차원에서 그러는 거지."

방금 막 지어낸 듯한 궁색한 핑계였다. 그래도 혜민은 착실하게 응수해 주었다. 그의 말대로 그와 승현은 한배를 탄 사이니 최소한의 예의는 갖춰 주자는 생각에서였다.

"전에도 말했던 거 같은데 전 임시직이에요. 그래서 영화에 대해선 암것도 몰라요. 작품을 위해서라면 저 말고 형이랑 잘 지내는 게 더 좋을 거예요."

말문이 막혔는지 준혁은 이마에 내려온 머리칼을 위로 쓸어 올리며 긴 한숨을 내쉬었다. 그는 눈을 질끈 감았다 뜨더니 마침내 비장한 표정으로 입을 열었다.

"솔직하게 말할게. 실은 내가 외동이라서 옛날부터 남동생 있는 애들이 제일 부러웠거든. 근데 주위에 여동생들은 득실거리는데 남동생들은 씨가 말랐어. 남자애들은 날 꺼려하더라고."

그의 마지막 말에 혜민은 살짝 웃음이 나오려 했다. 준혁이 아무리 남녀 모두에게 사랑받는 배우라 해도 따지고 보면 여자 팬들의 수가 월등할 터였다. 그렇다 해도 주위에 남동생 삼을 남자애가 하나도 없다는 건 말이 안 됐다. 어떡해서든 자신과 친해지겠다는 그의 속셈이 엿보였다.

황당하기도 하고 한편으로는 찜찜하기도 했다. 유독 자신만을 고집하는 게 몹시 수상쩍었다. 무슨 꿍꿍이를 가지고 있는지 모르지만 그는 가까이하기엔 너무 위험한 인물이었다. 아까 냄새 어쩌고 했던 것도 그냥 해 본 말이 아닐지도 몰랐다. 혜민은 사무적인 어투로 말했다.

"죄송하지만 전 형이라면 하나로도 벅차서요."

"형은 많을수록 좋은 거야. 나 정도면 너한테 좋으면 좋지 나쁘진 않을걸."

그의 말대로 톱스타를 형으로 두는 건 그리 나쁘지 않은 일이었다. 외려 좋은 일이었다. 그가 쌓아 온 사회적 지위와 명성, 인맥을 생각하면 분명히 플러스였지 마이너스는 아닐 것이다. 하지만 그 모든 건 김지환이라는 전제 조건이 붙는다. 김지환이 아닌 송혜민에겐 플러스는커녕 마이너스를 넘어 독이 될 수도 있었다. 혜민은 단호하게 고개를 가로저었다.

"하나 있는 형이 워낙에 능력자라서요. 하나면 돼요."

거듭된 거절에도 불구하고 준혁은 포기하지 않았다.

"나 같은 인맥 만드는 거 쉬운 일 아닌데. 기회는 왔을 때 잡아야 하는 거야."

"말씀은 감사하지만 그 기회, 다른 사람한테 넘길게요."

혜민은 미소를 지으며 부드럽게 거절했다. 그녀의 마음이 확고하다는 걸 깨달았는지 준혁은 현명하게 한발 물러섰다.

"지금 당장 결정하기 어려우면 시간을 가지고 천천히 생각해도 돼."

"그럴 필요는 어……."

"사람 일은 모르는 거야. 그러니까 섣불리 결정하지 마."

준혁은 생각보다 집요한 성격인 듯했다. 끝까지 거절했다간 밤새도록 붙들고 얘기할 것 같았다. 그래서 내키지 않았지만 일단 고개를 끄덕여 주었다.

이야기를 끝내고 룸 밖으로 나와 일행들이 있는 곳으로 돌아가려던 참이었다. 앞장서서 걸어가던 준혁이 갑자기 걸음을 멈추는 바람에 혜민도 덩달아 걸음을 멈추었다. 발아래만 보고 걷다가 고개를 들자 준혁의 앞을 가로막듯이 서 있는 장신의 남자가 눈에 들어왔다.

"왜 나와 계세요? 벌써 3차 간대요?"

"아니요. 화장실에 갔다 오는 길입니다."

간략하게 대답한 승현은 곧바로 들어가지 않고 준혁과 혜민을 번갈아 보며 지나가는 투로 말했다.

"방금 두 사람이 같은 룸에서 나오는 거 같던데……."

준혁이 별일 아니라는 듯 대답했다.

"얘기 좀 하느라고요."

"제 동생과 따로 룸까지 잡아서 해야 할 얘기가 뭔지 궁금하군요. 혹시 실례되지 않는다면 물어봐도 될까요."

"별거 아니에요. 제가 그냥 지환 씨랑 친하게 지내고 싶어서요."

"그렇습니까. 부족한 동생을 잘 봐 주셔서 감사합니다."

"별말씀을. 제가 지환 씨랑 친하게 지내도 되죠?"

"영광이죠."

만약 시각장애인이 이 둘의 대화를 들었다면 화기애애한 분위기라고 생각했을 것이다. 혜민은 숨죽이고서 두 사람을 번갈아 보았다. 두 사람의 대화는 더할 나위 없이 훈훈했지만 두 사람의 표정은 살벌하기 그지없었다. 마치 하나의 먹이를 두고 경쟁하는 육식동물처럼 서로를 매섭게 노려보고 있었다.

준혁이 승현을 탐탁지 않아 하는 건 이해가 되었다. 방금 전 혜민이 승현을 핑계로 그의 제안을 거절했기에 감정이 좋지 않을 수도 있었다. 하지만 승현이 준혁에게 날을 세울 이유는 없었다. 자신이 없는 사이에 기분 나쁜 일이라도 있었던 걸까.

승현의 말투는 시종일관 예의 바르고 차분했지만 사실은 몹시 화가 나 있는 상태였다. 그의 상태를 눈치채지 못한 건지 아님 일부러 모른 척하는 건지 준혁은 눈치 없는 사람처럼 떠들어 댔다.

"사실 지환 씨한테 제가 형이 되고 싶다고 했거든요. 지환 씨한테 처음부터 형이 있었던 건 아니잖아요. 형이 하나 더 생긴다 해도 부담되지는 않을 거 같은데 왜 자꾸 거절하는지 모르겠네요."

승현이 친형이 아님을 넌지시 상기시키는 준혁의 도발에 혜민은 적지 않게 당황했다.

"그 얘긴 이미 끝난 거잖아요."

"앞으로 생각해 볼 때 참고하라는 거야."

"그러고 싶지 않은데요."

혜민은 딱 잘라 거절한 후 곁눈질로 승현을 바라보았다. 왠지 좀 전보다 더 화가 난 듯 보였다. 그는 이쪽으로 성큼성큼 걸어오더니 준혁의 뒤에 서 있던 혜민의 팔을 잡고 끌어당겼다. 그러고는 준혁에게 정중하게 말했다.

"죄송하지만 동생을 집에 데려다 줘야 할 거 같군요. 들어가 계시죠."

"아니 저기……."

승현의 돌발 행동에 준혁이 뭐라고 대꾸하려던 참이었다. 누군 가가 그의 어깨에 손을 턱 올렸다. 준혁의 매니저인 김 실장이었 다.

"너 여기 있었냐? 혼자 다니지 말랬지. 내가 얼마나 찾았는 데."

김 실장은 속 썩인 대가라는 듯 준혁에게 헤드록을 걸었다. 숨 이 막히는지 준혁이 빨개진 얼굴로 김 실장의 팔을 툭툭 쳤다. 김 실장은 승현에게 눈인사를 하고는 준혁을 끌고 시야에서 사라 졌다. 그들이 가고 난 후에도 승현은 계속 혜민의 팔을 붙들고 있었다.

"저 팔 좀……."

슬슬 팔이 저려 오는 느낌에 놓아 달라고 말하려 했다. 그러나 미처 말을 끝내기도 전에 그가 혜민을 밖으로 끌고 나갔다.

5월의 미지근한 밤바람이 얼굴에 와 닿았다. 덥지도 춥지도 않은 기분 좋은 날씨였지만 한가하게 날씨를 만끽할 만한 상황이 아니었다. 밖으로 나온 승현은 혜민을 근처 건물 사이의 후미진 골목으로 끌고 갔다.

"왜 이래요?"

승현은 대답 대신 혜민의 팔을 놔주더니 그녀를 벽으로 몰아 세웠다. 나직하지만 분노가 깃든 음성으로 그가 입을 열었다.

"내가 없을 때 최준혁이 나타나면 어떡하라고 했었지?"

갑자기 치고 들어온 물음에 혜민은 말문이 막히고 말았다. 언 젠가 그가 했던 당부가 뇌리에 떠올랐다. 그는 준혁이 나타나면 그에게 연락하거나 직원들에게 맡기라고 했었다. 절대 그녀 혼자서 상대하지 말고.

혜민은 가만히 한숨을 내쉬었다. 톱스타인 준혁에게 유독 신경을 곤두세우는 그였다. 행여 그녀가 준혁의 비위를 건드려 촬영에 지장을 줄까 봐 전전긍긍했던 게 틀림없었다.

"실수한 거 없어요. 걱정 안 해도 돼요."

그가 우려하는 걸 해명했는데도 그는 여전히 화가 풀리지 않은 기색이었다.

"정말이에요. 준혁 씨 기분 상하게 한 일 절대 없으니까 안심해도 돼요. 그리고 다음부턴 꼭 전화할게요."

달래듯 말하며 조심스럽게 그를 올려다보았지만 아직도 얼음처럼 싸늘한 얼굴이었다. 여기서 뭘 더 어떻게 해명하라는 건지. 그가 납득할 만한 말을 찾기 위해 머리를 쥐어짜려는데 그가 불쑥 입을 열었다.

"왜 최준혁이 네 형이 되고 싶다는 거지?"

"네?"

뜬금없는 질문에 혜민은 어리둥절하며 반문했다. 그의 의도를 전혀 짐작할 수 없었다. 자신을 바라보는 그의 시선이 마치 칼날 같았다. 승현은 추궁하듯 말을 이어 갔다.

"무슨 말을 했길래 네 형이 되고 싶다고 그러냐고."

"난 아무 말도 안 했어요. 준혁 씨가 친해지고 싶다고 그런 거예요."

"그래서 넌 어쩔 생각인데?"

"어쩌다뇨?"

"형 동생 놀이, 할 거냐고."

"아뇨."

말도 안 된다는 듯 단호하게 대답하자 날을 세웠던 승현의 눈빛이 그제야 누그러졌다. 그는 한숨을 내쉬며 고개를 돌리더니 나직하게 말했다.

"택시 잡아 줄 테니까 먼저 집으로 가."

"나 혼자요?"

"명색이 대푼데 먼저 가는 건 예의가 아니야."

"그치만 혼자 가 봤자 집에 못 들어갈 텐데."

아직도 승현은 혜민에게 현관 도어록의 비밀번호를 가르쳐 주지 않고 있었다. 그도 그 사실을 떠올렸는지 잠시 뭔가를 생각하다가 입을 열었다.

"비번 문자로 찍어 줄게."

순간 잘못 들은 줄 알았다. 죽어도 가르쳐 주지 않았던 번호를 알려 주겠다는 말에 혜민의 눈이 휘둥그레졌다.

"취했어요?"

"필요 없으면 말고."

"아, 아니에요."

행여 그의 마음이 바뀔까 봐 혜민은 얼른 손을 내저었다. 승현은 바로 휴대전화를 꺼내 왼손으로 문자를 보내 주었다. 마치 왼손잡이처럼 능숙한 손놀림이었다.

"왼손을 참 잘 쓰네요."

앞장서서 걸어가던 승현이 그 자리에 우뚝 멈춰 섰다. 그는 그녀를 돌아보며 무심하게 대꾸했다.

"원래 양손잡이야."

혜민은 멍하니 승현을 바라보았다. 창백한 가로등 불빛 아래 서 있는 그가 아득해 보였다. 지난 2주간의 일들이 주마등처럼 뇌리를 스쳐 갔다. 그의 오른팔을 못 쓰게 만들었다는 죄책감에 회사에서나 집에서나 군말 없이 그의 수족 노릇을 도맡아 해 왔다. 거기까진 괜찮았다. 당연히 자신이 그의 오른팔이 되어야 한다고 생각했기에 억울하지 않았다.

문제는 왼손을 오른손처럼 쓸 수 있다는 사실을 그가 자신에게 알리지 않았다는 것이었다. 그는 고의로 왼손을 못 쓰는 척 자신을 지금까지 기만했던 것이다. 속에서 뜨거운 불길이 치솟았다. 혜민은 충동적으로 골목 안으로 뛰어갔다.

"어디 가는 거야?"

뒤따라오는 발걸음 소리가 들렸지만 돌아보지 않았다. 멈추지도 않았다. 숨이 턱까지 차오를 때까지 뛰었다. 그러나 얼마 못 가 혜민은 그에게 붙잡히고 말았다.

"지금 뭐 하는 거야?"

"그동안 참 재미있었겠네요. 멍청이가 암것도 모르고 시키는 대로 했으니."

비아냥거리는 투로 대꾸하자 승현은 입을 다물었다. 두 사람 사이에 침묵이 내려앉았다. 숨을 몰아쉬는 소리와 차가 지나다니는 소음 외엔 아무것도 들리지 않았다. 승현이 침묵을 깬 건 한

참이 지나서였다.

"일부러 그런 건 아니야."

"그럼 왜 말 안 한 건데요? 왼손 쓸 수 있으면서 왜 못 쓰는 척했냐고요."

"그냥 오랜만이라서."

"뭐가 오랜만인데요?"

그녀가 되묻자 승현은 나지막하게 한숨을 내쉬었다. 그러고는 덤덤하게 말했다.

"누군가에게 보살핌 받는 게 오랜만이라서."

순간적으로 잘못 들은 줄 알았다. 전혀 예상치 못한 뜻밖의 대답이었다.

"말 안 한 건 사과하지."

혜민은 순식간에 맥이 빠져 버렸다. 순순히 잘못을 인정하는 그의 쿨 한 태도도 맥이 빠지는 데 한몫 거들었다. 머리끝까지 치솟았던 불길이 찬물을 뒤집어쓴 양 단숨에 꺼져 버렸다. 허탈함에 아무 말도 할 수 없었다.

"가자, 택시 잡으려면 큰길로 나가야 하니까."

차가 지나다니는 대로가 잘 보이지 않았다. 생각보다 골목 깊숙이까지 들어와 있었다. 오밤중에 용케 뛰어다녔구나 싶었다. 혜민은 앞장선 승현의 뒷모습을 가만히 응시했다.

큰 키와 넓은 어깨, 긴 다리가 한 점 흐트러짐 없었다. 마치 모델처럼 똑바르고 당당한 걸음걸이였다. 찔러도 피 한 방울 안 나올 것같이 차갑고 도도한 남자가 누군가에게 보살핌 받고 싶어

했다니. 정말 의외였다. 혹시 애정결핍? 그러고 보니 그의 친어머니가 어릴 때 돌아가셨다고 했었다. 그래서인가.

혜민은 다소 가라앉은 기분으로 그의 뒤를 따랐다. 사방이 어두운 데다 그의 뒷모습에 시선을 고정하고 걷다 보니 주위를 신경 쓸 겨를이 없었다.

"으악!"

무언가가 갑자기 어깨를 들이받았다. 아프기보다 깜짝 놀란 혜민은 자기도 모르게 비명을 질렀다. 앞서 가던 승현이 곧바로 달려왔다.

"무슨 일이야?"

"갑자기 옆에서 뭔가가……."

"아이구야, 나 죽네. 나 죽어."

아래쪽에서 희미하게 앓는 소리가 들려왔다. 무심코 시선을 내리자 웬 백발의 할아버지가 땅바닥에 쓰러져 있었다. 방금 전 혜민의 어깨를 들이받은 게 이 할아버지였던 모양이다. 혜민은 얼른 노인을 일으켜 세웠다.

"괜찮으세요?"

"에구구, 잘 좀 보고 다니지. 늙은이는 눈이 나쁘니까 젊은 놈들이 알아서 피해야지."

"죄송합니다."

늦은 밤인 데다 후미진 골목이라 할아버지가 지나가고 있을 줄은 몰랐다. 깔끔한 차림새를 보아 노숙자는 아닌 듯했다. 대체 어디서 할아버지가 나타난 걸까. 주변을 둘러보니 건물 외벽에 붙어 있는 허름한 간판이 눈에 들어왔다. 산신령 역술원.

"흐음, 가만있자. 초년엔 고생깨나 할 팔자로구만."

할아버지가 혜민의 얼굴을 예리한 눈빛으로 뜯어보며 중얼거렸다. 갑작스런 할아버지의 말에 혜민은 어리둥절했다.

"저 할아버지, 무슨 말을……."

노인은 아랑곳하지 않고 말을 이어 갔다.

"그래도 고난을 잘 참고 이겨 내면 앞으로 꽃길이 펼쳐져 있군그래. 부모 복은 없어도 배우자랑 자식 복은 있고. 허허, 자식이 아주 많구만. 줄줄이 낳겠어."

할 말을 마친 할아버지는 이내 타깃을 바꿔 승현을 돌아보았다.

"허어, 이렇게 좋은 건 처음 보네. 다 가지고 있네. 아주 잘 타고났어. 인물이며 금전이며 건강이며 배우자며 자식이며 뭐 하나 빠진 게 없구만. 근데…… 혹시 어릴 때 양친 모두 여의지 않았나?"

할아버지의 말에 무의식적으로 귀를 기울이고 있던 혜민은 마지막 질문에 허탈해지고 말았다. 혹시나 했는데 역시 돌팔이였던 모양이다. 승현의 아버지인 민영식이 버젓이 살아 있는데 양친을 여의다니.

승현도 기가 막혔는지 묵묵부답이었다. 할아버지가 몇 번이나 물어도 마찬가지였다. 오기가 생겼는지 할아버지는 급기야 수첩과 볼펜까지 꺼내 들었다.

"이름하고 생년월일 좀 말해 봐. 내가 자세히 봐 줄 테니. 돈

안 받을 테니까……."

"아버지!"

누군가가 달려와 할아버지의 팔을 붙들었다. 할아버지와 똑 닮은 중년 남자였다.

"여기서 이러시면 어떡해요. 얼마나 찾아다녔는데."

"이놈아, 네가 날 왜 찾아. 너 누구야."

"누구긴요, 아버지 아들이죠. 또 여기 오시면 어떡해요. 몇 번이나 말씀드렸잖아요. 이제 여기 아버지 직장 아니라고. 저번 달에 후배한테 넘겼잖아요."

"내가 언제?"

호통치는 할아버지와 그런 노인네를 달래는 중년 남자 간의 실랑이를 보고 있을 때였다. 시선을 느꼈는지 중년 남자가 고개를 이쪽으로 돌렸다. 그러고는 정중하게 고개를 숙였다.

"죄송합니다. 저희 아버지께서 좀 편찮으셔서…… 혹시 이상한 말을 들었더라도 이해해 주세요."

중년 남자는 가지 않겠다고 떼를 쓰는 노인을 어르고 달래더니 골목 끝에 세워 놓은 차로 데려갔다. 그들의 차가 시야에서 사라지는 것으로 한밤의 해프닝은 막을 내렸다.

어둡고 고요한 침묵이 내려앉았다. 큰길로 나가야 하는데 승현은 도통 움직일 생각을 하지 않았다. 그는 깊은 생각에 빠진 사람처럼 꿈쩍도 하지 않고 그 자리에 서 있었다. 기분 탓인지 우울해 보이기도 하고 슬퍼 보이기도 했다. 좀처럼 말을 걸기 어려운 분위기였다. 분위기도 전환할 겸 혜민은 일부러 밝게 중얼거렸다.

"할아버지가 정신이 오락가락하나 봐요."

그냥 해 본 말이었다. 딱히 그의 대답을 기대한 건 아니었다. 그러나 승현은 예상을 깨고 착실하게 대답해 주었다.

"아닐 수도 있어."

"네?"

"그만 가자."

설명해 줄 생각이 없는지 승현은 성큼성큼 걸음을 옮기기 시작했다. 혜민은 제자리에 선 채 곰곰이 방금 들은 말을 되새겨 보았다. 무슨 뜻일까. 할아버지가 한 말이 틀리지 않았다는 건가?

돌팔이가 아니라고 해도 치매에 걸린 듯한 할아버지의 말이었다. 신뢰가 가지 않을뿐더러 사실과도 맞지 않았다. 그의 어머니는 돌아가셨지만 그의 아버지는 현재 멀쩡하게 살아 있으니까. 아마 다른 생각을 하다가 무의식적으로 튀어나온 말일지도 몰랐다. 그 외의 다른 이유는 생각나지 않았다.

"안 오고 뭐해?"

"갈 거예요."

혜민은 서둘러 발걸음을 뗐다. 그녀가 따라오는 걸 확인한 승현은 그제야 다시 앞을 보며 걸어갔다. 그의 걸음걸이는 여전히 한 점 흐트러짐 없이 똑바르고 당당했다. 그러나 그의 뒷모습은 어쩐지 쓸쓸해 보였다.

8.

　구식 소파와 손때 묻은 테이블, 지금은 보기 힘든 성냥통. 마치 타임머신을 타고 과거로 날아간 기분이었다. 7~80년대 옛 정취가 물씬 느껴지는 이곳은 다방이라는 간판을 달고 있는 곳이었다.

　서울 한복판에 아직도 이런 곳이 있다는 게 신기할 따름이다. 더욱 놀라운 건 세트장이 아니라 실제로 운영되고 있는 가게라는 것이었다. 이런 곳을 어떻게 찾아낸 건지 새삼 로케이션 헌팅을 담당한 연출부가 대단해 보였다.

　혜민은 주위를 둘러보다가 다시 촬영팀에게 시선을 돌렸다. 여주인공 부모님의 젊은 시절 추억의 장면을 촬영 중이었다. 오늘 촬영에 준혁의 역할은 없어서인지 그의 모습은 보이지 않았다. 혜민은 그 사실에 안도했다.

최근까지 준혁은 줄기차게 전화를 걸어 댔다. 통화해 본 적은 없지만 용건은 뻔했다. 지난번처럼 의형제를 맺자고 끈질기게 달라붙을 걸 생각하니 머리가 지끈거렸다. 생각해 보겠다고 했으나 이미 마음은 처음부터 거절 쪽으로 기울어져 있었기에 그의 전화를 받지 않았다. 그런 연유로 혜민은 그와 마주치는 게 불편한 입장이었다. 촬영장에 오는 내내 침울했던 이유이기도 했다.

촬영장에 와서 준혁이 없다는 걸 알았을 때 혜민은 한시름 놓았다. 그렇다고 마냥 좋은 것만은 아니었다. 지금 있는 배우들 가운데에서도 아는 얼굴이 하나 있었다. 강은채. 준혁만큼이나 마주하고 싶지 않은 사람이었다.

혜민은 나직한 한숨을 쉬며 들고 있는 파일을 내려다보았다. 감독인 진호에게 전해 줄 파일이었다. 그러나 진호는 촬영에 온 신경을 집중하고 있어서인지 그녀가 온 것도 모르고 있었다. 촬영에 방해가 될까 봐 혜민도 진호에게 알은척하지 않았다. 딱히 할 일도 없고 시간도 넉넉하니 휴식 시간까지 기다릴 참이었다.

원래 오늘 이곳에 오기로 한 사람은 승현이었다. 오전까지만 해도 그랬다. 그러나 오후가 되면서 갑자기 없던 스케줄이 우후죽순처럼 생겨나 좀처럼 시간을 내기가 여의치 않게 되었다. 정비서를 비롯한 다른 직원들도 마찬가지였다. 결국 가장 한가하고 없어도 되는 인력인 혜민이 심부름꾼으로 낙점되었다.

다들 바쁘니까 자신이 심부름꾼이 된 게 당연하다고 생각했지만 막상 촬영장에 와 보니 다른 생각이 들었다. 아무리 바빴다고 해도 만약 오늘 촬영장에 준혁이 있었다면, 자신이 심부름꾼이 되는 일은 없었을지도 몰랐다. 준혁이 혜민과 만나는 걸 그다지 반기지 않는 승현이었다. 준혁이 있는 걸 빤히 알면서 그녀를 보냈을 리 없었다. 아마 퀵이나 다른 직원을 보냈을지도 몰랐다.

웅성거리는 소리에 혜민은 상념에서 깨어났다. 정신 차리고 보니 언제 촬영을 중단했는지 다들 각자 휴식을 취하고 있었다. 얼른 진호를 찾아봤지만 그새 어디를 간 건지 보이지 않았다. 중요한 파일이라 꼭 진호 본인에게 전해야 한다고 했기에 다른 사람에게 맡길 수도 없었다. 혜민은 스태프들 사이를 다니며 진호를 찾았다. 그때 누군가가 알은척을 해 왔다.

"지환 씨가 여긴 웬일이에요?"

메이크업을 수정받던 은채였다. 모른 척하고 싶었지만 눈이 마주치는 바람에 하는 수 없이 그녀에게 다가갔다.

"심부름이요. 근데 감독님 어디 가신 거예요?"

"화장실 가셨어요. 아마 좀 오래 걸릴 거예요."

은채는 미소를 머금은 얼굴로 살짝 윙크했다. 아무래도 진호는 큰 볼일을 보러 간 모양이었다.

"혼자 온 거예요?"

"네, 다들 바빠서요."

혜민의 대답에 은채는 눈을 동그랗게 뜨고 혼잣말을 중얼거렸다.

"의외네. 옆에 꼭 끼고 안 내놓을 것처럼 굴더니."

이해할 수 없는 말을 중얼거린 그녀의 눈에 문득 묘한 광채가 반짝였다.

"뭐 하나 물어봐도 돼요?"

느닷없는 그녀의 물음에 혜민은 건성으로 고개를 끄덕이며 "그러세요."라고 대답했다. 은채는 기다렸다는 듯 질문을 던졌다.

"혹시 민 대표님 애인 있어요?"

뜻밖의 질문에 혜민은 잠시 멍해졌다. 왜 이런 걸 물어보는 거지?

혜민은 은채를 자세히 살펴보았다. 배우라서인지 그녀의 얼굴에서 질문의 의도를 읽어 낼 수 없었다. 혜민은 다소 딱딱한 어투로 물었다.

"그건 왜 묻는 거죠?"

"없으면 대시해 보려고요."

그녀는 엄청난 말을 마치 식당에서 음식을 주문하는 것처럼 너무나 쉽게 내뱉었다. 진지함과는 거리가 먼 그녀의 발언이 불쾌했다. 혜민은 저도 모르게 비아냥거리듯 말했다.

"안됐지만 그쪽은 전혀 형 취향이 아니거든요."

사실 승현의 취향은 혜민도 잘 알지 못했다. 어쩌면 은채 같은 여자가 그의 취향일 수도 있었다. 두 사람이 같이 서 있으면 꽤 잘 어울리는 한 쌍으로 보이기도 했다. 하지만 굳이 자신의 입으로 그 사실을 말해 주고 싶지는 않았다. 은채는 뭐가 그리도 재미있는지 입가에 웃음을 매단 채 말했다.

"뭘 그렇게 심각하게 굴어요. 당장 대시하겠다고 한 것도 아닌데. 그냥 해 본 말이에요."

"그냥 해 보는 말이라도 앞으로는 그런 말 함부로 하지 마세요."

정색을 한 혜민을 보며 은채는 놀랐다는 듯 입을 벌렸다가 미소 지었다.

"어머, 정말 기분 나빴나 보네. 미안해요."

전혀 미안하지 않은 얼굴로 사과하는 은채였다. 그녀는 혜민을 달래듯 부드럽게 말했다.

"걱정 마요. 그쪽 형한테 작업 안 걸 테니까. 형을 많이 좋아하나 봐요. 형 연애 문제에 진지한 거 보면."

"아시다시피 저희 집안이 보통 집안이 아니라서요."

혜민의 말 속에 내재된 속뜻을 간파한 건지 은채의 얼굴이 미묘하게 굳어졌다. 그 얼굴을 보자 여기 와서 처음으로 기분이 좋아졌다.

"어라, 지환이 네가 여긴 웬일이냐?"

화장실에 갔던 진호가 어느덧 촬영장으로 돌아와 있었다. 혜민은 은채를 뒤로하고 얼른 진호에게 갔다. 그녀는 파일을 진호에게 건네주었다.

"아, 이거 네가 가져왔구나. 승현이는 많이 바쁜가 보지?"

"네. 그럼 전 이만."

"잠깐만. 곧 촬영 끝나니까 조금만 기다리면 안 될까. 나랑 저녁 같이 먹자. 내가 쏠게."

"아니에요. 금방 들어가 봐야 해서……."

"내가 승현이한테 연락할게. 너한테 물어볼 것도 있어서 그러니까 조금만 기다려 줘라, 응?"

"나한테 물어볼 거라뇨?"

"승현이에 관한 거야."

난감했다. 파일만 전해 주고 바로 가려고 했는데. 웬만하면 거절하고 그냥 가련만 승현에 대해 물어볼 게 있다니 차마 발길이 떨어지지 않았다. 우물쭈물하는 혜민의 태도에서 대답을 들은 진호는 씨익 웃으며 어깨를 툭 쳤다.

"얼른 끝낼게."

다시 촬영에 들어간 진호를 바라보며 혜민은 한숨을 내쉬고 근처에 있는 의자에 주저앉았다.

구수하고 얼큰한 냄새가 코를 찔렀다. 진호와 혜민은 늦은 저녁을 먹기 위해 감자탕집에 와 있었다. 진호는 숟가락으로 감자탕 국물을 떠먹으며 감탄했다.

"으, 시원하다. 더워도 이렇게 뜨끈한 걸 먹어 줘야 힘이 난다니까."

배가 고팠는지 진호는 콧등에 맺힌 땀을 닦으며 정신없이 감자탕을 흡입했다. 예정을 초과한 촬영으로 인해 많이 늦어진 저녁이었다. 혜민도 부지런히 숟가락질했다. 어느 정도 배가 차자 진호가 숟가락질을 멈추고는 방금 생각났다는 듯 물었다.

"은채 씨랑 안 좋은 일 있었어?"

뜬금없는 질문에 혜민은 의아했다.

"왜 그런 걸 물어요?"

"아까 보니까 사이가 별로인 거 같아서."

촬영이 끝나고 다들 서로에게 인사할 때 혜민은 은채의 인사를 교묘하게 피했었다. 그걸 용케 진호가 캐치한 듯했다.

"별로라기보다 친할 이유가 없잖아요. 그보다 저⋯⋯."

혜민은 잠시 망설이다가 예전부터 묻고 싶었던 것을 입 밖으로 꺼냈다.

"원래 여주인공은 오디션 보고 뽑기로 했잖아요. 근데 왜 그렇게 하지 않고 은채 씨를 캐스팅한 거예요?"

"승현이가 은채 씨를 추천했거든. 그 녀석 안목이라면 믿을 만하니까."

"그래도 기왕이면 많은 배우들을 만나 보고 뽑는 게 낫지 않았을까요? 은채 씨보다 더 좋은 배우가 있었을지도 모르잖아요."

"그럴지도. 근데 우리가 찾던 이미지하고 은채 씨 이미지가 딱이었어. 카메라 테스트도 연기도 흠잡을 데 없었고. 승현이 놈이 강하게 밀어붙일 만했어."

"그렇군요."

혜민은 고개를 끄덕였다. 승현이 은채를 추천한 건 알고 있지만 강하게 밀어붙였다는 건 금시초문이었다. 그 정도로 은채가 마음에 들었던 건가. 밥을 너무 급하게 먹어서인지 속이 더부룩하고 답답했다. 혜민은 컵에 물을 따라 단숨에 비웠다.

"우리 여주인공 너무 미워하지 마라."

"네?"

"은채 씨가 마음에 안 들어서 캐스팅 비화 물어본 거 아냐?"

진호의 입장에선 그렇게 들렸을 수도 있었다. 은채가 마음에 들지 않는 건 사실이지만 그것 때문에 캐스팅에 대해 질문한 건 아니었다. 혜민은 고개를 가로저었다.

"그냥 궁금했던 거예요. 별 뜻 없어요."

"그렇다면 다행이고."

다행히 진호는 별다른 의심 없이 그녀의 말을 그대로 믿어 주었다.

"캬, 여기 김치 진짜 예술이네."

진호는 감자탕에 들어간 김치를 건져 먹으며 감탄했다. 혜민은 피식거리며 약간 자랑하는 투로 말했다.

"여기보다 더 기가 막힌 집 있는데. 그 집 김치찌개 한 번 먹어 보면 다른 집 김치찌개는 맛없어서 못 먹을걸요."

"어딘데?"

"충무로 쪽인데 길이 너무 복잡해서 정확히 어디라고 하기는 좀……."

"충무로? 혹시 승현이가 알려 준 데야? 같이 갔었어?"

이미 진호도 알고 있는 곳인가 싶어 혜민은 머쓱해지고 말았다. 작은 목소리로 그렇다고 하자 진호는 몹시 놀란 얼굴이 되었다.

"허, 살다 보니 별일이 다 있네."

놀라워하는 그의 반응에 혜민은 의아했다.

"왜요? 무슨 문제라도……."

"거기 승현이 혼자만 가는 데거든. 지금까지 아무도 데려간 적 없었는데……. 역시 가족이란 건가."

진호는 씁쓸한 표정으로 중얼거리며 혜민을 부럽다는 듯이 바라보았다.

"승현이가 널 생각보다 더 아끼나 보다. 거기 그 녀석한테 무척 특별한 곳이거든. 내가 가자고 할 땐 죽어도 안 가던 녀석이 너하고는 갔네."

승현과 진호는 어릴 적부터 같은 동네에서 자란 이웃사촌이었다. 영화라는 매개체는 두 사람을 단순한 이웃사촌을 넘어서도록 엮어 주었다. 5년 동안 한집에서 같이 살았던 의붓동생보다 진호가 더 친근한 관계인 건 당연했다. 그런데 어째서 진호가 아닌 김지환인 자신을 특별하다는 그 가게에 데려갔던 걸까. 진호의 말대로 정말 가족이라서 그런 건가.

"아, 진짜 치사하고 더러워서 원."

진호는 냉큼 소주 한 병을 주문했다. 그는 혜민에게 권하지도 않고 혼자 잔에 술을 따라 마셨다. 삐친 기색이 역력했다. 나이에 비해 어린애 같은 구석이 남아 있는 진호였다. 혜민은 나오려는 웃음을 참고 서둘러 그를 위로했다.

"절 혼자 둘 수 없어서 데려간 걸지도 몰라요. 혼자 뒀다가 또 사고 칠까 봐."

"그럴 수도 있겠지."

고개를 끄덕이면서도 진호는 소주를 연거푸 입 안에 털어 넣었다. 순식간에 반병이 사라졌다. 혜민은 조금 불안해졌다. 저렇게 마셔 대다간 금세 취할 터였다. 일단 화제를 바꿔야 했다. 그런데 뭐라고 하지? 무슨 얘기를 해야 할까. 문득 머리를 휙 스쳐 가는 것이 있었다.

"저한테 물어볼 거 있다고 하지 않았어요? 형에 대해서요."

막 술잔을 입에 가져가려던 진호가 눈을 들었다. 그는 잠시 혜민을 뚫어져라 응시하더니 들고 있던 술잔을 테이블 위에 내려놓았다.

"생각 같아선 당장 찾아가서 따지고 싶지만, 그 자식은 늘 싸가지 없는 놈이었으니까. 형인 내가 너그럽게 이해해야지."

진호는 어깨를 으쓱하더니 코끝으로 내려온 안경을 중지로 올렸다. 어쩐지 체념한 듯한 얼굴이었다. 그동안 이런 일이 한두 번이 아니었던 듯했다. 그는 다소 퉁명스런 말투로 물었다.

"그 자식한테 최근에 뭔 일 있었나?"

"아뇨. 별일 없었는데요. 왜요?"

"요즘에 좀 이상해서. 힘이 없어 보인다고 해야 하나, 정신이 가출한 거 같다고 할까. 일 때문에 그런 거 같진 않던데."

진호의 말을 듣고 보니 최근 들어 승현이 조금 이상하긴 했다. 평소와 다름없이 언제나 커피를 달고 살면서 일에 파묻혀 있는 그였지만, 이따금 넋을 놓고 창밖을 바라보거나 딴생각에 빠져 있을 때가 왕왕 있었다. 출근 전 베란다에서 5분 정도 밖을 내다보는 새로운 습관도 생겼다.

오늘만 하더라도 커피를 마시다가 그답지 않게 옷에 흘리는 실수를 했다. 그도 사람이니 때론 감상에 젖을 수도 있고 실수할 수도 있다고 생각했다. 그래서 대수롭지 않게 넘겨 버렸는데 진호의 생각은 다른 듯했다.

"분명히 뭔 일이 있었던 거 같은데……."

승현을 오랫동안 보아 온 진호였다. 그가 이리 신경 쓰는 걸 보면 승현의 변화를 대수롭지 않게 넘겨선 안 되는 건지도 몰랐다. 혜민은 차근차근 기억을 되짚어 보았다. 그러고 보니 신경 쓰이는 게 하나 있었다.

"저기 실은……."

승현이 조금 이상해진 건 고사를 지낸 날 이후부터였다. 정확히는 그날 밤, 골목에서 혜민과 부딪쳤던 할아버지의 말을 듣고 난 이후였다. 진호에게 그날 있었던 일에 대해 말해 주자 그가 손으로 무릎을 탁 소리 나게 내려쳤다.

"그럼 그렇지. 그런 일이 있었구만."

그제야 납득이 간다는 듯 진호는 고개를 마구 끄덕였다. 하지만 혜민은 고개를 갸웃거렸다. 의혹을 품고 있는 것과 이해하는 건 별개의 문제였다. 그때 만났던 할아버지는 정신이 온전치 못했다. 매사 이성적이고 합리적인 승현이 그런 사람이 한 말에 연연한다는 게 믿어지지 않았다.

"뭐 때문에 그런 거예요?"

혜민의 천진한 물음에 진호는 갑자기 입을 다물었다. 그러더니 은근히 시선을 피한다. 대답하기 껄끄러운 기색이 역력했다. 미심쩍은 그의 태도에 혜민의 궁금증은 더해 갔다. 수차례 질문을 퍼붓자 난감해하면서도 미세한 갈등이 그의 얼굴을 스쳐 갔다.

"말해 줘요. 다른 사람은 몰라도 나는 알고 있어야 하잖아요."

끈질기게 물고 늘어진 보람이 있었다. 결국 진호는 백기를 들었다.

"그래, 가족이니까⋯⋯. 승현이가 그 가게에 데려갔을 정도면 너는 알아도 상관없겠지."

진호는 자그마한 유리잔에 소주를 따른 후 단숨에 비워 냈다. 쓴맛에 이맛살을 찌푸린 그는 마음의 준비를 하듯 심호흡을 했다. 좀처럼 꺼내기 힘든 이야기인 듯했다. 혜민은 차분하게 그가 준비될 때까지 기다렸다. 이윽고 결심이 섰는지 진호가 마침내 입을 열었다.

"승현이가 요즘 이상한 건 녀석의 어머니 때문이야. 그 녀석이 여섯 살 때 어머니가 돌아가셨거든. 이건 알고 있던 거지?"

"네. 사고로 돌아가셨다고 들었어요."

승현의 친어머니는 2층 테라스에서 발을 헛디뎌 추락사했다고 들었다. 혜민의 대답을 들은 진호는 그럴 줄 알았다는 듯 고개를 끄덕였다.

"그 녀석 부모님은 집안끼리 정략결혼 한 사이였어. 그런 데다 녀석의 아버지가 당시 후계자 수업으로 바빠서 어머니를 잘 챙겨 줄 수 없었나 봐. 그래서 서로에 대한 애정 같은 건 없었던 모양이야. 혼자 커다란 집에 남겨진 어머니는 자연히 바깥으로 나돌았지. 아마 외로워서 그랬을 거야. 그런 두 분 사이에서 태어난 승현이가 어땠을지 대충 짐작이 가지?"

혜민은 말없이 고개를 끄덕였다. 진호는 담담하게 말을 이어 갔다.

"아버지는 늘 바빠서 녀석에게 관심을 줄 수 없었고 어머니는 이상할 정도로 승현이를 싫어했어. 아니 무관심했다고 해야 하나. 승현이가 뭘 하든 관심이 없었고 아예 없는 아이 취급을 했어. 그러다 우연히 마주치거나 손이라도 닿으면 병적으로 히스테리를 일으켰지. 그 녀석 결벽증 있는 것도 다 어머니 때문이야. 승현이가 만지거나 몸에 닿았던 건 반드시 비누칠해서 씻거나 아님 버렸거든."

상상도 못 했던 충격적인 이야기에 혜민은 아무 말도 할 수 없었다. 그러나 여기서 끝이 아니라는 듯 진호의 이야기는 계속 이어졌다.

"승현이 녀석 그 어린 나이에 어머니가 자길 싫어한다는 걸 알고는 거의 나돌아 다니지 않았어. 유치원이랑 학원 갈 때를 제외하면 절대 방에서 나오지 않았지. 그래서 늘 내가 녀석의 집으로 놀러가야 했어. 행복하진 않았지만 그런 생활에 적응했는지 생각보다 녀석은 씩씩하게 잘 지냈어. 어릴 때나 지금이나 독한 놈이었지. 타고난 천성인 거 같아. 그런 집구석에서 망가지지 않고 멀쩡하게 지냈으니 말이야. 그 일만 없었다면…… 정말 괜찮았을 텐데."

잠시 말을 멈춘 진호는 목이 탔는지 물병을 집어 들었다. 컵에 물을 한가득 따르고 단숨에 들이켠 그는 가만히 테이블 모서리를 노려보았다. 착잡한 표정이었다. 지금까지의 이야기보다 다음에 이어질 내용이 더 말하기 힘든 건지 그는 좀처럼 입을 열지 않았다.

혜민은 그를 재촉하지 않았다. 끈질기게 말해 달라고 물고 늘어진 게 이제 와 후회스러웠다. 이런 이야기인 줄 알았다면 아무리 궁금해도 묻지 않는 건데.

승현의 과거는 함부로 떠들고 다닐 만한 이야기가 아니었다. 진호가 말하기 꺼려한 것도 당연했다. 그런 것을 '승현의 동생인 김지환'에게 어렵게 말해 주고 있는 것이었다. 하지만 자신은 김지환인 척하는 가짜였다. 아까부터 양심이 따끔거리고 있었다.

이대로 계속 들으면 안 된다는 걸 안다. 그럼에도 진호에게 그만둬 달라는 말을 하지 않고 있는 자신이었다. 머리로는 더 이상 들으면 안 된다고 하는데 가슴 한켠에선 듣고 싶다고 외치고 있었다. 스스로도 알 수 없는 모순된 마음이었다. 갑갑해서 한숨을 쉬는데 진호가 딱딱하게 입을 열었다.

"녀석의 어머니가 돌아가신 이유, 다들 추락사로 알고 있지만 사실은 그게 아니야."

진호의 표정이 눈에 띄게 어두워져 있었다.

"이해할 순 없지만 녀석의 어머니는 승현이를 진짜 싫어했나 봐. 일말의 모정이라도 있었다면 아들 가슴에 대못을 박는 그런 일은 저지르지 않았을 테니까."

다음에 나올 말이 두려웠다. 혜민은 숨조차 크게 쉴 수 없다. 침울한 얼굴로 말을 이어 가는 진호의 목소리가 가늘게 떨리고 있었다.

"실수로 인한 추락사가 아니었어. 녀석의 어머니는…… 욕조에 누워서 손목을 그었어. 그것도 여섯 살짜리 아들이 보는 앞에서."

등골이 오싹해지면서 온몸에 소름이 끼쳤다. 직접 보고 겪은 일도 아니고 단지 들은 것뿐인데도 끔찍하고 무서웠다. 성인인 자신이 이런데 당시 그 광경을 직접 목격했을 어린 승현의 심정이 어땠을지 감히 상상할 수도 없었다.

"괜찮아?"

걱정스러워하는 진호의 얼굴이 눈에 들어왔다. 혜민은 창백해진 얼굴로 간신히 고개를 끄덕였다. 그는 씁쓸한 얼굴로 "놀랐지." 하고는 긴 한숨을 내쉬었다. 그러고는 덤덤하게 말을 이어 갔다.

"천성적으로 독한 녀석이라 해도 고작 여섯 살이었어. 성인에게도 충격적인 일인데 하물며 여섯 살짜리가 멀쩡할 리 없었지. 그 일 이후로 녀석은 입을 닫아 버렸어. 1년 동안 실어증을 겪었지만 멋지게 극복했지. 그래도 그때 일을 완전히 잊을 순 없었나 봐. 일종의 트라우마라고 해야 하나? 그때 이후로 욕조 비슷한 것만 봐도 정신을 잃고 쓰러지니까. 그 녀석 집에 욕조가 없는 것도, 대중탕에 가지 못하게 된 것도 다 그때 일 때문이야."

너무나 엄청난 이야기였다. 매사 당당하고 심지어 오만하기까지 한 남자에게 이런 비극적인 과거가 있었다니. 도무지 믿을 수가 없었다. 방심하고 있다가 한 대 얻어맞은 것처럼 얼떨떨하고 황당했다. 그리고 너무나 슬펐다.

"그 할아버지 말이 헛소리였다 해도 옛날 일이 떠올랐을 수도 있어. 그래서 요즘 센티해졌나 보네. 암튼 넌 모른 척해. 평소처럼 녀석을 대해 줘. 그럼 곧 좋아질 거야."

진호는 남아 있던 소주를 마저 비우고 한 병 더 주문했다. 혜민은 그를 말릴 생각조차 하지 못했다. 가슴 가득 차오르는 슬픔을 안으로 삭이는 것만으로도 충분히 버거웠으니까.

우려와는 달리 진호는 주량이 센 편이었다. 혼자서 소주 두 병을 몽땅 해치웠지만 취기라곤 찾아볼 수 없을 정도로 멀쩡했다. 식당 앞에서 그와 헤어진 혜민은 택시를 타고 집으로 왔다. 일부러 아파트 근처에서 내려 천천히 걸어가며 오늘 들은 이야기를 되새겼다.

욕조가 없는 욕실. 먼지 하나 없는 집 안. 누군가에게 보살핌 받고 싶었다는 뜻밖의 고백. 대수롭지 않게 넘겼던 그 모든 것들이 의미를 갖게 되자 문득 서글퍼졌다. 덩달아 가슴 깊숙이 묻어 두었던 오래전 일이 떠올랐다. 비 내리던 오후. 축축한 공기. 젖은 도로 위를 굴러다니던 빨간 우산.

눈앞에서 어머니가 돌아가셨을 때, 그의 심정은 어땠을까. 그 사람의 사정을 안다고 해서 그 사람의 입장을 온전히 이해한다는 건 새빨간 거짓말이다. 같은 일을 직접 겪어 보지 않는 한 제대로 이해하는 건 불가능했다. 그런 의미에서 혜민은 전부는 아니라도 승현을 어느 정도 이해할 수 있었다. 그러나 이해한다고 해서 특별히 달라지는 건 없었다.

송혜민은 민승현을 이해하지만 김지환은 이해하지 못할 것이다. 현재 자신은 김지환이었다. 따라서 진호의 당부대로 평소처럼 그를 대할 수밖에 없었다. 마음이 무거웠다. 그래서인지 발걸음도 무거웠다. 아파트 입구에 다다랐을 때였다.

"여어, 잘 살고 있구만."

시커먼 남자가 그녀의 앞을 가로막아 섰다. 시비조로 말을 걸어온 남자는 딱 봐도 범상치가 않았다. 덩치며 옷차림이며 한 주먹 하는 부류였다. 남자는 동료로 보이는 또 다른 남자와 함께 혜민을 위압적으로 내려다보았다. 혜민도 남자들을 멀뚱히 마주보았다.

이 사람들은 누굴까. 혹시 나눔기획에서 보낸 사람들인가? 행여 꼬투리라도 잡힐까 절대 모습을 드러내지 않을 사람들이 대놓고 집 앞으로 찾아오다니. 의아함도 잠시, 혜민은 머리를 스쳐 간 생각에 눈을 크게 떴다. 나눔기획에서 직접 나서는 경우는 딱 하나뿐이었다. 김지환을 찾은 건가.

가슴이 두근거리기 시작했다. 이렇게 김지환 프로젝트가 끝나는 건가. 하루라도 빨리 이 무모한 프로젝트가 끝나길 간절히 바랐건만 막상 현실로 닥치자 기분이 이상했다. 기쁘긴커녕 곤란하다고 생각하고 있는 스스로가 당혹스러웠다.

"조용한 데로 갈까?"

혜민은 남자들이 이끄는 대로 순순히 따라갔다. 남자들은 인근 오피스텔 공사 현장으로 그녀를 데리고 갔다. 사람들의 시선이 잘 미치지 않는 사각지대에 이르자 그들은 다짜고짜 그녀를 벽에 밀어붙이며 위협적으로 중얼거렸다.

"그동안 쥐새끼처럼 잘도 도망 다녔지만 이젠 다 소용없는 짓거리야. 우리가 너 하나 못 찾아낼 줄 알았냐? 귀신 돈은 떼먹어도 우리 돈은 절대 못 떼먹어. 알아?"

혜민은 어리둥절했다. 남자가 하는 말이 하나도 이해되지 않았다. 당연히 김지환의 소재에 대해 말하려는 줄 알았는데 난데없이 돈타령을 할 줄은 몰랐다. 황당하고 어이없었다.

"이미 다 끝난 일을 가지고 왜 이래요?"

"이 새끼가 돌았나. 끝나긴 뭐가 끝나. 이게 감히 어디서 꼼수를 부리려고 들어. 정말 뜨거운 맛을 봐야 정신 차릴래, 쌍놈의 새끼야."

남자들은 험악한 얼굴로 욕설을 내뱉었다. 방귀 뀐 놈이 성낸다더니 적반하장도 유분수였다. 혜민은 끓어오르는 화를 억누르며 차근차근 말을 이어 갔다.

"그때 다 합의 봤잖아요. 내가 이 일을 하는 동안엔 아빠가 갚기로 했는데 왜 이래요?"

혜민이 김지환 행세를 하는 동안 그녀의 아버지는 일을 하면서 조금씩 빚을 갚아 가기로 했다. 김지환 프로젝트가 끝나면 그녀도 합세해 나머지 빚을 갚을 예정이었다. 그렇게 하기로 했으면서 왜 이제 와 딴소리를 하는 건지 모르겠다.

"아빠가 갚기로 했다고?"

"그래요."

혜민의 대답에 남자들의 표정이 오묘해졌다. 그들은 서로 눈짓을 주고받더니 갑자기 느끼한 미소를 지었다.

"진작 그럴 것이지. 당장 가자."

남자가 다짜고짜 팔을 잡아끌었다. 혜민은 그제야 뭔가 이상하다는 생각이 들었다. 남자들의 말과 행동이 자신의 것과 묘하게 어긋나는 느낌이었다.

"어디 가려고요?"

"어디긴. 너네 아빠한테 가야지."

"우리 아빠한테요?"

"아빠가 갚아 주기로 했다며."

당장 달려가 돈을 받아 낼 기세였다. 당황한 혜민은 어리둥절한 얼굴로 중얼거렸다.

"천천히 일하면서 갚기로 한 거잖아요."

"천천히? 또 무슨 수작질이야? 우리가 이미 조사했거든. 너네 아빠가 희성그룹 회장님인 거 다 알고 왔다고. 돈 많은 회장님이니 친아들이 아니라도 빚은 갚아 주겠지."

희성그룹 회장님. 혜민은 그제야 남자들이 나눔기획에서 보낸 사람들이 아니라는 걸 깨달았다. 그들은 자신이 아니라 진짜 김지환을 찾아온 거였다. 도대체 김지환은 가출해서 무슨 짓을 하고 다녔길래 이런 사람들이 찾아와 돈타령을 하는 걸까. 설마 사채를 쓴 건 아니겠지?

남자들은 혜민을 인근 주차장에 세워 놓은 검은색 차량으로 끌고 갔다. 혼란에 빠졌던 혜민은 차를 보고는 정신이 번쩍 들었다. 그녀는 팔을 붙들고 있는 남자의 손을 힘껏 뿌리쳤다.

"아버지는 당신들 말만 듣고 돈 갚아 주실 분이 아녜요. 이렇게 가 봤자 소용없다고요."

이대로 무턱대고 민영식에게 갈 순 없었다. 일단은 확인부터

하는 게 먼저였다. 정말 김지환이 사채를 쓴 건지 아닌지.

"아, 정말 더럽게 깐깐하게 구네. 설마 우리가 입만 달고 갈 줄 알았나?"

남자가 품에서 종이를 한 장 꺼내 눈앞에 디밀었다.

"똑똑히 봐. 여기 네 이름이랑 사인, 지장 찍힌 거."

남자가 내민 종이는 계약서였다. 계약서에 김지환의 이름과 사인, 지장이 찍혀 있었다. 김지환이 사채를 썼다는 빼도 박도 못할 명백한 증거였다. 눈앞이 캄캄했다. 사고도 아주 제대로 된 대형 사고였다. 사채업자들과 전생에 원수지간이었는지, 송혜민일 때도 김지환일 때도 왜 이렇게 저들과 얽히는 건지 모르겠다.

현재 김지환은 자신이었기에 진짜 김지환이 친 사고에 대한 책임은 자신의 몫이 될 터였다. 사채업자들이 어떤 족속인지 겪어 본 혜민은 치를 떨었다. 앞으로 당할지 모를 불이익을 생각하니 갑갑했다. 혹시라도 이 일로 인해 다시 유학 보낸다는 말이 나온다면…….

"나랑 얘기 좀 해요."

"얘기는 무슨. 쓸데없는 말로 시간 끌어 보려는 거라면 다 소용없는 짓거리야. 어서 타기나 해."

"그게 아니라 갈 때 가더라도 계산은 정확히 하고 가자고요."

이번 말은 마음에 들었는지 남자들은 고개를 끄덕이며 피식거렸다.

"그래. 계산은 정확해야지."

"갚아야 할 돈이 얼마예요?"

혜민은 어떤 경우라도 절대 놀라지 말자고 스스로에게 주문을 걸었다. 그래도 긴장이 되는 건 그녀로서도 어쩔 수 없었다. 휴대전화 계산기로 계산을 끝낸 남자가 말했다.

"이번 달 이자까지 계산하면 깔끔하게 한 장으로 떨어지네."

한 장. 한 장이면 대체 얼마라는 건가. 백만 원은 아닐 테고 그렇다면…….

"천만 원……이요?"

조심스럽게 묻자마자 가차 없는 질타가 날아왔다.

"이게 지금 우리랑 농담 따먹기 하자는 거야 뭐야. 네가 빌려 간 돈이 얼만지 벌써 까먹었어?"

"원금의 반도 안 되는 돈으로 뭔 수작을 부리려고. 정신 차려, 새꺄."

순간 등골이 오싹했다. 천만 원이 아니라면……. 수전증처럼 손끝이 미세하게 떨리기 시작했다.

"대갈통 굴려 봤자 소용없어. 또 튄다 해도 부처님 손바닥 안의 손오공이야. 세상 끝까지 가서라도 찾아낼 거니까 그만 포기하고 어서 차에 타."

남자가 다시 혜민의 팔을 잡아끌었다. 시커멓게 입을 벌리고 있는 차가 마치 지옥 같았다. 혜민은 필사적으로 버둥거리며 남자에게서 벗어나려 애썼다. 좀처럼 제압이 되지 않자 운전석에 타려던 남자까지 가세해 그녀의 팔을 붙잡았다. 순식간에 양팔이 결박되어 꼼짝할 수 없게 되었다.

"이거 놔!"

"이 자식이 곱게 대해 줬더니 은혜도 모르고. 진짜 뜨거운 맛 좀 볼래?"

남자 하나가 손을 높이 쳐들었다. 솥뚜껑 같은 손바닥이 얼굴을 향해 날아왔다. 그러나 혜민의 얼굴에 닿기 직전 남자의 손은 공중에서 멈춰졌다. 남자가 버럭 소리를 질렀다.

"뭐야!"

"너희야말로 뭐야?"

익숙한 음성과 함께 남자의 등 뒤에서 낯익은 얼굴이 나타났다. 생각지도 못했던 사람의 등장에 멍해졌다. 그녀와 눈이 마주친 승현은 남자의 손을 놔주며 무심하게 중얼거렸다.

"당신들 지금 내 동생한테 뭐하는 거야?"

"동생? 아하, 그러고 보니 이 자식한테 형이란 게 하나 있었지."

승현에게 붙들렸던 손목을 문지르며 남자가 비아냥거렸다. 승현은 남자의 말에 아랑곳하지 않고 아직도 혜민을 붙들고 있는 또 다른 남자에게 눈길을 주었다.

"그 손 놓지 그래. 험한 꼴 당하지 않으려면."

"뭐야?"

승현의 도발에 남자가 발끈하며 성을 냈다. 남자는 혜민을 땅바닥으로 내팽개쳤다. 그러고는 두 팔을 걷어붙이고 승현에게 다가갔다.

"이게 터진 입이라고 멋대로 막 지껄이네. 누가 험한 꼴을 당한다는 거야? 죽고 싶어?"

"억울하면 한번 겨뤄 보든가."

위협에도 전혀 아랑곳하지 않는 승현의 당당한 태도에 남자의
얼굴이 일그러졌다. 돌아가는 분위기가 영 아니다 싶었는지 승현
에게 팔목을 붙들렸던 남자도 합세했다.

"동생 놈만 싸가지 없는 줄 알았더니 이건 한술 더 뜨잖아. 진
짜 형도 아닌 주제에."

일이 이상하게 돌아가고 있었다. 까딱하다간 승현이 남자 두
명을 상대하게 될 것 같았다. 그도 이 상황을 모르진 않을 터였
다. 그러나 그는 곤란한 기색 하나 없이 자신만만한 얼굴이었다.
믿는 구석이 있는 듯했지만 혜민은 마음을 놓을 수가 없었다. 오
른팔의 붕대를 푼 지 얼마 되지 않았기에 더 걱정스러웠다.

"네가 자초한 거니까 나중에 딴말 없기다."

"바라던 바야."

남자들이 승현을 에워쌌다. 손목을 잡혔던 남자가 먼저 주먹을
치켜들었다. 일촉즉발의 상황이었다. 안절부절못하던 혜민은 자
기도 모르게 소리쳤다.

"형이 다치면 아버지가 절대 돈 안 주실 거예요!"

남자가 움찔하더니 주먹을 든 자세로 굳어 버렸다. 예상 밖의
반응에 잠시 멍해졌던 혜민은 정신을 차리고 얼른 남자들과 승현
의 사이를 가로막았다.

"알다시피 형은 아버지 친아들이에요. 친아들을 때린 사람한
테 돈 줄 거 같아요? 고소나 안 당하면 다행일걸요."

그녀의 말이 제대로 먹혀들었는지 남자들의 얼굴에 낭패감이

스쳐 갔다. 애초 그들의 목적은 돈을 받아 내는 거지 싸움을 하러 온 게 아니었다. 그 점을 일깨워 주자 섣불리 나서려 하지 않았다. 혜민은 의기양양한 얼굴이 되었다. 그러나 그것도 잠시뿐이었다.

"돈을 주다니. 그게 무슨 말이야?"

한겨울 서릿발처럼 차가운 목소리였다. 승현의 검은 눈동자가 혜민을 꿰뚫을 것처럼 노려보았다. 퇴근하고 집에 오는 길에 남자들이 그녀를 억지로 차에 태우려는 걸 목격하고 무작정 끼어들었기에 그는 지금의 상황에 대해 전혀 알지 못했다. 그녀가 대답하지 않자 그가 재차 추궁했다.

"이자들이랑 아는 사이야?"

승현은 남자들과 혜민을 번갈아 보았다. 그의 의심스런 눈초리에 혜민은 그만 말문이 막히고 말았다. 이 모든 게 김지환이 쓴 사채 때문에 벌어진 일이었다. 자신이 저지르지도 않은 일을 대체 어떻게 설명해야 할지 난감했다. 사고 칠 생각은 꿈도 꾸지 말라던 승현의 엄중한 경고도 입을 다물게 만들었다.

따가운 시선이 느껴졌다. 무언의 재촉에 견디지 못한 혜민이 막 대답을 하려던 참이었다.

"그게……."

"그 얘긴 우리랑 하는 게 어때?"

주먹을 들었던 남자가 불쑥 나섰다. 승현은 남자들과 혜민을 번갈아 보더니 굳어진 얼굴로 고개를 끄덕였다.

"얼마입니까?"

군더더기 하나 없는 단도직입적인 물음이었다. 인근 카페로 자리를 옮긴 후 남자들에게서 사정을 전부 전해 들은 승현은 더 들을 것도 없다는 듯 대뜸 이렇게 물어 왔다. 커피를 홀짝이던 남자는 씨익 웃으며 검지를 치켜들었다.

"한 장. 노파심에 말하는 건데 한 장은 천이 아니라 1억이요."

1억이라고 확인 사살 당하자 혜민은 가슴이 턱 막혔다. 그동안의 경험으로 김지환이 구제불능 멍청이에 개망나니라는 건 알았지만 이렇게까지 한심한 꼴통일 줄은 몰랐다. 가출해서 돈이 떨어지면 그냥 집으로 얌전히 기어 들어갈 것이지 겁도 없이 사채를 쓰다니. 이자까지 계산했다 해도 1억이면 빌려 간 원금이 꽤나 큰 액수일 터였다. 만약 김지환이 눈앞에 있었다면 멱살을 잡고 흔들어 주고 싶었다. 제발 정신 좀 차리라고.

"은행명이랑 계좌번호 찍으세요."

승현은 남자들에게 휴대전화 메모장을 건네주었다. 남자들이 번호를 찍어서 다시 건네주자 그는 어딘가로 문자를 보낸 후 전화를 걸었다.

"방금 문자 보낸 계좌로 1억 송금하세요."

통화를 끝낸 승현은 남자들에게 조금 후에 계좌를 확인해 보라고 했다. 순식간에 벌어진 일에 남자들도 혜민도 어안이 벙벙했다. 1억은 일반 서민이 몇 십 년을 등골 빠지게 일해도 겨우 모을까 말까 하는 큰돈이었다. 그런 돈을 고작 전화 한 통에 해결하다니. 새삼 승현이 재벌 3세라는 게 피부로 와 닿았다. 그리고 다른 세계에 속한 사람이라는 사실도.

금세 계좌를 확인한 남자는 만족스럽게 웃으며 승현을 슬쩍 쳐다보았다.

"거, 일 처리가 시원시원해서 맘에 드는군."

"계약서나 주시죠."

승현은 웃음기 하나 없이 사무적인 어조로 말했다. 남자는 무안했는지 어깨를 으쓱하곤 방금 전 보여 주었던 계약서를 건넸다. 승현은 계약서를 받자마자 갈기갈기 찢어 버렸다.

혜민은 깜짝 놀랐다. 계약서를 없애 버릴 거라고 예상하고 있었지만 눈앞에서 이런 식으로 찢어 버릴 줄은 몰랐다. 겉으로 드러내진 않았지만 남자들 역시 내심 놀란 눈치였다. 승현에게서 풍겨 오는 위압감에 자연스레 기가 눌린 듯했다.

"이제 일어나죠."

승현은 속전속결로 일을 마무리 지었다. 남자들은 멋쩍은 얼굴로 자리에서 일어섰다. 그들은 카페를 나가기 직전 명함을 꺼내 승현에게 내밀었다.

"혹시 급전 필요할 땐 언제든지 연락하쇼. 그쪽 같은 고객은 언제든 환영이니까."

승현은 명함을 물끄러미 내려다보다가 남자들이 보는 앞에서 계약서처럼 찢어 버렸다. 그리고 단호하게 말했다.

"다신 볼 일 없을 겁니다."

남자들이 가고 난 후 승현은 길가에 세워 둔 차로 돌아갔다. 그는 한마디도 하지 않았다. 둘만 남으면 사채를 쓴 경위에 대해

꼬치꼬치 따져 물을 줄 알았는데 의외였다. 민영식이나 이미영에게 알릴 생각도 없어 보였다. 그냥 이대로 조용히 덮으려는 듯했다.

혜민의 입장에선 천만다행이었다. 자신이 저지르지도 않은 일을 어떻게 변명해야 할지 막막했는데 그럴 필요가 없게 되었으니 말이다. 그렇다 해도 자신이 김지환 대신 죄책감을 느껴야 하는 현실은 그대로였다. 하지만 억울하거나 분하다는 생각은 들지 않았다. 남의 행세를 하며 주위 사람들을 속이고 있는 처지에 이 정도는 감수해야 할 일이 아닌가 싶었다.

분위기는 다운되었지만 생각보다 승현의 기분은 나빠 보이지 않았다. 그냥 좀 피곤해 보인다고 할까. 오늘 유난히 일이 많기는 했지만 방금 전 일만 아니었으면 그런대로 괜찮은 하루였을 텐데. 혜민은 무거운 마음으로 운전에 집중하고 있는 그를 바라보았다.

겉보기엔 쌀쌀맞고 인정머리 없어 보이지만 실상은 의붓동생의 빚을, 그것도 1억이라는 거금을 선뜻 갚아 주는 사람이다. 보기보다 잔정이 많다고 해야 하나. 김지환과의 사이가 별로라고 해도 10년이란 세월 동안 두 사람은 형제라는 카테고리에 묶여 있었다. 강산이 바뀌고 없었던 정도 생길 만큼 긴 세월이었다. 그에게 김지환은 가족이란 테두리 안에 있는 게 틀림없었다.

돌이켜 보면 그동안 은근히 신경도 많이 써 주고 알게 모르게 도와준 적도 많았다. 그는 김지환을 위해서 한 일일 테지만 결과적으로는 자신을 도와준 셈이었다. 오늘 일만 해도 그렇다. 그가 아니었으면 정말 곤란했을지도 몰랐다. 그에게 감사 인사 정도는 해도 되지 않을까.

"고마워요."

"뭐가?"

"그냥 이것저것 다요."

쑥스러운 마음에 대충 얼버무렸다. 아파트 지하 주차장에 차를 세운 승현은 무뚝뚝하게 말했다.

"나중에 전부 다 받아 낼 거니까 너무 고마워하지는 마."

더는 할 말이 없다는 듯 승현은 혜민이 말을 걸기 전에 냉큼 운전석에서 내려 버렸다. 혜민의 입가에 씁쓸한 미소가 걸렸다. 사람이 고맙다고 하면 그냥 받아들이면 되는 건데.

만약 그의 어머니가 그렇게 돌아가시지 않았다면 그는 어땠을까. 적어도 지금처럼 차갑고 냉정한 얼굴을 하고 있지는 않았을지도 몰랐다. 조언을 베풀어도 직설적인 말로 기분 나쁘게 하는 게 아니라 상대방의 입장을 배려해 가며 기분 좋게 해 주었을지도 몰랐다. 고맙다고 하면 지금처럼 튕겨 내지 않고 순순히 받아들이는 사람이 되었을지도 몰랐다.

그의 불행했던 과거가 자꾸만 머릿속에서 맴돌고 있었다. 혜민은 안타까운 시선으로 그를 바라보다가 고개를 돌렸다. 가슴이 아파서 더는 그를 볼 수가 없었다.

9.

간만에 꾸는 꿈이었다. 꿈인 줄 알면서도 온몸이 두려움에 움츠러들었다. 도망가려 했지만 잔인한 꿈은 이미 시작되고 있었다.

습기를 가득 머금은 공기가 무거웠다. 몸도 마음도 축 처졌다. 운동장엔 아무도 없었다. 밤이 아닌데도 사방이 어두웠다. 먹장구름으로 뒤덮인 하늘에서 추적추적 비가 내리고 있었다. 비는 그칠 기미가 보이지 않았다. 시간이 갈수록 빗줄기는 점점 굵어졌다. 우산을 챙기라는 어머니의 당부를 무시한 게 뼈저리게 후회되었다.

창문을 닫고 뒤돌아보자 교실은 텅 비어 있었다. 우산을 챙기지 않은 아이들끼리 남아서 부모님을 기다리고 있었는데 어느새 모두 가 버리고 없었다. 혼자서 뒷정리를 하고 가방을 챙겨 문을 잠그고 나왔다.

3학년 교실이 나란히 붙어 있는 을씨년스런 복도를 지나 계단을 내려가자 바로 현관이 보였다. 비는 무서운 기세로 쏟아지고 있었다. 흡사 장마철을 방불케 했다. 도랑 같은 물줄기가 쉴 새 없이 하수구로 흘러 들어가고 있었다.

심호흡을 하며 마음을 가다듬고 책가방을 머리에 올렸다. 옷은 다 젖더라도 머리만 젖지 않으면 된다는 심정으로 가방을 꼭 붙들었다. 속으로 하나 둘 셋을 센 다음 빗속으로 냅다 뛰어들었다.

1분도 지나지 않아 물에 빠진 생쥐 꼴이 되었다. 발을 뗄 때마다 진창으로 변한 운동장에서 흙탕물이 튀었다. 하얀 스타킹에 황토색 물이 점점이 번져 갔다. 노란 구두는 이미 더러워진 지 오래였다. 교문 앞에 다다랐을 즈음에는 만신창이가 되어 있었다.

"혜민아!"

빗줄기 사이사이를 뚫고 들려온 부름에 혜민은 고개를 들었다. 길 건너편에서 낯익은 얼굴이 손을 흔들고 있었다.

"늦어서 미안해!"

어머니는 혜민의 빨간 우산을 들고 있었다. 갑자기 눈가가 뜨거워지고 얼굴이 일그러졌다. 뜨거운 것이 목구멍으로 올라오려 했다. 어머니 얼굴을 보자 서러움과 분노와 반가움과 미안함이 뒤섞인 뭐라 형언할 수 없는 복잡한 감정이 솟구쳤다. 건너편에서 손을 흔들던 어머니가 깜짝 놀란 얼굴이 되었다.

"왜 그래? 거기서 기다려! 엄마가 갈게!"

어머니는 무작정 이쪽으로 달려왔다. 횡단보도는 저 멀리 있었다. 마음이 급한 어머니는 도로를 무단으로 건너고 있었다. 그때였다.

끼이이익—

눈 깜짝할 사이였다. 급제동 소리가 들리더니 방금 전까지 길을 건너던 어머니가 온데간데없었다. 보이는 거라고는 빗길에 미끄러져 가로수를 들이받은 자동차와 빗물에 씻겨 내려가고 있는 붉은 핏물뿐이었다.

멍하니 서 있는 사이 어디서 나타난 건지 사람들이 도로에서 우왕좌왕 움직이고 있었다. 시끄러울 법한데 무성영화처럼 아무것도 들리지 않았다. 곧 구급차가 나타났고 들것에 하얀 천으로 덮인 무언가가 실려 갔다. 천 바깥으로 가녀린 손이 비죽 나와 있었다. 손은 눈에 익은 빨간 우산을 꼭 쥐고 있었다.

구급차에 들것이 실리면서 손에 들려 있던 빨간 우산이 툭 떨어졌다. 빨간 우산은 젖은 도로 위를 뒹굴었다. 사람들 발길에 이리저리 치이며 굴러다니는 우산을 아무도 신경 쓰지 않았다. 우산은 금세 너덜너덜해지고 말았다. 만신창이가 된 우산이 발아래로 굴러왔다. 순간 몸 안에서 무언가가 폭발했다.

"아아아악!"

끔찍한 비명 소리가 주위를 가득 메웠다. 혜민은 뒤늦게 자신이 비명을 지르고 있다는 걸 깨달았다. 빗물과 뒤섞인 눈물이 얼굴을 흠뻑 적시고 있다는 것도.

이미 오래전 일이지만 바로 어제 일어난 일처럼 모든 것이 생생했다. 꿈이라는 걸 아는데도 무섭고 두려웠다. 가슴이 찢어질 것처럼 아팠다. 언제나 똑같이 반복되는 꿈이었다. 결코 해피엔딩이 될 수 없는 잔인한 악몽이었다.

"괜찮아."

뜻밖의 목소리가 들려왔다. 혜민은 숨을 멈추고 귀를 기울였다. 이 꿈의 마지막은 늘 고통에 몸부림치며 혼자서 우는 것이었다. 누군가가 나타난 적은 여태껏 단 한 번도 없었다.

이상한 생각에 젖은 눈을 들어 올리자 아버지가 옆에 서 있었다. 최근에 꾸었던 꿈은 전부 아버지가 곁에 있었다. 그러나 그 전의 꿈과는 달리 오늘의 아버지는 좋은 모습이었다. 말끔한 옷차림에 얼굴도 좋아 보였다.

"미안해."

"뭐가?"

"나 때문에 엄마가 죽었잖아."

아버지는 아무 말이 없었다. 혜민은 스스로를 자책하며 말을 이어 갔다.

"그날 아침에 엄마 말대로 우산만 챙겨 갔다면…… 엄마가 우산 가지고 학교 올 일도 없었을 거고 교통사고도 나지 않았을 텐데."

다시금 눈가에 눈물이 고이기 시작했다.

"미안해. 아빠한테서 엄마를 빼앗아서."

내색하진 않았지만 아버지가 얼마나 힘들어했는지 잘 알고 있었다. 유난히 금슬이 좋았던 두 분이었다. 평생의 반려를 느닷없이 잃었으니 그 상심이 오죽했을까.

혜민은 아버지가 퇴직금과 집과 어머니의 보험금을 몽땅 날려 먹었을 때도, 사기를 당했을 때도, 심지어 사채에 손을 댔어도 원망할 수 없었다. 자신은 아버지를 비난할 자격이 없었다. 외려 늘 미안한 마음뿐이었다.

"네 잘못이 아니야."

아버지가 머리를 쓰다듬어 주었다. 지난번 꿈속에서처럼 천천히 부드럽게 쓰다듬어 주었다. 그 따스한 손길에 마음이 편안해지면서 저절로 눈이 감겼다.

"하지만 넌 아니라고 해도 너 때문이라고 생각하겠지. 내가 그랬던 것처럼."

눈이 번쩍 떠졌다. 방금 들은 말은 아버지의 말투가 아니었다. 아버지는 단정적이고 시니컬하게 말하는 사람이 아니었다. 그러고 보니 머리를 쓰다듬는 손이 엄청나게 컸다. 머리통이 다 가려질 만큼.

지난번 꿈속에서 머리를 쓰다듬어 주었던 사람이 생각났다. 그때도 지금처럼 철석같이 아버지라고 믿었다가 잠에서 깨어난 후에 아버지가 아니라는 걸 깨달았다.

만약 지금 머리를 쓰다듬어 주는 사람이 지난번 꿈속의 사람과 동일인이라면……. 불안이 슬며시 고개를 내밀었다. 아버지가 아니라면 도대체 누구지? 정말 꿈속에서 만들어 낸 가공의 인물인가.

"스스로 극복하는 수밖에 없어. 그러지 않고선 누가 뭐라 해도 소용없을 거야."

마치 경험에서 우러나온 듯한 조언이었다. 차갑지만 어딘지 모르게 애정이 깃든 목소리였다. 익숙한 목소리와 말투가 귀에 거슬렸다.

혜민은 목소리가 들려온 방향으로 고개를 돌렸다. 지척에 흐릿한 인영이 있었다. 이상하게 그 사람 주위에만 뿌연 안개가 낀 것처럼 잘 보이지 않았다. 그래서 얼굴을 알아볼 수가 없었다.

"누구……."

"아무 생각하지 말고 이제 가서 자."

남자의 말이 주문이라도 되는 것처럼 갑자기 눈꺼풀이 무거워졌다. 혜민은 가물거리는 눈으로 남자를 보려고 애썼다. 그러나 파도처럼 덮쳐 오는 수마를 이겨 낼 재간은 없었다.

❀　　　❀　　　❀

눈을 뜨고 시간을 확인하자 어김없이 6시였다. 잠자리에 드는 시간은 불규칙해도 일어나는 시간만큼은 한결같았다. 직장인의 비애라고나 할까. 해가 길어진 계절이라 밖은 이미 환했다. 혜민은 가볍게 기지개를 켠 후 침대 밖으로 나왔다.

오랜만에 꾼 악몽이었다. 어릴 적에는 거의 매일 꾸다시피 했는데 성인이 되고 나서는 어쩌다 한 번으로 횟수가 줄어들었다.

그렇다 해도 악몽은 악몽이었다. 어머니가 되살아나지 않는 한 영원히 계속될 악몽이었다.

악몽을 꾼 날은 어김없이 우울하고 의기소침해지곤 했었다. 하지만 이번에는 전혀 예상치 못한 사람의 등장 때문인지 여느 때와는 좀 달랐다. 확실히 기분이 전처럼 나쁘지 않았고 몸도 가벼웠다.

도대체 누구였을까. 가공의 인물치고는 익숙한 느낌이 드는 게 아무래도 주변에 있는 사람 같은데 도통 감이 오지 않았다. 잠시 골똘히 생각하던 혜민은 금세 포기했다. 어차피 꿈에서만 나오는 사람인데 누군들 어떠랴 싶었다.

거실로 나가자 승현이 수화기를 붙들고 있었다. 아침부터 누구와 통화를 하는 건지 사뭇 진지한 얼굴이었다. 그는 "오늘 중으로 갈 거야."라는 말을 끝으로 통화를 끝냈다. 오늘은 특별한 일 없이 회사에 가서 결재 서류에 사인만 하면 되는 날인데 아무래도 새로운 스케줄이 생긴 듯했다.

"어디 가요?"

특별한 의도 없이 그냥 물어본 것이었다. 그러나 승현은 대답 대신 혜민을 빤히 응시하기만 했다. 노골적인 눈초리에 혜민은 고개를 살짝 옆으로 돌렸다. 왜 저렇게 쳐다보는 걸까. 하면 안 되는 질문이었나? 아님 얼굴에 베개 눌린 자국이라도 찍혀 있나? 설마 침 흘린 자국이 남아 있는 건 아니겠지. 서둘러 입과 턱 주변을 만져 보는데 그가 불쑥 중얼거렸다.

"이따 오후에 문경으로 내려갈 거야."

뒤늦게 돌아온 답에 귀가 번쩍 뜨였다. 문경이라면 현재 영화 '여우별'을 촬영하고 있는 곳이었다. 서울과 양수리 스튜디오를 오가며 찍다가 문경으로 내려간 게 벌써 일주일째였다.

"무슨 문제라도 생겼대요?"

"그건 가 봐야 알지."

대답과는 달리 승현은 어딘지 떨떠름하고 탐탁지 않은 표정이었다. 문제가 생기긴 생긴 모양이었다. 그동안 아무 사고 없이 순조롭게 촬영이 진행되었는데 무슨 문제가 생긴 건지 걱정이 되었다. 혜민은 승현의 눈치를 보며 조심스럽게 입을 열었다.

"저기 괜찮으면…… 나도 가도 돼요?"

승현의 표정이 대번에 굳어졌다. 당황한 혜민은 재빨리 손사래를 쳤다.

"아니 그냥 해 본 말인데…… 지방 촬영은 어떤지 궁금하기도 하고."

되는대로 말하다 보니 횡설수설 무슨 말을 하는 건지 스스로도 알 수 없었다. 아직도 툭하면 일하다가 창밖을 멍하니 응시하는 그였다. 그 이유를 알고 난 후부터는 될 수 있으면 그의 심기를 거스르지 않으려 했다. 그가 안 된다면 깨끗이 포기할 생각이었다.

"짐 챙겨."

거의 포기하는 쪽으로 생각하고 있었기에 잘못 들은 줄 알았다. 혜민이 멍하게 있자 그가 답답하다는 듯 덧붙였다.

"문경 내려가고 싶으면 짐 챙기라고."

"아, 네."

얼떨결에 대답하며 그의 얼굴을 살폈다. 표정은 문경으로 내려
가면 가만 안 두겠다, 인데 말은 그와 정반대였다. 어느 장단에
맞춰야 할지 도통 모르겠다. 혜민은 고개를 갸웃거리다가 일단
방으로 들어가 가방을 쌌다. 출근 준비를 마치고 시간을 확인한
그녀는 작게 한숨을 쉬었다.

지금 승현은 베란다에서 멍하니 바깥을 바라보고 있을 터였다.
할아버지를 만났던 그날 이후 생겨난 그의 이상행동 가운데 하나
였다.

진호는 그를 평소처럼 대하라고 했지만 그의 과거를 알아 버
린 이상 전처럼 지내는 건 참 어려운 일이었다. 특히 그가 이상
행동을 할 때면 조건반사처럼 그의 과거가 떠올랐다. 진호는 곧
괜찮아질 거라고 했는데 도대체 언제까지 저럴 작정인지 답답했
다.

무거운 마음으로 방에서 나온 혜민은 뜻밖의 광경에 눈이 커
다래졌다. 승현이 베란다가 아닌 거실에서 그녀를 기다리고 있었
다. 딴 세상에 가 있는 듯한 아득한 눈빛이 온데간데없이 사라져
버리고 또렷한 눈빛이 그녀를 똑바로 응시하고 있었다. 혜민의
입가가 느슨하게 벌어졌다. 무슨 일이 있었는지 모르지만 드디어
예전의 그로 돌아왔다는 걸 알 수 있었다.

"왜 실실 웃는 거야? 기분 나쁘게."

"그냥요."

별 실없는 소리를 다 듣는다는 듯 승현은 혀를 차며 현관을 나

섰다. 혜민은 여전히 입가에 미소를 지은 채 그를 따라나섰다. 오늘따라 날씨도 화창해서 더욱 기분이 좋았다.

"어머, 이게 누구야."

촬영을 하던 중이었는지 분장한 차림 그대로 은채가 이쪽으로 다가왔다. 회사 업무를 마치고 문경으로 내려오자 한밤중이었다. 꽤 늦은 시간이었는데도 배우들과 스태프들은 현장에 모두 모여 있었다. 승현과 혜민이 현장에 나타나자 가장 먼저 알아본 게 바로 은채였다.

"오늘 온다더니 진짜 내려왔네요."

반가워하는 그녀의 말에 혜민은 문득 아침에 누군가와 통화한 승현을 떠올렸다. 그와 통화한 상대가 은채였던 건가. 언제부터 두 사람이 아침에 전화를 주고받는 사이가 된 걸까. 그녀의 캐스팅을 승현이 강력하게 밀어붙였다던 진호의 말이 떠올랐다. 기분이 다운된 혜민은 은채가 웃으며 말을 걸어도 시큰둥하게 대꾸했다.

"지환 씨, 잘 왔어요."

"내가 오건 말건 무슨 상관이라고."

은채는 눈을 동그랗게 뜨며 놀란 척을 한다.

"어머, 뭐 안 좋은 일이라도 있었어요?"

"그쪽하곤 상관없잖아요."

"상관이 없다뇨. 지환 씨가 우리 영화에서 얼마나 중요한데."

자신이 영화에서 중요하다니. 이해할 수 없는 말을 하는 그녀였다.

"그게 무슨……."

"은채 씨 코디가 찾네요. 어서 가 보세요."

은채에게 물어보려는데 승현이 얼른 끼어들어 질문을 가로막았다. 혜민은 이상한 기분이 들었다. 승현이 은채와 자신이 얘기하는 걸 그다지 반기지 않는 느낌이랄까. 혹시 은채가 그가 아닌 다른 남자와 얘기하는 게 싫은 건가. 아침에 문경에 가도 되냐고 물었을 때 떨떠름해하던 승현이 생각났다. 만약 그게 은채 때문이었다면…….

가슴 언저리에서 바늘 끝으로 콕콕 찌르는 것 같은 따끔한 통증이 느껴졌다. 혜민은 가슴을 손으로 누르며 고개를 숙였다. 괜히 왔다는 생각이 들었다. 이럴 줄 알았으면 그냥 집에 혼자 있을걸 그랬다.

"아이구, 지환이 왔구나."

멀리서 혜민을 발견한 진호가 한달음에 달려오더니 덥석 손을 붙들었다.

"고맙다 정말. 이렇게 와 주다니."

영문을 알 수 없는 말에 혜민은 어리둥절했다. 흥분한 진호는 속사포처럼 말을 쏟아 냈다.

"내가 아침에 일어나자마자 승현이한테 전화해서 너 꼭 데려오라고 신신당부했거든. 근데 저 자식이 단칼에 거절하더라. 그래도 혹시나 싶어서 하루 종일 기다렸거든. 근데 전화 한 통 없더라고, 무정한 놈 같으니라고. 결국은 이렇게 데려올 걸 왜 사람 속을 썩인 건지. 옛날부터 저 녀석 때문에 내가 속이 시커멓게……."

진호의 하소연을 귓등으로 흘려들으며 혜민은 승현을 올려다보았다. 그는 지금의 상황이 마음에 들지 않는다는 듯 인상을 쓰며 먼 산을 바라보고 있었다. 이 상황에 대해 설명해 줄 의사는 전혀 없는 듯했다. 혜민은 다시 진호에게 시선을 돌렸다.

"왜 날 데려오라고 한 거예요?"

"어? 모르고 온 거야? 승현이가 말 안 했어?"

"네. 뭐 때문인데요?"

진호는 혜민의 물음에 난처하다는 듯 머리를 긁적였다.

"그게 말이야. 네가 안 오면 촬영을 안 하겠다고 해서."

"네?"

혜민은 깜짝 놀라 반문했다. 잘못 들은 건가 싶을 정도로 믿어지지가 않았다. 대체 누가 자신이 오지 않으면 촬영하지 않겠다는 말도 안 되는 어깃장을 부린 걸까.

범인이 누군지 길게 생각할 필요가 없었다.

"드디어 왔구나. 얼굴 보기 참 힘드네."

준혁이 그 특유의 다정한 미소를 지으며 나타났다. 혜민은 진호에게 확인차 물었다.

"혹시 제가 안 오면 촬영 안 하겠다고 한 사람이 준혁 씨였어요?"

진호는 대답 대신 괴로운 얼굴로 작게 고개를 끄덕였다. 영화에서 감독은 신과 같은 존재라고 했다. 그러나 아직 스타감독이 아닌 진호는 준혁 같은 톱스타를 컨트롤하는 게 어려울 터였다.

핼쑥해진 진호의 얼굴을 보니 그동안 준혁 때문에 마음고생이 이만저만이 아니었던 듯했다. 측은한 한편 어이없기도 하고 화가 나기도 했다.

준혁이 나타나자 승현은 대번에 눈살을 찌푸렸다. 그는 이 모든 사정을 진즉 알고 있었던 듯했다. 그래서 자신이 문경에 오겠다고 했을 때 탐탁지 않아 했던 건가. 은채 때문이 아니라. 혜민은 새삼스런 눈으로 승현을 바라보았다.

"민 대표님도 오셨군요. 대표님이 오셨으니 오늘 촬영 끝나면 회식하는 거죠?"

준혁은 스태프들이 다 들을 수 있도록 큰 목소리로 말했다. 회식이란 말에 주위에서 환호성이 들려왔다. 분위기상 승현이 한턱 내지 않을 수 없게 되었다. 주변을 이용해 자신의 뜻대로 사람을 옭아매는 준혁의 수법에 꼼짝없이 걸려든 상황이었다. 승현은 준혁을 똑바로 응시하며 또박또박 말했다.

"이번 한 번뿐입니다."

묵직한 경고였다. 촬영을 핑계로 다시는 진호를 휘두르지 말라는 의미였다. 준혁은 그를 빤히 바라보다가 어깨를 가볍게 으쓱이며 말했다.

"싫다면?"

순간 승현의 눈이 살벌하게 번뜩였다. 그는 고개를 숙여 준혁의 귓전에 대고 속삭였다.

"다음번엔 내 모든 걸 걸고 이 바닥에서 매장시켜 주지."

진심 어린 경고에 그제야 준혁의 얼굴에서 미소가 사라졌다.

늦은 시간이었기에 숙소 근처의 호프집에 회식 자리를 마련했다. 우려와는 달리 스태프들과 배우들 사이의 분위기는 화기애애했다. 진호 혼자 속을 끓였을망정 촬영장 분위기는 그다지 나쁘지 않았던 모양이다.

그동안의 스트레스를 모조리 날려 버리겠다는 듯 다들 부어라 마셔라 마셔 댔다. 그래서인지 두 시간도 되지 않아 파장 분위기가 되고 말았다. 오늘 일정이 늦게 끝난 데다 일주일가량 밤낮없이 강행한 촬영으로 피로가 누적되어 체력적으로 받쳐 주지 못한 것도 이른 파장의 원인이 된 듯싶었다.

드문드문 빈자리가 꽤 눈에 띄었다. 혜민은 홀로 치킨을 먹으며 진호와 잠시 밖으로 나간 승현을 기다렸다. 음향 스태프 하나가 맥주를 권하긴 했지만 정중하게 거절했다.

"혼자서 뭐 해?"

비어 있는 옆자리에 준혁이 슬그머니 와서 앉았다. 혜민은 그를 무시하며 치킨에 열중했다.

"맛있어?"

혜민은 말없이 날개를 뜯어 먹었다. 옆에서 한숨 소리가 들려왔다.

"내가 부담스럽니?"

무시하려 했지만 자꾸만 신경에 거슬렸다. 태연하게 무를 집으려 했지만 포크가 엇나가는 바람에 그릇 밖으로 튕겨 나갔다. 간신히 버티고 있던 신경줄도 덩달아 밖으로 튕겨 나갔다. 결국 혜민은 포크를 테이블에 내려놓고 준혁에게 고개를 돌렸다.

"내가 안 오면 촬영 안 하겠다고 한 거 맞아요?"

"응."

일말의 머뭇거림 없이 대답한 그를 보고 있자니 기가 막혔다. 미안해하거나 변명 비슷한 말이라도 했다면 그냥 넘어가려 했었다. 승현의 경고도 있으니 자신이 더 할 말은 없었다. 그러나 그의 뻔뻔한 태도는 잠잠하던 가슴에 불을 확 질러 버렸다.

"매사 이딴 식으로 치졸하게 일했나요? 그쪽은 영화가 장난인가 보죠?"

"누군 좋아서 그런 줄 알아?"

준혁은 티슈를 뽑아 테이블에 뒹굴고 있는 무를 치우며 신경질적으로 말했다.

"네가 내 전화만 받았어도 이런 짓 안 했어."

그동안 준혁의 전화를 한 번도 받아 주지 않았던 혜민이었다. 그가 전화를 건 목적을 모르지 않는다. 그는 의형제가 되자는 제안에 대한 그녀의 답을 원하고 있었다. 상대할 가치가 없다고 생각해 피해 왔었는데, 오늘 그가 벌인 일을 보니 피하는 것만이 능사가 아닌 듯했다. 혜민은 이 자리서 모든 걸 끝내고자 마음먹었다.

"지난번에 생각해 보겠다고 한 거, 지금 말할게요. 전 형은 하나면 돼요."

더는 그와 말을 섞고 싶지 않아 혜민은 자리에서 바로 일어서려 했다. 그러나 준혁이 재빨리 그녀의 손을 잡아당겨 도로 주저앉혔다. 그가 다급하게 말했다.

"형이 아니라도 난 괜찮아. 그냥 친구는 어때? 나 같은 연예인
은 일반인 친구 사귀기가 무척 힘들거든. 데뷔하기 전 친구들은
모두 연락이 끊어진 지 오래라서 지금 일반인 친구가 한 명도 없
어. 넌 이 세계에 진출할 생각 없잖아. 너 같은 일반인 친구 하나
쯤 있으면 좋을 거 같아. 그러니까……."

"다른 사람 알아보세요."

"내가 아는 여자애 소개시켜 줄게. 배우 지망생인데 아주 착하
고 예쁜 애야."

뜬금없는 화제 전환에 혜민은 어이가 없었다. 친해지고 싶다더
니 웬 소개팅 얘기를 하는 건지 모르겠다.

"다들 나한테 걔 소개시켜 달라고 매달리는데 어림도 없지. 하
지만 너한텐 특별히 소개시켜 줄게. 걔 진짜 죽여주거든. 베이글
녀니 청순글래머니 떠드는 애들 다 걔한텐 발끝의 때만도 못 해.
걔는 순수 오리지널 D컵이거든. 얼굴도 정말 예뻐. 여기서 중요
한 건 전혀 칼을 안 댔다는 거야. 얼굴이든 가슴이든."

가만히 듣다 보니 얼굴이 화끈거렸다. 여자 입장에서 다른 여
자에 대한 평가를 듣고 있자니 민망하고 거북했다. 남자들은 여
자를 이런 식으로 보고 말하고 다니나 싶어 가슴이 싸해졌다.

"왜 그래? 다들 걔 얘기만 하면 소개시켜 달라고 아우성인데."

남자들은 그럴지 몰라도 혜민이 그럴 리는 절대 없었다.

"내가 책임지고 걔 소개시켜 줄게. 지금 연락처 줄까?"

소개팅을 매개로 그녀와 친해지겠다는 시커먼 속셈이 눈에 훤

히 보였다. 준혁은 휴대전화를 꺼내 주소록을 검색하기 시작했다. 그의 신속하고 적극적인 행동력에 혜민은 당황해 버렸다. 까딱하다간 이대로 여자와 소개팅하게 될지도 모른다고 생각하자 눈앞이 아찔했다.

"됐어요! 난 관심 없으니까 다른 사람한테나 소개해 줘요."

그녀가 손사래까지 치며 강력하게 거부하자 준혁의 표정이 묘해졌다.

"넌 참 이상하단 말이야. 보통 남자들하곤 확실히 달라."

정신이 번쩍 들었다. 깜빡하고 있었다. 준혁이 자신이 여자라는 걸 유일하게 알아본 사람이라는 것을. 혜민은 마른침을 삼켰다. 뜻하지 않은 함정에 빠진 기분이었다. 이 난관에서 벗어나려면 그가 자신이 남자라는 걸 인정하지 않을 수 없는 증거를 대야 했다. 핑계라도 좋았다. 김지환이 아무 여자나 만나면 안 되는 이유를…….

"집에서 함부로 여자 만나지 말랬어요."

"뭐?"

"저희 집안 알죠? 저나 형이나 아무 여자나 만날 수 없어요."

말문이 막혔는지 준혁은 입만 벙긋거릴 뿐 아무런 대꾸도 하지 못했다. 그는 생각지도 못한 공격에 당해 버린 얼빠진 패장 같은 얼굴을 하고 있었다. 보통 집안이 아닌 김지환의 집안이 참으로 고마운 순간이었다.

준혁은 김빠진 얼굴로 허탈하게 웃었다. 기대가 어긋나 실망한 기색이 역력했다. 그러나 언제 그랬냐는 듯 특유의 다정한 미소를 지으며 감정을 숨겼다. 표정과 분위기가 순식간에 확 바뀌었다. 이럴 때 보면 천생 배우라는 생각이 들었다.

"누가 결혼하랬어? 그냥 소개팅인데."

"그래도 안 돼요."

혜민이 단호하게 대꾸하자 그냥 해 본 말이었는지 준혁도 더는 권하지 않았다.

"그럼 할 수 없지. 다른 거 뭐 원하는 거 없어? 내가 다 해 줄 테니까……."

"지환 씨가 아쉬울 게 뭐가 있겠어요?"

언제 온 건지 아까까지만 해도 보이지 않던 은채가 혜민의 맞은편에 앉았다. 그녀의 등장에 준혁은 노골적으로 인상을 찌푸렸다.

"넌 여기 왜 온 거야?"

"자리가 비어 있어서요, 선배님."

서로를 마주 보는 두 사람의 눈에서 레이저가 발사되는 듯한 환영이 보였다. 영화에서 두 사람은 절절한 사랑을 나누는 연인이다. 그러나 현실에서는 철천지원수처럼 노려보고 있었다. 영화와 현실은 전혀 다르다는 걸 몸소 일깨워 주는 두 사람이었다.

한참 눈싸움 하듯 노려보다가 먼저 시선을 내린 건 은채였다. 그녀는 가지고 온 잔에 맥주를 따르며 말했다.

"선배님 이제 보니 참 대담하네요."

"뭐가?"

"선배님이 아무리 잘나가는 스타라지만 대기업 오너하고 견주는 건 무리잖아요."

희성그룹 아들한테 집적대다가 괜히 찍히지 말라는 소리였다. 은채의 말뜻을 알아들었는지 준혁의 얼굴이 딱딱하게 굳어졌다. 그는 애써 표정을 관리하며 힘겹게 입을 열었다.

"뭔가 오해한 거 같은데 난 친하게 지내자는 차원으로……."

"지환 씨는 아닌 거 같은데요?"

느긋하게 술잔을 입으로 가져가며 은채는 준혁의 말을 잘랐다. 혜민은 새삼스러운 눈으로 은채를 바라보았다. 그녀에게 이런 식으로 도움을 받게 될 줄은 몰랐다.

"어, 우리 두 주인공께서 같은 자리에 앉아 계시네."

바깥에 나갔던 진호가 돌아왔다. 그의 뒤를 따라 들어온 승현은 준혁과 은채가 혜민과 같은 자리에 앉아 있는 걸 발견하곤 눈살을 찌푸렸다. 진호는 근처의 의자를 끌어다 승현에게 건네주고 자신은 은채의 옆자리에 몸을 내렸다. 그러고는 주위를 휘휘 둘러보았다.

"어, 근데 벌써 파장인 거야?"

"피곤하다고 다들 숙소로 돌아갔어요."

은채의 대꾸에 진호는 그럴 만하다는 듯 고개를 끄덕였다.

"요즘엔 조금만 움직여도 금방 지치니까."

올해는 더위가 일찍 찾아와 6월인데도 한여름 못지않은 무더운 날씨였다. 서울보다 훨씬 아래 지역인 문경은 말할 것도 없었다. 더운 날씨 때문에 촬영하는 게 여간 힘든 게 아닌 모양이었다. 진호의 푸념을 가만히 듣고 있던 준혁이 갑자기 손가락을 탁 튕겼다.

"여자들에겐 미안하지만 피로도 풀 겸 남자들끼리 뭉치는 거 어때요? 요 근방에 괜찮은 사우나 있다는데."

준혁의 제안이 마음에 들었는지 진호의 얼굴에 돌연 화색이 돌았다.

"사우나 좋지. 탕에 들어갔다 나와서 한숨 자면 피로가 쫙 풀리겠네. 안 그래도 어깨가 쑤시고 결리는데 잘됐다."

"대표님이 오늘 회식 쏘셨으니까 사우나는 제가 쏠게요. 자, 다들 일어납시다."

준혁이 자리에서 일어나 남아 있는 남자 스태프들을 돌아보며 말했다. 그는 잊지 않고 승현과 혜민에게도 권했다.

"자, 민 대표님도 어서 일어나세요. 지환 씨도요."

아무래도 사우나에 마가 낀 모양이었다. 두 달 전 인도에서 막 돌아왔던 진호가 사우나를 가자고 권하는 바람에 크게 당황했었는데 또 이런 일이 생길 줄이야. 혜민은 난처함에 어쩔 줄 몰랐다. 은채는 입을 살짝 비죽이며 일어섰다.

"전 이만 가서 잘게요. 피부 망가지면 안 되니까."

그녀로서도 이번에는 혜민을 도와줄 수 없었다. 은채가 일어서자 두어 명 남아 있던 여자 스태프들도 덩달아 일어났다. 결국 호프집엔 남자들만 남게 되었다. 점점 상황이 나쁘게 돌아가고 있었다. 혜민은 마음이 급해졌다. 불안하고 초조해서인지 적당한 핑계가 떠오르지 않았다. 난처함에 입술을 깨무는데 승현이 불쑥 말했다.

"고맙지만 전 사양하죠."

승현의 짤막한 거절에 준혁이 빈정대는 어조로 혼잣말처럼 중얼거렸다.

"재벌은 수준 떨어지는 서민들이나 가는 사우나에 갈 수 없다는 건가."

준혁의 한마디에 삽시간에 분위기가 냉각되었다. 이에 당황한 건 진호였다. 그는 얼른 나서서 승현을 변호했다.

"저기, 준혁 씨가 오해한 거야. 민 대표는 원래부터 사우나 못 가. 안 가는 게 아니라 못 가는 거야."

"못 간다고요? 서민이랑 다 벗고 탕에 들어가는 게 싫은 건 아니고요?"

여전히 비아냥대는 준혁에게 진호는 손을 내저었다.

"아니야. 그게 아니라 실은……."

진호는 말을 멈추고 곁눈질로 승현의 기색을 조심스레 살폈다. 그러더니 떨떠름한 얼굴로 입을 열었다.

"실은 민 대표가 결벽증이 있거든. 심한 건 아닌데 대중탕엔 못 가."

진호의 변명이 아주 틀리지는 않았다. 승현은 정말로 결벽증이 있으니까. 그렇다고 사실대로 말했다고 할 수도 없었다. 그로서도 어쩔 수 없는 일이었다. 승현이 대중탕에 가지 못하는 건 어릴 적 어머니의 죽음으로 인한 트라우마 때문이었다. 고작 사우나에 못 가는 이유로 이 자리에서 그의 비극적인 과거를 전부 까발릴 수는 없는 노릇이었다.

진호의 변명이 통한 건지 아님 그냥 한 번 봐주는 건지 준혁은 알았다는 듯 고개를 끄덕였다.

"사정이 그렇다면 할 수 없죠. 쉬러 가서 더 피곤해지면 안 되니까. 형님이 못 가신다니 지환 씨가 형님 몫까지 쉬다 오면 되겠네요."

승현에게 향했던 화살이 방향을 바꿔 혜민을 겨누었다. 머릿속이 새하얘졌다. 애초부터 그의 목표는 자신인 듯했다. 승현은 진호가 나서서 변명해 주었지만 자신을 변명해 줄 사람은 아무도 없었다. 뭐라고 해야 하지? 뭐라고 해야 다들 의심하지 않고 사우나에 못 가는 걸 이해해 줄 수 있을까.

"미안하지만 제 동생도 저처럼 결벽증이 있어서 사우나에 못 갑니다."

귀가 번쩍 뜨였다. 혜민은 자신의 편을 들어 준 사람을 쳐다보았다.

"대중탕은 물론이고 수영장, 찜질방조차 더럽고 불결하다고 생각해서 가지 않죠."

승현은 안색 하나 변하지 않고 태연하게 거짓말을 했다. 아니 어쩌면 거짓말이 아닐 수도 있었다. 정말 김지환에게 결벽증이 있는 건지도 몰랐다. 나눔기획이 알려 준 김지환의 정보에 결벽증은 없었지만 혹시 또 모를 일이었다. 나눔기획의 정보력에 신뢰를 잃은 지는 한참 되었다. 아직까지 김지환을 찾지 못하고 있는 것만 보더라도 그들의 실력을 의심하지 않을 수 없었다.

준혁은 기가 막힌다는 듯 승현을 응시했다. 불신이 역력한 얼굴이었다. 그에 비해 진호는 눈을 동그랗게 뜨고 혜민을 바라보았다.

"뭐야, 너도 결벽증이었어? 그래서 나랑 사우나 같이 안 간 거였냐? 내가 싫은 게 아니고?"

"네."

혜민은 주저 없이 대답했다. 승현 덕분에 결벽증 환자가 되었지만 지금은 더한 것도 될 수 있었다. 이 위기만 벗어날 수 있다면 고약한 피부병에 걸렸다 해도 상관없었다.

"하, 이제야 10년 묵은 오해가 풀리네. 난 네가 진짜 날 싫어해서 그런 줄 알았잖아. 진작 말할 것이지."

진호는 빙그레 웃으며 혜민의 등을 두드려 주었다. 스태프들 중 누군가가 되물었다.

"10년 묵은 오해라뇨?"

"아, 그게 지환이랑 알고 지낸 게 10년인데 그동안 한 번도 같이 사우나에 가 본 적이 없었거든."

진호의 증언은 승현의 말에 사실성을 더해 주었다. 조금 의아해하던 스태프들까지 완전히 납득하는 분위기가 되었다. 그러나 준혁은 여전히 못마땅한 얼굴로 중얼거렸다.

"친형제도 아닌데 그런 것까지 닮았을 줄은 몰랐네요."

"10년 동안 가족으로 살다 보니 그렇게 되더군요."

승현의 서늘한 대꾸에 준혁은 결국 입을 다물었다.

사우나에 가는 일행과는 호프집 앞 삼거리에서 헤어졌다. 혜민과 승현은 나란히 숙소로 걸어갔다. 늦은 밤이라 주위는 고요하게 잠들어 있었다. 띄엄띄엄 서 있는 가로등이 어두컴컴한 밤길을 걷고 있는 두 사람의 정수리를 노랗게 밝혀 주었다.

　서로 말 한마디 없었지만 어색하거나 불편하지는 않았다. 외려 혜민은 살짝 들떠 있었다. 술을 마신 것도 아닌데 기분이 이상하게 좋았다. 바로 옆에서 들려오는 승현의 구둣발 소리가 경쾌하게 들릴 지경이었다. 그녀는 자기도 모르게 그의 구둣발 소리에 박자를 맞춰 걸어갔다. 세상에 그와 자신만 존재하는 기분이었다.

　느닷없는 전화벨 소리가 조용한 밤공기를 뒤흔들었다. 진호에게서 걸려온 전화였다.

　―아까 깜빡하고 말을 안 했는데 너한테 부탁할 게 하나 있어. 꼭 좀 들어줘라.

　"뭔데요?"

　―우리 루나 좀 봐 줄래? 다들 오늘은 힘들어서 못 하겠대.

　"루나요?"

　―숙소 가 보면 알 거야. 아주 예쁘고 착한 애야.

　루나는 아무래도 아역 배우인 듯했다. 그런데 아역들은 대개 부모님이 따라다니지 않나? 부모님이 있는데 왜 자신더러 봐 달라는 건지 모르겠다. 혜민은 고개를 갸우뚱거리며 알았다고 대답했다.

　전화를 끊자 다시금 적막이 찾아왔다. 옆에서 통화 내용을 들은 건지 승현은 별다른 말을 하지 않았다. 혜민은 말없이 걷고 있는 승현을 가만히 올려다보았다. 아까부터 궁금했던 걸 물어보았다.

"왜 말 안 했어요?"

"뭘?"

"내가 오지 않으면 준혁 씨가 촬영하지 않겠다고 한 거요. 알고 있었죠?"

"그래."

승현은 덤덤하게 시인했다.

"만약 내가 안 오겠다고 했으면 어쩌려고 했어요?"

"할 수 없는 거지."

무심한 답변에 기가 막혀서 혜민은 잠시 승현을 빤히 쳐다보았다. 그냥 해 보는 말 같지 않았다. 그는 진심이었다.

"촬영은 어쩌고요."

"진호 형이 알아서 해결했을 거야."

그의 태평한 대꾸에 혜민은 어이가 없었다. 제작사 대표로서 감독인 진호를 신뢰하는 건 좋은 일이지만 그의 바람은 현실과는 백만 광년이나 동떨어진 희망사항이었다. 아직 이름 있는 감독이 아닌 진호가 톱스타인 준혁을 컨트롤하는 건 역부족이었다. 승현이 그 사실을 모를 리 없었다. 혜민은 다소 퉁명스럽게 말했다.

"무책임한 거 아닌가요?"

승현이 문득 걸음을 멈추었다. 가로등이 뒤에서 역광으로 비춰 그의 얼굴에 짙은 그늘이 드리워져 있었다. 표정을 전혀 알아볼 수가 없었다. 감정이 배제된 서늘한 목소리가 들려왔다.

"넌 진호 형을 과소평가하고 있나 본데, 형이 보기엔 그래도 절대 만만한 사람이 아니야. 형네 집안이 대대로 학자 집안인 건 너도 알지? 그런 집안에서 형이 영화 한다고 했을 때 반대가 얼마나 심했을 거 같아? 금전적인 지원을 끊어 버리는 건 아무것도 아니었지. 그 모든 걸 다 이겨 내고 결국은 가족들에게 인정받은 형이야. 형이라면 제아무리 콧대 높은 배우라 해도 반드시 기를 꺾어 놓았을 거야. 시간은 좀 걸리더라도 말이지."

진호에 대한 승현의 신뢰는 견고하고 탄탄해 보였다. 진호도 승현에게 동료 이상의 믿음과 애정을 가지고 있었다. 한두 해 보아 온 사이가 아니라 가능한 것들이었다. 새삼 그들 사이에 있는 시간의 힘이 느껴졌다. 문득 궁금해졌다. 한 사람을 온전히 신뢰할 수 있으려면 대체 얼마만큼의 시간이 필요한 걸까.

제 할 말을 마친 승현은 다시 걸음을 옮기기 시작했다. 가로등을 벗어나 점점 어둠에 잠겨 드는 그의 뒷모습을 보고 있노라니 이런 생각이 떠올랐다. 진호처럼 언젠가 자신도 그에게 신뢰할 수 있는 사람이 될 수 있을까, 라는.

혜민은 씁쓸한 얼굴로 금세 고개를 가로저었다. 부질없는 생각이었다. 신뢰는커녕 사기꾼 취급을 받게 될 게 자신의 운명이었다. 처음부터 결말이 정해진 관계였다. 아무리 많은 시간이 주어진다 해도, 평생이 가더라도 자신이 승현의 신뢰를 얻는 일은 없을 것이다.

돌덩이가 얹힌 것처럼 가슴이 갑갑했다. 혜민은 하늘을 올려다 보았다. 구름이 뿌옇게 낀 여름 밤하늘은 그녀에게 별조차 허락하지 않았다. 우울한 밤이었다.

10.

커다란 눈에 커다란 귀. 날씬한 몸매에 쫙 빠진 길쭉한 다리. 윤기가 자르르 흐르는 반질반질한 코트. 세상 어디에도 없을 것 같은 선량한 얼굴. 귀엽고 사랑스러운 외모로 수많은 사람들을 현혹시켜 단시간에 평화로운 삶을 박살 내 버리는 3대 악마 견 가운데 최고봉인 비글. 말로만 들어 왔던 악명 높은 비글이 눈앞에서 커튼을 잘근잘근 물어뜯고 있었다.

"안 돼, 루나. 그러면 안 돼."

진호가 혜민에게 특별히 돌봐 달라고 부탁한 루나는 아역 배우가 아니었다. 루나는 영화 촬영을 위해 섭외한 애완견이었다. 루나의 주인은 진호의 지인으로 현재 해외여행 중이라고 했다. 그동안 진호가 루나를 돌보다가 촬영장에 온 후로는 스태프들과 번갈아 가며 돌봐 주고 있었다.

혜민이 주의를 주자 루나는 일단 커튼을 포기했다. 그러나 이내 근처 장식장 모서리를 깨물어 대기 시작했다. 말을 잘 듣는 것처럼 보여도 가만 보면 전혀 듣지 않고 있었다. 주인이 아닌 데다 아직 친해지지 않아서 그런 듯했다.

"안 돼. 거기는 물면 안 된다고."

급히 다가가 장식장에서 떼어 놓자 방 안을 이리저리 경중경중 뛰어다니기 시작했다. 잘 시간이 훌쩍 지났는데도 잠들 기미는 전혀 보이지 않았다. 외려 기운이 넘쳐흐르는지 잠시도 가만 있지 않았다. 스태프들이 피곤하다는 이유로 진호가 자신에게 루나를 맡긴 이유를 알 것 같았다.

루나를 방으로 데려온 지 고작 30분 남짓밖에 지나지 않았다는 게 믿어지지 않았다. 체감 상으로는 3시간이 훌쩍 지나간 기분이었다. 별로 한 일이 없는 자신조차 이렇게 힘든데 하루 종일 촬영으로 녹초가 된 스태프들이 에너자이저인 루나를 상대하는 건 무리였을 것이다. 그들의 사정을 충분히 이해하지만 혜민은 루나를 데려온 게 살짝 후회가 되었다.

숙소에 도착해 루나를 보고 어릴 적 잠깐 키웠던 백구를 떠올렸던 게 화근이었다. 백구는 말도 잘 듣고 말썽도 부리지 않고 얌전하고 의젓했었다. 루나도 백구와 크게 다르지 않을 거라고 생각한 게 실수였다. 일단 견종부터가 다른데 똑같다고 생각하다니. 잠시 머리가 어떻게 됐던 게 틀림없었다.

간식으로 유인하자 경중거리던 루나가 쪼르르 달려왔다. 혜민은 루나가 간식 먹는 틈을 이용해 재빨리 몸줄을 채웠다. 외출하는 줄 알고 반가워하던 루나는 몸줄을 근처 기둥에 묶으려 하자 거세게 반항했다.

간신히 끌어당겨 몸줄을 기둥에 묶고 한숨 돌리는데 욕실에서 샤워를 마친 승현이 나왔다. 편안한 차림에 물기가 떨어지는 머리칼. 집에서 늘 보던 모습인데도 장소가 바뀌어서 그런지 기분이 묘했다.

스태프들과 배우들이 묵고 있는 숙소에서 하룻밤을 보내게 된 두 사람은 공교롭게도 한 방을 쓰게 되었다. 대규모 인원이 투숙하고 있어서 방이 모자란 탓이었다.

한집에서 그와 세 달 가까이 같이 살고 있지만 방을 따로 쓰고 있어서 크게 불편하거나 의식할 일은 별로 없었다. 그러나 오늘은 상황이 전혀 달랐다. 투 베드룸이긴 하지만 같은 방에서 그와 밤을 보내야 했다. 아버지 외의 남자와 같은 방에서 밤을 보내는 건 처음이었다. 그래서 그런지 은근히 그가 의식되었다.

"루나 좀 봐 주세요."

혜민은 승현을 보지도 않고 갈아입을 옷을 챙겨서 잽싸게 욕실로 들어갔다. 문을 닫고 혼자가 되자 한숨이 흘러나왔다. 루나를 맡은 게 힘들긴 하지만 한편으론 다행이었다. 만약 루나 없이 승현과 단둘이 방을 써야 했다면 자신은 여기 없었을 것이다. 틀림없이 PC방에서 밤을 새거나 인근 모텔로 도망갔을 터였다.

욕실에는 욕조 대신 샤워 부스가 있었다. 자상한 진호의 배려가 느껴졌다. 승현이 내려온다고 하니 욕조에 트라우마가 있는 그를 위해 특별히 욕조가 없는 방으로 잡아 준 모양이었다. 샤워를 마친 혜민은 이젠 아무렇지도 않게 남성용 팬티를 입고 가슴에는 붕대를 정성껏 감았다. 옷을 입고 나가자 뜻밖의 광경이 그녀를 기다리고 있었다.

"손."

말하기 무섭게 루나가 앞발을 그의 손에 척 올려놓았다. 승현이 잘했다는 듯 루나의 머리를 긁어 주었다. 기분이 좋은지 루나의 꼬리가 헬리콥터의 프로펠러처럼 빙글빙글 원을 그리며 움직였다. 혜민이 힘들게 묶은 루나의 몸줄은 풀려 있었다. 그런데도 사방을 돌아다니지 않고 승현의 발치에 가만히 앉아 있었다.

"어떻게 된 거예요? 몸줄은 왜 풀었어요?"

"이렇게 얌전한데 실내에서 굳이 몸줄을 할 필요는 없잖아."

"얌전하다고요?"

기가 막혀서 루나를 바라보자 세상에서 가장 얌전하고 착한 강아지인 양 굴고 있었다. 샤워하기 전 그녀와 같이 있었던 강아지와 동일한 강아지인지 헷갈릴 지경이었다. 대체 승현은 무슨 마법을 부린 걸까. 뭘 어떻게 했길래 천지 사방으로 날뛰던 사고뭉치를 저렇게 얌전하게 만들어 놓았을까.

루나는 한술 더 떠 승현에게 배를 보이며 애교를 떨었다. 혜민에겐 절대로 보여 주지 않던 모습이었다. 기분이 점점 가라앉았다. 주인이 아니니 루나가 자신의 말을 듣지 않아도 그러려니 생각하고 넘길 수 있었다. 그런데 눈앞의 광경을 보니 순전히 자신의 착각이었던 모양이다.

"저게 지금 사람 차별하는 건가."

별거 아닌 일인데 괜히 서럽고 화가 났다. 저 조그만 강아지에게 무시당했다고 생각하자 열불이 났다. 혜민의 중얼거림을 들었는지 승현이 고개를 이쪽으로 돌렸다.

"루나는 암컷이야."

"그래서요?"

"암컷이라서 나를 더 따르는 걸 수도 있어."

승현은 알쏭달쏭한 말을 하더니 의자에서 일어나 침대로 걸어갔다.

"늦었으니까 어서 자."

혜민은 제자리에 선 채 가만히 승현이 한 말을 되새겼다. 루나가 암컷이라서 승현을 더 따르는 거라고?

그의 말은 루나가 암컷이니까 남자인 승현을 더 따르는 게 당연하다는 거였다. 강아지도 성차별을 한다는 건가. 만약 그렇다면 루나가 그녀의 말을 듣지 않은 이유를 설명할 수 있었다. 루나는 동물이니까 본능적으로 그녀가 여자라는 걸 알았을 터였다. 동물들의 세계에서 같은 성을 가진 개체는 경쟁 관계였다. 여자의 적은 여자라는 건가. 왠지 씁쓸했다.

그래도 여전히 이해되지 않는 게 있었다. 루나가 남자라는 이유로 그를 따른 거라면 김지환인 자신에게도 똑같이 해당될 사항이었다. 승현이 남동생인 자신에게 할 만한 얘기가 아니었다. 여자인 자신은 그의 말을 이해했지만 남자인 김지환은 아마 이해할 수 없었을 것이다. 아니, 김지환이었으면 들을 이유가 없는 말이었다.

순간 온몸의 털이 쭈뼛 서면서 등줄기로 소름이 끼쳤다. 방금 뇌리를 스쳐 간 생각에 숨조차 쉴 수 없었다.

"거기 서서 뭐해? 얼른 불 끄고 자."

무심한 음성에 정신이 들었다. 혜민은 일단 불을 끄고 침대에 누웠다. 어둠에 잠긴 천장을 바라보며 심호흡을 했다. 차츰 마음이 가라앉았다. 조심스럽게 방금 전 자신을 패닉에 빠뜨렸던 가정을 불러왔다. 혹시 승현이 자신의 정체를 알고 있는 건 아닐까, 라는.

그가 자신에 대해 알았다면 어떻게 했을지 상상하자 의외로 답이 쉽게 나왔다. 그의 단호한 성격상 자신이 김지환이 아니라는 걸 알게 된 그 즉시 내쫓았을 터였다. 1억이라는 거액의 빚을 선뜻 갚아 주는 일도 없었을 것이다.

나쁜 사람은 아니지만 타인에게 아무 이유 없이 호의를 베푸는 사람은 아니었다. 좋은 일한답시고 생색내는 사람 또한 아니었다. 그런 그가 동생을 사칭한 사기꾼에게 호의라니. 가당치도 않은 일이었다.

혜민은 안도의 한숨을 내쉬었다. 패닉에 빠뜨렸던 가정은 지워 버렸다. 조금 전 그가 한 말을 자신이 잘못 해석한 걸 수도 있었다.

동물에게도 사람처럼 마음이 있고 감정이 있다면 호불호가 있을 수 있었다. 만약 승현도 자신과 같은 생각을 가지고 있다면 그가 했던 말은 이렇게 해석될 수도 있었다. 루나는 두 남자 중에서 승현이 더 마음에 들은 거다, 라고. 더 정확히 하자면, 루나는 암컷이니까 당연히 멋진 수컷인 승현을 택한 거다, 라는.

곰곰이 생각해 보니 재수 없는 발언이 아닐 수 없었다. 은근히 자기 자랑을 한 셈이었다. 기가 막혔지만 그다지 기분 나쁘지는 않았다. 정체를 들키느니 차라리 그의 자랑을 들어 주는 편이 훨씬 나았다.

모든 게 정리되고 마음이 놓이자 비로소 고른 숨소리가 귀에 들어왔다. 아까부터 들려왔을 텐데 머리가 복잡해서 미처 알아채지 못하고 있었다. 혜민은 조심스럽게 자신의 침대에서 대여섯 발자국 정도 떨어져 있는 옆의 침대를 바라보았다. 침대에 누워 있는 남자의 실루엣이 어둠에 익숙해진 시야에 고스란히 들어왔다.

잠이 든 승현의 모습을 보는 건 처음이었다. 그는 한 치의 흐트러짐 없이 똑바른 자세로 누워 있었다. 왠지 그답다는 생각이 들어 작게 웃음이 나왔다. 가만히 잠들어 있는 그를 보고 있자니 가슴이 두근거렸다. 정말 그와 같은 공간에 있다는 실감이 들었다. 25년을 살아오며 처음으로 외간 남자와 한방에서 잠을 자는 역사적인 밤이 아닐 수 없었다.

몸은 피곤한데 눈은 여전히 말똥말똥했다. 아무래도 오늘 잠자기는 그른 듯했다. 혜민은 몸을 뒤척이며 모로 누웠다. 그때 발 밑에 무언가가 느껴졌다. 반사적으로 다리를 구부려 피했다가 다시 다리를 펴고 조심스럽게 발밑을 더듬어 보았다.

발가락에 닿은 촉감은 의심할 여지없이 침대 시트였다. 그런데 서늘하고 까슬까슬해야 할 시트가 따뜻하고 축축했다. 시트가 무언가에 흠뻑 젖어 있는 듯했다. 침대에 누웠을 때만 해도 젖은 느낌은 전혀 없었기에 혜민은 고개를 갸우뚱거리며 이불을 살짝 들쳐 보았다.

시커먼 이불 속에서 정체불명의 동그란 구체가 빛을 내뿜고 있었다. 아무런 준비도 없이 그것과 맞닥뜨린 혜민은 공포 영화의 주인공처럼 본능적으로 비명을 질러 댔다.

"으아아악!"

비명을 지르며 허둥지둥 물러나던 혜민은 그만 침대 밑으로 추락했다. 쿵, 소리와 함께 온몸으로 번지는 고통에 신음을 삼키고 있는데 별안간 주위가 환해졌다.

"무슨 일이야?"

승현이 추락한 그녀를 일으켜 주며 물었다. 혜민은 사시나무처럼 떨리는 손으로 침대를 가리켰다.

"저, 저기에…… 귀, 귀신이…….."

"저게 귀신이라고?"

혀를 차며 한심하다는 투로 말하는 그의 목소리가 들려왔다. 혜민은 천천히 침대로 고개를 돌렸다. 두려움에 물들었던 그녀의 눈이 놀라움으로 화등잔만 해졌다. 눈을 뜨고 꿈을 꾸는 기분이었다.

이불 속에 언제 들어간 건지 루나가 천진한 얼굴로 고개를 이리저리 갸웃거리고 있었다. 정체불명의 빛을 내뿜었던 동그란 구체는 다름 아닌 루나의 동그란 눈이었다.

승현은 한숨을 내쉬며 혜민의 침대로 다가가 이불을 걷어 냈다. 그러자 루나가 기다렸다는 듯 침대에서 내려와 꼬리를 흔들어 댔다.

"안 돼. 지금은 놀아 줄 수 없어."

그의 말을 알아들었는지 루나는 얌전하게 자리에 앉았다. 이불을 다시 침대에 놓으려던 그가 갑자기 눈살을 찌푸렸다. 그의 시선이 향한 침대 시트를 보니 누렇게 젖어 있었다. 두 사람은 동시에 루나를 쳐다보았다. 굳이 말하지 않아도 어떻게 된 일인지 알 수 있었다. 혜민이 멍하니 중얼거렸다.

"그러고 보니 발끝이 축축했는데……."

"당장 가서 발부터 씻어."

마치 그녀가 더러운 병균 덩어리라도 되는 것처럼 그는 혐오스럽다는 표정을 숨기지 않으며 말했다. 혜민은 억울하고 서러웠다. 자신이 잘못한 것도 아닌데 왜 그에게서 병균 취급을 받아야 하는지 모르겠다. 오늘만큼은 그의 결벽증이 조금 원망스러웠다.

발을 씻고 돌아와 보니 루나는 이동장에 갇혀 있었다. 사고 친 대가였다. 젖은 시트는 문가에 얌전히 부려져 있었다. 승현은 이불과 베개를 길쭉한 소파에 가져다 놓으며 말했다.

"내 침대에서 자."

"네?"

"내가 소파에서 잘 테니까 넌 침대에서 자라고."

그냥 육안으로 보더라도 소파는 턱없이 작고 비좁았다. 자신이 누워도 몸을 잔뜩 웅크려야 간신히 누울까 말까 하는데 장신인 그에게는 어림도 없었다.

"제가 소파에서 잘게요."

혜민은 자신의 베개와 이불을 들고 소파로 다가갔다. 그러나 소파에 가기도 전에 몸이 붕 떠올랐다. 눈 깜짝할 사이에 승현이 그녀를 냉큼 안아 들었다.

"뭐, 뭐하는 거예요?"

그는 발버둥 치는 그녀를 기어이 그의 침대에 떨어뜨렸다. 그러고는 경고하듯 덧붙였다.

"여기서 한 발자국만 벗어나면 너도 루나처럼 될 줄 알아."

다른 사람도 아닌 승현이 한 말이었다. 한다면 반드시 하는 사람의 말이라 단순한 으름장으로 흘려들을 수 없었다. 이동장에 갇힌 루나를 보니 절로 몸이 움츠러들었다.

금세 불이 꺼졌다. 어둠에 눈이 적응하기를 기다렸다가 소파가 있는 곳을 바라보았다. 그러나 침대에 누우니 방의 구조 때문에 소파는 전혀 보이지 않았다. 작은 소파에서 어떻게 잠을 자겠다는 건지. 걱정스러웠지만 도리가 없었다. 혜민은 한숨을 내쉬며 잠을 청했다.

조금 전까지 그가 누워 있었던 침대라서일까. 기분 탓인지 언젠가 맡아 본 적이 있는 그의 체취가 코끝에 느껴졌다. 비록 향이 옅기는 했지만 커피 향과 어우러진 은은하면서도 시원한 체향이 시트에 배어 있는 듯했다. 그의 체취를 음미하며 혜민은 팔과 다리를 만져 보았다. 그가 그녀를 안아 들었을 때 그의 팔이 닿았던 부위였다.

이상하게 그곳이 아까부터 델 것처럼 뜨거웠다. 덩달아 얼굴도 가슴도 점차 뜨거워지고 있었다. 냉방 시설이 잘 갖춰져 있어서 방 안은 그다지 덥지 않았다. 그런데도 점점 온몸으로 열이 오르고 있었다. 몸이 아픈 건 아니었다. 어두워서 보이지 않는데도 혜민은 이불로 붉어진 얼굴을 가렸다. 눈을 감았지만 여전히 잠은 오지 않았다. 아무래도 오늘은 뜬눈으로 밤을 샐 것 같았다.

❀　　　❀　　　❀

눈을 뜬 순간, 혜민은 자신이 잠들었었다는 걸 깨달았다. 대체 언제 잠들었던 걸까. 하도 잠이 오지 않아서 이대로 밤을 꼴딱 샐 줄 알았는데. 시간을 확인해 보니 어김없이 6시였다.

눈부신 아침 햇살이 방 안으로 거침없이 들어와 있었다. 그 환한 햇살 가운데 오독오독 맛있게 사료를 먹고 있는 루나가 보였다. 사료가 제대로 밥그릇에 담긴 걸 보니 승현이 챙겨 준 듯했다.

침대에서 일어나자 승현이 객실로 들어왔다. 누가 카페인 중독자 아니랄까 봐 그의 손에는 커피가 들려 있었다. 아직 문을 연 커피전문점이 없어서인지 편의점에서 파는 커피였다. 여느 때와 마찬가지로 그는 오늘도 깔끔하고 도회적이고 세련된 모습이었다. 그러나 얼굴은 조금 까칠해 보였다.

어제 회사 업무를 마치고 문경까지 직접 운전해서 내려왔으니 피곤했을 터였다. 그런데 잠자리마저 편안하지 않았으니 컨디션이 좋지 않은 게 당연했다. 자신이 그의 침대를 차지하지 않았다면 잠이라도 푹 잤을 텐데. 엄밀히 따지면 자신의 탓이 아닌데도 혜민은 미안한 마음을 지울 수 없었다.

"일어났으면 어서 씻고 나갈 준비해. 곧 아침 먹으러 간다니까."

혜민이 막 욕실로 들어가려는데 그가 덧붙였다.

"서울엔 내일 올라갈 거야."

"오늘 하루 더 여기 있는 거예요?"

"어제 회의를 제대로 못했으니까."

문경에 내려온 건 준혁의 말도 안 되는 고집 때문이기도 했지만 스태프들과 회의를 하기 위해서이기도 했다. 늦게 도착한 데다 촬영도 밤늦게 끝났고 회식에 사우나까지 가는 바람에 다들 머리를 맞댈 시간이 없었다. 그렇다 해도 하루를 더 여기서 지내게 될 줄은 몰랐다.

오늘 당연히 서울에 올라갈 거라 생각했던 혜민은 조금 당혹스러웠다. 그런 그녀의 마음을 눈치챈 건지 승현은 대수롭지 않다는 투로 말했다.

"서울 가고 싶으면 넌 가도 돼. 어차피 네가 여기서 할 일은 없으니까."

"아니에요. 저도 내일 올라갈래요."

"억지로 그럴 필요 없어."

"억지 아니에요. 문경에 온 건 처음이거든요. 여기까지 온 김에 하루 더 있을래요."

"그럼 그러든가."

승현은 대충 대꾸하며 커피를 홀짝였다. 그녀가 남아서 좋은 건지 싫은 건지 그 속을 도통 짐작할 수 없는 얼굴이었다. 사실 혜민은 오늘 서울로 올라가고 싶었다. 여기 남는다는 건 하룻밤 더 그와 같은 방을 써야 한다는 걸 의미했다. 생각보다 크게 불편하진 않았지만 신경 쓰이는 건 어쩔 수 없었다.

얼른 서울에 올라가 내 방에서 편히 쉬고 싶었다. 그런데 혼자만 서울에 올라간다고 생각하자 그건 또 싫었다. 도대체 무슨 조화인지 모르겠다. 혜민은 그런 스스로가 이해되지 않았다.

"그걸 꼭 감독한테서 받아 내야 하나. 남자가 쪼잔하게시리. 돈이 없는 것도 아니면서. 나라면 그냥 한 턱 내고 말았을 텐데."

준혁이 다소 과장된 투로 비아냥거렸다. 그러고는 동의를 구하듯 옆에 있는 혜민을 힐끔 쳐다보았다. 혜민은 아무 대꾸도 하지 않고 루나의 머리를 쓰다듬었다.

하루 더 문경에 있기로 한 그녀는 자진해서 루나를 봐 주고 있었다. 무료하게 멍하니 있느니 루나라도 돌봐 주며 도움이 되는 편이 낫다는 생각에서였다. 촬영 전, 더위에 루나가 지칠까 봐 햇볕을 피해 나무 그늘로 왔더니 준혁이 금세 옆으로 와 자리를 잡았다. 그러고는 아침에 있었던 일을 빌미로 승현에 대한 험담을 늘어놓고 있었다.

혜민을 도발하기 위해 부러 저러는 게 빤히 보였다. 그녀가 아무런 반응을 보이지 않자 무안했는지 준혁은 혼잣말하듯 중얼거렸다.

"근데 난 수정식당 별로던데 왜 다들 거기만 고집하는 건지 모르겠네. 어쨌든 언젠가 오늘 같은 사단이 날 줄 알았다니까."

수정식당은 일주일 만에 스태프들을 단골로 만든 백반집이었다. 문경에 내려온 이후, 스태프들은 아침을 늘 수정식당에서 해결하고 있었다. 오늘도 그 식당에서 아침을 먹고 나온 참이었다.

"야, 이 사기꾼 놈아. 어떻게 이럴 수가 있어. 응? 지금 나 물 먹이려고 작정한 거냐?"

50대로 보이는 덩치 좋은 아저씨가 다짜고짜 진호의 멱살을 틀어잡고 소리를 고래고래 질렀다. 느닷없이 벌어진 일에 다들 당황해 우왕좌왕했다. 남자 스태프들이 아저씨를 말려 봤지만 씨알도 먹히지 않았다. 단단히 멱살을 잡힌 진호는 간신히 목소리를 내어 말했다.

"왜, 왜…… 이러시는 거예요? 아저씬 누구세요?"

"왜라니? 이 빌어먹을 새끼야. 젊은 놈이 내가 누군지 벌써 까먹었냐? 어젯밤 사우나에서 홀딱 벗고 만나서 모른다고 지껄이는 거라면 오늘 내 손에 죽을 줄 알아."

"사우나요?"

진호는 그제야 무언가를 떠올린 듯 놀란 얼굴이 되었다. 그러더니 곧바로 안색이 창백해졌다.

"흥, 이제 기억나나 보군. 그럼 네놈이 한 말도 기억하겠지?"

당황한 표정이 역력한 진호가 말을 잇지 못하고 입만 뻐끔거리자 아저씨가 대신 말해 주었다.

"네놈이 분명히 어제 나한테 그랬지. 매일 같은 식당에서 똑같은 밥 먹는 거 질렸다고. 그래서 오늘은 보람식당으로 아침 먹으러 오겠다고 네가 네 입으로 말했잖아!"

보람식당 주인인 아저씨는 감독인 진호의 말만 철석같이 믿고 약 칠십 명가량 되는 스태프의 아침을 준비했다고 한다. 그런데 진호가 아저씨와의 약속을 잊어버리고 습관적으로 수정식당으로 가 버린 바람에 지금 이 사단이 난 것이었다. 보람식당으로서는 손해가 이만저만이 아닌 상황이었다. 보람식당 주인 입장에서는 뚜껑이 열릴 만했다.

"죄송합니다. 정말 죄송해요."

진호는 손이 발이 되도록 빌었다. 아저씨는 손을 단호하게 내저었다.

"사과는 필요 없고 70인분 밥값이나 계산하쇼. 그럼 내 이번 한 번은 그냥 넘어갈 테니."

"그건……."

진호는 말끝을 흐리며 제작부 직원을 바라보았다. 직원은 울상을 지으며 고개를 가로저었다. 제작비는 촬영 일정에 맞게 준비되어 있었기 때문에 함부로 낭비할 수 없었다. 물론 변수가 생길 때를 대비하긴 했지만 식대를 변수로 칠 수는 없었다. 아주 난처한 상황이었다. 아저씨는 돈을 내지 않으면 당장 고소하겠다고 난리였다.

결국 사태를 해결한 건 제작사 대표이사인 승현이었다. 그는 감독인 진호를 대신해 정중하게 사과한 후 식대를 지불해 주었다. 제작비가 아닌 사비로. 진호는 승현에게 고마워하면서도 미안해했다. 그러나 승현은 진호의 감사 인사를 단칼에 거절했다.

"고마워할 필요 없어. 나중에 형 몫에서 제할 거니까."

공사 구분이 확실하고 시시비비가 엄격한 승현이었다. 진호는 자신의 실수로 인해 비롯된 일이라 찍소리도 하지 못했다. 그 광경을 전부 지켜본 은채는 승현을 다시 본다는 투로 중얼거렸다.

"있는 놈들이 더하다더니. 두 사람 친하다면서 어쩜 저럴 수 있지?"

"우리 형이 원래 공사 구분이 철저해요. 몰랐어요?"

혜민이 그것도 몰랐냐는 듯 은채에게 말했다. 다소 야박해 보이긴 해도 혜민은 승현의 방식이 마음에 들었다. 돈이 많다는 이유로 남이 잘못한 일을 대신 책임지는 건 옳지 않다고 생각한다. 자기 잘못은 자신이 책임지는 게 당연한 일이었다. 그 당연한 일이 참으로 힘든 세상이 되고 말았다.

"민 대표님이 공사 구분이 철저하다고요? 꼭 그렇지만은 않은 거 같던데."

은채는 지나가는 투로 중얼거렸다. 마치 승현에 대해 잘 알고 있다는 뉘앙스였다. 이상하게 그녀의 말이 신경에 거슬렸다.

아침의 일을 떠올리다 보니 자연스레 은채가 남긴 말까지 꼬리표처럼 따라붙었다. 마음이 산란해지려는데, 마침 건너편에서 은채가 리허설을 하고 있는 게 보였다. 혜민의 시선이 향한 곳을 바라보던 준혁이 건조하게 중얼거렸다.

"좀 이상하지 않아? 강은채 같은 애가 내 상대역이라니. 얼굴이랑 연기는 그런대로 무난하지만 인지도는 바닥인 데다 어리지도 않고 그렇다고 돈이 많아 보이지도 않던데…… 어떻게 캐스팅된 거지?"

준혁의 의문에 혜민은 입을 꾹 다물었다.

"듣기로는 민 대표님이 강력하게 추천했다던데…… 사실이야?"

"전 잘 모르는데요."

혜민은 자기도 모르게 대꾸해 버렸다. 아차, 싶었지만 이미 물은 엎질러진 후였다. 무반응으로 일관하며 절대 준혁의 장단에 맞춰 주지 않으려 했던 계획이 물거품이 돼 버렸다. 준혁은 혜민이 대답해 주자 반색하며 신나게 말을 이어 갔다.

"넌 잘 모르겠지만 강은채 같은 애들 이 바닥에 수두룩하거든. 얼굴 좀 반반해서 연예인이 되고 싶은데 돈도 빽도 없어서 암것도 못하는 애들. 재능이 있어도 운이 따르지 않으면 이 바닥에서 성공하기 힘들어. 근데 운도 기회가 와야 따르는 거거든. 나처럼 외모와 재능과 운, 이 3박자가 한꺼번에 갖춰진 경우는 로또 1등에 세 번 당첨될 확률이나 마찬가지야. 거의 불가능한 일이지. 어쨌든 암것도 없는 애들이 살아남는 방법은 딱 하나뿐이야."

"그게 뭔데요?"

크게 관심 없다는 투로 물었지만 사실 준혁의 다음 말이 좀 궁금하기도 했다. 준혁은 그런 혜민이 귀엽다는 듯 픽 웃더니 흔쾌히 대답해 주었다.

"스폰서. 스폰서뿐이야. 강은채 같은 애들이 살아남으려면."

어느 정도 예상했던 답이라 그리 놀랍지는 않았다. 지난번 D브랜드 런칭 파티에서 제작사 대표의 동생인 자신에게 캐스팅을 부탁했던 은채가 생각났다. 그 당시 그녀에게 자신은 하늘에서 내려온 동아줄처럼 보였을지도 몰랐다. 준혁은 손부채질을 하며 중얼거렸다.

"재벌 3세에 엔터테인먼트 대표. 게다가 젊고 잘생긴 미혼남."

그가 말한 조건에 들어맞는 사람이 딱 한 명 있었다. 혜민이 언짢은 표정을 숨기지 않고 준혁을 바라보았지만 그는 아랑곳하지 않고 말을 이어 갔다.

"돈도 빽도 없는 애들이 엄청 혹할 만한 조건이지."

"우리 형은 그런 사람 아니에요."

혜민은 강하게 부정했다. 상상만으로도 불쾌하기 짝이 없었다.

"네가 형의 사생활까지 다 아는 건 아니잖아."

"아니라니까요."

"오해할까 봐 미리 말해 두는데 나만 그렇게 생각하는 거 아니야. 다른 사람들도 말은 안 해도 민 대표랑 강은채 사이 의심하고 있거든."

두 사람의 시선이 허공에서 맞부딪혔다. 심각한 혜민과는 달리 준혁의 눈에는 장난기가 어려 있었다. 그러나 그의 입에서 나온 말은 결코 장난스럽지 않았다.

"강은채 같은 생초짜 신인이 내 상대역으로 캐스팅된 이유를 제대로 설명해 주면 네 말 믿을게."

말문이 막혔다. 얼마든지 반박해 주겠다고 벼른 게 무색했다. 사실 은채의 갑작스런 캐스팅에 대해 혜민 역시 의혹을 품고 있긴 마찬가지였다. 그동안 일부러 깊이 생각하지 않고 멀리 밀쳐 두고 있던 것을 준혁이 끄집어낸 것이었다. 준혁은 아무 말도 못 하고 있는 혜민을 보며 승자의 미소를 지었다. 기분이 상해 버린 그녀는 서둘러 루나의 몸줄을 이끌고 그늘 밖으로 나갔다.

"어디 가는 거야?"

"산책이요."

더는 준혁과 말을 섞고 싶지 않았다. 혜민은 걸음을 빨리했다. 한시라도 빨리 여기서 벗어나고 싶었다. 그녀가 저만치 멀어지자 준혁은 의자에서 일어나 기지개를 켰다.

"나도 산책이나 해 볼까."

"선배님은 그냥 여기 계시지 그래요."

리허설을 끝마친 은채가 준혁의 곁에 다가와 있었다.

"어제 제가 한 말을 그새 잊으신 건 아닐 테고. 웬만하면 지환 씨한테 관심 끄세요."

준혁은 자신을 저지하는 그녀가 못마땅하다는 듯 퉁명스럽게 대꾸했다.

"내가 누구한테 관심을 가지건 말건 네가 무슨 상관인데 그래. 그리고 주제 파악 좀 하지. 네가 나한테 이래라저래라 할 군번이냐?"

"아직도 제가 싫으세요?"

"그럼 좋겠냐."

준혁은 은채와 눈도 마주치려 하지 않았다. 경멸하는 기색이 역력했다. 그럼에도 은채는 눈썹 하나 찌푸리지 않고 부드럽게 말했다.

"제가 선배님이 상대하기엔 한참 모자라다는 거 아는데요, 솔직히 발연기 하는 애들보단 제가 백번 낫지 않아요?"

"스폰서 하나 잘 물어서 캐스팅 따낸 주제에 말은."

"스폰서요?"

그녀가 놀라며 반문하자 준혁이 어이없다는 듯 빈정거렸다.

"민 대표가 네 스폰서잖아. 아니면 네가 여주인공으로 캐스팅될 수 있었겠어?"

잠시 아무 말 없던 은채가 조용히 한숨을 내쉬며 중얼거렸다.

"선배님 말이 사실이었으면 좋겠네요."

"아닌 척해 봤자 소용없어. 내가 보기보다 발이 넓은 편이거든. 맘먹고 알아보면 금방 알아낼 수 있어."

"그럼 알아보세요."

거리낄 게 전혀 없다는 듯한 그녀의 당당한 태도에 준혁은 콧방귀를 뀌었다.

"이제 보니 배짱 하난 두둑하네. 내가 진짜 못 알아볼 거 같아?"

"알아보시라고요. 민 대표님이 제 스폰서인지 아닌지."

무덤덤한 은채의 반응에 불신으로 가득했던 준혁의 입매가 살짝 굳어졌다.

"진짜 아니야?"

"민 대표님 취향이 좀 독특한 거 같더라고요. 전 씨알도 안 먹히던데요?"

"그럼 어떻게 캐스팅된 거야?"

은채는 고개를 갸웃거리며 대답했다.

"글쎄요, 제가 캐릭터랑 딱 맞아서 캐스팅한 거 아닐까요?"

그녀의 대답이 마음에 들지 않는다는 듯 준혁은 질문을 바꿨다.

"민 대표 약점이라도 잡은 거야?"

재미있는 질문이라는 듯 은채가 빙그레 웃었다.

"민 대표님한테 약점이 있을 거 같아요?"

잠시 승현을 떠올린 준혁의 반듯한 미간에 깊은 골이 팼다. 객관적으로 봤을 때 승현은 흠잡을 데라곤 전혀 없는 남자였다. 집안, 학벌, 외모, 능력을 두루 갖춘 데다 깨끗한 사생활까지, 소위 말하는 엄친아였다. 같은 남자 입장에선 참으로 재수 없는 존재였다. 준혁은 불쾌한 낯빛으로 화제를 돌렸다.

"민 대표가 스폰서도 아닌데 넌 왜 지환이한테 신경 쓰는 거야? 너랑 아무 상관도 없는데."

"그건 제가 선배님한테 할 말인데요. 선배님이야말로 지환 씨한테 왜 그렇게 관심을 갖는 거예요?"

준혁은 대답할 가치도 없다는 듯 시선을 다른 곳으로 돌리며 딴청을 피웠다. 은채는 대답을 회피하는 그를 보며 피식 웃었다. 그러고는 자못 진지한 어조로 말을 꺼냈다.

"혹시 남자한테 관심 있는 건……."

"미쳤냐!"

준혁이 눈을 부라리며 펄쩍 뛰었다. 은채는 아무것도 모른다는 듯 천진한 투로 물었다.

"게이도 아닌데 왜 지환 씨한테 집적대는 건데요?"

묵묵부답. 게이가 아니라는 걸 해명하기 위해서라도 당장 대답할 줄 알았다. 그런데 준혁은 예상을 깨고 입을 꾹 다물고 있었다. 은채의 얼굴에 다시금 의혹이 깃들었다. 그녀의 시선을 느꼈는지 머뭇대던 그는 결국 마지못해 입을 열었다.

"특이해서."

"뭐가 특이한데요?"

"나만 아는 게 있어. 아직 확인하지 못해서 더는 말 못해. 자, 이제 네가 대답할 차례야. 넌 왜 지환이한테 신경 쓰는 거야. 혹시 지환이에 대해 뭔가 알고 있는 거야?"

준혁은 눈을 가늘게 뜨고 은채를 뚫어지게 응시했다. 그녀에게서 뭔가를 알아내겠다는 의지가 깃든 얼굴이었다. 그런 준혁을 마주 보며 은채는 모호한 미소를 지으며 말했다.

"알죠."

그녀의 대꾸에 준혁의 눈이 휘둥그레졌다.

"뭐야? 뭔데 그래. 나한테만 말해 봐. 아무한테도 말 안 할 테니까. 응?"

몸이 달은 사람같이 속사포처럼 말을 쏟아 내는 준혁이었다. 은채는 그런 그를 귀엽다는 듯 바라보다가 천천히 입을 열었다.

"다음이 선배님 차례라는 사실이요."

"뭐?"

"다음 차례가 선배님 촬영이라고요. 어서 가 보세요. 아까부터 조감독님이 손짓하고 계셨거든요."

한껏 기대에 부풀었던 준혁은 은채에게 불같이 화를 냈다.

"너 지금 나 놀리는 거야?"

그녀는 깜짝 놀란 척을 하며 손을 내저었다.

"제가 어떻게 하늘 같은 선배님을 놀릴 수 있겠어요? 그래도 기분 나쁘셨다면 죄송해요. 근데 한마디만 더 하자면 촬영에나 집중하는 게 어때요. 지환 씨는 그냥 내버려 두고."

"뭐어?"

"제 신조가 뭔지 아세요? 뭐든지 적당히 하자는 거예요. 과식하면 체하잖아요."

그녀의 의미심장한 말에 막 화를 내려던 준혁은 멈칫거렸다. 그녀는 슬금슬금 준혁의 눈치를 보더니 "전 이만 가 볼게요."라는 말을 끝으로 재빨리 스태프들이 있는 곳으로 도망가 버렸다.

맹랑한 후배의 충고에 어이가 없었다. 여전히 분이 풀리지는 않았지만 딱히 쫓아가서 따지고 싶은 마음은 생기지 않았다. 그건 자존심이 허용하지 않는 것이었다. 세상에서 제일 꼴불견인 게 여자랑 죽자 사자 싸우는 남자였다. 기본적으로 그는 여자들에게 뼛속까지 친절한 젠틀맨이었다. 물론 여자라도 상대에 따라 다르긴 하지만.

그는 가만히 입 속으로 그녀가 했던 말을 되새겨보았다.

"과식하면 체한다. 이제 보니 보통내기가 아니었군."

스태프들 사이에 있는 은채를 멀리서 바라보며 준혁은 허탈한 미소를 지었다.

"루나, 루나 어딨니?"

무성하게 우거진 관목을 살피던 혜민은 근처 나무에 등을 기대고 숨을 가다듬었다. 날이 점점 무더워지고 있었다. 온몸에서 땀이 비 오듯 흐르고 있었다. 땀에 젖은 옷이 몸에 찰싹 달라붙었지만 개의치 않았다. 땀으로 목욕을 하게 된다 해도 상관없었다. 지금 중요한 건 한시라도 빨리 루나를 찾는 것이었다.

도망치듯이 무작정 나선 산책이었지만 막상 움직이니 그리 나쁘지 않았다. 루나도 무척 좋아했다. 날이 무더워도 루나는 가만 있는 것보다 돌아다니는 걸 더 선호했다. 오랜만에 푸릇한 나무들을 눈에 가득 담을 수 있어서 즐거웠다. 몸도 마음도 힐링이 되는 산책이었다. 그 일만 없었다면 오늘의 산책은 분명히 좋은 추억으로 남았을 것이다.

문제가 생긴 건 혜민이 잠깐 한눈을 판 사이였다. 루나가 감쪽같이 사라져 버렸다. 답답해할까 봐 몸줄을 느슨하게 해 준 게 잘못이었다. 루나는 몸줄을 허물처럼 벗어 놓고 증발해 버렸다. 당황한 혜민은 미친 듯이 주변을 찾아 헤맸지만 루나의 그림자조차 찾을 수 없었다.

그렇게 약 한 시간 동안 사방을 헤매고 다니다 보니 이젠 여기가 어딘지도 알 수 없게 되었다. 보이는 거라고는 죄다 무성하게 우거진 짙푸른 나무들뿐이었다. 길을 잘못 들어 산으로 올라온 듯했다.

"어떡하지?"

남의 강아지를 잃어버린 것도 큰일인데 낯선 곳에서 미아가
돼 버렸으니 엎친 데 덮친 격이었다. 루나를 찾아야 하는지 아니
면 길을 찾아야 하는지 잠시 갈등하던 혜민은 일단 루나를 좀 더
찾아보기로 결정했다. 돌아갈 길을 찾지 못할 경우엔 전화라도
해서 사람들에게 도움을 요청할 수 있지만 루나는 지금 자신이
찾지 않으면 영영 못 찾게 될지도 몰랐다.

이마의 땀을 훔친 혜민은 다시 걸음을 옮겼다. 그러다 오른쪽
전방의 수풀이 미세하게 움직이고 있다는 걸 알아챘다. 바람이
불고 있지는 않았다. 그런데도 수풀은 마치 바람이 부는 것처럼
흔들리고 있었다. 급히 그쪽으로 달려갔다.

"루나 너 여기……."

반가운 마음에 무작정 수풀을 헤치고 나아간 혜민은 그 자리
에서 얼어붙었다. 눈앞의 광경이 꿈인지 생시인지 분간이 가지
않았다.

수풀 뒤에는 작은 공터가 있었는데 그곳에 대여섯 명의 남자
들이 옹기종기 모여 앉아 있었다. 혜민의 눈길을 사로잡은 건 그
들의 몰골이었다. 다들 하나같이 희한한 옷차림을 하고 있었다.
개중에는 갑옷에 칼까지 찬 사람도 있었다. 피처럼 보이는 붉은
얼룩이 옷에 군데군데 묻어 있었고 얼굴은 검댕이 묻은 것처럼
지저분했다.

"어, 누구요? 못 보던 얼굴인데."

그들 중 하나가 혜민을 발견했는지 말을 걸어왔다. 남자들의
정체를 확실히 알 수 없어서 혜민은 섣불리 대답하지 않았다. 그

들은 그런 그녀를 이상하다는 듯 쳐다보며 중얼거렸다.

"뭐야, 스태프 아닌가?"

스태프? 혜민은 주위를 돌아보았다. 빽빽한 나무들 사이로 카메라나 기타 촬영 장비를 든 사람들이 오가는 게 눈에 들어왔다. 남자들을 찬찬히 살펴보니 수염 붙인 자국과 비뚤어진 가발이 보였다. 이어서 손에 들린 담배와 휴대전화 따위가 눈에 들어왔다. 혜민은 그제야 이곳에서 사극을 촬영하는 중이라는 걸 깨달았다.

모여 있는 무리 중에서 익숙한 얼굴의 배우는 없었다. 보조 출연자들끼리 잠시 쉬고 있는 모양이었다. 남자들의 정체가 어느 정도 짐작된 혜민은 긴장을 풀었다. 그녀는 밑져야 본전이라는 생각으로 입을 열었다.

"저 혹시 강아지 못 보셨어요? 종류는 비글인데 하얀 바탕에 커다란 갈색 무늬가 있는……."

"강아지라면 얘 말하는 건가?"

갑옷을 입고 있는 중년 남자가 몸을 옆으로 비켜섰다. 그러자 몹시 익숙한 얼룩무늬 털 코트가 시야에 확 꽂혀 들었다. 혜민은 저도 모르게 소리쳤다.

"루나!"

이름이 불리자 강아지가 고개를 획 돌렸다. 천진하고 앙큼한 얼굴이 루나가 맞았다. 루나는 혜민을 알아보았는지 반갑다는 듯 꼬리를 치며 다가왔다.

"너 정말…… 어디 갔었던 거야. 내가 얼마나 찾았는데."

원망과 반가움과 안도감과 허탈함이 뒤섞인 감정을 토해 내며 혜민은 루나를 끌어안았다. 가만있어도 땀이 줄줄 흘러내리는 무더운 날, 사람보다 뜨거운 체온이 이렇게 반가울 줄은 몰랐다.

"그쪽 강아지였구만. 어디서 갑자기 나타나는 바람에 다들 깜짝 놀랐었는데. 사람도 잘 따르고 이런 산속에 있을 만한 강아지가 아닌 거 같아서 혹시 주인을 잃어버린 게 아닌가 했는데 내 생각이 맞았구먼."

"감사합니다. 우리 루나 데리고 있어 주셔서."

"우리야 뭐, 그냥 좀 놀아 준 것밖에 한 일이 없는데 뭐."

갑옷 남자는 혜민의 감사 인사에 쑥스러웠는지 슬그머니 화제를 돌렸다.

"근데 이 산속에 강아지는 왜 데리고 온 거요? 여긴 등산 코스도 아닌데."

"그게 실은 산 아래서 영화 촬영을 하고 있어서요. 잠깐 산책하러 나왔다가 길을 잃어버리는 바람에."

"영화? 오, 여기서 영화도 찍고 있었구나. 우린 지금 사극 촬영 중인데."

갑옷 남자의 말로는 아직 방영 전인 사극 드라마를 미리 찍고 있는 중이라고 했다. 여기가 사극 촬영장으로 유명한 문경 세트장 근처라는 것이다. 혜민은 홍보도 할 겸 간단히 영화에 대해 말한 후 일어섰다.

"그럼 전 이만."

"근데 내려가는 길은 아는가?"

여태껏 한마디도 하지 않았던 중년 남자가 갑자기 말을 걸어왔다. 얼굴에 수염을 덥수룩하게 붙인 남자였다.

"그냥 왔던 길로 돌아가려고요."

"아이고, 그럼 길 잃어버려요. 내가 내려가는 길 알려 줄 테니 따라와요."

혜민은 남자의 갑작스런 친절에 조금 당혹스러웠다.

"촬영 중이신데 괜히 저 때문에……."

"지금 주연들 찍고 있는 거라 괜찮아요."

혜민이 망설이며 선뜻 움직이지 않자 갑옷 남자가 거들었다.

"거 송 씨 말 들어요. 산길은 거기가 거기 같아서 헷갈리니까."

결국 혜민은 송 씨라는 중년 남자를 따라 산길을 내려가게 되었다. 남자는 과묵한 편이었다. 길을 나선 지 10여 분이 지나도록 한마디도 하지 않고 있었다. 가끔 고개를 돌려 혜민이 잘 따라오는지 확인할 뿐이었다.

혜민은 눈앞의 중년 남자가 이상하게 신경 쓰였다. 처음 봤을 때부터 그랬다. 그녀를 바라보는 남자의 눈빛이 이상할 정도로 낯익은 느낌이었다. 눈빛만이 아니라 얼굴형도 체구도 목소리도 익숙했다. 만약 얼굴에 붙인 수염이 없다고 상상하면…….

혜민은 그 자리에서 멈춰 섰다. 그녀가 따라오지 않는다는 걸 알았는지 앞서 가던 남자도 멈춰 섰다. 남자가 그녀를 돌아보았다. 남자의 눈과 마주친 순간 확신이 들었다. 혜민은 떨리는 마음을 가다듬으며 입을 열었다.

"아빠?"

남자의 눈빛이 걷잡을 수 없이 흔들렸다. 그러다 이내 축축하게 젖어 들었다.

"혜민아."

참으로 오랜만에 들어 보는 자신의 이름이었다. 혜민은 눈을 질끈 감았다. 그녀의 눈가도 흠뻑 젖어 있었다. 3개월 만의 부녀 상봉이었다.

"긴가민가했어. 머리가 너무 짧아서. 옷도 남자처럼 입고 있고."

아버지는 혜민을 위아래로 훑어보며 말했다. 혜민은 어색하게 웃으며 머리를 긁적였다. 늘 긴 머리만 고수했던 그녀였다. 지금처럼 짧게 머리를 잘라 본 적이 없으니 아버지가 알아보지 못할 만했다. 혜민은 얼른 말머리를 돌렸다.

"나도 아빠 못 알아봤어. 수염이 너무 많아서. 언제부터 엑스트라로 일한 거야?"

"꽤 됐다. 그놈들이 무조건 하라고 해서. 엑스트라뿐만 아니라 노가다랑 대리운전, 배달 일도 하고 있어."

아버지가 말한 '그놈들'은 나눔기획 형제들이었다. 아버지가 벌어들이는 돈은 그들의 주머니로 몽땅 들어가고 있었다. 아버지는 걱정스런 눈길로 혜민을 바라보았다.

"그동안 어떻게 지내고 있었어? 핸드폰도 뺏어 버리고 네 연락처도 안 가르쳐 줘서 뭘 할 수가 있어야지. 그놈들한테 물어봐도 암말도 안 해 줘서 혹시 너한테 몹쓸 일을 시킨 건 아닌가 얼마나 걱정했다구."

혜민의 손을 쥐고 있는 아버지의 손에 힘이 들어갔다. 손이 축축하게 젖어 있었다. 불안하고 초조한 기색이 역력했다. 혜민은 아버지를 안심시키기 위해 웃으며 가볍게 대꾸했다.

"걱정 마. 나도 아빠하고 비슷한 일하고 있으니까."

"비슷한 일? 그러고 보니 아까 영화 촬영하고 있다고 했지?"

혜민은 고개를 끄덕였다. 비록 아버지처럼 보조 출연자로 일하는 건 아니지만 다른 사람인 척 연기하고 있으니 비슷한 일이라고 해도 아주 틀린 말은 아니었다. 아버지는 안심한 얼굴로 고개를 끄덕였다.

"그렇다면 다행인데. 어떻게 된 일인지 난 아직도 이해가 안된다. 빚을 탕감해 준다고 하고 원금도 천천히 일해서 갚아도 된다고 했을 땐 잘못 들은 줄 알았지 뭐냐. 혹시 뭐 알고 있는 거 없니?"

"그, 글쎄, 잘 모르겠는데."

가슴 한구석이 뜨끔했지만 혜민은 태연하게 모른 척 응수했다. 아버지는 그녀의 말을 곧이곧대로 받아들였다. 그는 심각한 얼굴로 중얼거렸다.

"아무리 생각해도 희한하단 말이지. 사채하는 놈들은 원래 피도 눈물도 없다던데. 뭔 일이라도 있었나?"

혜민은 시선을 내려 루나를 바라보았다. 더는 뻔뻔하게 아버지를 바라볼 수가 없었다. 아버지는 김지환 프로젝트에 대해 모르고 있었다. 사실대로 말하자니 아버지가 어떻게 받아들일지 알 수가 없어 섣불리 입을 열 수가 없었다. 이제 와 돌이키기엔 너무 늦은 일이었다. 빚을 다 갚기 전까진 알리지 않는 게 나을지도 몰랐다.

"그 사람들 사정 알 게 뭐야. 우리한텐 잘된 일이니까 괜히 신경 쓰지 마."

"하긴. 지금 내 코가 석잔데."

아버지는 한숨 섞인 씁쓸한 미소를 지었다. 혜민은 아버지를 찬찬히 훑어보았다. 조금 야윈 거 빼곤 건강해 보였다. 나눔기획이 아버지에게 알선해 준 일도 생각보다 나쁘지 않아 다행이었다. 원양어선에 태운다거나 섬으로 보내 노예처럼 부려 먹을까 내심 걱정했던 게 무색했다. 문득 시선이 느껴졌다.

"왜?"

"멀리서 봤으면 못 알아봤을 거 같아서. 그놈들이 머리 자르라고 한 거지?"

그녀의 짧은 머리가 마음에 들지 않는 눈치였다. 혜민은 어깨를 으쓱하며 대수롭지 않게 대꾸했다.

"자르라고 해서 자른 거긴 한데, 엄청 편해. 가볍고 머리 감고 말리는 것도 빠르고 시원하고. 이럴 줄 알았으면 진작 짧게 자르고 다닐걸 그랬어."

"그래도 여자는 머리가 길어야 예쁘지."

"이상해?"

"그건 아닌데……."

아버지는 말끝을 흐리더니 입을 다물어 버렸다. 그는 잠시 시선을 허공에 두었다가 혜민을 바라보았다. 한참을 말없이 보고만 있더니 긴 한숨과 함께 입을 열었다.

"그게 말이다. 네 머리가 짧으니까 그 사람 생각이 나서 그래."

"그 사람이라니?"

혜민이 되묻자 아버지의 표정이 어두워졌다. 그는 가라앉은 목소리로 웅얼거리듯 말했다.

"내가 몇 달 전에 너랑 닮은 남자를 만났었거든."

불현듯 가슴이 서늘해졌다. 예감이 좋지 않았다. 혜민은 본능적으로 솟아오르는 두려움을 억누르며 반문했다.

"나랑 닮은…… 남자?"

"나도 처음엔 깜짝 놀랐어. 쌍둥이라고 해도 믿을 정도로 너랑 똑같았거든. 키도 목소리도 얼굴도. 근데 남자더라고. 신기하지?"

아버지의 목소리가 저 너머에서 들려오는 것처럼 아득했다.

11.

  조용하던 편의점 내에서 갑자기 소란스런 소리가 났다. 진열대를 둘러보던 재철은 무심코 고개를 빼고 소리가 들려오는 계산대를 바라보았다. 궁금해서라기보다 무의식적으로 고개가 움직인 거였다.

  계산대 앞에서 점원과 손님으로 보이는 청년이 작은 실랑이를 벌이고 있었다. 자신과는 상관없는 일이니 끼어들 생각 따위는 없었다. 그러나 정신을 차렸을 땐 점원과 손님 사이에 서 있었다.

  "얼마가 부족한 거요?"

  "오백 원이요."

  점원의 대답에 재철은 선뜻 지갑에서 오백 원을 꺼내 주었다. 그리고 들고 있던 자신의 컵라면 값도 지불했다. 컵라면에 온수

를 붓고 면발이 익기를 기다리는데 누군가가 슬쩍 옆으로 다가왔
다.

"그깟 오백 원 하나 가지고 깐깐하게 굴긴."

방금 전 점원과 실랑이를 벌였던 청년이었다. 20대 초반으로
보이는 청년은 재철 덕분에 계산을 마친 컵라면에 뜨거운 물을
부었다. 재철은 멍하니 청년의 얼굴을 쳐다보았다. 그리고 깨달
았다. 저 얼굴 때문에 충동적으로 오백 원을 대신 내 주었다는
것을.

"왜요? 뭐 묻었어요?"

청년은 투명한 유리문에 얼굴을 이리저리 비춰 보았다. 재철은
청년을 머리부터 발끝까지 찬찬히 훑어 내렸다. 아무리 보고 또
봐도 달라 보이지 않았다. 머리가 짧은 것을 제외하면 청년은 놀
라울 정도로 딸아이를 닮아 있었다. 키도 엇비슷하고 허스키한
목소리도 그렇고 이목구비는 마치 붕어빵 틀로 찍어 낸 것처럼
똑같았다. 쌍둥이라고 해도 과언이 아니었다.

점원과 싸우는 청년을 보고 순간 딸아이인 줄 알고 얼마나 놀
랐는지 모른다. 사실 지금도 좀 얼떨떨하긴 마찬가지였다. 생
판 남이 분명한데 어쩜 닮아도 저렇게 닮을 수 있을까.

"왜 자꾸 쳐다보는 거예요? 설마 내가 오백 원 떼어먹을까 봐
걱정돼서 그래요?"

청년은 초면인 데다 연배가 아버지뻘인 재철에게 참으로 무례
하게 굴었다. 어떻게 보면 도와주고 모욕을 당한 거나 마찬가진
데 재철은 이상하게 기분이 나쁘다거나 화가 나지 않았다. 자신

이 이토록 관대한 건 아마 청년이 딸과 너무나 닮아서일 거란 생각이 들었다.

생각만 해도 가슴이 저리는 귀한 딸이었다. 그런 딸이 못난 자신으로 인해 너무 많이 고생하고 있었다. 힘든 환경 속에서도 비뚤어지지 않고 바르고 곧게 자란 대견한 딸이었다. 자신은 딸에게 뭐라 할 자격이 없는 아버지였다.

"지금쯤이면 다 익었을 거네."

재철의 조용한 한마디에 청년은 입을 비죽이고는 서둘러 나무젓가락으로 라면을 휘휘 저으며 먹기 시작했다. 뜨거운데도 허겁지겁 먹어 대는 걸 보니 어지간히도 배가 고팠던 모양이었다. 컵라면 살 돈조차 없었으니 그동안 제대로 된 식사를 했을 리 없었다.

청년이 왜 빈털터리가 된 건지 재철은 굳이 묻지 않았다. 청년에게 듣지 않아도 대충 짐작이 갔다. 이곳 강원랜드는 청년 같은 사람들이 지천으로 널린 곳이었으니까.

"이것도 먹을래요?"

재철은 그의 컵라면을 청년에게 살짝 디밀었다. 청년은 순간 재철을 빤히 쳐다보더니 두말 하지 않고 컵라면을 자신의 앞으로 가져갔다. 가만히 라면을 흡입하는 청년을 지켜보던 재철은 타이르듯 말했다.

"그냥 집으로 돌아가지 그래요."

"신분증이랑 차 담보 잡혀 있어서 여기 못 떠요. 아니, 안 뜰 거예요. 한 방 터지기 전까진 절대."

벌써 건더기를 다 건져 먹었는지 청년은 국물을 후루룩 마시며 단호하게 대꾸했다. 땡전 한 푼 없는데도 주눅 든 기색은커녕 자신감이 넘쳐 보였다. 그런 청년을 지켜보고 있자니 문득 궁금해졌다.

"어쩌다 여기까지 오게 된 거요? 보아하니 아직 나이도 어린 거 같은데."

청년은 재철을 곁눈질로 힐끗 쳐다보더니 잠시 망설이다가 입을 열었다. 오백 원도 내 주고 라면도 주었으니 특별히 대답해 준다는 투였다.

"독립하려고요."

"독립?"

참 간단명료한 이유였다. 재철은 그런 청년이 황당하기도 하고 어이가 없기도 했다.

"독립하고 싶으면 부모님한테 잘 말해서……."

"엄마한테 난 쓸모없는 혹이에요. 그런 내 말을 들어주겠어요?"

"혹이라니……."

"우리 엄마 재혼했거든요. 그러니 이혼한 전남편 자식은 꼴도 보기 싫을 거 아녜요."

당연하다는 말투에 재철은 말문이 막혀 버렸다. 청년은 아무렇지도 않다는 듯 태연하게 라면 국물을 전부 마셨다.

두 사람은 사이좋게 편의점에서 나왔다. 문을 열고 나오자마자 2월의 칼바람이 옷깃 속으로 매섭게 파고들었다. 코트 깃을 여미며 청년은 재철에게 작별을 고했다.

"그럼 전 이만……."

"자네가 잘못 알고 있을 거네."

작별 인사 대신 튀어나온 뜬금없는 재철의 말에 청년은 의아한 얼굴이 되었다. 재철은 목소리를 가다듬으며 아까부터 마음에 담고 있었던 말을 꺼냈다.

"부모에게 자식은 늘 아픈 손가락이네. 아무리 못나도 내 자식이고 아무리 못된 짓을 해도 내 자식이야. 그러니까 자네 어머니도 자넬 싫어하지는 않을 거네."

의아해하던 청년의 얼굴이 점차 딱딱하게 굳어져 갔다. 그러더니 느닷없이 웃음을 터뜨렸다. 재미있어서 웃는 게 아니라 어이없다는 웃음이었다.

"하하, 이 아저씨 이제 보니 오지랖이 태평양 수준이네. 뭘 안다고 지금 나한테 그딴 말을……."

말끝을 흐린 청년의 표정이 갑자기 돌덩이처럼 굳었다. 안색 또한 창백해져 있었다. 그는 재철의 어깨너머를 뚫어지게 바라보고 있었다. 재철이 미처 고개를 돌리기 전에 등 뒤에서 낯선 남자의 목소리가 들려왔다.

"여어, 여기 계셨구만."

길 건너편에 세 명의 남자들이 있었다. 20대로 보이는 젊은 남자 둘과 말할 때마다 금니가 번쩍이는 40대 중년 남자였다. 그들은 청년에게 친근한 척 손을 흔들었다.

"우리 얘기 좀 할까."

그들이 길을 건너려고 막 발을 뗀 참이었다. 승합차 한 대가 길을 가로질러 갔다. 청년이 이때라는 듯 "뛰어요!"라고 소리치 더니 마구 달리기 시작했다. 재철은 영문도 모르고 얼떨결에 청 년을 따라 달리기 시작했다. 그렇게 한참을 달리다 보니 인근 산 으로까지 올라가게 되었다.

뒤쫓던 남자들을 따돌리고 잠시 숨을 돌리며 재철은 청년과 대화를 나누었다. 짧은 대화였지만 재철은 청년에 대해 많은 것 을 알 수 있었다. 집을 나온 청년은 돈이 떨어지자 사채까지 써 서 이곳에 온 것이었다. 청년을 뒤쫓던 남자들은 사채업자가 보 낸 수금원들인 듯했다. 청년은 재철에게 산을 내려가라고 말했 다.

"응?"

"내려가시라고요. 그놈들이 찾는 건 나지 아저씨가 아니잖아 요."

청년은 산을 내려가 사람들을 불러오라고 했다. 수금원들을 따 돌리기 위해 사람들이 필요하다는 말에 결국 재철은 청년의 말대 로 산을 내려가기로 했다. 그러다 산 중턱에서 청년을 뒤쫓던 남 자들을 발견하고 다시 올라갔으나 이미 청년은 절벽 아래로 추락 한 후였다.

남자들이 청년을 절벽 아래로 떠다민 건 아니었다. 그것은 순 전한 사고였다. 그러나 절벽 아래로 내려간 후, 그들이 행한 행 동은 더 이상 사고라고 할 수 없었다.

그들은 중상을 입고 정신을 잃은 청년을 강물에 던져 버렸다.

청년의 숨이 붙어 있었지만 나중에 잘못되어 골치 아픈 일에 휘말릴까 우려해 저지른 만행이었다. 그들이 사라진 후, 재철이 뒤늦게 차디찬 강물에 들어가 청년을 찾았지만 도저히 찾을 수가 없었다.

"신고하려고 했지만 할 수가 없었어. 난 그 사람의 이름도 나이도 사는 곳도 몰랐으니까. 그 사람을 강물에 던진 사람들에 대해서도 마찬가지고. 아는 게 없다 보니 뭘 어떻게 할 수가 있어야지. 그래도 신고는 꼭 할 생각이었어. 일단 내 일부터 해결한 후에 말이야. 근데 시간이 지나면 지날수록 못 하겠더라고. 혹시 내가 범인으로 몰리면 어떡하나 걱정되기도 하고. 아빠 참 못났지?"

부끄러운 속내를 털어놓으며 이야기를 끝맺은 아버지는 긴 한숨을 내쉬었다. 아버지가 자진해서 계약을 중도에 파기한 이유를 오늘에서야 알 수 있었다. 그런 일을 겪었으니 아버지의 심경에 변화가 생기고도 남았을 터였다. 아마 그 일로 인해 사채의 무서움을 직접적으로 깨닫게 된 게 아닐까 싶었다.

머릿속이 복잡했다. 아버지가 사채를 빌려 강원랜드에 갔다는 것도 충격적이지만 그보다 자신을 닮았다는 남자의 비참한 말로가 더 충격적이었다. 만약 그 남자가 김지환이라면…… 아니야, 그럴 리 없어.

"왜 그래? 머리 아파?"

아버지의 걱정스런 물음에 혜민은 그제야 자신이 고개를 마구

317

가로젓고 있다는 걸 깨달았다. 꽤 오랫동안 그랬는지 목이 뻐근했다.

"아니, 그냥 더워서."

대충 얼버무리며 혜민은 어색한 미소를 지었다. 아버지는 여전히 걱정이 가득한 눈으로 그녀를 바라보았다.

"미안하다. 나 때문에 네가……. 내가 정말 나중에 네 엄마를 어떻게 봐야 할지 모르겠다."

혜민은 눈물을 글썽이는 아버지의 손을 꼭 잡았다. 거칠고 투박한 손이었다. 그동안 일이 잘 풀리지 않아서 그렇지 아버지 나름대로 잘 살아 보려 노력했다는 걸 안다. 방법은 잘못되었지만 그 의도마저 폄하할 생각은 없었다. 아버지에게서 미안하다는 말은 듣고 싶지 않았다.

"아빠, 나 이제 가야 해."

"그래, 여기서 너무 오래 있었지. 어서 가 봐라."

아버지는 손등으로 눈가를 찍으며 고개를 끄덕였다. 연락처를 아버지에게 알려 주려고 했지만 아버지는 한사코 거절했다.

"됐다. 이렇게 잘 있는 거 봤으니 됐어."

"그래도……."

"그놈들이 알면 무슨 해코지를 할지 모르잖아. 오늘 너랑 이렇게 만난 것도 큰일인데."

별다른 반박을 할 수가 없었다. 아버지 말대로 그들이 오늘 일을 알게 되면 어떻게 나올지 장담할 수 없었다. 아버지는 내려가는 길을 상세히 가르쳐 주며 마지막으로 그녀의 손을 꼭 쥐었다.

"내가 더 열심히 일해서 얼른 빚 갚을게. 미안하다."

아버지는 몇 번이나 그녀를 돌아보며 왔던 길로 돌아갔다. 혼자 남겨진 혜민은 그 자리에 쪼그리고 앉았다. 아버지가 말해 준 이야기를 되짚어 보았다.

그 남자는 사채업자가 보낸 수금원들에게 쫓기다가 사고를 당했다고 했다. 만약 그 남자가 김지환이라면 얼마 전 자신을 김지환인 줄 알고 찾아온 사채업자들은 뭐란 말인가. 아무리 사채업자들이 피도 눈물도 없는 족속이라지만 그들이 죽일 뻔한 남자에게 돈을 받으러 나타날 수 있을까. 까딱하다 살인미수로 고소당할 위험까지 무릅쓰고 말이다.

혜민은 루나를 끌어안고 중얼거렸다.

"그 사람이 김지환은 아니야. 분명히 아닐 거야. 그냥 날 닮은 또 다른 사람일 거야."

구슬 같은 루나의 새까만 눈에 비친 얼굴은 기묘하게 일그러져 있었다.

하늘에 먹구름이 잔뜩 뒤덮여 있었다. 금방이라도 비가 쏟아질 것 같은 날씨였다. 승현은 시선을 아래로 내렸다. 감독의 마지막 오케이 사인이 떨어진 촬영장은 몹시 어수선한 분위기였다. 그는 장비를 정리하고 있는 스태프들을 하나하나 눈여겨 보았다. 익숙한 얼굴들 사이에서 찾고 있는 얼굴이 좀처럼 보이지 않았다.

고작 서너 시간 자리를 비웠을 뿐이었다. 숙소로 돌아가 전화와 메일로 본사 일을 처리하고 나오니 막 촬영이 끝나 있었다.

강아지를 데리고 있어서 당연히 촬영장에 있겠거니 했다. 그렇게 마음 놓고 있었던 게 실수였던 모양이다. 전화를 걸어 봤지만 꺼져 있다는 말만 되풀이되고 있었다. 대체 어디 간 걸까. 승현은 주위를 연신 두리번거렸다.

"누구 찾아요?"

은채가 말을 걸어왔다. 승현은 그녀를 무시하려다가 마음을 바꿨다.

"혹시 제 동생 어디 있는지 압니까?"

"지환 씨요? 아까 루나 산책시킨다고 했는데."

"그게 몇 시쯤이었죠?"

"촬영 들어가기 전이었으니까, 한 세 시쯤이었을 거예요."

시간을 확인하니 7시였다. 산책을 4시간이나 할 리는 없었다. 승현의 얼굴이 굳어지자 은채의 눈이 휘둥그레졌다.

"설마 아직도 안 돌아온 거예요?"

그녀의 얼굴에 불안이 떠올라 있었다. 심상치 않은 분위기에 지나가던 스태프들이 하나둘 몰려들었다. 아무도 지환을 본 사람이 없었다. 웅성거리는 스태프들 가운데 누군가가 말했다.

"요 근처에 사극 세트장 있는데 거기부터 가 보죠."

"요즘 거기서 드라마 찍고 있는 거 같던데. 혹시 우리랑 헷갈려서 그리로 간 거 아닐까요."

그럴 듯한 추리였다. 승현은 일단 몇몇 스태프들과 함께 사극 촬영장을 찾아갔다. 그러나 촬영이 다 끝났는지 남아 있는 사람이 거의 없었다. 아무 소득 없이 촬영장으로 돌아오니 뒤늦게 소식을 접한 진호가 기다리고 있었다. 그는 승현에게 다가와 고개를 숙였다.

"미안하다. 전부 내 불찰이야. 루나 촬영이 내일로 미뤄지는 바람에 깜빡했어. 내가 좀 더 신경 썼어야 했는데."

"형은 숙소로 돌아가 있어. 내가 알아서 할 테니까."

"그게 무슨 소리야? 내가 여기 책임잔데. 나도 지환이 찾을 거야."

"내일 또 촬영해야 하잖아. 들어가서 쉬어."

"나 아직 팔팔해, 인마. 밤새도 끄떡없다고. 늙은이 취급은 사절이야."

진호는 좀처럼 물러서려 하지 않았다. 승현은 슬슬 짜증이 나기 시작했다. 지환이 없어진 것만으로도 머리가 복잡한데 진호까지 고집을 부리니 참기가 힘들었다. 걱정해 주는 건 알지만 지금으로서는 가만있어 줬으면 하는 게 솔직한 바람이었다. 어떻게 해야 진호가 단념할까 생각하는데 느닷없는 목소리가 끼어들었다.

"제가 감독님을 대신하죠."

사람들 사이를 헤치고 준혁이 나타났다. 그는 좌중을 둘러보며 담담하게 말을 이어 갔다.

"지환이 마지막으로 본 사람이 나예요. 산책 가기 전에 나랑 같이 있었거든요."

그의 말이 귀에 거슬렸다.

"같이 있었다고요?"

"네. 얘기 좀 나누다가 강아지 산책시킨다고 가 버렸거든요."

"무슨 얘기를 했길래 내 동생이 이 더운 날 산책을 간 거죠?"

정중한 어투였지만 마치 준혁 때문에 지환이 행방불명되었다는 뉘앙스였다. 황당해하던 준혁은 곧바로 여유를 되찾고 미소를 지었다. 그러나 눈은 웃고 있지 않았다. 그는 승현을 똑바로 응시하며 빈정거리는 투로 대답했다.

"그쪽 얘기."

두 사람의 날 선 눈이 허공에서 날카롭게 부딪혔다. 잠시 불편한 침묵이 흘렀다. 승현은 차가운 눈길로 준혁을 내려다보았다.

"그렇다면 제 책임이군요. 그런 의미에서 제 동생은 제가 찾겠습니다. 내일 준혁 씨 촬영분량이 꽤 많은 거로 알고 있는데 제 동생 때문에 모두에게 폐를 끼칠 순 없죠. 숙소로 돌아가시죠."

"촬영에 지장 없도록 하죠."

준혁은 순순히 물러서지 않았다. 승현은 그에게 바짝 다가섰다. 키가 큰 승현이 위압적으로 다가오자 준혁은 저도 모르게 뒤로 한 발 물러섰다.

"뭐야?"

"지환이는 제 동생입니다. 제가 보호자죠. 제 집안일은 제가 해결합니다. 남이 끼어들 문제가 아니란 말입니다."

딱 잘라 선을 긋는 승현의 냉정한 말에 준혁의 표정이 일그러졌다. 승현은 내친김에 진호에게도 선을 그었다.

"감독님의 본분은 영화를 만드는 겁니다. 다른 일에 신경 쓰지 마시고 영화에만 집중해 주시죠. 그 밖의 일은 제가 알아서 할 테니."

진호는 질렸다는 얼굴로 혀를 찼다.

"징한 놈. 알았다 알았어. 대신 지환이 찾으면 바로 연락 줘야
해."

진호와 조감독을 비롯한 주요 스태프들은 숙소로 돌아갔다. 그
러나 준혁은 여전히 완강하게 버티고 있었다.

"지환이가 그쪽 동생이건 말건 난 나대로 찾을 거니까 상관하
지 마시죠."

준혁은 도전적인 눈빛으로 선언했다. 순간 승현의 주먹에 힘이
들어갔다.

처음부터 마음에 들지 않았다. 비즈니스적인 면에서 준혁은 유
능한 배우로 최고의 파트너지만 사적으로는 절대 상종하고 싶지
않았다. 성격, 취향, 사고방식 등 그와 자신은 하나부터 열까지
맞는 구석이 하나도 없었다. 상극이나 다름없었다. 틈만 나면 지
환에게 들이대고 추근거리는 것도 늘 신경 쓰이고 짜증났었다.
제깟 놈이 촬영 거부를 하건 말건 무시했어야 했는데.

대체 준혁과 지환은 자신에 대해 무슨 얘기를 나누었을까. 이
런 일이 있을 줄 알았다면 지환을 그냥 서울에 두고 혼자 내려올
걸 그랬다. 촬영 일정이 빡빡한 탓에 준혁의 시위를 그냥 두고
볼 수 없어서 데리고 왔건만 결국 이런 사단이 날 줄이야.

주먹이 부르르 떨렸다. 당장이라도 모든 일의 원흉인 저 매끈
한 면상에 주먹을 박아 넣고 싶었다. 그러나 남아 있는 이성이
그를 간신히 제지했다. 주연 배우 얼굴을 제작사 대표가 뭉개 놓

으면 다음 날 스포츠 신문 1면에 대문짝만 하게 실릴 터였다.

승현은 서너 명의 제작부 직원들과, 준혁은 그의 매니저인 김 실장과 함께 지환을 찾으러 자리를 떠났다. 지금까지의 상황을 쭉 지켜본 은채가 혼잣말로 중얼거렸다.

"인기 폭발이네."

"누가요?"

코디의 물음에 은채는 가볍게 웃으며 고개를 저었다.

"아무것도 아냐. 얼른 가자. 비 올 거 같으니까."

하늘은 좀 전보다 더 어두워져 있었다.

벌써 열 번째였다. 같은 곳으로 되돌아온 게. 혜민은 익숙한 풍경을 둘러보다가 그 자리에 털썩 주저앉았다. 처음에는 아버지가 가르쳐 준 길로 순조롭게 잘 내려왔다고 생각했었다. 그러나 정신 차리고 보니 아까 있던 곳으로 되돌아와 있었다. 도대체 어떻게 된 영문인지 알 수 없었다. 귀신에 홀린 기분이었다.

사극을 촬영하던 곳으로 돌아가려 해도 길을 알 수가 없었다. 다 거기서 거기 같았다. 그동안 깨닫지 못했었지만 어쩌면 자신은 심각한 길치인지도 모르겠다. 그렇지 않고선 이렇게 길을 못 찾을 리 없었다. 휴대전화 배터리도 바닥나는 바람에 다른 사람들에게 도움을 요청할 수도 없었다. 완벽하게 조난당한 상황이었다.

해가 서쪽으로 넘어간 산속은 어두컴컴했다. 앞이 보이지 않자 더는 길을 찾아볼 수도 없었다. 아까부터 루나는 낑낑거리며 코를 흙에 박고 있었다. 배가 고픈 듯했다. 혜민은 주머니를 뒤져 육포를 꺼냈다. 루나를 달래기 위해 챙겨 왔던 간식이었다. 루나가 금세 냄새를 맡고 다가왔다. 정신없이 육포를 먹는 루나를 보니 서글퍼졌다.

"미안하다. 나 때문에 너도 고생이네."

혜민은 쓴웃음을 지으며 루나를 품에 끌어안았다. 여름이라 해도 산속의 밤은 좀 쌀쌀한 편이었다. 루나의 체온이 따스하게 느껴졌다.

"너라도 있어서 다행이다. 춥고 배고파도 조금만 참자."

혼자였으면 지금처럼 침착하게 있지 못했을 터였다. 일단 날이 밝을 때까지 이곳에 가만히 있을 작정이었다. 섣불리 어둠 속에서 움직였다가 다치기라도 하면 큰일이니까.

"지금쯤 우리가 없어진 걸 알았겠지."

마음이 무거웠다. 다들 힘들게 촬영하고 있는데 도와주진 못할망정 산속에서 조난이나 당하다니. 스스로 생각해도 참 한심했다.

지금까지 살면서 남들에게 민폐는커녕 야무지고 똑 부러지게 살아왔던 그녀였다. 그런데 요 몇 달간 본의 아니게 자주 사고를 치고 있었다. 어쩐지 점점 김지환을 닮아 가는 느낌이었다. 만나 본 적은 없지만 그동안의 일들로 미루어 보아 김지환이 사고뭉치 문제아라는 건 틀림없었다. 닮을 걸 닮아야지. 평소 경멸해 마지않던 사람을 닮아 가면 어쩌자는 건가. 남의 행세를 하고 있어서 지금 벌 받는 것 같은 기분이 들었다.

혜민은 땅이 꺼져라 한숨을 내쉬었다. 승현은 지금쯤 뭘 하고 있을까. 대형 사고를 쳤으니 엄청 화가 났을 테지. 두려움과는 별개로 그가 보고 싶었다. 불호령을 내려도 좋으니 그가 당장 눈앞에 나타났으면 싶었다.

석 달 전만 하더라도 그와 같이 있으면 긴장되고 불편했었는데 이젠 전혀 그렇지 않았다. 외려 그가 곁에 없으면 어디서 뭘 하는지, 누굴 만나는지, 무슨 생각을 하는지 궁금하고 보고 싶었다. 상상도 못 했던 변화였다. 혜민은 씁쓸한 미소를 지었다. 시간의 힘이 대단하다는 걸 새삼 다시 한 번 느낀다.

차가운 뭔가가 목덜미로 툭 떨어졌다. 상념에서 깨어난 혜민은 어깨를 움츠리며 고개를 들었다. 시커먼 하늘에서 빗방울이 뚝뚝 떨어지고 있었다. 일기예보에서 오늘 밤 늦게 비가 온다더니 조금 앞당겨진 듯했다. 이대로 여기 있다간 홀딱 젖어 버릴 터였다.

"루나 일어나, 큰 나무 밑으로 가자."

몸줄을 쥐고 막 일어난 참이었다.

콰콰쾅―

하늘이 쪼개지는 굉음이 들리더니 눈앞이 번쩍거렸다. 느닷없는 천둥 번개에 놀랐는지 루나가 경기를 일으키듯 튀어 올랐다. 그 바람에 혜민은 그만 몸줄을 놓치고 말았다. 두 번째 천둥이 대기를 흔들었다. 패닉에 빠진 루나는 쏜살같이 어딘가로 내빼 버렸다.

"앗, 안 돼! 이리 와!"

미처 손쓸 틈도 없었다. 루나는 눈 깜짝할 사이에 어두운 숲속으로 사라져 버렸다. 망연자실한 얼굴로 혜민은 멍하니 루나가 사라진 곳을 바라보았다. 하루에 두 번이나 잃어버리다니. 만약 나중에 강아지를 기르게 된다면 절대로 산 근처에서 산책하지 않겠다고 굳게 다짐했다.

막막했지만 이대로 있을 수 없었다. 루나를 찾아야 했다. 혜민은 루나가 사라진 곳으로 발걸음을 옮겼다. 빗방울은 금세 장대 같은 빗줄기가 되었다. 온몸이 젖어 들었다. 젖은 옷이 몸에 달라붙어 움직일 때마다 거추장스러웠지만 개의치 않았다.

"루나, 어딨니? 이리 와, 루나."

한 치 앞도 보이지 않는 산속을 달리는 건 무리였다. 혜민은 맹인이 된 심정으로 앞을 더듬거리며 천천히 나아갔다. 어디선가 멍멍— 짖는 소리가 빗소리와 섞여 들려왔다.

"루나, 여기야!"

반가운 마음에 혜민은 보이지 않는데도 손을 흔들며 소리쳤다. 짖는 소리가 크고 선명한 것으로 보아 이 근방에 있는 모양이었다. 다행히 멀리 도망가지 않은 듯했다. 혜민은 일단 한숨 돌렸다. 소리가 들려온 방향으로 막 한 발자국 내디디려던 참이었다.

콰쾅—

폭발음 같은 천둥 소리와 더불어 주위가 일시적으로 환해졌다. 하얗고 창백한 나무들 사이에 모자를 푹 눌러쓴 시커먼 인영이 우뚝 서 있었다. 혜민은 그 자리에 그대로 얼어붙어 버렸다. 사방이 캄캄했지만 본능적으로 알 수 있었다. 검은 인영이 자신을 주시하고 있다는 것을.

시커먼 공포가 쓰나미처럼 덮쳐 왔다. 온몸이 뻣뻣해지면서 등골이 오싹했다. 심장이 바짝 오그라들고 다리가 덜덜 떨렸다. 비 오는 밤, 산속에서 낯선 사람과의 조우는 썩 달갑지 않은 일이었다. 비록 조난당한 입장이라 해도.

당장이라도 쓰러질 것 같았지만 혜민은 마음을 굳게 먹었다. 어서 빨리 이곳에서 벗어나야 한다고 스스로를 다그쳤다. 심호흡을 수차례 반복하자 경직되었던 다리가 움직이기 시작했다. 혜민은 주춤주춤 뒷걸음질 쳤다. 그러다가 아예 몸을 돌려 반대 방향으로 내달리기 시작했다.

누구지? 도대체 누군데 이런 비 내리는 야밤에 산으로 올라왔을까. 뭘 하러 올라온 걸까. 만약 연쇄살인범이 시체를 유기하러 산에 올라왔다가 자신과 맞닥뜨린 거라면······.

그동안 뉴스에서 보았던 온갖 흉흉한 사건들이 주마등처럼 눈앞을 스치고 지나갔다. 이런 산속에서라면 사람 하나 죽어도 아무도 모를 것이다. 마음이 다급해지자 달리는 속도가 점점 빨라졌다. 스스로도 놀랄 지경이었다. 마치 우사인 볼트가 된 기분이었다. 이대로만 달리면 얼마든지 따돌릴 수 있을 것 같았다. 풀과 나무에 팔다리가 사정없이 긁혔지만 상관하지 않았다.

필사적으로 달렸지만 행운은 그리 오래가지 못했다. 쫓기는 입장에서 신중하게 발밑을 살필 여유 따윈 없었다. 혜민은 툭 튀어나와 있는 돌부리에 발이 걸리고 말았다.

"앗!"

몸이 순간적으로 기우뚱했다. 균형이 무너지기 무섭게 달리던 가속도까지 붙어 앞으로 휙 고꾸라졌다. 재빨리 손으로 땅을 짚어 얼굴은 사수했지만 대신 손바닥이 전부 까지고 무릎은 너덜너덜해지고 말았다.

이렇게 심하게 넘어진 건 어릴 때 이후로 처음이었다. 몸을 움직이자 앓는 소리가 저절로 흘러나왔다. 눈물이 찔끔 날 정도로 아팠지만 상처를 제대로 살펴볼 겨를이 없었다. 쓰라린 통증을 참고 재빨리 일어서려는데 뒷덜미가 무언가에 붙들렸다.

머리털이 쭈뼛 섰다. 혜민은 귀청이 떨어져라 비명을 지르며 격렬하게 몸부림쳤다.

"으아아아, 살려 줘요! 잘못했어요!"

"잘못한 줄은 아나 보지."

화를 억누른 듯한 남자의 음성이 들려왔다. 혜민은 몸부림치던 걸 멈췄다. 빗소리와 거친 숨결이 뒤섞여 있었지만 분명히 귀에 익은 목소리였다. 낮지만 깊게 울리는 목소리. 심야의 라디오 DJ처럼 근사한.

가슴이 두근거렸다. 그녀는 천천히 뒤돌아보았다. 마침 번개가 하늘을 하얗게 밝혀 주었다. 모자 아래에 있던 조각 같은 이목구비가 선명하게 드러났다. 눈가가 뜨거워졌다. 너무나 보고 싶었던 얼굴이었다.

"너……."

승현이 막 입을 연 순간이었다. 혜민은 다짜고짜 그의 품에 안겨 들었다. 그녀의 돌발 행동에 당황했는지 그의 몸이 딱딱하게 굳었다. 그가 이상하게 생각하건 말건 상관없었다. 그를 보자마자 눈물이 걷잡을 수 없이 흘러나오고 있었다. 비가 와서 다행이었다. 이렇게 울어도 빗물이라 우기면 그만이니까.

승현은 아무 말도 하지 않았다. 품에 무작정 안겨 든 그녀를 다그치지도 내치지도 않았다. 그저 말없이 가늘게 떨고 있는 그녀를 가만히 안아 주었다.

"칠칠맞기는."

혀를 차며 승현은 혜민의 무릎에 생긴 생채기를 손수건으로 닦아 주었다. 깨끗하던 손수건이 진흙과 핏물에 금세 더러워졌다. 값비싼 실크 손수건이 지저분하게 얼룩진 걸 보니 미안해졌다. 그러나 입에서 나오는 말은 마음과는 달리 퉁명스러웠다.

"누구 때문에 이렇게 된 건데……."

"난 뛰라고 한 적 없는데."

"깜깜한데 그렇게 서 있으면 어떡해요."

"그럼 서 있지 앉아 있나?"

왠지 이대로는 끝나지 않을 것 같은 대화였다. 혜민은 한숨을 내쉬며 중얼거렸다.

"그게 아니라…… 다른 사람인 줄 알았잖아요."

"나라는 걸 알았으면 도망가지 않았을 거란 건가?"

"당연하……죠."

대답하고 나자 왠지 창피하고 부끄러웠다. 승현은 말없이 그녀를 바라보다가 피식거렸다. 이유는 모르겠지만 기분이 좋아 보였다.

"무릎 말고 또 다친 데는 없어?"

"없어요."

혜민은 괜찮다고 손을 내저었다. 그러다 승현에게 손목을 붙들려 버렸다. 그는 그녀의 손을 눈높이까지 끌어당겨 손전등으로 비추며 자세히 살펴보았다.

"뭐야, 손바닥도 전부 까졌잖아."

"이 정도는 괜찮아요."

사실 몹시 쓰라렸지만 혜민은 아무렇지도 않은 척 그에게 잡힌 손목을 빼냈다. 그에게 잡혔던 손목이 불에 덴 것처럼 뜨거웠다. 이상하게 곁에 있는 그가 자꾸만 의식되었다. 얼굴에도 열이 오르는 기분이었다.

그녀는 무릎을 세워 가슴에 바짝 붙인 후 손으로 끌어안았다. 젖은 옷 때문에 행여 가슴이 드러날까 염려되었다. 검은색 티셔츠를 입은 데다 붕대도 풀리지 않았고 민소매 셔츠도 안에 갖춰 입어서 괜찮았지만 자꾸 신경이 쓰였다. 혜민은 몸을 더욱 웅크렸다.

처마처럼 돌출된 커다란 바위 아래서 비를 그으며 혜민은 하늘을 올려다보았다. 비는 여전히 장대처럼 지상으로 내리꽂히고 있었다. 이런 폭우를 뚫고 승현이 직접 자신을 찾으러 올 줄은 몰랐다. 사람을 시키거나 날이 밝은 후에 나설 거라고 생각했는데. 솔직히 좀 의외였다. 그러나 한편으로는 당연한 일이기도 했다.

승현은 자신이 아니라 김지환을 찾으러 온 것이었다. 김지환인 자신은 현재 그의 책임하에 놓여 있었다. 자신에게 무슨 일이 생긴다면 전부 그의 책임이니 찾아 나설 수밖에 없는 입장이었다. 그렇다 해도 이런 날씨에 위험을 무릅쓰고 산에 올라와 준 건 정말 고마웠다. 승현은 김지환에게 좋은 형인 게 틀림없었다.

어깨에 뭔가가 걸쳐졌다. 승현이 그가 입고 있던 방수 잠바를 벗어 혜민에게 걸쳐 주었다.

"안 추운데."

"입고 있어."

승현은 무뚝뚝하게 말한 후 발치에 엎드려 있는 루나를 쓰다듬었다. 천둥 번개에 놀라 풀숲으로 도망갔던 루나를 승현이 용케 붙들어 데려왔다. 그가 하늘을 보며 중얼거렸다.

"내일까지 비가 오면 큰일인데."

일 중독자 아니랄까 봐 내일 있을 영화 촬영이 걱정되는 모양이었다. 비가 오면 그날은 촬영을 접어야 했다. 혜민은 피식 웃으며 말했다.

"그칠 거예요."

단정적인 그녀의 말에 승현은 의아한 표정이 되었다.

"네가 그걸 어떻게 알아?"

"일기예보에서 내일 맑다고 했거든요."

그의 눈썹이 묘하게 휘어졌다.

"일기예보를 믿어?"

"네."

"요즘 자주 틀리지 않나?"

"맞을 땐 잘 맞잖아요. 오늘도 그렇고."

"오늘 비 온다고 했었어?"

혜민은 대답 대신 고개를 끄덕였다. 평소 그녀는 일기예보를 꼭 챙겨 보았다. 구름 한 점 없이 맑고 화창한 날이라 해도 비가 온다고 예보하면 반드시 우산을 챙겼다. 예보가 어긋나 허탕 친 날이 부지기수였지만 그래도 가방에 늘 우산을 챙겨 넣었다.

어머니가 돌아가신 그날도 아침엔 맑았지만 일기예보에선 오후에 비가 온다고 했었다. 일기예보를 불신하고 우산을 권하던 어머니의 말을 무시한 대가는 참혹했다. 그때 이후로 혜민은 일기예보를 허투루 보아 넘길 수 없게 되었다.

"걱정 마요. 내일은 하루 종일 맑다고 했으니까."

얼굴에 와 닿은 그의 시선이 느껴졌다. 혜민은 눈을 감았다. 눈을 감자 빗소리와 옅은 숨소리만 들려왔다. 둘이만 있는 게 처음인 것도 아닌데 오늘따라 이상하게 그가 의식되었다. 그의 숨결과 별 의미 없는 손동작 심지어 목울대가 움직이는 것까지 하나하나 신경이 쓰였다.

눈을 감아도 옆에 있는 그가 신경 쓰이는 건 여전했다. 외려 더 예민해지는 기분에 혜민은 다시 눈을 떴다. 그와 동시에 옆에서 작은 재채기 소리가 들려왔다. 승현이 손으로 입을 틀어막고 있었다.

"추워요?"

"아니."

입과 몸이 따로 놀았다. 그의 팔과 목덜미에는 닭살이 돋아 있었다. 도대체 언제부터 저런 상태였던 걸까.

어제 잠도 제대로 못 잔 데다 장대 같은 비를 맞으며 산에 올라왔으니 컨디션이 엉망일 터였다. 저러다 감기라도 걸릴까 걱정되었다. 혜민은 그가 벗어 준 잠바를 다시 그에게 건네주었다.

"이거 입어요. 난 괜찮으니까."

"안 춥다니까."

승현은 단호하게 대꾸했다. 절대 잠바를 입지 않을 기세였다. 혜민도 물러서지 않았다. 작은 실랑이 끝에 잠바를 둘이 같이 덮어쓰는 것으로 타협했다.

"이거마저 거절하면 나 진짜 잠바 안 입을 거예요."

혜민의 엄포에 승현도 더는 고집부리지 않았다. 두 사람은 사이좋게 잠바를 걸쳤다. 그러나 그는 그녀와 멀찍이 떨어져 어깨 끄트머리에만 잠바를 살짝 걸쳤다. 옆으로 다가가면 다가간 만큼 멀어졌다. 일부러 피하는 게 분명했다.

주객이 전도된 상황이었다. 지금 몸을 사려야 할 사람은 승현이 아니라 혜민이었다. 까딱하다간 정체가 탄로 날 수도 있었다. 그럼에도 일부러 위험을 무릅쓰는 건, 그가 자신 때문에 감기에 걸리는 걸 원치 않기 때문이었다.

어제와 오늘 그에게 본의 아니게 폐를 끼쳤다. 이 밤에 자신을 위해 산에 올라온 그였다. 조금이나마 그에게 보답하고 싶었다. 그런 마음도 몰라주고 자꾸 피하는 그가 야속했다.

"왜 자꾸 도망가요?"

"내가 언제."

도망간다는 말에 자존심이 상한 건지 그가 발끈했다. 혜민은 이때를 놓치지 않고 얼른 승현의 곁으로 바짝 붙었다. 그러고는 그의 팔을 잡아당겨 억지로 팔짱을 끼었다.

"뭐 하는 짓이야?"

"가만있어요. 추워서 그런 거니까."

춥다는 말에 그가 멈칫하더니 그녀를 자세히 살펴보았다.

"추워?"

"그래요. 그러니까 가만있어요. 누군 좋아서 이러는 줄 아나. 시커먼 남자끼리 팔짱 낀 게 뭐가 좋다고."

일부러 툴툴거리자 그가 어이없다는 얼굴이 되었다. 그래도 그녀의 말이 먹힌 건지 더 이상 도망가지는 않는다.

반팔 차림이라 팔짱을 낀 팔은 맨살이었다. 남자치곤 체모도 별로 없는 데다 피부가 여자처럼 매끄러워서 촉감이 좋았다. 그의 숨결과 체온이 맞닿은 어깨와 팔로 고스란히 전해져 왔다. 가슴이 두근거렸다.

그와 3개월 가까이 한 지붕 아래서 살았지만 지금과 같은 스킨십은 처음이었다. 아버지가 아닌 남자와 이렇게 붙어 있는 것 자체가 처음이었다. 스킨십을 그리 좋아하는 편이 아닌데 이상하게 싫다는 생각이 들지 않았다. 혜민은 곁눈질로 조심스럽게 그를 쳐다보았다.

승현은 비 오는 하늘에 시선을 고정하고 있었다. 얼핏 보면 평소와 다름없는 모습이었다. 그러나 덤덤한 표정과는 달리 그의 귀 끝이 단풍처럼 새빨갛게 물들어 있었다. 추워서 귀가 빨개진 것 같지는 않았다. 설마 지금 부끄러워하고 있는 건가.

남동생하고 팔짱 끼는 게 그렇게 부끄러운 일인가 싶어 혜민은 고개를 갸웃거렸다. 여동생도 남동생도 없다 보니 그의 마음을 헤아릴 수가 없었다. 그녀의 시선을 느낀 건지 그가 고개를 돌렸다. 미처 피할 새도 없이 그와 시선이 정면에서 마주쳐 버렸다.

"왜?"

"그게 그러니까……."

마땅한 핑계가 생각나지 않았다. 허공을 헤매다 내려온 시야에 그의 턱 언저리에 붙어 있는 풀 조각이 들어왔다. 손이 먼저 움직였다. 혜민은 그의 턱에 붙어 있는 풀 조각을 떼어 주며 말했다.

"이게 붙어 있어서요."

그녀의 손이 턱에 닿은 순간 그의 검은 동공 속에서 정체 모를 불꽃이 번쩍거렸다. 서늘한 얼굴과는 대조적으로 아주 뜨겁고 격렬한 불꽃이었다. 혜민은 멍하니 그를 바라보았다. 그의 얼굴이 왠지 점점 가까워지고 있는 기분이었다. 그의 시선이 자신의 입술 근처를 배회하고 있었다. 지금…… 키스하려는 건가?

아까부터 두근거리던 심장의 고동 소리가 전신을 시끄럽게 두드리고 있었다. 머릿속에서 위험을 알리는 경고등이 번쩍거렸다. 그럼에도 불구하고 혜민은 그를 막지 않았다. 아니 막을 수가 없었다.

너무 놀라서일까. 아니면 현실이라는 생각이 들지 않아서일까.

머리가 텅 비어 버린 것처럼 아무것도 생각할 수 없었다. 그저 자신에게 다가오고 있는 그만 보일 뿐이었다. 소리도 풍경도 지워지고 오직 그만 존재하고 있었다. 곧게 뻗은 그의 콧날이 그녀의 코에 닿기 직전이었다.

멍멍—

정신이 번쩍 들었다. 코끝이 닿을 정도로 가까이 다가왔던 그가 어느덧 멀어져 있었다. 루나가 꼬리를 흔들며 놀아 달라는 듯 짖고 있었다. 눈 뜨고 꿈을 꾼 기분이었다.

혜민은 떨리는 손으로 대충 루나의 머리를 쓰다듬어 주었다. 머릿속이 뒤죽박죽이었다. 조금 전 상황을 떠올리자 혼란스러웠다. 하마터면 그와 키스할 뻔했다. 왜 승현은 키스를 하려 했던 걸까. 자신은 김지환인데.

무뚝뚝한 음성이 혼란을 비집고 귓가에 들어왔다.

"입술 근처에 흙 같은 거 묻어 있어."

"네?"

"닦으라고."

일단 그가 시키는 대로 입가를 손으로 닦아 냈다. 그의 말대로 흙이 묻어 나왔다. 혹시 이걸 닦아 주려고 다가왔던 건가. 키스하려던 게 아니고?

혜민의 얼굴이 삽시간에 토마토처럼 빨개졌다. 쥐구멍이라도 있으면 당장 들어가고 싶었다. 어마어마한 착각에 몸 둘 바를 모르겠다. 그럼 그렇지. 상식적으로 생각해도 말도 안 되는 일이었다. 아무리 피를 나눈 친형제가 아니라 해도 승현이 동생에게 키스를 하려 하다니. 그것도 남동생에게. 그가 미치지 않고서야 그런 짓을 할 리가 없는데 말이다.

"이제 내려가도 될 거 같은데."

무뚝뚝한 음성이 상념을 뚫고 들어왔다. 하늘을 올려다보니 아까보다 확연히 비가 잦아들어 있었다. 곧 그칠 듯했다. 승현은 혜민의 팔짱을 풀고 일어섰다. 그녀도 서둘러 일어났다.

"한눈팔지 말고 잘 따라와."

승현은 그녀의 대답은 듣지도 않고 앞장섰다. 혜민은 부랴부랴 루나의 몸줄을 쥐고 그를 따라갔다. 그는 혜민의 사정은 봐주지 않고 성큼성큼 나아갔다.

다른 걸 생각할 여유 따윈 없었다. 그를 놓치지 않고 따라가는 것만도 벅찼다. 그래서 그의 귀 끝이 아직도 빨갛다는 걸 깨닫지 못했다. 아까 풀 조각을 떼어 줄 때 손끝에 살짝 닿았던 그의 턱이 매우 뜨거웠다는 사실도.

"이제 살 거 같네."

깨끗하게 비운 컵라면 용기를 쓰레기통에 넣은 후 혜민은 방바닥에 널브러졌다. 산에 있을 땐 힘들고 피곤했지만 딱히 배가 고프다는 생각은 들지 않았었다. 그런데 막상 긴장이 풀리고 먹을 게 눈에 들어오자 갑자기 존재조차 희미했던 허기가 고개를 쳐들었다.

허기는 무서운 속도로 몸과 마음을 잠식해 들어갔다. 배를 채우는 일 외엔 아무 것도 생각할 수 없었다. 편의점에서 사 온 삼각 김밥과 컵라면을 허겁지겁 해치우고 나니 그제야 주위를 살펴볼 여유가 생겼다.

혜민은 카운터에서 빌려온 약으로 무릎과 손바닥 상처를 소독한 후 찬찬히 방을 둘러보았다. 어디서나 흔히 볼 수 있는 평범한 모텔 방이었다. 창밖을 보니 비는 완전히 그쳐 있었다.

문경이 초행길이긴 승현도 혜민과 마찬가지였다. 그런데도 그는 산길을 줄줄이 꿰고 있었다. 승현은 단 한 번도 헷갈리지 않고 단숨에 산을 내려왔다. 혜민은 자신이 길치였다는 걸 인정할 수밖에 없었다.

차도 끊긴 데다 데리러 오라고 하기엔 너무 늦은 시간이라 산 아래에 있는 모텔에서 하룻밤을 보내기로 했다. 진호에게 전화해 사정을 전달하고 편의점에 들러 먹을 걸 사 들고 오자 새벽에 가까운 시간이 되었다. 동물 입실이 불가능해서 루나는 카운터에 맡길 수밖에 없었다.

공교롭게도 빈방은 딱 하나뿐이었다. 어차피 숙소로 돌아가도 같은 방을 써야 했기에 혜민은 개의치 않았다. 루나 없이 그와 단둘이 한 방에서 지내야 한다는 게 조금 어색하고 긴장되긴 하지만 선택의 여지가 없었다.

혜민이 늦은 저녁을 먹는 동안 승현은 욕실로 직행했다. 온몸이 비에 흠뻑 젖었으니 샤워를 하루에 두 번씩 하는 그로서는 참기 힘들었을 터였다. 솔직히 지금까지 참은 것만도 용했다. 그래서인지 평소라면 벌써 샤워를 끝내고 나왔을 시간인데 아직도 감감무소식이었다.

혜민은 굳게 닫힌 욕실 문을 물끄러미 바라보았다. 대충 씻고 나오지. 기다리는 사람은 생각도 안 하나. 수건으로 대강 젖은 몸을 닦았지만 찝찝하긴 매한가지였다. 얼른 씻고 싶었다. 그녀는 욕실에 다가가 조심스럽게 노크했다.

"아직 멀었어요?"

돌아오는 대답은 없었다. 나갈 때까지 입 닥치고 얌전히 기다리라는 건가. 한숨을 내쉰 혜민은 맥없이 돌아서며 구시렁거렸다.

"샤워가 아니라 목욕이라도 하는 건가. 그러면 그렇다고 얘기라도 해 주지."

볼멘소리로 중얼거리던 혜민의 뇌리에 무언가가 스쳐 갔다. 언젠가 진호가 해 줬던 말이 떠올랐다.

'일종의 트라우마라고 해야 하나. 그때 이후로 욕조 비슷한 것만 봐도 정신을 잃고 쓰러지니까. 그 녀석 집에 욕조가 없는 것도, 대중탕에 가지 못하게 된 것도 다 그때 일 때문이야.'

이 모텔 방 욕실에 욕조가 있었는지 확인한 기억이 없었다. 만약 욕조가 있는데 승현이 멋모르고 들어간 거라면 지금쯤 그는…….

가슴이 서늘해졌다. 그녀는 다시 욕실 문을 두드렸다.

"지금 샤워하고 있는 거 맞아요? 대답해 봐요."

여전히 돌아오는 대답은 없었다. 혜민은 문에 귀를 바짝 가져다 댔다. 아무 소리도 들리지 않았다. 조용해도 너무 조용했다. 물소리조차 들려오지 않았다. 설마가 확신으로 바뀌어 갔다. 손끝이 덜덜 떨려 왔다. 혜민은 다급하게 욕실 문고리를 잡아 돌렸다. 안에서 잠긴 문은 꿈쩍도 하지 않았다.

"젠장, 이봐요, 내 말 들려요? 괜찮아요?"

문이 부서져라 주먹으로 두드리며 소리쳤지만 문 너머는 여전히 고요할 뿐이었다.

12.

눈을 뜨자마자 깨달았다. 정신을 잃고 쓰러졌었다는 걸.

컨디션은 최악이었다. 목과 어깨가 쑤시고 결리는 데다 팔다리
는 나무토막처럼 **뻣뻣**했다. 미열이 있었고 침을 삼킬 때마다 목
이 따끔거렸다. 감기 몸살인 듯했다. 전날 제대로 잠을 자지 못
한 상태에서 비를 맞으며 산을 오르내렸고 기절까지 했으니 당연
한 결과였다. 자업자득이었다.

승현은 무거운 몸을 천천히 일으켰다. 건너편에서 침대를 발견
한 그는 잠시 어리둥절했다. 어젯밤 입실했던 모텔 방은 침대가
하나뿐이었다. 그는 자세히 방을 둘러보았다. 커튼과 가구와 방
구조가 눈에 익었다. 이곳이 어딘지 금세 알 수 있었다. 촬영팀
이 묵고 있는 호텔이었다. 자신과 지환에게 주어진 투 베드룸이
었다.

숙소로 돌아온 기억은 없었다. 마지막 기억은 모텔 방의 욕실이었다. 대체 어떻게 된 일이지?

아무리 생각해도 어젯밤 자신은 확실히 제정신이 아니었다. 욕조의 유무를 확인하지도 않고 무작정 욕실로 들어가다니. 평소의 자신이라면 절대 있을 수 없는 일이었다. 그리고 산에서도……

산에서의 일들이 주마등처럼 눈앞을 스쳐 지나갔다. 긴 한숨이 흘러나왔다. 하마터면 큰 실수를 할 뻔했었다. 컨디션이 좋지 않은 상태에서 비를 맞으며 산에 올라가서일까. 머리가 잠깐 어떻게 됐었던 모양이었다. 그렇지 않고선 도저히 설명할 수 없는 일이었다.

침대 옆 사이드테이블에 수건과 물이 담긴 세숫대야가 놓여있었다. 방금 전까지 누가 옆에서 간호하다가 잠시 자리를 비운 듯했다. 방 안을 둘러보는데 노크 소리가 났다. 들어오라고 하지도 않았는데 문이 열리고 누군가가 들어왔다.

"어? 일어나셨네요."

허락도 없이 방에 들어온 사람은 은채였다. 그녀는 침대에서 일어나 있는 승현을 보더니 근처 테이블에 들고 있던 쇼핑백을 놓고 다가왔다. 프랜차이즈 죽 전문점 로고가 프린트된 쇼핑백으로 보아 안의 내용물이 짐작이 갔다.

"이제 좀 괜찮아요?"

"어떻게 강은채 씨가 여기 있는 거죠?"

"네?"

"지금 한창 촬영하고 있어야 하는 거 아니냐고요."

승현의 말에 은채는 돌연 웃음을 터뜨렸다.

"호호, 정말 일밖에 모르시네요. 걱정 마요. 촬영 다 끝나고 온 거니까. 감독님이 대표님 쓰러진 후부터 얼마나 볶아 대던지. 대표님을 위해서라도 열심히 해야 한다면서 미친 듯이 찍었어요. 덕분에 예정대로 촬영 완료했어요."

그녀의 말에 승현은 일단 안도했다. 자신으로 인해 일정에 차질이 생겼을까 걱정했었는데 다행이었다. 은채는 테이블로 가서 쇼핑백 안의 내용물을 꺼내며 말했다.

"뭐 좀 드셔야죠. 제가 전복죽 사 왔어요."

"난 환자 아닙니다."

"그래도 하루 종일 아무것도 안 드시고 주무시기만 했는데 밥은 좀 그렇잖아요."

하루 종일? 승현은 휴대전화로 시간을 확인했다. 7시 5분 전이었다. 얼추 따져 봐도 16시간이나 잠들어 있었던 셈이다. 기가 막혔다. 예전에도 기절했다가 깨어난 적이 있었지만 이렇게 오래 누워 있었던 건 난생처음이다.

"한바탕 난리 났었어요. 새벽에 지환 씨가 감독님한테 전화해서 감독님이 직접 차 몰고 가서 대표님 모시고 인근 병원 응급실로 갔었거든요. 의사 말로는 그냥 잠든 거니까 괜찮다고 해서 숙소로 돌아오긴 했는데, 너무 오래 주무셔서 다들 걱정했어요. 그래도 이제 깨어나셨으니 다행이네요."

테이블 위에 죽을 세팅하며 은채는 승현이 잠들어 있었던 사이의 일들을 조잘조잘 늘어놓았다. 덕분에 어떻게 자신이 숙소로 돌아와 있는 건지 알게 되었다.

"지환이는 어딨죠?"

승현의 물음에 일회용 수저를 꺼내던 은채가 멈칫했다. 그녀는 승현을 빤히 바라보며 고개를 갸웃했다.

"참 이상하네요."

"뭐가 말입니까."

"지환 씨를 대하는 대표님 태도요."

그의 눈이 차가워지는 것에도 아랑곳하지 않고 은채는 말을 이어 갔다. 어떻게 보면 참 뻔뻔한 여자였다.

"그동안 지환 씨를 옆에 끼고 다닌 건 이해할 수 있어요. 근데 이렇게 쓰러질 때까지 찾으러 다닌 건 너무 오버한 거 아닌가요?"

승현은 아무 말도 하지 않았다. 은채는 자신이 쓰러진 정확한 이유를 알지 못했다. 단순히 비를 맞으며 산을 오르내리느라 탈진해서 쓰러진 거라고 여기고 있는 듯했다. 굳이 해명할 생각은 들지 않았다. 그가 침묵을 고수하는 가운데 은채는 계속 떠들었다.

"동생 끔찍이 여기는 좋은 형 노릇은 이제 그만하세요. 투자받으려고 지환 씨를 곁에 둔 건데 목적은 이미 달성했으니 상관없잖아요. 아니면 제가 모르는 또 다른 목적이라도 있는 건가요?"

여전히 승현은 말없이 그녀를 바라보기만 했다. 이번에는 그녀도 입을 다물고 대답을 기다렸다. 허공에서 두 사람의 눈이 마주쳤다. 은채와 처음 만났을 때가 떠올랐다.

친구 생일 파티에 간 지환의 귀가가 늦어져 직접 헤븐으로 데리러 가던 중이었다. 낯선 번호로 전화가 한 통 걸려 왔다. 무시하려다가 혹시나 싶어 전화를 받은 그는 곧바로 핸들을 돌렸다. 일러 준 주소로 찾아간 그곳에서 은채와 처음으로 대면했다. 그녀는 대뜸 그에게 이렇게 말했다.

'민 대표님한테 동생이 또 있었나요?'

그때나 지금이나 은채는 대담하고 당돌하기 그지없었다. 보는 관점에 따라 나름 매력적이긴 하지만 한 번으로 족했다. 두 번은 용납할 수 없었다.

"그쪽하고 나 사이에 더 할 말은 없는 거로 아는데요."

한참의 침묵 끝에 나온 승현의 대답에 은채는 떨떠름한 얼굴이 되었다. 그러나 곧 그의 말을 인정한다는 듯 미소를 지었다.

"저도 대표님께 뭘 더 요구할 생각은 없어요. 그 외의 것을 바라면 주제넘는 짓이라는 거 알아요."

"그렇게 잘 알면서 왜 지환이에게 관심이 많은 거죠?"

승현의 물음에 은채는 어깨를 으쓱하며 별거 아니라는 듯 대꾸했다.

"별다른 뜻은 없어요. 그냥 궁금해서…….."

"호기심은 고양이를 죽인다죠."

은채의 얼굴이 미묘하게 굳어졌다. 불편한 침묵이 내려앉았다. 허공을 배회하던 그녀의 시선이 승현에게 돌아오기까지는 꽤 오래 걸렸다.

"그거…… 협박인가요?"

"경우에 따라서 협박일 수도, 아닐 수도 있죠."

"그렇군요."

그녀는 오래 생각할 것도 없다는 듯 곧바로 수긍했다. 확실히 쿨 하고 영리한 여자였다. 당돌하고 뻔뻔하긴 하나 절대로 최후의 선을 넘지는 않았다. 그것이 그녀와의 거래를 받아들인 이유였다. 성가시고 주제넘게 굴었다면 그녀는 지금 이 자리에 없었을 것이다.

"앞으로 지환 씨에 대한 건 묻지 않을게요. 대신 마지막으로 한마디만 할게요."

은채는 승현을 똑바로 응시하며 또박또박 말했다.

"지환 씨를 계속 곁에 둘 거라면 잘 지켜야 할 거예요. 준혁 선배가 지환 씨에 대해 눈치챈 거 같거든요. 다른 사람을 연기해야 하는 배우들은 대개 눈썰미가 좋은 편이에요. 준혁 선배 같은 베테랑 연기자는 말할 것도 없죠. 아주 사소한 거라도 놓치지 않을 거예요. 다행히 아직까진 결정적인 걸 찾아내지 못한 거 같지만."

대충 흘려들으려던 승현은 의미심장한 그녀의 말에 촉각을 곤두세웠다.

"지금은 지환 씨에게 단순히 흥미만 가지고 있는 거 같아요. 하지만 곧 흥미만이 아니게 될지도 몰라요."

"무슨 뜻이죠?"

"지환 씨는 대표님을 비가 내리는 밤에 산으로 올라가게 만들었어요. 대표님 같은 사람도 그렇게 만들었는데 준혁 선배는 시간문제일걸요."

승현은 이맛살을 찌푸렸다. 준혁을 떠올리자 갑자기 짜증이 확 밀려들었다. 무엇보다 짜증나는 건 그녀의 말을 부정하지 못하고 귀담아듣고 있는 자신이었다.

혜민이 막 호텔 로비로 들어온 참이었다.

"그게 뭐야?"

마주하기 껄끄러워 모른 척 지나가려 했었다. 그러나 상대방이 먼저 말을 걸어오는 바람에 일단은 멈춰 설 수밖에 없었다. 준혁은 그녀의 손에 들린 쇼핑백을 흘끔거렸다. 혜민은 무뚝뚝하게 대꾸했다.

"죽이요."

수정식당 아줌마에게 특별히 부탁한 죽이었다. 승현이 깨어나면 아무래도 입이 껄끄러울 것 같아 부랴부랴 식당에 갔다 오는 길이었다. 스태프들의 아침을 책임지고 있는 수정식당 아줌마는 메뉴에도 없는 죽을 쒀 달라는 혜민의 부탁을 흔쾌히 들어주었다. 식기 전에 가져가려고 서둘러 왔건만 하필 로비에서 준혁과 맞닥뜨리고 말았다.

"민 대표 주려고?"

"네."

"듣기론 계속 자고 있다던데. 깨어난 거야?"

"곧 깨어날 거예요. 그럼 이만."

혜민은 대충 대꾸한 후 지나가려 했다. 그러나 그녀의 앞을 준혁이 냉큼 가로막아 섰다.

"지극정성이네."

오늘 준혁은 기분이 아주 나빠 보였다. 그래서인지 말투도 시비조였다.

"비켜요."

"하루 종일 간호한 것도 모자라 이젠 죽까지 쒀서 대령하다니, 대단하네."

"나 때문에 그렇게 된 거니까 내가 책임지는 게 당연하잖아요."

승현이 쓰러진 직접적인 이유는 욕조 때문이지만 따지고 보면 전부 자신의 부주의함 때문이었다. 모텔에서 조금만 주의를 기울였다면 그가 욕실에 들어가지 못하게 막을 수 있었을 것이다. 애초에 길을 잃지만 않았어도 그가 산에 올라올 일도, 모텔에 갈 일도 없었을 것이다. 어제 일이 두고두고 후회되었다. 깨어나지 않는 승현을 간호하며 혜민은 자신을 수없이 질책했다.

"만약 내가 아팠으면?"

뜬금없는 질문에 어이가 없었다.

"그걸 왜 나한테 물어요?"

"나도 어제 너 찾으러 다녔거든. 민 대표처럼 나도 그 산에 올라가려고 했었어. 근데 비가 오는 바람에 김 실장이 죽기 살기로 뜯어말려서 못 올라간 거야. 김 실장이 말리지만 않았어도 어쩌면 내가 널 찾았을지도 모를 일이지."

준혁은 자못 진지한 얼굴이었다. 농담하는 기색은 눈곱만큼도 보이지 않았다. 혜민은 새삼스러운 눈으로 그를 바라보았다. 매번 사람을 곤란하게만 하던 그가 자신을 찾으러 다녔다니 뜻밖이었다.

"만약에 내가 널 찾다가 민 대표처럼 앓아누웠다면 넌 어떻게 할 거야?"

왜 저런 질문을 하는 건지 모르겠다. 고맙다는 말을 듣고 싶은 건가. 그녀를 빤히 쳐다보는 시선이 부담스러웠다. 혜민은 슬쩍 고개를 돌려 그의 시선을 피했다.

"안 아프잖아요."

"그러니까 만약이라고 했잖아. 내가……."

"죽 식으면 안 되거든요. 이만 가 볼게요."

서둘러 계단으로 올라가려는데 그가 혜민의 팔을 붙들었다.

"대답하고 가. 내가 아팠으면 민 대표처럼 하루 종일 곁에서 간호도 해 주고 죽도 쒀다 줄 거야?"

"김 실장님 계시잖아요. 다른 분들도 많고."

"민 대표한테도 사람 많잖아. 감독님도 있고 다른 스태프들도 있고. 똑같이 너 때문에 아픈 건데 왜 민 대표는 되고 난 안 된다는 거야?"

유치하기 짝이 없는 질문이었지만 준혁은 정색을 하고 있었다. 특유의 미소조차 사라져 보이지 않았다. 그는 진지하게 묻고 있었다. 그래서 그녀도 진지하게 대답해 주었다.

"가족하고 그쪽이 같을 순 없잖아요."

당연하지 않느냐는 듯한 그녀의 대답에 준혁은 비딱한 미소를 지었다. 마치 그럴 줄 알았다는 표정이었다.

"가족이라. 정말 그 이유뿐이야?"

"그럼 뭐가 더 있겠어요."

가끔 준혁은 혜민의 정체를 다 알고 있다는 듯이 굴었다. 그럴 때마다 혜민은 번번이 당황했었지만 이젠 어느 정도 면역이 된 건지 아무렇지도 않게 받아칠 수 있었다. 그러나 다음에 이어진 그의 말은 대수롭지 않게 넘길 수 없었다.

"만약 민 대표가 형이 아니었다면 그래도 오늘처럼 하루 종일 간호해 줬을 거야?"

아니요, 라는 정답이 있는 질문이었다. 그런데 이상하게 입이 떨어지지 않았다. 혜민은 슬그머니 눈을 아래로 내렸다. 준혁은 복잡한 얼굴로 대답하지 못하고 있는 그녀를 가만히 노려보았다. 시선은 따갑고 침묵은 버거웠다. 혜민은 소리 없이 한숨지었다.

왜 저렇게 보고 있는 걸까. 도대체 원하는 게 뭐길래 자신에게 이리도 집요하게 군단 말인가. 궁지에 몰린 쥐가 된 기분이었다. 어서 이 자리를 떠나고 싶었다. 그냥 확 밀치고 뛰어가 버릴까? 어떻게 해야 할지 진지하게 고민하는데 뜻하지 않은 구세주가 등장했다.

"저녁 먹으러 안 가고 여기서 뭐해?"

엘리베이터 문이 열리자 준혁의 매니저인 김 실장이 모습을 드러냈다. 김 실장의 갑작스런 등장에 준혁의 주의가 흐트러진 틈을 타 혜민은 그에게 잡힌 손목을 빼냈다. 그리고 뒤도 돌아보지 않고 비상구 계단으로 올라갔다. 행여 준혁이 뒤쫓아 올까 봐 거의 뛰다시피 올라갔다.

심장이 터질 것 같았다. 한시도 쉬지 않고 단숨에 5층까지 올라오자 기진맥진한 상태가 돼 버리고 말았다. 다행히 쫓아오는 발소리는 들리지 않았다. 긴장이 풀리자 다리 힘도 풀려 버렸다. 혜민은 벌게진 얼굴로 숨을 헐떡이며 복도에 주저앉았다. 쇼핑백 안의 죽은 아직 따뜻했다. 식기 전에 가져올 수 있어서 다행이었다.

어느 정도 숨을 돌린 후 자리를 털고 일어났다. 빠른 걸음으로 복도 끝에 있는 방으로 걸어갔다. 의식이 없는 승현을 혼자 두고 온 게 마음에 걸렸다. 금방 갔다 오려고 했는데 준혁 때문에 로비에서 너무 많이 시간을 지체했다. 서둘러 문고리를 잡아당기려던 순간이었다.

"이제 오는 거예요?"

문이 열리고 선연한 얼굴이 나타났다. 생각지도 못한 사람의 등장에 혜민은 멍하니 그녀를 바라보았다. 왜 강은채가 여기서 나오는 거지?

은채는 어리둥절해하는 혜민이 귀엽다는 듯 상냥하게 웃었다.

"들어가 봐요. 대표님 깨어나셨으니까."

무슨 일로 온 거냐고 묻기도 전에 은채는 사라져 버렸다. 멍하니 서 있던 혜민의 뇌리에 준혁이 제기했던 스폰서 의혹이 불쑥 떠올랐다. 만약 승현이 정말 은채의 스폰서라면……. 혜민은 고개를 가로저으며 부정했다. 그런 건 생각하고 싶지도 않았다.

방으로 들어가니 테이블 위에 못 보던 것이 놓여 있었다. 그녀가 나가기 전엔 없었던 것이었다. 가까이 다가가서 보니 이름만 대면 다 아는 유명한 죽 전문점의 전복죽이었다. 은채가 사 가지고 온 모양이었다. 죽 전문점의 전복죽과 메뉴에도 없는 수정식당 아줌마표 야채죽. 그녀는 야채죽이 든 쇼핑백을 장식장 구석에 숨겼다.

"어디 갔다 온 거야?"

서늘한 목소리가 들려왔다. 승현이 침대에 앉아 그녀를 응시하고 있었다.

"잠깐 밖에요."

대충 얼버무리자 승현의 표정이 대번에 차가워졌다. 그는 침대에서 일어나 그녀에게 걸어왔다.

"어제 그 일을 겪고도 아직 정신 못 차린 거야?"

비난하는 어조에 뭔가가 울컥 치밀었다. 혜민은 자신도 모르게 신경질적으로 쏘아붙였다.

"아무리 내가 길치라도 시내에서 길 잃어버리진 않아요."

그녀의 예민한 반응이 의외였는지 승현은 한동안 말이 없었다. 혜민은 고개를 숙인 채 줄곧 바닥만 응시했다. 지금은 그를 보고 싶지 않았다. 나직하게 가라앉은 그의 목소리가 들려왔다.

"무슨 일 있었어?"

"아뇨."

말하기 무섭게 고개가 위로 휙 올라갔다. 승현은 혜민의 턱을 잡은 손에 힘을 주며 그녀가 고개 숙이지 못하게 했다. 그 바람에 그의 검은 눈동자와 정면으로 마주쳤다. 고집스럽게 그녀를 바라보고 있는 그는 왠지 화가 난 기색이었다. 기가 막히고 억울했다. 지금 누가 누구한테 화를 낸단 말인가. 정작 화낼 사람이 누군데.

"내 눈 똑바로 보고 말해. 무슨 일이야?"

"조심 좀 해요."

감정이 잔뜩 실린 날 선 대꾸에 승현의 눈썹이 슬쩍 올라갔다.

"뭘 조심하란 거지?"

질문하는 승현의 눈빛이 날카로웠다. 대충 얼버무린다 해도 이 대로 그냥 넘어갈 기세가 아니었다. 혜민은 격해졌던 감정을 식힐 겸 생각을 정리했다. 이왕 이렇게 된 거 차라리 이참에 확실히 짚고 넘어가는 게 낫지 않을까 싶었다. 모른 척 덮어 두는 것도 이제 한계였다.

조금 전 문 앞에서 만났던 은채를 떠올리며 그녀는 결심을 굳혔다. 실망하게 되더라도 진실을 알고 싶었다. 혜민은 승현의 손을 떼어 낸 후 턱을 치켜들었다. 그러고는 쌀쌀맞게 대꾸했다.

"남자 혼자 있는 방에 여자 드나드는 거 보는 사람에 따라선 오해할 수 있어요."

그녀의 대답이 의외라는 듯 승현의 눈이 순간 커다래졌다. 어이없다는 표정이었다.

"지금 강은채가 여기 왔다 간 것 때문에 이러는 거야?"

침묵으로 긍정하자 승현은 실소를 금치 못했다.

"하, 내가 제작하고 있는 영화 여주인공이 제작사 대표한테 문

병 오는 게 조심할 일이었던가."

"은채 씨가 다른 사람들하고 같이 왔으면 조심하지 않아도 되죠."

자못 심각한 혜민의 응수에 승현의 표정 또한 진지해졌다. 혜민은 마른침을 삼키며 건조하게 말했다.

"다들 이상하게 생각하고 있어요."

그는 계속해 보라는 듯 잠자코 있었다. 혜민은 말을 이어 갔다.

"오디션 취소하고 갑자기 은채 씨를 추천하고 계약했잖아요. 다들 말은 안 해도 속으론 의아해하는 눈치예요."

그녀가 에둘러 말한 걸 단박에 알아들었는지 승현의 미간이 구겨졌다. 불쾌한 기색이 역력했다.

"설마 지금…… 나랑 강은채 사이를 그렇고 그런 관계로 의심하고 있다는 건가?"

침묵으로 긍정하자 그가 잇새로 괘씸하다는 듯 중얼거렸다.

"다들 머릿속에 똥만 들었군. 생각한다는 게 고작 그딴 거라니."

돌연 그의 눈빛이 서늘하게 빛나더니 화살이 혜민에게 겨누어졌다.

"혹시 너도 그런 거야?"

"아니라면 됐어요."

혜민은 모호하게 대꾸한 후 욕실로 도망쳤다. 문을 잠그자 안도의 한숨이 흘러나왔다. 그의 반응으로 미루어 보아 은채와는 아무 사이도 아닌 게 틀림없었다. 은채는 몰라도 승현은 그녀에게 별다른 감정이 없는 게 확실했다. 스폰서고 나발이고 죄다 헛소리에 불과한 거였다.

은채를 캐스팅한 건 정말 그녀의 연기력과 분위기가 캐릭터와 잘 맞아서일지도 몰랐다. 원래 여주인공은 신인 연기자로 뽑으려 하지 않았던가. 준혁이 넘겨짚은 말에 넘어가 잠깐이나마 의혹을 품었던 스스로가 어리석게 여겨졌다. 바보 멍청이. 앞으로 다신 준혁이 하는 말은 귀담아듣지 않을 테다.

기왕 욕실에 들어온 거 손이라도 씻으려고 세면대로 고개를 돌린 순간이었다. 혜민은 세면대 위에 달린 거울을 보고 멈칫했다.

반달 모양으로 휘어진 눈매. 호를 그리고 있는 입꼬리. 누가 보더라도 기뻐서 어쩔 줄 모르는 사람의 얼굴이었다. 어이가 없었다. 날아갈 것처럼 기분 좋은 게 사실이지만 이렇게 노골적으로 좋아하는 티를 내고 있었다니.

혜민은 재빨리 표정을 관리했다. 무심한 듯 시크하게. 별다른 관심은 없다는 듯이. 그럼에도 자꾸만 입꼬리가 슬금슬금 올라가는 바람에 한참을 욕실에 있어야 했다.

"왜 이렇게 늦게 나와?"

욕실을 나가자 승현이 기다렸다는 듯 툭 내뱉었다. 혜민은 떨떠름한 얼굴로 대답했다.

"속이 좀 안 좋아서요."

356

"이건 뭔데 구석에 박아 둔 거야?"

승현은 장식장 구석에 숨겨 둔 쇼핑백을 꺼내 들었다. 뒤늦게 쇼핑백을 발견한 혜민이 달려가서 빼앗으려 했으나 그가 한발 빨랐다.

"야채죽이잖아. 사 왔으면 사 왔다고 말을 해야지."

승현은 은채가 사 온 전복죽을 한쪽으로 밀더니 냄비째 가지고 온 야채죽을 꺼내 테이블 위에 놓았다. 그러고는 의자에 앉아 수저를 들었다. 야채죽을 먹을 작정인 듯했다. 혜민은 얼떨떨한 나머지 멍하게 중얼거렸다.

"전복죽 먹지 그래요."

"해산물 안 좋아해."

그랬었나. 음식을 가려 먹는 것 같진 않았는데.

"이건 네가 먹지 그래."

승현은 전복죽을 혜민에게 권했다. 그녀는 도리질 쳤다.

"나도 해산물은 별로예요."

해산물을 싫어하는 건 아니지만 은채가 사 온 걸 먹고 싶지는 않았다.

"그럼 냉장고에 넣어 뒀다 다른 사람한테나 줘."

그는 전복죽에 눈길조차 주지 않았다. 무표정한 얼굴로 묵묵히 야채죽만 떠먹고 있었다. 혜민은 전복죽을 챙겨 냉장고에 넣었다. 등 뒤에서 그의 목소리가 들려왔다.

"강은채와는 아무 사이도 아냐."

"네?"

"혹시라도 오해할까 봐 말해 두는 거야. 다른 사람은 몰라도 너만은 날 의심하면 안 돼."

이미 오해는 풀어져 흔적도 남아 있지 않았지만 궁금했다. 왜 자신만은 그를 의심하면 안 되는지.

"왜 나는 의심하면 안 되는 건데요?"

그가 눈만 들어 그녀를 빤히 응시했다. 복잡 미묘한 감정들이 그의 눈을 스쳐 갔다.

"내가 널 책임지고 있으니까."

문득 가슴 한구석이 간질간질했다. 책임이라. 처음 그의 집으로 들어간 날 그가 자신에게 했던 말이 떠올랐다. 그때도 지금처럼 책임 운운하며 그의 말을 무조건 따르라고 종용했었다. 밥 먹여 주고 재워 주고 있으니 무조건 믿고 따르라고.

그때나 지금이나 그는 같은 뜻으로 한 말일 터였다. 그런데 왜 자신의 귀에는 책임이라는 말이 마냥 달콤하게 들리는 걸까. 기분 나빠야 마땅한데 왜 고개는 절로 끄덕여지는 걸까. 가족이니까 무조건 믿으라고 했다면 이렇게 쉽게 수긍했을까.

"알았어요."

순순히 대답해도 자신에게 향한 그의 시선은 옮겨지지 않았다. 진심인지 아닌지 가늠해 보는 눈치였다. 어지간히도 은채와의 사이를 오해받는 게 싫은 모양이었다. 혜민은 피식 웃으며 그에게 물을 따라 주었다.

"의심 안 해요. 걱정 마요."

"그 말을 어떻게 믿어?"

속고만 살았나. 혜민은 한숨을 내쉬었다.

"사실이 아니라고 해도 날 책임지는 사람이 사실이라고 하면 믿을 거예요."

승현은 한동안 더 혜민을 뚫어져라 바라보더니 의심의 눈길을 거두어 갔다. 그는 가만히 물이 담긴 컵을 내려다보다가 불쑥 물어 왔다.

"커피는 없어?"

"몸이 안 좋을 땐 안 마시는 게 낫지 않아요?"

"커피를 마셔야 힘이 나지."

잠시 잊고 있었다. 그가 카페인 중독자라는 걸.

혜민은 고개를 절레절레 흔들며 지갑을 챙겨 들었다. 아메리카노 세 잔만 사 올 작정이었다. 그는 다섯 잔 이상이어야 만족할 테지만 이제 막 일어나 죽만 먹은 사람에게 커피 다섯 잔은 무리다 싶었다. 성인 기준으로 하루 적정량이 세 잔이라니까 딱 적정량만 채워 줄 생각이다. 문고리를 잡으려는데 누군가가 먼저 바깥에서 문을 열었다.

"야이, 게으름뱅이야. 하루 종일 처자고 이제 일어났다며."

난데없이 진호가 불쑥 쳐들어왔다. 그는 문 앞에 서 있는 혜민을 보더니 눈을 동그랗게 떴다.

"어? 어디 가려고?"

"커피 사려요."

"커피? 그럼 갈 필요 없어. 내가 사 왔으니까."

가만 보니 진호의 손에 무언가가 주렁주렁 들려 있었다. 하나는 커피가 든 캐리어였고 다른 하나는…….

"야, 이 형님이 널 위해 촬영 끝내자마자 바람같이 달려가 죽을 사 왔다는 거 아니냐. 정성을 생각해서라도 남김없이 싹…… 엉? 그건 뭐냐."

진호는 승현의 앞으로 쪼르르 달려가더니 반 이상 비워진 냄비를 보곤 울상이 되었다.

"뭐야, 한발 늦은 건가."

아쉬워하던 그는 갑자기 손가락을 튕기며 말했다.

"그래, 나중에 먹으면 되겠네. 어차피 죽은 먹어도 금방 배가 꺼지니까. 안 먹는다고 하면 가만 안 둘 거야. 이 형님이 네가 좋아하는 전복 잔뜩 넣어 달라고 특별히 부탁해서 사 온 거니까 맛날 거야."

혜민은 승현을 의아하게 쳐다보았다. 조금 전 분명히 해산물 싫어한다고 했는데. 그녀의 시선을 외면하며 승현은 진호에게 담담하게 말했다.

"전복은 이제 안 먹어."

느닷없는 선언에 진호가 펄쩍 뛰었다.

"뭐? 왜? 왜 안 먹는다는 거야. 설마 내가 사 와서?"

"입맛이 바뀌었나 봐. 이제 해산물은 쳐다보기도 싫어."

"뭐어? 언제 그렇게 됐어?"

진호는 금시초문이라는 듯 승현에게 따져 물었다.

"꽤 됐어. 그건 형이 먹든가 다른 사람 주든가 해. 커피는 이리 주고."

"이럴 수가."

진호는 온몸으로 실망했다. 혜민은 묵묵히 커피를 마시는 승현을 물끄러미 바라보았다. 정말 입맛이 바뀐 걸까. 승현에 대한 거의 모든 걸 꿰고 있는 진호였다. 피붙이처럼 가깝게 지내는 진호가 승현의 식성이 바뀐 걸 모를 수 있을까. 혹시……

혜민은 머릿속에 떠오른 생각을 얼른 지워 버리려 애썼다. 지금 무슨 생각을 하는 건지. 설마 승현이 일부러 거짓말을 했을까. 그것도 자신을 위해서. 그럴 리가 없잖아.

"어디 가?"

진호의 물음에 간단히 대답했다.

"화장실이요."

찬물로 세수라도 해야 정신이 번쩍 들 것 같았다. 아무래도 더위 때문에 맛이 간 게 틀림없었다.

"심하면 약이라도 사 먹지 그래."

무심한 음성이 등 뒤에서 날아왔다.

"네?"

"변비 아냐?"

아까 화장실에서 한참 동안 있었던 걸 변비 때문이라고 오해한 모양이었다. 졸지에 변비 환자가 되어 버렸지만 별다른 해명 없이 멋쩍게 웃어넘겼다. 진호가 엄청 심각한 얼굴로 그녀를 바라보았다.

"변비라니. 야 그거 엄청 괴로운데 건데. 신호 왔을 때 우리 신경 쓰지 말고 편하게 일 봐. 나 군대 갔을 때 훈련소에서 변비 때문에 얼마나 고생했었는데. 지금도 그때 생각하면 눈물이 앞을 가리는데……."

변비로 시작해 군대로 넘어간 이야기를 흘려들으며 혜민은 문을 닫았다. 뼛속까지 시릴 만큼 찬물로 세수를 연거푸 했는데도 가슴 한구석이 꽉 틀어막힌 것처럼 답답했다.

✻   ✻   ✻

익숙한 커피 향을 느끼며 혜민은 의자에 앉아 등받이에 등을 기댔다. 그녀의 입가에 자조가 떠올랐다. 회사 탕비실에 들어오고 나서야 비로소 서울에 올라왔다는 실감이 들다니. 그런 자신이 우스웠다. 여기가 뭐라고 이런 기분이 드는 건지. 제2의 고향이라도 된다는 건가.

사실 서울에 올라온 건 어제 오후였다. 하루를 꼬박 누워 있던 승현은 다음 날 벌떡 일어나 스태프들과 회의를 한 후 점심을 먹고 곧바로 서울로 올라왔다. 오후 늦게 도착했지만 그는 혜민을 집 앞에 내려 주고 회사로 달려갔다. 장거리 운전을 해서 꽤 피곤했을 텐데 대단한 열정이었다. 일과 사랑에 빠져도 단단히 빠진 일벌레였다.

달력을 보며 요일을 헤아려 보니 휴일인 일요일이 되려면 아직 나흘이나 남아 있었다. 오늘 아침에도 승현은 안색이 그다지 좋지 않았다. 그런데도 부득부득 정상 출근을 한 그였다.

보스로서 부하 직원들에게 모범이 돼야 한다는 건 알지만 너무 무리하는 게 아닌가 싶었다. 저러다 또 쓰러질까 봐 겁이 났다. 컨디션이 정상이 아니니 다른 건 몰라도 커피는 좀 줄여야지 싶었다. 오늘 그의 커피를 얼마나 줄일까 고민하던 와중이었다.

"커피 아직이야?"

카페인 중독자가 그새를 참지 못하고 어김없이 탕비실로 쳐들어왔다. 때마침 커피가 다 내려졌다. 혜민은 몸을 일으켜 머그컵에 커피를 따라 주며 넌지시 물었다.

"오늘 일찍 퇴근하면 안 돼요?"

문경에 내려가 있을 때 하루 종일 누워 있던 날을 제외하고는 메일과 전화로 회사 업무를 원격으로 처리했던 그였다. 덕분에 밀린 결재 서류나 보고서 따윈 없었다. 특별한 미팅이 잡혀 있지도 않았다. 마음만 먹는다면 이른 시간에 퇴근이 가능한 날이었다.

"왜?"

"좀 피곤해서요. 어제 종일 차를 타서 그런가."

커피를 한 모금 마신 그가 눈만 내려 그녀를 살펴보았다. 혜민은 은근슬쩍 고개를 돌렸다. 그러자 그가 곁으로 다가와 허리를 숙였다. 그녀의 얼굴을 자세히 들여다보려는 그의 제스처에 혜민은 자기도 모르게 뒷걸음질 쳤다.

"왜 도망가?"

"누, 누가 도망을 가요. 물 좀 마시려고 그런 건데."

혜민은 옆에 있는 정수기에서 물을 받았다. 가슴이 두방망이질 치고 얼굴에 열이 올랐다.

"얼굴은 왜 그렇게 빨개?"

"더워서요."

에어컨이 **빵빵**하게 나오지 않아 다행이었다. 국가에서 권고한 대로 실내 적정 온도를 유지하고 있는 사내는 생각보다 시원하지 않았다. 승현도 같은 생각인지 별다른 말이 없었다. 그는 손부채질 하며 물을 마시는 혜민을 물끄러미 바라보았다.

왜 저렇게 쳐다보는 거지. 사람 물 먹는 거 처음 보나. 그의 시선을 의식하다 보니 다시금 열이 오르는 느낌이었다. 이번엔 무슨 핑계를 대야 하나 고민하는데 무뚝뚝한 음성이 들려왔다.

"오늘은 정시에 퇴근하도록 하지."

혜민은 빙그레 웃었다. 조퇴가 아니라 정시 퇴근이라. 거의 매일 야근을 밥 먹듯이 하는 일중독자로서는 최대한 양보한 셈이었다. 무심한 듯해도 자신을 생각해 주긴 하는구나 싶었다. 누가 뭐래도 역시 그는 김지환에게 좋은 형이었다.

휴대전화 벨소리가 상념을 깨웠다. 승현이 누군가와 통화를 하고 있었다.

"네, 그럼 12시에 거기서 보도록 하죠."

그는 약속을 잡고 통화를 끝냈다. 시간대로 보아 점심 약속인 듯싶었다. 오늘 점심은 혼자 해결해야겠구나 싶었다. 이어진 그의 말이 추측을 확신으로 바꾸었다.

"오늘 점심은 직원들이랑 같이 해."

직원들이라. 자신과 눈도 안 마주치려 하는 직원들이 자신과 점심을 같이 할까. 확률은 제로였다. 승현은 아직도 사내에 도는 소문을 모르고 있는 듯했다. 머리 좋고 눈치도 빠른 사람인데 등잔 밑은 어두운 모양이었다.

"중요한 약속이에요?"

"별로."

대수롭지 않게 말하는 걸 보니 그리 중요한 약속은 아닌 듯했다. 혜민 역시 대수롭지 않게 넘겨 버렸다.

오랜만에 패스트푸드점에 갔다. 점심때라 사람들이 북적거렸지만 유리창 앞 스툴은 비어 있었다. 혜민은 런치 시간에만 할인해 주는 세트메뉴를 받아 들고 홀로 스툴에 걸터앉았다.

시원한 에어컨 바람 속에 있어서인지 유리창 너머 햇볕이 쨍하게 내리쬐는 거리가 선연해 보였다. 보기엔 저래도 문을 열고 나가면 뜨거운 열기에 숨이 막힐 터였다. 혜민은 최대한 미적거리며 햄버거를 먹었다. 그러나 꾸역꾸역 들어오는 사람들 때문에 얼른 자리에서 일어서야 했다.

이글거리는 한여름의 태양에 살이 익을 것 같았다. 혜민은 걸음을 빨리했다. 얼른 회사로 돌아가고 싶었다. 사거리 횡단보도 앞에 섰을 때였다. 신호가 바뀌기를 기다리며 주변을 두리번거리던 혜민은 무언가에 이끌리듯 한곳에 시선을 고정시켰다.

대로변과 마주한 커피전문점이었다. 그곳에 승현이 앉아 있었다. 거리가 좀 멀었지만 그를 알아보지 못할 리 없었다. 그처럼 슈트가 잘 어울리는 훤칠한 미남자가 흔한 건 아니었으니까. 문득 그를 처음 보았을 때가 떠올랐다.

겨울과 봄이 어중간하게 걸쳐진 3월 초였다. 아르바이트 하던 커피전문점에서 아메리카노 다섯 잔과 함께 오디션을 보던 그를 만난 건. 어린 신인 배우들에게 가감 없이 적나라하고 냉정한 평가를 내려 기어코 눈물을 뽑아냈던 그는 초면인 자신에게까지 무례한 말을 내뱉었었다. 띨띨하다고 했던가.

다시 생각해 봐도 어처구니가 없었다. 그땐 정말 화가 났지만 지금은 그저 궁금할 뿐이었다. 아무 이유 없이 막말하는 사람은 아니었다. 기회가 된다면 그때 왜 자신에게 그런 말을 했는지 물어보고 싶었다. 하지만 그런 기회는 영영 오지 않을 터였다. 와서도 안 되는 거고. 혜민은 씁쓸하게 웃었다.

그는 자신을 기억이나 하고 있을까. 송혜민으로서는 처음이자, 어쩌면 마지막이었을지도 모를 그때를. 기억한다 해도 김지환과 무척 닮은 여자로 기억할 테지. 그 여자가 지금 그의 곁에 있는 남동생이라고 하면 뭐라고 할까. 아마 기절초풍하겠지.

그가 놀라 뒤로 넘어가는 모습을 상상하다가 혜민은 고개를 가로저었다. 전부 다 부질없고 쓸데없는 망상이었다. 현실에서는 일어날 수도 일어나서도 안 되는 일들이었다.

갑갑한 마음에 한숨을 내쉬는데 승현의 맞은편에 누군가 다가와 앉는 게 보였다. 40대로 보이는 중년 남자였다. 신호등이 바뀌어 옆에 서 있던 사람들이 길을 건너기 시작했다. 혜민도 길을 건너야 했다. 하지만 그녀의 발걸음은 여전히 제자리에 머물러 있었다.

이상하다는 생각이 들었다. 승현의 맞은편에 앉아 있는 중년 남자는 아무리 봐도 연예계 종사자처럼 보이지 않았다. 사람을 겉모습만 보고 판단해서는 안 되지만 특유의 느낌이나 분위기라는 게 있는 법이다.

대충 봐도 남자는 승현과 완전히 다른 세상에 속한 부류였다. 외모도 분위기도 마치 뒷골목에서 주먹 좀 쓰는 형님 포스랄까. 남자가 입을 열 때마다 번쩍이는 금니가 날카로운 인상과 어우러져 위협적으로 느껴졌다.

아무래도 일과 관련된 만남은 아닌 듯했다. 비즈니스가 아니면 웬만해선 시간을 내지 않던 그였다. 그런 그가 대체 무슨 일로 저런 사람과 만난 걸까.

고개를 갸웃거리던 혜민의 뇌리에 뭔가가 스쳐 지나갔다. 남자와 비슷한 분위기를 지닌 사람들을 언젠가 본 기억이 있었다. 김지환의 사채 빚을 받으러 승현의 아파트까지 찾아왔었던 남자들. 설마 그 사채업자들과 한 패거리인 건가.

순간적으로 가슴이 철렁했지만 곧 아니라는 걸 깨달았다. 사채업자가 다시 찾아올 일은 없었다. 그때 승현이 계약서를 찢어 버리면서 채무 관계는 전부 끝났다고 했으니까. 무엇보다도 지금 유리창 너머에 있는 남자는 처음 보는 사람이었다. 저렇게 번쩍이는 금니를 가진 남자를 기억하지 못할 리 없었다. 사채업자도 아니라면 저 남자는 대체 누구인 걸까.

길게 할 말이 아니었는지 그들은 커피 한 잔을 채 다 마시기도 전에 일어섰다. 혜민은 서둘러 근처 상가 입구로 들어가 몸을 숨겼다. 승현에게 훔쳐보고 있었다는 걸 들키고 싶지 않았다.

남자와 헤어진 승현은 아까 혜민이 서 있었던 횡단보도 앞에
섰다. 신호가 바뀌어 길을 건너가는 그의 뒷모습이 보였다. 혜민
은 그가 완전히 길을 건너간 후에야 밖으로 나왔다. 스토커가 따
로 없다는 생각이 들었다. 더운 날 이게 뭐하는 건지. 자조를 흘
리며 돌아선 순간이었다.

　　혜민은 눈앞에 서 있는 사람을 보고 깜짝 놀랐다. 왜 이 사람
이 여기 있는 거지? 아까 분명히 다른 데로 가는 걸 보았는데.

　　남자 역시 혜민 못지않게 몹시 놀란 눈치였다. 그는 한동안 말
을 잇지 못하다가 더듬거리며 입을 열었다.

　　"김……지환?"

　　한낮의 햇빛을 받은 남자의 금니가 유난히 반짝거리고 있었다.

13.

혜민은 가만히 눈을 깜박거렸다. 날이 무덥긴 하지만 더위를 먹은 것도 아니었고 눈을 뜨고 꿈을 꾸고 있는 것도 아니었다. 그렇다고 청력에 특별한 문제가 생긴 것도 아니었다. 남자는 분명히 자신을 김지환이라고 불렀다.

폭풍이 휘몰아친 것처럼 뒤죽박죽이었던 머릿속이 차츰 정리되어 갔다. 혜민은 신중하게 눈앞에 있는 남자를 올려다보았다. 남자는 김지환을 아는 사람이었다. 승현이 따로 시간을 내어 만난 사람이었다. 그렇게 보이지 않아도 어쩌면 집안끼리 아는 사이일 수도 있었다.

그렇다 해도 김지환과는 어떤 관계인지 알 수가 없으니 섣불리 먼저 말을 건넬 수 없었다. 무엇보다도 자신을 보고 당황한 기색이 역력한 남자가 수상쩍었다. 왜 저렇게 놀란 걸까. 마치 못 볼 사람을 본 것처럼.

"사람 잘못 보셨어요."

혜민은 일단 태연하게 부정했다. 남자가 누군지 확실히 알지
못하는 이상, 김지환인 척하며 어설프게 상대하는 건 위험했다.
차라리 모른 척하는 게 나을지도 몰랐다. 지금 곁에 승현도 없으
니 김지환이 아닌 척해도 상관없을 터였다. 혜민은 남자를 지나
쳐 가려 했다.

"잠깐만."

남자가 혜민의 앞을 가로막아 섰다. 그러고는 그녀를 위아래로
꼼꼼히 훑어보았다.

"정말 김지환이 아니란 거요?"

"아니라니까요."

성가시다는 듯 일부러 신경질적으로 대꾸했다. 남자가 무안해
서 스스로 물러나길 바라며. 그러나 남자는 생각보다 얼굴 가죽
이 두꺼운 듯했다. 그는 그녀의 앞에서 물러나지 않았다. 의심의
눈길을 거두어 가지도 않았다. 그러거나 말거나 혜민은 남자를
무시하고 가려 했다. 그러나 진로를 거듭 막아서는 남자 때문에
앞으로 나아갈 수가 없었다.

"왜 이러세요?"

"잠깐 나랑 얘기 좀 하죠."

"저 바쁘거든요."

"잠깐이면 된다니까."

남자의 목소리가 낮아졌다. 혜민은 자기도 모르게 흠칫했다.

단지 목소리를 낮춘 것뿐인데도 등골이 오싹했다. 아까 멀리서 봤을 때도 그랬지만 가까이서 보니 더욱 험악한 분위기였다. 지금 당장 품에서 시퍼런 나이프를 꺼내 휘둘러도 전혀 이상하지 않을 정도였다.

본능적으로 남자를 피해야 한다는 생각이 들었다. 김지환과 어떤 관계이건 간에 저런 부류하고는 애초부터 상종을 말아야 했다. 혜민은 천천히 뒷걸음질 쳤다. 남자가 멀어진 만큼 성큼 다가왔다.

"어디 가서 잠깐 얘기 좀 하자고."

과연 얘기만 하려는 걸까. 혜민은 뒷걸음질 치다가 순간적으로 남자를 밀치고 앞으로 달려 나갔다. 신호등의 녹색 칸이 두 개 남아 있었다. 혜민은 죽을힘을 다해 사람들을 헤치고 횡단보도를 달음박질했다. 건너편 보도블록에 막 발을 디딘 순간 신호등이 붉은색으로 바뀌었다. 정차했던 차들이 움직이기 시작했다. 뒤쫓아 오던 남자는 도로 한복판에 갇히고 말았다.

조용하던 도로가 클랙슨 소리와 사람들의 고함 소리로 소란스러워졌다. 남자는 주위의 소란에도 아랑곳하지 않고 가만히 서서 혜민을 노려보고 있었다. 살벌한 남자의 눈초리에 소름이 돋았다. 잡히면 가만두지 않겠다는 눈이었다. 그것으로 알았다. 남자는 김지환과 절대로 우호적인 관계가 아니라는 것을.

혜민은 뒤돌아보지 않고 앞으로 달려갔다. 머릿속이 복잡했다. 그동안 김지환 행세를 하며 곤란했던 적이 한두 번이었냐마는, 설마 이런 일이 생길 거라고는 상상도 못 했다.

김지환 넌 도대체 어떻게 살았길래 저런 사람이랑 얽힌 거냐. 구제불능 멍청이면 그냥 멍청이답게 얌전히 살 것이지 무슨 사고를 치고 다닌 거냐고. 어째서 저런 남자가 널 알고 있는 거야.

벌써 몇 번째인지 모를 원망을 곱씹으며 혜민은 근처의 지하철역으로 들어갔다. 뒤통수가 따가웠지만 한 번도 돌아보지 않았다.

지하철을 타고 서너 정거장을 갔다가 되돌아오니 점심시간이 거의 끝나 가고 있었다. 회사로 돌아가야 하지만 지상으로 올라가기가 두려웠다. 행여 남자가 아직도 자신을 찾고 있으면 어쩌나 싶었다.

역사 안에서 갈팡질팡하는데 휴대전화가 울렸다. 발신자 이름이 뜨진 않았지만 번호를 보니 누군지 알 만했다. 평소라면 무시했을 테지만 상황이 이렇다 보니 혜민은 일단 전화를 받았다.

"여보세요."

아무 말도 들려오지 않았다. 전화가 끊어진 건가 싶을 무렵 흥분한 준혁의 목소리가 건너왔다.

—웬일이야? 네가 내 전화를 다 받고.

"오늘 호텔에서 촬영 있지 않아요?"

문경에서의 촬영이 모두 끝나 배우들과 스태프들은 현재 서울에 올라와 있었다. 원래대로라면 휴식을 취하고 있어야 했지만, 촬영 장소를 제공해 준 호텔 측 사정으로 인해 부득이하게 곧바로 촬영에 들어간 참이었다.

—그게 약간 문제가 생겨서 말이야.

"무슨 일인데요?"

—네가 오면 해결될 일이야. 회사엔 내가 말할 테니까 와 줄래?

혜민은 고개를 갸웃거렸다. 자신은 영화에 대해 문외한이나 마찬가지였다. 아무것도 모르는 자신이 촬영장에서 생긴 문제를 어떻게 해결한단 말인가.

"내가 뭘 어떡해요?"

—와 보면 알아. 내가 지금 데리러 갈게. 회사지?

"제가 갈게요."

—아니야, 내가 갈게. 금방 가니까 조금만 기다려.

"지금 어딘데요?"

—강남역 근처. 왜?

"그럼 제가 강남역으로 갈게요."

의아해하는 준혁에게 부득부득 우겨 혜민이 강남역으로 가기로 했다. 회사로 돌아가기 껄끄러웠는데 잘됐다 싶었다. 지하철을 타고 강남역까지 간 후 준혁이 일러 준 곳으로 가서 기다리자 곧 새까만 차가 그녀 옆으로 다가왔다. 운전석 창문이 내려가고 선글라스를 쓴 준혁이 얼굴을 내밀었다.

"진짜 왔네. 오늘 해가 서쪽에서 뜬 건가?"

"해가 서쪽에서 뜨면 지구가 멸망하게요."

혜민은 건조하게 대꾸하며 조수석에 올라탔다. 숨 막힐 듯이 무더운 바깥과는 달리 차 안은 다른 세상처럼 시원했다. 이마에 송골송골 맺혔던 땀이 쏙 들어가는 것 같았다. 준혁은 출발할 생각은 하지도 않고 그녀를 빤히 쳐다보기만 했다.

"안 가요?"

"아직 점심 전이지?"

"먹었는데요."

그녀의 대답이 떨어지자 준혁은 눈살을 찌푸렸다.

"조금만 기다리지. 좋은 데 예약해 놨는데."

"문제 생겼다면서요. 빨리 가 봐야 하는 거 아녜요?"

"아무리 급해도 밥은 먹어야지. 다 먹고 살자고 하는 일인데."

느긋한 준혁의 태도에 혜민은 그를 가만히 응시했다. 어쩌면 문제 따윈 처음부터 없었던 걸지도 몰랐다. 해도 해도 안 되니 이젠 거짓말까지 해서 사람을 불러내려는 건가 싶어 화가 났다.

"별문제 없는 거라면 난 갈게요."

그녀가 차에서 내리려 하자 준혁이 차 문을 잠가 버린다.

"무슨 짓이에요?"

"누가 문제가 없다고 했어?"

준혁은 정색을 하며 혜민을 바라보았다. 눈치를 보아하니 문제가 있긴 있는 모양이었다. 그녀가 등받이에 등을 기대자 준혁은 시동을 걸고 차를 몰았다.

"어디 가는 거예요?"

"밥 먹으러."

"먹었다고 했잖아요."

"난 안 먹었거든."

"여기서 내려 줘요. 촬영장으로 먼저 갈 테니까요."

"지금 촬영장에 가 봤자야. 다들 점심 먹으러 가고 없을 테니까."

혜민은 말없이 준혁을 노려보았다.

"그렇게 봐도 소용없어. 나랑 같이 가면 시간 딱 맞으니까 걱정 마."

저렇게 말하니 딱히 할 말이 없었다. 사람을 자기 의도대로 움직이게 만드는 건 여전하구나 싶었다. 어차피 지금 회사로 돌아갈 수도 없으니 될 대로 되라 싶었다.

혜민은 휴대전화를 만지작거렸다. 준혁과 단둘이 있을 시엔 반드시 연락하라고 했던 승현의 당부를 잊은 건 아니었다. 그럼에도 선뜻 손이 움직이지 않았다. 횡단보도 한복판에서 자신을 살벌하게 노려보았던 남자가 떠올랐다. 생각만 해도 등골이 오싹했다. 승현은 왜 그런 남자와 만났던 걸까.

혜민은 휴대전화의 전원을 끄고 주머니에 집어넣었다.

준혁이 점심을 먹으러 간 곳은 고풍스러운 인테리어가 돋보이는 프렌치 레스토랑이었다. 높은 천장과 샹들리에가 인상적인 레스토랑은 마치 유럽의 성을 일부 떼어다 옮겨 놓은 듯했다. 미리 예약을 해 두었는지 준혁은 곧바로 자리로 안내되었다. 얼굴이 알려진 그를 배려한 건지 따로 마련된 룸으로 들어갔다.

"너랑 오늘 여기서 밥 먹으려고 했는데."

준혁은 정말 아쉽다는 투로 말했다. 혜민은 모호한 얼굴로 어깨를 으쓱했다. 실은 미리 점심을 먹길 잘했다고 생각하고 있었다. 눈이 휘둥그레질 정도로 멋진 곳이지만 살짝 긴장되는 것도 사실이었다. 매끈하게 닦인 테이블 위에 지문이라도 묻히면 큰일 날 것 같다고나 할까. 편안하게 맛을 음미하며 밥 먹을 분위기는 절대 아니었다.

그에 반해 준혁은 제집처럼 아주 편해 보였다. 그를 대하는 직원들의 살가운 태도도 그렇고 자주 오는 곳인 듯했다.

"입맛 까다로운 인간들도 여기서 한 번 밥 먹으면 열에 아홉은 단골이 되더라고. 거의 대부분 나한테 감사했지. 좋은데 알려 줬다고. 내가 지금 하는 말 잘 모르겠지? 이거 직접 먹어 봐야 아는 건데. 나중에 기회 되면 다시 오자."

자주 들러도 혼자만 오진 않았던 모양이다. 발이 넓은 그를 생각하면 얼마나 많은 사람들과 동행했을지 대충 짐작이 갔다. 그 수많은 사람들 가운데 자신도 추가되었다고 생각하자 쓴웃음이 나왔다.

문득 궁금해졌다. 허름한 식당의 김치찌개와 프렌치 레스토랑의 고급 요리. 혼자만 간직하는 것과 여러 사람들과 함께 공유하는 것. 둘 중에 뭐가 나을까.

직원이 캐리어를 밀고 룸 안으로 들어왔다. 접시를 준혁의 앞에 내려놓은 직원은 혜민의 앞엔 앙증맞은 작은 그릇 하나를 내려놓았다. 그릇엔 노란색 셔벗이 담겨 있었다. 혜민은 어리둥절하며 직원에게 조심스럽게 말했다.

"저, 이건 안 시켰는데요."

"내가 시킨 거야."

"왜요?"

"내가 밥 먹는 동안 넌 뭐 할 건데. 그 정도는 부담되지 않을 거야."

준혁이 눈짓하자 직원은 공손하게 인사한 후 캐리어를 끌고 나갔다. 혜민은 가만히 셔벗을 내려다보았다. 아무것도 먹고 싶지 않았지만 멀뚱히 앉아서 준혁이 식사하는 걸 보고만 있는 것도 어색할 것 같았다. 혜민은 티스푼을 들었다. 준혁은 능숙한 손놀림으로 접시 위의 고기를 썰었다.

"여기 셰프가 꽤 유명해. 두바이 7성급 호텔에 있다가 한국 와서 레스토랑 차린 거거든."

"네."

혜민은 건성으로 대꾸하며 셔벗을 먹었다. 시원한 건 좋은데 너무 달았다. 혀가 녹아 없어질 것 같았다. 표정으로 드러난 건지 준혁이 대뜸 물어 왔다.

"단 거 별로 안 좋아하나 봐."

"좀 별로."

"이상하네. 우리 코디도 미용실 디자이너들도 여배우들도, 지인들 여동생이나 누나도 단 거라면 환장하던데."

"각자 취향이 있으니까 싫어하는 사람도……."

무심코 대꾸하던 혜민은 입을 다물고 고개를 번쩍 들었다.

"날 왜 여자들이랑 비교해요?"

"그러게. 내가 왜 그랬지? 기분 나빴다면 미안."

심각한 혜민과는 달리 준혁은 머쓱한 얼굴로 어깨를 가볍게 으쓱했다. 입으로는 미안하다고 하면서 전혀 미안한 얼굴이 아니었다. 실수가 아니라 일부러 떠보려 한 게 틀림없었다. 혜민은 맞은편에 있는 그를 가만히 주시했다.

그동안 좋은 게 좋은 거라고 그냥 넘어갔지만 이젠 안 되겠다 싶었다. 오늘 확실히 짚고 넘어가야겠다. 그의 진짜 의도가 무엇인지.

처음에는 그가 자신의 정체를 눈치챈 건 아닐까 의심하고 경계했었다. 하지만 가슴이 쪼그라들게 할망정 직접적인 위협을 가한 적은 없었다. 아는 건지 모르는 건지, 정말 순수하게 자신과 친해지고 싶은 건지 다른 의도가 있는 건지. 뿌연 안개 속을 헤매는 것처럼 도무지 갈피를 잡을 수가 없었다.

시선을 느꼈는지 고기를 우물거리던 그가 의아하다는 듯 그녀를 바라보았다. 혜민은 단도직입적으로 물었다.

"내가 여자처럼 보여요?"

준혁은 조용히 나이프와 포크를 손에서 내려놓았다. 냅킨으로 입가를 닦은 그는 물을 한 모금 마시고 빙그레 미소 지었다.

"내가 왜 배우가 됐는지 알아?"

갑작스런 화제 전환에 혜민은 인상을 찌푸렸다.

"말 돌리지 말고 대답해 줘요."

"지금 대답해 주고 있잖아."

말문이 막혔다. 상대가 허탈해하건 말건 준혁은 멋대로 말을 이어 갔다.

"내가 세상에서 가장 참을 수 없는 게 뭔지 알아? 매일매일 똑같은 무료한 일상이야. 대학을 졸업하고 직장에 들어가 출퇴근을 반복하다가 늙어 가는 것. 평범한 삶이지. 남들은 평범한 게 최고라고 하는데 난 아니었어. 그렇게 살다간 따분해서 제명에 못 살 거 같았거든. 생각만 해도 숨이 막혔지. 그래서 택한 게 배우라는 직업이었어. 배우는 수많은 사람들의 인생을 겪어 볼 수 있는 직업이잖아. 내가 겪어 보지 못한 삶을 조금이나마 살아 볼 수 있으니 적성에 딱이었지."

다른 이의 삶에 빠져드는 것. 준혁이 어째서 연기력으로 인정받는 배우가 된 건지 알 것 같았다. 스타로서의 화려한 삶을 동경해 배우가 되었다면 명품배우란 수식어가 붙은 준혁은 아마 존재하지 않았을지도 몰랐다.

"지금도 마찬가지야. 난 따분한 게 세상에서 제일 싫어. 따분한 일, 따분한 사람들 꼴도 보기 싫어. 근데 넌 따분하지 않더라고."

흘리듯 덧붙인 말에 혜민은 준혁을 빤히 응시했다.

"무슨 뜻이에요?"

"넌 따분하지 않고 특이하다는 거야. 내가 볼 때."

가슴이 불안으로 일렁거렸다. 역시 알고 있는 건가. 확인이 필요했다. 혜민은 애써 태연한 척하며 입을 열었다.

"뭐가 특이한데요?"

"그건 노코멘트. 난 확실하지 않은 건 말 안 하는 주의라서."

심증만 있고 물증은 없다는 건가. 어떻게 알았을까. 김지환의 어머니조차 눈치채지 못했었는데. 그동안 그가 툭툭 던졌던 뼈 있는 말들이 떠올랐다. 미끼를 던졌던 건가. 걸려들길 기대하면서.

준혁은 턱을 괴고 긴장한 혜민을 바라보며 피식 웃었다.

"너랑 친하게 지내고 싶다고 한 건 네가 특이해서였어. 활력소가 될 거 같았거든. 단지 그뿐이었어. 근데 요 근래 조금 다른 감정이 생긴 것도 같아."

다른 감정? 혜민의 입가에 씁쓸한 미소가 떠올랐다. 여자가 남자 행세를 하고 있으니 특이하고도 남을 터. 자신에 대한 그의 감정은 단순한 흥미 이상은 아닐 터였다. 다른 감정이 생겼을 리 없었다. 만약 그가 그 이상의 감정을 가지고 있다면 물증이 없다고 이리 지켜보기만 하진 않았을 것이다. 문경에서 김 실장이 말렸다고 산에 올라가는 걸 포기하지도 않았을 거고.

"뭔지 궁금하지 않아?"

"별로요."

얼굴에 와 닿는 시선이 느껴졌다. 그러나 혜민은 묵묵히 고개를 숙인 채 남은 셔벗을 마저 먹었다.

저러다 날아오르지 않을까 염려되었다. 미친 듯이 꼬리를 흔들어 대는 루나를 보고 든 생각이었다. 촬영장인 호텔에 도착하자 그곳에 루나가 있었다. 문경에 있을 때 정이 들었던 건지 루나는 혜민을 보자마자 좋아서 어쩔 줄 몰라 했다. 흥분해서 겅중겅중 뛰고 새소리 같은 소리를 내며 꼬리를 사정없이 흔들었다.

"야, 그동안 밥 주고 똥 치워 주고 산책시켜 준 건 난데 지환이가 더 좋단 거냐? 이 배신견. 지조라곤 약에 쓰려고 해도 없는 견공 같으니라고."

진호는 격렬한 루나의 반응에 서운해하면서도 혜민을 반갑게 맞아 주었다.

"와 줘서 고맙다, 지환아. 너 때문에 살았다."

오늘은 루나의 촬영이 있는 날이었다. 영화 속 루나의 주인 역할을 맡은 신인 배우가 개를 너무 무서워하는 바람에 촬영이 중단된 상태였다. 급하게 다른 배우를 섭외해야 하는데 그게 만만치가 않았다.

십 대 후반에서 이십 대 초반의 남자로 개를 무서워하지 않고 루나가 주인처럼 잘 따르는 사람이 필요했다. 호텔 측에서 오늘만 촬영 허가를 내주었기에 나중으로 미룰 수도 없었다. 수단과 방법을 가리지 않고 쓸 만한 배우를 찾던 와중, 준혁이 혜민을 추천했다. 이에 감독인 진호가 오케이 했고 준혁이 혜민을 픽업해 데리고 온 것이었다.

"승현이한텐 내가 얘기해 뒀으니까 걱정 말고 연기에만 집중해. 알았지?"

진호가 어깨를 두드려 주며 말했다. 부담 가지지 말라고 한 말인데 되레 더 부담이 되고 말았다. 연기라니. 혜민은 얼떨떨했다. 머리털 나고 연기라는 걸 하게 될 줄은 꿈에도 몰랐다. 간단한 메이크업을 끝낸 혜민은 천천히 주위를 돌아보았다. 얼굴이 익은 스태프들과 배우들이 곁에 있었지만 자못 긴장이 되었다.

이제 곧 저 카메라 앞에서 연기라는 걸 해야 했다. 그녀가 해야 할 연기는 별거 없었다. 그냥 루나를 데리고 지나가다가 은채가 묻는 말에 '제 강아진데, 왜요?' 라는 한마디만 하면 그만이었다. 그럼에도 두근거리는 심장이 쉽사리 가라앉지 않았다. 혜민은 입 속으로 대사를 수없이 읊으며 루나의 몸줄을 쥔 손에 힘을 주었다.

오케이가 진호의 입에서 나왔을 때 혜민은 녹초가 되어 있었다. 간단한 장면이라 한 5분이면 끝날 줄 알았다. 그러나 레디 액션을 시작으로 오케이가 나오기까지 2시간은 족히 걸린 듯했다. 혜민이 보기엔 그게 그거 같은데 진호는 쉽게 넘어가지 않았다. 감독으로서의 진호는 사소한 실수도 절대 용납하지 않는 뼛속까지 철두철미한 남자였다.

촬영이 끝났을 때 혜민은 배우들을 새삼스런 눈으로 보게 되었다. 그동안 감독 진호의 까다로운 요구와 깐깐한 기준에 맞춰 연기해 왔을 배우들이 대단해 보였다.

"처음 카메라 앞에 선 소감이 어때?"

준혁은 팔짱을 낀 채 혜민을 내려다보았다. 혜민은 솔직하게 대꾸했다.

"모르겠어요."

잘한 건지 못한 건지 판단 내릴 기준조차 잡혀 있지 않다 보니 뭐가 뭔지 모르겠다. 영화가 잘되길 바라며 그저 최선을 다했을 뿐이다.

"느낌 좋던데."

"네?"

"너 카메라발 잘 받는다고. 발음도 괜찮은 편이고. 연기자 해도 될 거 같던데."

"그냥 해 본 말이죠?"

"아니, 진짜야. 이건 연기자 선배로서의 조언이니까 잘 새겨들어."

연기자 선배라니. 혜민은 어이가 없어서 웃음이 나왔다.

"왜 웃어? 내 말이 우스워?"

"아뇨."

사실대로 말했다간 시끄러워질 것 같아 얼른 마무리 지었다. 준혁은 싱긋 웃으며 말했다.

"점심은 같이 못 했지만 대신 근사한 저녁 사 줄게. 데뷔 기념으로."

데뷔 기념? 고작 펑크 난 신인 배우 땜질한 것뿐인데 데뷔라니. 민망함에 손발이 오그라들 것 같았다.

"아뇨, 전 이만 가 볼게요. 마저 촬영 잘 하세요."

혜민이 돌아서자 준혁이 얼른 앞을 가로막아 선다. 촬영 중이라 큰 소리를 낼 수 없었다. 혜민은 목소리를 낮췄다.

"비켜요."

"여기 호텔 한식당 꽤 유명하거든. 기왕 여기까지 왔는데 저녁은 먹고 가야지. 촬영 다 끝나면 저녁 먹을 때쯤 될 거야. 그러니까 가지 말고 기다려."

마침 촬영이 막 끝났다. 혜민은 기다렸다는 듯이 일부러 목청을 높여 크게 말했다.

"여러분, 준혁 씨가 오늘 저녁 쏜대요!"

그녀의 말이 끝나기 무섭게 환호성이 날아왔다. 그에 반해 준혁의 표정은 딱딱하게 굳어졌다. 그러나 곧 다가오는 스태프들을 향해 예의 매력적인 눈웃음을 보여 주었다. 역시 그는 천생 연기자였다.

특급 호텔 야외 수영장이라고 해서 특별한 건 없었다. 여느 수영장처럼 풀이 있고 선탠베드가 있고 파라솔이 있을 뿐이었다. 장소만 호텔일 뿐 별다른 메리트가 있어 보이진 않았다. 굳이 차이점을 꼽는다면 투숙객이나 회원만으로 이용이 제한되어 있다는 거랄까.

무더운 날씨였지만 저녁 무렵이라 그런지 수영장엔 사람 그림자조차 찾아볼 수 없었다. 적막하게 텅 빈 수영장을 혜민은 비글 한 마리와 거닐었다.

원활한 진행을 위해 혜민은 기꺼이 루나를 맡았다. 좀이 쑤시는지 잠시도 가만있지 않으려는 루나를 데리고 촬영장에서 좀 떨어진 이곳까지 온 참이었다. 루나는 새로운 곳에 대한 호기심으로 이곳저곳을 킁킁거리며 돌아다녔다. 혜민은 루나를 물끄러미 내려다보았다.

"보고 싶지 않니?"

진호의 지인이라는 루나의 주인은 아직도 여행에서 돌아오지 않았다. 여행 기간이 대략 한 달이라고 들었던 것 같았다. 장기간의 여행이었다. 그 정도 시간이면 루나가 주인에게 버림받았다고 생각할 수도 있는 시간이 아닐까 싶었다.

주인은 주인대로 루나가 눈에 밟힐 텐데 여행을 제대로 즐기고 있는지도 의문이었다. 그럼에도 장기간의 여행을 감행한 건 그만큼 서로를 믿고 있다는 게 아닐까.

버림받았다고 생각하지 않고 주인을 기다릴 거라는 믿음. 주인 없이도 잘 지낼 거라는 믿음. 반드시 돌아올 거라는 믿음. 책임지고 책임받는 대상 사이에 굳건한 믿음만 있다면 어디서 무엇을 하든 걱정하지 않을 것이다.

혜민은 휴대전화를 꺼냈다. 전원이 꺼진 휴대전화는 죽은 생명체처럼 조용했다. 진호가 연락을 했더라도 승현은 반드시 전화했을 터였다. 확인 차원에서라도 분명히. 그는 자신을 믿지 못하고 있으니까. 서운하지는 않았다. 그는 자신이 아니라 김지환을 믿지 못하고 있는 것이므로.

'사실이 아니라고 해도 날 책임지는 사람이 사실이라고 하면 믿을 거예요.'

얼마 전 승현에게 했던 말이었다. 상황을 모면하기 위해 그냥 해 본 말은 아니었다. 혜민은 깊게 숨을 들이마셨다.

낮에 자신을 쫓았던 그 남자가 누군지 모른다. 승현이 그 남자와 무슨 일로 만난 건지도 모른다. 분명한 건 아무것도 없었다. 모르는 남자 때문에 일부러 승현을 멀리할 필요는 없었다. 다른 사람은 몰라도 자신은 그를 믿어야 했다. 그래야 했다. 그러고 싶었다.

혜민의 손가락이 휴대전화 전원 버튼에 닿으려던 순간이었다. 팔이 휙 당겨지면서 몸이 휘청거렸다. 가만있던 루나가 갑자기 어딘가로 달려가려 하고 있었다. 비틀거리던 혜민은 일단 다리에 힘을 주고 몸줄을 단단히 틀어쥐었다.

"너 갑자기 왜 그래?"

루나는 혜민의 말이 들리지 않는지 고개를 이리저리 돌리고 있었다. 자세히 살펴보니 어디서 날아온 파리 하나가 루나의 주변을 맴돌고 있었다. 파리에게 정신이 팔린 루나는 급기야 제자리에서 일어나 이족보행을 시도했다. 고양이도 아닌 주제에 앞발을 마구 휘둘러 대기까지 한다. 어설프기 짝이 없는 동작에 웃음이 나왔다. 파리는 약 올리듯 집요하게 루나의 주위만 빙글빙글 날아다녔다.

"그만해. 저건 네가 못 잡아."

부드럽게 타일러도 루나는 듣지 않았다. 잔뜩 약이 오른 듯했다. 파리가 풀 쪽으로 방향을 바꿔 날아갔다. 루나 또한 그쪽으로 달려가려고 낑낑거렸다. 나아가려는 비글과 저지하려는 인간의 대결. 일단은 혜민이 이기고 있었지만 보기보다 루나는 힘이 센 편이었다. 몸줄을 두 손으로 잡아야 간신히 버틸 수 있었다.

"안 돼. 그쪽으로 가면 물에 빠질지도 몰라."

그녀의 말은 들리지 않는지 루나는 막무가내였다. 루나와 실랑이를 하다가 몸줄을 잡고 있던 왼손에서 살짝 힘이 빠졌다. 기회를 놓치지 않은 루나는 앞으로 쏜살같이 달려갔다. 엉겁결에 몇 발자국 끌려간 혜민은 단숨에 풀의 가장자리까지 와 버렸다.

"큰일 날 뻔했잖아."

하마터면 물에 빠질 뻔했다. 재빨리 몸줄을 다시 붙잡지 않았다면 말이다. 안도의 한숨을 내쉬며 루나를 끌고 가려는데 누군가가 혜민의 어깨를 툭 쳤다.

"여기 있었구나."

언제 온 건지 준혁이 뒤에 서 있었다.

"촬영은요?"

"끝났으니까 내가 여기 있지."

"벌써요?"

철두철미한 진호의 성격상 쉽게 끝나지 않을 줄 알았는데 의외였다. 준혁은 한껏 으스대는 표정으로 말했다.

"내가 누구냐. 단번에 오케이 받아 냈지."

만약 카메라 앞에 서 보지 못했다면 준혁의 말을 한귀로 흘려들었을 것이다. 혜민은 준혁을 빤히 쳐다보았다. 인간 최준혁은 종잡을 수 없지만 배우 최준혁은 대단하단 생각이 들었다.

"뭘 그렇게 봐? 혹시 나한테 반하기라도……."

"끝났으면 집에 가도 되는 거죠?"

쓸데없는 말을 듣기 전에 중간에서 잘라 버렸다. 준혁은 어깨를 으쓱할 뿐 그다지 기분 나빠 하지는 않았다.

"같이 저녁 먹자고 했잖아."

"참, 오늘 스태프들한테 저녁 사신다고 했죠?"

아까처럼 얼굴이 굳어지는 게 아닌가 살펴봤지만 그대로였다. 한 번 겪어서 이젠 면역이 생긴 건가. 준혁은 싱긋 웃으며 말했다.

"다들 김 실장이 예약한 식당에 가기로 했어."

"가다뇨? 여기 한식당에서 저녁 먹기로 한 거 아니었어요?"

"여기서 스태프들 대접했다간 아무리 나라도 파산해 버릴걸."

대략 따져 봐도 백여 명쯤 되는 인원이었다. 호텔 한식당에서 스태프 전원을 대접하는 건 톱스타인 준혁이라도 부담이 될 터였다.

"그럼 예약한 식당으로 가요."

"아니, 우린 여기서 저녁 먹을 거야."

"네?"

"너랑 난 여기 한식당에서 저녁 먹을 거라고."

"왜요?"

"왜라니. 내가 여기서 한 턱 낸다고 했잖아."

혜민은 곰곰이 생각을 정리했다. 그러니까 스태프들은 따로 마련한 식당으로 보내고 자신만 호텔에서 밥을 사 주겠다는 건가. 스태프들도 만족시키고 그의 목적도 달성하겠다는 준혁의 속셈이 눈에 훤했다. 그러나 혜민은 그의 장단에 놀아 줄 생각 따윈 추호도 없었다.

"됐어요."

단호한 거절에 준혁은 사정조로 애원했다.

"오늘은 너한테 특별한 날이잖아. 그러니까 기념으로 근사한 곳에서 저녁 먹자는 건데 왜 그러는 거야."

"특별한 날 아니거든요."

"왜 특별한 날이 아니야. 네가 연기자로 데뷔한 기념비적인……."

"난 평범한 게 좋아요. 지루하고 뻔해도 평탄한 인생이 좋다고요. 연기자 될 생각 없어요."

다른 사람을 연기하며 평생 살고 싶지는 않았다. 누군가를 연기하는 건 김지환 하나만으로도 족했다.

"그럼 이만."

혜민은 미련 없이 돌아섰다. 파리가 멀리 날아가 버려서인지 루나는 고집부리지 않고 얌전히 그녀를 따랐다. 준혁이 다급하게 그녀를 불러 세웠다.

"잠깐 기다…… 으악!"

느닷없는 비명 소리에 뒤돌아본 혜민의 눈이 휘둥그레졌다. 좀 전까지만 해도 뒤에 있었던 준혁이 물에 빠져 허우적거리고 있었다. 풀 가장자리에 서 있더니 발을 헛디뎌 미끄러진 모양이었다. 다행히 미끄러지면서 어디를 부딪쳐 다친 곳은 없어 보였다.

"빨리 나와요. 호텔 직원들 오기 전에."

호텔 투숙객도 회원도 아닌 준혁이 풀에 들어갔으니 직원들 눈에 띄면 큰일이었다. 더군다나 준혁은 얼굴이 알려진 연예인이었다. 자칫하다간 시끄러운 일이 벌어질 수도 있었다. 애가 타는 혜민과는 달리 준혁은 물속에서 영 나올 생각을 하지 않고 있었다.

"어서 나오라니까요."

그를 재촉하던 혜민은 머리를 스치는 생각에 눈살을 찌푸렸다. 저리 미적거리는 걸 보니 아무래도 다른 꿍꿍이가 있는 듯했다. 혹시 자신더러 물속에 들어와 구해 달라고 저러는 건가. 기존과는 확연히 다른 미끼였다. 기어코 물증을 잡아내겠다는 건가.

루나를 데리고 있어서 곤란한 것도 있지만 물속에 들어가는 건 지극히 위험천만했다. 빗물에 옷이 젖는 것과 물에 빠지는 건 차원이 다른 문제였다. 까딱하다간 정체가 탄로 날 수도 있었다. 준혁의 노림수가 바로 그것인지도 몰랐다.

"연기해 봤자 소용없어요. 어서 나와요."

"연기…… 아냐!"

준혁이 허우적거리며 간신히 말했다.

"그만하라니까요."

"나 수영할 줄…… 몰라……!"

힘이 빠진 건지 준혁의 팔놀림이 눈에 띄게 둔해졌다. 아주 실감 나는 연기였다. 연기파 배우답게 다른 사람이 봤다면 진짜라고 착각하고도 남았을 터였다.

"거짓말 마요. 몇 년 전 드라마에서 수영 선수 역할 했었잖아요."

혜민은 준혁이 수영 선수로 나온 드라마를 본 적이 없었다. 그럼에도 드라마를 본 것처럼 알고 있는 건 커피전문점에서 같이 일했던, 자칭 준혁의 광팬이라는 수영 덕분이었다. 수영선수 역할을 했었던 그가 수영을 못한다니 말이 되지 않았다. 설사 그전에 수영을 못했다 해도 드라마를 찍으며 수영을 마스터했을 가능성이 농후했다. 어쨌든 지금의 그가 수영을 못할 리 없었다.

"그거 나 아니었어!"

"자꾸 이럴 거면 그냥 갈 거예요."

"나 정말…… 수영 못해. 어릴 때 물에 빠져 죽을 뻔해서……

그때 수영 장면은 모두 대역……."

미처 말을 끝맺지 못하고 준혁은 물속으로 가라앉았다. 혜민은 가만히 준혁의 말을 되새겨 보았다. 어릴 때 물에 빠져 죽을 뻔했다고? 수영 장면은 대역을 쓴 거라고? 쉽사리 믿기지 않았지만 만약 사실이라면…….

사방이 고요했다. 수면 또한 잠잠했다. 물속에 가라앉은 준혁은 떠오를 기미가 보이지 않았다. 불안이 엄습해 왔다. 수영을 할 줄 안다 해도 저렇게 오래 잠수하는 건 불가능했다. 거짓인지 아닌지의 여부를 떠나 준혁이 지금 위급한 상황인 건 틀림없었다. 일단 사람부터 살려야 했다.

혜민은 다급하게 루나의 몸줄을 근처 가로등 기둥에 묶었다. 그러고는 신발과 양말을 벗고 휴대전화를 꺼내 놓은 후 풀로 뛰어들었다.

물속에 들어가니 준혁은 의식이 없는 상태로 가라앉아 있었다. 혜민은 그의 목에 팔을 두르고 재빨리 수면으로 올라왔다. 인형처럼 축 늘어져 있어서 비교적 수월했다. 만약 준혁이 무의식적으로 발버둥이라도 쳤다면 그녀 또한 위험했을 것이다. 막 수면으로 얼굴을 내밀었을 때였다. 하얀 손 하나가 불쑥 눈앞에 들이밀어졌다.

"자, 내 손 잡아요."

혜민은 멍하니 눈을 껌벅거리며 손의 주인을 바라보았다. 왜 이 사람이 여기 있는 거지?

"뭐해요? 어서 올라와요!"

손잡을 생각을 하지 않자 답답했는지 은채가 성을 내며 다그쳤다. 얼떨결에 손을 잡자 몸이 쑥 딸려 올라간다. 덕분에 수월하게 물 밖으로 올라올 수 있었다.

숨을 고르는 사이 은채는 의식이 없는 준혁을 이리저리 살피더니 입술을 갖다 댔다. 인공호흡을 하고 있었다. 혜민은 멍하니 그 광경을 응시했다. 남녀주인공이 입술을 맞대고 있는 걸 보니 마치 영화의 한 장면 같았다.

뭐가 어떻게 된 건지 모르겠다. 은채가 왜 여기 나타난 걸까. 스태프들이랑 함께 있어야 할 그녀가 왜 여기 있는 거지?

얼마 후 준혁이 작게 기침을 하며 물을 뱉어 냈다. 은채는 그가 숨 쉬는 걸 확인하자 갑자기 신발과 카디건을 벗어 버리고 물속으로 뛰어들었다. 말릴 겨를조차 없었다. 그녀의 돌발 행동에 놀란 혜민은 벌어진 입을 다물지 못했다. 은채는 곧바로 물 밖으로 나왔다. 물을 뚝뚝 떨어뜨리며 다가온 그녀가 혜민에게 무언가를 내밀었다.

"여기로 가서 일단 옷 세탁부터 맡겨요. 그리고 직원 좀 불러다 주고요."

은채의 손에 들린 건 호텔 객실의 카드키였다.

"선배님은 내가 구한 거로 하죠."

점점 영문 모를 말만 내뱉는 은채였다.

"이봐요, 강은채 씨, 지금 뭐하는……."

"서둘러요. 선배한테 그 꼴을 보일 거예요?"

은채는 벗어 놓았던 그녀의 카디건을 혜민의 어깨에 걸쳐 주었다. 혜민은 그제야 자신의 몰골을 살펴보았다. 헐렁한 반팔 셔츠가 흠뻑 젖어 몸에 찰싹 달라붙어 있었다. 충분히 예상했던 거라 그리 놀랍진 않았다.

문제는 셔츠 사이로 드러난 것이었다. 물속에서 움직일 때 단추가 풀린 건지 앞섶이 벌어져 있었고, 붕대는 반 이상 아래로 내려와 가슴이 고스란히 드러나 있었다. 변명할 여지조차 없었다. 순식간에 머릿속이 하얘졌다.

혜민은 창백해진 얼굴로 천천히 은채를 올려다보았다. 은채는 평온해 보였다. 놀라지도 당황하지도 않았다. 모든 걸 알고 있는 사람의 눈을 하고 있었다.

"알고…… 있었어요?"

자신의 목소리인데도 아득하게 들려왔다.

"그건 나중에 얘기해요. 자, 어서 일어나요."

은채는 혜민을 일으켜 세워 셔츠의 단추를 채워 준 후 카디건까지 제대로 입혀 주었다. 양말과 신발, 휴대전화를 챙겨 혜민의 손에 들리고 나서 등을 떠밀었다.

"어서 가요, 어서."

아무것도 생각할 수 없었다. 혜민은 기계적으로 은채가 일러 준 대로 이행했다. 객실로 올라가 프런트에 전화를 걸어 직원을 수영장으로 보냈다. 그러고는 젖은 옷을 벗어 세탁을 맡기고 샤워를 했다. 베스가운을 걸치고 나와 냉장고에서 생수 한 병을 꺼내 마신 후 의자에 앉았다.

더 이상 해야 할 일이 없자 굳었던 머리가 서서히 돌아가기 시작했다. 애써 구석에 밀쳐 두고 모른 척하고 있었던 온갖 의문과 걱정과 염려가 한꺼번에 솟구쳐 올랐다.

은채가 알아 버렸다. 아니 알고 있었다. 어떻게 알았을까. 언제부터 알고 있었던 걸까. 준혁처럼 심증만 가지고 있었는데 오늘에서야 확실히 알게 된 건가. 세상에 영원한 비밀은 없다더니. 결국 이렇게 발각되고 마는 건가.

앞으로 자신은 어떻게 되는 걸까. 정체가 탄로 나면 어떻게 하랬지? 지금 당장 도망가야 하는 건가. 김지환이 돌아오기 전에 정체가 탄로 났으니 애초 계획대로 잠수를 타야 하나?

나눔기획에선 이 사태에 대해서 뭐라고 할까. 아버지는 어떻게 되는 걸까. 계약한 게 있으니 이제 와 딴말하는 일은 없겠지. 그렇다면 정말 끝인 건가. 이렇게 모든 게 끝난 거라면, 그렇다면…….

딩동—

맑은 벨소리가 분주하게 돌아가던 머릿속에 제동을 걸어 주었다. 혜민은 문으로 다가갔다. 문을 열자 은채가 서 있었다.

"아까 못 한 얘기 해야죠."

자신이 할 말을 그녀의 입술이 그대로 읊고 있었다. 혜민은 은채가 안으로 들어올 수 있도록 비켜 주었다. 방으로 들어온 그녀는 구석에 놓여 있던 가방에서 옷을 꺼냈다. 그러고는 젖은 옷을 훌훌 벗어 버리고 새 옷으로 갈아입었다. 혜민이 빤히 보고 있는데도 전혀 거리낌 없었다. 은채는 마른 수건으로 젖은 머리를 닦으며 말했다.

"오늘 여기서 자고 가려고 했어요. 우리 집은 너무 더워서 제대로 잠을 잘 수가 없거든요. 잠을 못 자면 피부가 엉망이 돼서 말예요."

그녀가 느닷없이 카드키를 내어준 게 이해되었다.

"루나는 제 매니저가 데리고 있어요. 그쪽이 가면서 저한테 맡겼다고 했어요."

혜민은 그제야 루나를 그냥 두고 왔다는 걸 깨달았다. 루나를 까맣게 잊어버리다니. 확실히 충격으로 제정신이 아닌 듯했다.

"준혁 선배는 그쪽이 가고 나서 바로 깨어났어요. 어디 갔냐고 묻길래 사람 부르러 갔다고 둘러댔어요. 아까도 말했지만 오늘 선배는 내가 구한 거예요. 혹시 나중에 물으면 수영할 줄 몰라서 나한테 도움을 청했다고 해요. 알았죠?"

혜민은 고개를 끄덕였다. 은채는 만족한 얼굴로 말을 이어 갔다.

"선배 사고 소식으로 회식은 전면 취소됐어요. 지금 선배는 김 실장님하고 감독님, 제작부 직원들과 같이 의무실에 있어요. 김 실장님이 병원 가서 정밀 검사하자고 설득 중인데 선배가 안 간다고 튕기고 있어요. 그치만 감독님까지 나섰으니까 조만간 가긴 갈 거예요."

브리핑하듯 간단하게 상황을 설명한 은채는 혜민이 앉아 있던 의자에 몸을 내렸다. 베스가운 차림의 그녀를 위아래로 훑어보더니 빙그레 웃는다.

"지금은 여자처럼 보이네요."

혜민은 그 자리에서 얼어붙었다. 아무렇게나 던진 돌에 개구리는 맞아 죽을 수도 있다는 걸 저 여자는 알고 있을까.

"혹시 민 대표님에게 숨겨진 여동생이 있었다느니 그런 얘긴 재미없으니까 하지 마요."

그런 핑계를 댈 수도 있었다는 걸 비로소 깨달았다. 재벌 집이니 배다른 형제가 몇 명 있다 해도 전혀 이상하지 않을 터였다. 조금만 생각해도 알 수 있는 걸 모르고 있었다니. 구제불능 멍청이는 김지환이 아니라 바로 나였구나.

혜민은 자신이 그동안 너무나 허술하고 안이하게 지냈다는 걸 자각했다. 도대체 뭘 믿고 아무런 대비도 없이 김지환 행세를 했던 걸까. 언제든지 정체가 들통 날 수도 있는 건데. 바로 오늘처럼. 스스로가 한심해 견딜 수가 없었다.

자책하는 혜민을 오해했는지 은채가 덧붙였다.

"걱정 마요. 평소엔 전혀 여자처럼 보이지 않으니까."

위로라는 건 알겠는데 이상하게 위로처럼 느껴지지 않았다. 혜민은 아까부터 묻고 싶었던 걸 입에 올렸다.

"어떻게 알았어요?"

입 밖으로 꺼내고 나서야 알았다. 질문이 잘못되었다는 걸.

"그러니까 언제부터……."

"우리가 두 번째로 만난 날 기억해요?"

김지환 친구의 생일 파티가 있던 날 혜민은 정신을 잃었었고 깨어나 보니 은채의 집이었다. 그게 그녀와의 두 번째 만남이었다.

"그럼 그때 집에서……."

"정확히는 헤븐에서 만났죠, 우리."

그때부터 지금까지 많은 시간이 흐른 뒤였다. 그동안 자신의 정체를 폭로할 시간과 기회는 얼마든지 있었을 것이다. 그런데 왜 지금까지 입을 다물고 있었을까.

"내가 그쪽에 대해 지금까지 말 안 한 이유가 궁금하겠죠."

독심술이라도 하나. 은채는 혜민이 떠올린 생각을 고스란히 입 밖으로 꺼내 놓았다.

"원하는 게 뭐죠?"

입을 다물고 있었다는 건 원하는 게 있다는 거였다. 혜민의 질문이 의외라는 듯 은채는 다소 놀란 얼굴이 되었다.

"늘 붙어 있더니 이젠 말까지 똑같이 하네."

입 속으로 혼잣말을 중얼거린 은채는 시큰둥하게 대꾸했다.

"그쪽한테 원하는 건 없어요."

혜민은 어리둥절했다. 자신에게 원하는 게 없다니.

"놀랄 거 없어요. 원하는 건 이미 얻었거든요."

"얻었다고요?"

"네. 그건 그쪽하곤 상관없는 일이니까 신경 쓸 필요 없어요."

상관없는 일이라고?

"사실 나 지금 무지하게 속상하거든요. 믿지 않을지도 모르지만 난 계속 모른 척하려고 했어요. 오늘 일은 그쪽한테도 나한테도 유감이라고요. 그치만 걱정 마요. 아무한테도 말 안 할 거니까. 그쪽은 지금처럼 민 대표님 남동생으로 지내면 돼요."

세상에 대가 없는 호의란 존재하지 않는다는 걸 그동안 살아오면서 뼈저리게 느꼈던 그녀였다. 그래서일까. 은채의 말이 쉽사리 가슴에 와 닿지 않았다.

불신의 눈빛을 읽은 건지 은채는 씁쓸한 미소를 지었다.

"못 믿겠죠. 하긴 내가 그쪽이라도 못 믿을 거 같네요. 그래도 속는 셈 치고 한번 믿어 봐요. 지금까지 비밀 지킨 것처럼 앞으로도 그럴 테니까. 그쪽은 내 행운의 여신이거든요. 난 내 행운의 여신을 오래도록 보고 싶어요."

외국어가 아닌 한국어인데도 무슨 말인지 도통 알아들을 수가 없었다.

"믿어요. 난 그쪽 편이니까."

장난기 하나 없는 진지한 얼굴이었다. 이유는 여전히 모르겠지만 어찌 되었든 간에 은채는 비밀을 지켜 줄 작정인 듯했다. 만약 아까 은채가 나타나지 않았다면 어떻게 되었을까. 은채가 아닌 준혁이 자신의 정체를 알았다면……. 상상하는 것만으로도 끔찍했다.

지금까지 말 안 한 것도 그렇고 아까 도와준 것도 그렇고 앞으로도 비밀을 지켜 준다고 하니 그녀를 믿지 못할 이유는 없었다. 그럼에도 마음 한켠에 도사리고 있는 불안은 쉬이 사라지지 않았다. 갈고리가 박힌 것처럼 도무지 떨어지지가 않았다.

도대체 이 불안은 무엇 때문일까. 뭐가 이렇게 불안하고 두려운 걸까.

"참, 민 대표님 곧 여기 오실 거예요. 아까 전화가 와서 그쪽을 찾길래 여기 있다고 말씀드렸거든요."

알았다. 이 불안이 어디서부터 기인한 건지.

"혹시…… 형도 알고 있나요?"

혜민의 질문에 은채는 모호한 미소를 지었다.

〈2권에서 계속〉

범상치 않은 관계

초판 1쇄 찍음 2013년 11월 4일
초판 1쇄 펴냄 2013년 11월 8일

지은이 | 정해길
펴낸이 | 정 필
펴낸곳 | 도서출판 **뿔미디어**

기획 · 편집 | 정시연, 이은정
편집디자인 | 이진선

출판등록 | 2002년 9월 11일 (제1081-1-132호)
주소 | 부천시 원미구 상3동 533-3 아트프라자 503호 (우)420-861
전화 | 032)651-6513 / 팩스 | 032)651-6094
E-mail | dahyangs@naver.com
블로그 | http://blog.naver.com/dahyangs

값 9,000원
ISBN 978-89-6775-927-8 04810
ISBN 978-89-6775-926-1 04810 (세트)

도향

사랑, 그 설렘에 취하고 향기에 물들다.

드
향

사랑, 그 설렘에 취하고 향기에 물들다.